L'Enflammé

Thomas Arquin

© 2024 Thomas Arquin
Édition : BoD · Books on Demand GmbH, In de Tarpen 42,
22848 Norderstedt (Allemagne)
Impression : Libri Plureos GmbH, Friedensallee 273,
22763 Hamburg (Allemagne)
ISBN : 978-2-3225-5884-1
Dépôt légal : Octobre 2024

Pour dire je t'aime, les indiens Yanomami en Amazonie disent : *Ya pihi irakema*, qui signifie *j'ai été contaminé par ton être — une partie de toi vit et grandit en moi.*

David Servan-Schreiber

PROLOGUE

    Chaque fois que le danger me guettait, comme à cet instant où je n'entrevoyais rien d'autre que ma mort imminente, j'étais en proie à cette sensation ineffable.
Je ne percevais pas son visage. Je n'entendais pas sa voix dans ma tête. Je ne humais pas son odeur chatouiller mes narines.
Je le sentais. En moi. *Là*. À l'intérieur même de ma poitrine.
Il m'enserra le cœur. Je vis au loin un groupe armé escalader les marches quatre à quatre, à la poursuite du gibier qu'il chassait. Moi, en l'occurrence.
J'abaissai les paupières pour me concentrer sur la brûlure qui me réchauffait et enjambai le parapet sans hésitation.
— Non ! cria quelqu'un.
Trop tard. Je tombai sans demander mon reste. Je tirai ma révérence.
Pourtant, pas une fois je ne ressentis le froid de la mort. Une morsure de feu lécha mes entrailles au moment de l'impact.

Chapitre 1 : L'ennui

— Figure-toi que le facteur s'est trompé d'adresse, marmonna ma mère en découpant à l'aide de son couteau un steak particulièrement coriace.
— Ah.
— Tu ne veux pas de râpé avec tes pâtes ?
— Non merci.
— Moi, j'en mets toujours.

L'ennui me collait à la peau comme une variété d'herpès considérablement résistante aux traitements antifongiques. Pourtant, ma vie avait des accents de normalité rarement observés. Je vivais dans le petit hameau de La Chapelle —2500 habitants au dernier recensement— dans la villa la plus éloignée des axes routiers et du centre, c'est-à-dire loin de la boulangerie ouverte qu'en fin de semaine et des deux minuscules épiceries aux prix exorbitants. J'avais malgré tout la chance d'habiter dans un logement pour le moins immense, si vaste que je me permettais de changer de chambre à ma guise.

Cette propriété était connue de tout le village et généralement surnommée « la grande maison aux volets lilas », particularité qui avait lancé une nouvelle mode dans cet endroit d'ordinaire gris et sinistre et dont le principe consistait à décorer murs, volets et mêmes portes grâce à une peinture de coloris identique. L'un des problèmes de La Chapelle, c'est qu'on ne pouvait que rarement se démarquer car toute tentative fantaisiste finissait immédiatement imitée, si bien que chaque idée ingénieuse ou avant-gardiste tournait vite à la caricature. Depuis lors, nous avions décidé de repeindre les volets, dégoûtés par cette horrible couleur qu'on voyait de partout mais il était désormais trop tard, notre habitat continuait à garder ce sobriquet par conséquent inapproprié.

    En dehors de son aspect gigantesque cependant, cette demeure n'avait guère de quoi attirer les regards. De nuit, elle paraissait même effrayante, éclairée par la lumière blafarde de la lune et accolée au côté du bois sombre de la Tour de Farges, où l'on avait déjà découvert un nombre presque comique de suicides, comme si tous les dépressifs de la planète choisissaient avec détermination les chênes de notre forêt pour s'y pendre. Autrefois notre vieille bâtisse constituait le terrain de quelques SDF venus s'abriter du froid, décuver ou organiser des combats de coqs. En nous y installant, nous avions trouvé des choses rédhibitoires tels que des tags obscènes ou des tâches suspectes sur le sol, décourageant ou horrifiant sans doute les précédents acheteurs. Il nous avait fallu plus d'un an pour que ce cocon soit un minimum habitable, et maintenant, nous ne l'aurions quitté pour rien au monde. À vrai dire, nous aimions cette maison, cette tranquillité, cet ostracisme, mais si nous restions terrés ici ma mère et moi, c'était parce que mon père avait activement participé à la reconstruction de notre foyer.

    Ce dernier était décédé deux ans auparavant après un long cancer du sang, ou leucémie foudroyante comme disaient les médecins. Foudroyante, ça oui ! Nous vivions une existence morne et ennuyeuse, comme je l'ai dit, mais quel bonheur de s'ennuyer ! Je n'avais jamais autant envié l'ennui que lorsque le diagnostic tomba. Foudroyante était le terme adéquat puisque notre vie avait brutalement basculé. Les médecins avaient été peu optimistes quant à la pathologie dont souffrait mon père, elle s'était déclarée à une vitesse vertigineuse, et le malheureux avait dû endurer nombre de traitements au combien futiles.

Trois mois plus tard, à la fois interminables et étrangement fugaces, il mourut. Il rendit l'âme chez nous dans la chambre parentale, à la période de Noël. Myriam Trust, ma camarade de l'époque, avait d'ailleurs maladroitement déclaré à ce sujet « *Mon pauvre, pendant les fêtes en plus...* » d'un ton compatissant, comme s'il existait un jour notable où mourir était moins désagréable. Je ne me souvenais que vaguement des obsèques, ayant une prédisposition singulière pour gommer de ma mémoire les souvenirs aussi déplaisants qu'inutiles. Je n'allais que très rarement au cimetière sur sa tombe, car bien que j'en ignorasse la raison, ils m'avaient toujours mis mal à l'aise. Non pas que je croyais aux fantômes et autres contes stupides du même genre, mais je me sentais angoissé et inexplicablement obscène à l'idée de pénétrer en un lieu où gisaient des restes humains décomposés.

Ma mère en revanche, ne manquait jamais son rendez-vous hebdomadaire avec son défunt mari le lundi au matin pendant que je partais au lycée. Le jour de la Toussaint, (j'étais forcé de l'accompagner à cette occasion) elle rencontrait d'ailleurs des villageoises venues se recueillir sur les sépultures de gens qu'elles ne connaissaient même pas et qui prenaient un malin plaisir à la consoler, en lui disant des aberrations telles que « *Ma chère Jade, il est dans un monde meilleur* » ou encore « *Madame Foques, restez soudés avec votre enfant, le petit Luc a grandi et il sera très vite le nouvel homme de la maison !* ». Nous ne prenions même pas la peine de corriger les mégères dans son genre, la pauvre faisait mine de me connaître si bien qu'elle se permettait de m'appeler Luc, comme si ce diminutif sonnait plus affectueux que Lucas, mon véritable prénom. Personne ne me surnommait de la sorte d'ailleurs, excepté celui qui couchait sous cette tombe. Entendre ce sobriquet dans une autre bouche que la sienne relevait presque du blasphème. « *Luc, je suis ton père* » était en quelque sorte devenu une blague familiale, ou plutôt paternelle. Ma mère n'ayant jamais de sa vie regardé un épisode de Star Wars, ne comprit pas la référence, pas plus que mon choix de ne pas aller au cimetière.

Trois mois après sa disparition, nous étions retombés dans l'ennui. Mais avec une personne manquante dans la famille, cet ennui était vraiment devenu ce qu'il était : de la mélancolie. La vie avait repris son cours, et je venais d'achever mon année de terminale au lycée Victor Hugo de la petite ville voisine, Davanne. J'avais également obtenu mon baccalauréat, mention assez bien, ce qui avait constitué l'occasion pour ma mère de se vanter auprès de toutes les voisines de La Chapelle, lesquelles avaient des enfants on ne peut plus limités intellectuellement.
C'était désormais à Rocal, la grande ville à environ trente minutes de La Chapelle que je devais me rendre pour poursuivre mes études à l'université. Titulaire d'un baccalauréat scientifique, j'avais en toute logique décidé de réaliser une licence de chimie organique. Je m'étais étrangement passionné pour la biologie après avoir mis le nez dans les bilans de santé de mon père. Peut-être qu'à force de fréquenter les leucocytes et les myélocytes, ils m'avaient paru faire pleinement partie

de mon environnement. Ma formation présentait néanmoins un inconvénient : elle allait m'isoler de mes camarades du lycée avec qui j'avais parfois vécu toute ma scolarité, de la maternelle à la terminale. Pas un seul de mes condisciples n'avait opté pour un parcours identique au mien, préférant se rabattre sur les langues, le droit ou sur des fantaisies illusoires telles que devenir chanteur de jazz ou ouvrir une entreprise de toilettage canin. Je ne m'inquiétais pas outre mesure, je voyais trop l'université comme le lieu où la vie sociale était la plus accessible, même pour quelqu'un d'aussi réservé que moi.

Rien qu'en allant m'y inscrire, j'avais fait la connaissance d'une fille dont je ne me souvenais plus du nom, par conséquent côtoyer une classe pendant deux semestres complets serait forcément propice aux rencontres en tout genre. Toutefois je n'osais espérer rencontrer l'âme sœur au cours de mon année universitaire, mes expériences amoureuses ayant été on ne peut plus catastrophiques, il était hors de question que je gâche l'ambiance de franche camaraderie que j'imaginais déjà dans notre promotion. C'était exactement ce qui s'était produit lors de ma troisième au collège, car après avoir vécu deux mois une petite amourette avec une fille de ma classe, j'avais eu le malheur de complimenter sa sœur sur ses attributs avantageux. J'ignorais alors que je venais de créer un véritable cataclysme familial, entraînant la rupture définitive avec mon ex-petite amie, laquelle s'était empressée de me lancer des regards noirs à chacun de mes passages. Cette dernière n'avait d'ailleurs pas hésité à colporter tout un tas de ragots sur mon compte, comme insinuer subrepticement que j'avais un troisième téton sur le torse, accusation que ma pudeur maladive n'avait pas pu démentir. Pudeur qui n'était pas due au hasard : je me trouvais physiquement laid. Voilà pourquoi je me montrais parfois timide et peu enclin aux relations plus qu'amicales, et le fait que la gent féminine me croyait doté d'un troisième téton n'encourageait pas mes éventuels désirs de séduction. Une de mes camarades volatiles de l'époque ne cessait de me rassurer quant à mon apparence physique, mais ses goûts pour des garçons tels que Chris Gobert ne faisaient que me déprimer davantage.

    J'étais dans ma chambre ou plus précisément dans mon lit, quand je vaquais à ces pensées pessimistes. La nuit, lorsque je dressais le bilan de ma vie au lieu de faire celui de ma journée comme toute personne normalement constituée, j'avais parfois la sensation d'être mon propre psychologue. Sauf qu'ici, le psychologue en question était bénévole... et dépressif. Je m'entortillais dans mes draps molletonnés (j'étais si frileux que même le mois de septembre pourtant doux à la Chapelle ne me permettait pas de dormir la fenêtre ouverte), ne trouvant pas le sommeil, malgré ma fatigue chronique et ma paresse insatiable. Curieusement, la perspective de commencer les cours le lendemain me préoccupait, alors que jusque maintenant j'avais été plutôt pressé de m'y rendre. Je n'avais jamais appréhendé la rentrée des classes et je ne comprenais pas ce soudain revirement émotionnel de la part de mon système nerveux. Peut-être étaient-ce les transports en commun qui me gênaient, n'ayant jamais été très sociable. Auparavant, je n'avais guère eu besoin d'utiliser un moyen de locomotion autre que mes pieds pour aller à l'école. J'étais titulaire du permis de conduire depuis peu et je possédais même une voiture ordinaire, mais je me sentais encore trop novice pour faire usage d'une machine de trois tonnes cinq sans occasionner de dégâts irréversibles aux autres automobilistes. Décidément, l'université allait changer bien des choses. Je n'imaginais pas à quel point.

*

Le portable qui me servait de réveil sonna à 6 h. J'avais l'impression de ne pas avoir fermé l'œil de la nuit, ou de m'être simplement assoupi. Je n'étais guère habitué à me lever de si bonne heure, mais le seul train qui partait de la minuscule gare de la Chapelle pour se rendre à Rocal passait à 7 h. Je ne m'en plaignais pas cependant, qu'un aussi petit patelin soit desservi par le train relevait déjà du miracle. Le stress me gagna et m'insuffla le courage de m'extirper de mon lit qui me paraissait étrangement bien plus agréable que la veille. Après m'être armé d'un enthousiasme feint, je me dirigeai vers la salle de bain. Ma tête au réveil aurait terrifié les plus grands scénaristes de films d'horreur. Mes cheveux indomptables et leur brun fade se hérissaient dans toutes les directions, me dotant d'un véritable « *effet décoiffé* », véritable dans le sens où je ne ressemblais en rien aux mannequins qui apparaissaient sur les publicités pour le gel coiffant. Mon teint un peu moins blafard avait nettement amélioré ma peau, ravagée par le fléau adolescent, mais le bronzage n'étant pas uniforme, c'était un mal pour un bien. Un peu comme se couper un bras pour masquer un tatouage compromettant. Mon nez avait un des plus gros défauts de mon apparence : il pointait en l'air, et j'avais souvent songé à la chirurgie esthétique, mais n'en ayant pas les moyens je me contentais de ne pas trop m'observer dans le miroir. Pour compléter ce tableau de Picasso, ma bouche aux lèvres pulpeuses me donnait un air de « *je suis allergique aux arachides et j'ai mangé du beurre de cacahuètes* », et mes yeux dont la couleur hésitait entre le marron verdâtre et le noir opaque, ressemblaient à ceux d'un chien atteint de cataracte. Pour couronner le tout, je portais depuis toujours des lunettes, que je haïssais plus que le cimetière de la Chapelle, mais sans elles ma capacité à différencier un passant d'un panneau de signalisation s'en trouvait réduite. Enfin, force m'était de reconnaître que ma corpulence s'apparentait à celle d'une tortue anorexique. Mes bras étaient ballants, trop longs, et j'avais de temps à autre l'impression que je pouvais ramasser un objet tombé au sol sans avoir à me baisser. J'étais fin. Maigre. Chétif. J'aurais pu me mettre à la musculation mais comme je l'ai si honnêtement avoué, j'étais trop paresseux pour entreprendre un tel projet. J'ouvris le robinet et commençai à me brosser les dents. J'en avais pris soin toute ma vie, matin, midi, et soir, pour me retrouver finalement avec des dents jaunies. On aurait même pu croire que j'étais fumeur, pourtant non, j'avais simplement un émail couleur safran. Une partie de ma canine centrale s'était en plus cassée, suite à une carence en calcium paraît-il, un peu moins glorieux qu'une bagarre pour sauver son honneur.

  Ne voulant pas m'attarder plus longtemps sur ce que je voyais dans le miroir, je me flanquai un coup de peigne rapide, et dépité, je quittai de la salle de bain. Je m'abstins même de prendre mon petit-déjeuner, les nausées étant trop fortes. J'avais l'habitude d'être barbouillé lorsque j'étais stressé, mais rarement lors de la rentrée des classes. Je ne trouvai pas ma mère, naturellement, elle s'était déjà rendue au cimetière, comme si mon père allait s'impatientait si elle ne se montrait pas suffisamment ponctuelle. Je sortis, un parapluie à la main. Une légère bruine tombait des nuages grisonnants. Le ciel s'était couvert pendant la nuit. Je me dirigeai vers la gare de La Chapelle, et dus marcher pendant une bonne dizaine de minutes avant d'y parvenir. Elle n'était pas pourvue d'un hall et encore moins d'un toit. Le train ne faisait que passer, par ici. Il n'y avait d'ailleurs personne sur le quai, j'étais visiblement parti trop en avance. De toute manière, je doutais fortement qu'il y ait grand monde, peu de gens devaient emprunter le train de cette gare misérable.

Je ne dénichai même pas un banc sur lequel m'asseoir et je dus me résoudre à rester debout l'air idiot, planté au beau milieu du quai, arrosé par les quelques gouttelettes que le vent latéral faisait glisser sous mon parapluie sinistre. Je jetai des coups d'œil incessants à mon téléphone, afin de vérifier l'heure. Il était 7 h 00, pile. Le train arrivait à 7 h 07, plus que sept minutes à patienter, à moins qu'il n'ait du retard, comme d'habitude, diraient les adeptes des transports ferroviaires. Je n'en faisais pas partie, pas encore du moins, donc je ne pouvais pas me permettre ces critiques acerbes. La rame arriva enfin, elle ne fut même pas annoncée par un haut-parleur quelconque, d'où s'échappait d'ordinaire une voix robotique. J'entrai rapidement dans le wagon qui s'arrêta devant moi. Il était bondé. Me retrouver coincé parmi des inconnus dont j'ignorais tout, y compris leur notion de l'hygiène, ne m'enchanta guère, *mais je finirais par m'y habituer*,

pensai-je. Je n'avais d'ailleurs pas le choix. Si seulement je n'avais dû m'habituer qu'à ça...
*

Parvenu à la gare de Rocal, j'empruntai le métro au sous-sol. Ce dernier me déposa ensuite au bout de la grande avenue menant à l'université aux alentours de 7 h 30. Sachant que je commençais vers 8 h, je ne me pressai pas, d'autant plus que la pluie avait cessé de tomber. La route jusqu'à l'université possédait une largeur inutile, et deux larges trottoirs la longeaient de part en part, sur lesquels d'imposants palmiers obligeaient les badauds à zigzaguer pour pouvoir avancer. Le chemin n'était pas très long, mais j'avais perdu l'habitude de marcher pendant ces deux mois de vacances. La foule me tuait littéralement. Bien que je ne sois pas en retard, la vue des passants qui se traînaient me fit accélérer le pas.

Le soleil amorçait une évasion des nuages grisants, chassés par un léger vent pré-automnal. J'arrivai face au bâtiment principal en quelques foulées. Il était encore tôt mais je fus surpris de voir qu'il y avait bon nombre d'étudiants devant l'entrée de l'établissement, dont l'immense portail vert foncé était déjà ouvert. Je traversai la cour de l'université et tombai sur un panneau imposant qui récapitulait les divers bâtiments. Je mis bien dix minutes à localiser l'endroit où je me trouvais sur le plan, pourtant marqué d'un énorme « vous êtes ici ». *Ça promet*, pensai-je maussade. J'employai le temps restant à mémoriser les différentes salles de classes et structures dans lesquelles j'allais devoir me rendre au cours du premier semestre, et vu mon sens de l'orientation, je songeai sérieusement à me procurer une boussole. Je me perdis trois fois parmi les vieux pré-fabriqués, pénétrai par erreur dans une salle de réunion me retrouvant face à une dizaine d'inconnus qui me regardèrent de travers et je piquai un fard. Je réussis même sans savoir comme je m'y étais pris, à quitter l'université par une issue dénommée « sortie des amandiers ». Je parvins donc non sans mal à apercevoir le département de chimie, dans lequel devait forcément se situer ma salle de cours. Je ne comprenais rien à son intitulé, qui se composait de chiffres et de lettres de toutes sortes, tandis que je me souvenais aisément de la composition chimique de chaque molécule.

J'aperçus alors une jeune fille entrer dans le bâtiment d'un pas assuré, et je m'empressai de la suivre. Peut-être pourrait-elle me renseigner. Néanmoins, je fus incapable de lui adresser la parole directement. A la place, je maniai la ruse et fis mine de rebrousser chemin, en scrutant le numéro de chaque salle en même temps que je consultai mon emploi du temps. Un instant, je crus qu'elle allait superbement ignorer ma cavalcade, mais tandis que je m'éloignai un peu plus dans le sens inverse, je l'entendis m'interpeller :
— Excuse-moi ?
Je me retournai, réprimant un sourire devant ma stratégie qui avait fonctionné.
— Oui ? répondis-je du ton le plus avenant que je puisse employer.
— Tu cherches quelque chose ?
— Oui. La salle, euh... (je regardai une nouvelle fois mon emploi du temps), A111, parvins-je à articuler.
— C'est au premier étage, me renseigna-t-elle. La lettre au début, c'est le nom du bâtiment, et le chiffre, le numéro de l'étage.

— Merci, ça m'évitera de me perdre dorénavant...
Je craignis un instant de passer pour un parfait crétin mais elle ne fit pas cas de ma remarque.
— J'ai cours là aussi ! Tu es en première année de chimie, c'est bien ça ?
Quelle chance ! pensai-je. La première inconnue avec qui je parlais était une camarade de classe.
— C'est ça ! Nous allons donc partager les mêmes cours.
— Je m'appelle Fanny, se présenta-t-elle. Fanny Belle.
— Enchanté, je suis Lucas Foques.
Je me fis aussitôt la réflexion que son nom de famille lui allait comme un gant. Belle aurait été l'adjectif le plus approprié pour la qualifier. Ses cheveux châtain foncé se dégradaient formidablement en une teinte chocolat et retombaient sur ses épaules en une cascade bouclée. Elle portait d'épaisses lunettes bleu nuit qui mettaient en valeur ses yeux en amande dont la couleur oscillait entre le vert amande et l'émeraude. Ces mêmes prunelles étaient surmontées d'un maquillage plutôt discret et des cils d'un volume étonnant venaient ouvrir son regard. Elle avait un visage rond dont le teint évoquait la Méditerranée. Perchée sur deux marches de plus que moi, elle paraissait me dépasser d'une tête, mais à niveau égal nous devions mesurer la même taille.

Je tentai d'engager davantage la conversation afin de ne pas laisser s'installer un de ses blancs gênants que l'on peine à combler au fur et à mesure que le silence perdure.
— C'est ta première année ici ? demandai-je, en me rappelant qu'elle m'avait déjà signalé être dans la même classe que moi.

— Je suis en première, oui, mais je suis une redoublante. J'ai réussi à foirer mes deux semestres, l'an dernier !

Je sentis ma gorge se nouer.

— C'est si difficile que ça, la fac ? m'inquiétai-je.

— Oui, quand tu passes les trois quarts de l'année sur Facebook au lieu d'aller en cours ! m'avoua-t-elle, en pouffant. Mais cette fois, je m'y mets ! Pas le choix, d'ailleurs.

— Au moins tu connais bien la fac ! Tu pourras me servir de GPS et m'accompagner à chaque salle de classe, suggérai-je, cette fois un sourire aux lèvres.

Mince ! Je ne m'étais rendu compte —trop tard— que ma phrase avait des accents de mauvaise technique de drague. Pourtant malgré son physique avantageux, je n'éprouvais aucune envie de tenter une approche plus qu'amicale avec elle. Fanny ne s'était visiblement aperçu de rien puisqu'elle poursuivit le dialogue avec moi, une fois que nous étions arrivés devant la salle. Grâce à ses connaissances —pas sur la chimie, mais sur l'université en général—, j'appris qu'elle côtoyait au bas mot une centaine d'étudiants. Ce devait être la parfaite représentation de la fille populaire qu'on voit dans les lycées aux États-Unis. Elle était capable de m'énumérer tous les défauts et toutes les qualités de chaque enseignant, depuis leur problème de strabisme jusqu'à leur élocution défaillante. Elle était moins généreuse avec les qualités dans la caractérisation des professeurs, ce qui ne cessa d'intensifier mon angoisse. L'équipe pédagogique était-elle si catastrophique ?

Plusieurs étudiants rappliquèrent au fil du monologue de Fanny, monologue parce que je ne pouvais plus en placer une, pas même pour la féliciter de son record d'apnée. Je remarquai très vite que ma classe se constituait principalement de filles que Fanny s'empressa de me présenter. De petits groupes se formèrent dans le couloir, et Fanny errait de l'un à l'autre, critiquant des camarades du clan qu'elle venait de quitter, puis revenant au premier pour en persifler d'autres. Le brouhaha aigu s'accentua au fur et à mesure que le temps passa, et bientôt je fus soulagé que l'heure du cours approchât.

    M. Goblin apparut cinq bonnes minutes après la sonnerie et Fanny laissa échapper qu'avoir moins de quinze minutes de retard soulignait une ponctualité exemplaire chez les fonctionnaires. Je soupçonnai même le professeur de l'avoir entendue, car il ne répondit pas aux salutations qu'elle lui présenta. Nous entrâmes finalement dans la classe et je tentai discrètement de m'éclipser dans un recoin de la salle, mais Fanny, dont l'œil avisé semblait percevoir le moindre mouvement, m'attrapa par le bras et m'entraîna aux tables avec ses amies. J'étais étrangement mal à l'aise depuis que j'avais su que Fanny était très appréciée, je l'avais imaginée fraîchement débarquée, perdue, comme moi au milieu de la fac. Par conséquent intégrer un groupe dont chaque membre avait déjà créé des affinités me mettait à la place du vilain petit canard.

    Le maître de conférence se racla la gorge pour faire taire les plus bavards, puis déclara inutilement qu'il était le professeur de chimie organique, chose que nous aurions tous devinée puisque c'était clairement mentionné sur l'emploi du temps. Il s'appelait M. Goblin et se révéla l'archétype phare de l'instituteur antipathique. Ce semestre s'annonçait prometteur.

Il nous expliqua rapidement le fonctionnement de l'université et Fanny acquiesçait à chacune de ses paroles, comme si M. Goblin était un élève et elle l'examinatrice. Son expérience de la fac l'année passée avait dû avoir une influence néfaste sur son estime personnelle. Il nous décrivit en quoi consisteraient les examens de sa matière et nous indiqua où se trouvait la salle de travaux pratiques. Je me réjouissais d'avoir autant de cours pratiques que de cours théoriques mais Fanny sembla pantoise.
— Tu comprends, en TP, on doit porter une blouse... se plaignit-elle discrètement auprès de moi.
La fin du cours arriva assez vite. Les leçons n'avaient même pas pu commencer, M. Goblin était bien trop occupé à insister sur l'importance du travail à fournir pour réussir son année universitaire (Fanny avait d'ailleurs cessé soudainement de papoter et s'était faite toute petite sur sa chaise). J'étais quelque peu déçu de m'être levé juste pour une séance d'informations sachant que je n'avais pas d'autres cours de la journée. Fanny me proposa aussitôt d'aller en ville pour acheter les fournitures scolaires dont elle aurait besoin (comprenez par là que les fringues faisaient partie des achats obligatoires pour une réussite universitaire assurée), et comme le train pouvant me ramener chez moi était prévu quelques heures plus tard, j'acceptai, un peu à contrecœur. J'avais déjà fait l'amère expérience de pénétrer dans un magasin de vêtements avec des filles, et cette agitation d'œstrogènes m'avait déstabilisé, d'autant plus que Fanny incarnait ici la parfaite représentation de la femme hystérique se battant pour un haut en soldes.

Sur le chemin du retour, elle tenta misérablement de me caser avec Roxanne, une étudiante qu'elle avait critiquée une heure auparavant (ce qu'elle paraissait déjà avoir oublié) et qui compte tenu de son physique peu avantageux avait constitué la seule fille susceptible de devenir ma petite-amie selon Fanny, bien qu'elle ne me le dît pas clairement. Je regrettais d'avoir accepté une sortie avec ces mégères qui avaient déjà réussi l'exploit de m'agacer. Au moment où je réfléchissais à quelle excuse je pouvais bien inventer pour leur échapper, nous passâmes devant un bâtiment sur lequel un panonceau indiquait « INFIRMERIE ». Sautant sur l'occasion, j'annonçai à Fanny :
— Je suis désolé Fanny, il faut que j'aille à l'infirmerie.
— Tu ne te sens pas bien ? s'inquiéta-t-elle.
J'aurais pu confirmer que je me trouvais mal mais n'étant pas doué pour jouer la comédie je me contentai de dire la vérité, ou du moins en partie :
— Ce n'est pas ça, je dois simplement remettre des papiers.
— Pas de problèmes, on t'attend !
Et zut ! Fanny était visiblement du genre insistante, ou pot de colle pour les plus sincères.
— Non, ne vous embêtez pas ! J'en ai pour un moment. Je vous laisse entre filles.
Apparemment, j'avais marqué un point, Fanny devait avoir peur que je précipite leur sortie des magasins.
— Mais il fallait rendre un papier à l'infirmerie ? Ou c'est juste toi ?
— C'est juste moi, précisai-je.
Je l'aperçus se mordre la langue tant sa curiosité en était piquée, et derrière elle, Rachelle et une autre fille dont

j'avais déjà oublié le nom me lorgnaient dans l'espoir que j'en confesse davantage.
— Tu es malade ? Tu as le droit à un tiers-temps ?
— Non, rien de tout ça. Je... Je t'expliquerai. Allez-y, je ne voudrais pas retarder votre journée shopping.
— Très bien, dit-elle, satisfaite à l'idée qu'elle serait mise au courant sur ce qu'elle imaginait être un terrible secret.
Elle ne me lâcha pas de si tôt et proposa qu'on s'échange nos numéros de téléphone. J'inscrivis également dans mon répertoire ceux de ses copines dont l'identité ne me revint pas en mémoire. Je les renommai donc par des adjectifs qui les caractérisaient au mieux. J'espérais qu'elles ne tomberaient jamais par hasard sur mon portable, sinon je pouvais dire adieu à l'aménité qu'elles avaient manifestée à mon égard. Je finis par prendre congé et je savais que ma nouvelle amie ne manquerait pas de me relancer sur le sujet.

    J'entrai dans ce qui faisait office d'infirmerie, ce que j'aurais pu aisément deviner grâce à l'odeur de désinfectant incrustée dans l'air. Il y avait un couloir étroit dans lequel était calé un banc contenant quatre malheureux sièges qui donnaient sur une porte entrouverte. En passant devant, la porte s'ouvrit à la volée et une femme désagréable me toisa :
— Oui ? s'enquit-elle sur un ton à la limite de l'indécence.
— Bonjour, commençai-je. Je viens remettre un document à l'infirmière.
— Elle n'est pas là aujourd'hui, c'est la rentrée, je vous rappelle, m'annonça-t-elle d'un air dédaigneux, me prenant au passage pour un demeuré.

— Oui, j'imagine que le jour de la rentrée, tout le monde est en pleine forme, ironisai-je, mais elle ne fit pas cas de mon acrimonie.
— Passez un autre jour.
— Je viens seulement donner un papier !
Elle m'arracha à moitié le document que j'avais en main et constatant qu'il s'agissait d'un certificat médical, elle s'adoucit quelque peu, comme si j'étais un cancéreux en phase terminale.
— Oh, dit-elle, c'est pour signaler une maladie congénitale. Vous avez besoin d'aménagements particuliers, c'est pour ça que vous venez je présume ?
— Non, ce ne sera pas nécessaire. C'est tout bonnement pour excuser mes éventuelles absences, surtout lors des examens.
— Vous serez absent lors des examens ? s'indigna-t-elle.
— Je ne sais pas quand j'ai prévu d'être malade, m'impatientai-je.
Elle sembla réaliser la stupidité de sa remarque.
— La visite médicale obligatoire aura lieu la semaine prochaine, venez à ce moment-là, vous pourrez alors expliquer à Mme Andrieux tout ceci. Mme Andrieux, c'est l'infirmière, ajouta-t-elle.
J'allais lui rétorquer que je me doutais qu'elle n'était pas la cuisinière du restaurant mais je ne voulais pas me montrer trop impertinent. Au lieu de quoi, je la remerciai et lui dis que je reviendrai. Je patientai néanmoins quelque temps dans la salle car mon entretien avait été trop court pour que Fanny et sa bande ne soient plus dans les parages. Il ne me restait plus qu'à rentrer chez moi, et savourer la nouvelle vie qui m'attendait : une vie ennuyeuse, en apparences.

Chapitre 2 : La brûlure

La semaine passa vite. Très vite. J'étais surpris de la rapidité à laquelle j'avais pris mes nouvelles marques dans cette vie que j'avais cru si trépidante. J'avais rencontré au fil des jours la totalité de l'équipe pédagogique, et dans l'ensemble j'avais trouvé que la plupart des professeurs constituait une équipe fort sympathique.

Le lundi nous commencions par M. Goblin, lequel se chargeait des classes de chimie organique. Le mardi, j'avais pour unique cours magistral les cycles biologiques chez les animaux et végétaux avec le professeur Miles, un homme d'une quarantaine d'années qui souriait quelle que soit la situation, y compris quand Fanny pouffait de rire sous sa table en ramassant son rouge à lèvres. L'après-midi, je terminais par un enseignement d'exploration obligatoire et contrairement à Fanny, j'avais opté pour l'espagnol, une discipline assurée par Mme Ribes, une quadragénaire naturelle qui ne s'embarrassait pas avec des fioritures.

Le mercredi se révélait le jour le plus complet de la semaine, où j'enchaînais les mathématiques de la modélisation, l'architecture de la matière et l'introduction à la géologie, cours respectivement assurés par Mme Carceles, Mme Ranema et M. Delolme. Mme Carceles, une femme âgée de trente-cinq ans environ et aux allures maternelles, se vêtait toujours de tenues extravagantes. Fanny et sa bande hurlaient de rire lorsqu'elles découvraient de quels vêtements elle s'affublait, et ma camarade attitrée n'avait cessé de me taquiner quand l'enseignante m'avait instinctivement appelé « *chéri* » en pleine séance. Mme Ranema se trouvait en revanche aux antipodes de sa collègue. Elle arrivait toujours à l'heure, s'exprimait de manière claire et concise et dégageait une telle élégance que même Fanny en éprouvait de la jalousie. Quant à M. Delolme, il m'avait paru fort antipathique de prime abord, mais au fur et à mesure que le cours avançait, il s'était montré plutôt investi dans son travail et nous rassurait lorsque nous étions perdus. Le jeudi, nous débutions avec Mme Laventi pour la Science de la vie, qui malgré l'heure matinale, se dandinait sur son estrade pendant qu'elle faisait son cours. Elle était très souvent prise de tics nerveux qu'elle exprimait à travers diverses grimaces, et Fanny ne perdait jamais une occasion de l'imiter afin de glousser avec ses copines. L'après-midi, nous retrouvions de nouveau Mme Ranema pour des travaux pratiques.

Nous étions libres le vendredi, et je devais bien avouer que notre emploi du temps était loin d'être chargé le reste de la semaine. Cependant, Fanny et ses comparses se plaignaient sans cesse des cours selon elles trop matinaux et elles prévoyaient déjà d'en parler à l'administration pour effectuer un changement d'horaire.

*

Mardi passé, Fanny n'avait pas hésité à me solliciter sur ce que j'étais allé faire à l'infirmerie, elle avait visiblement passé une nuit blanche à échafauder différents scénarios, tous plus mystérieux les uns que les autres.
— Je devais rendre un certificat médical pour justifier mes éventuelles absences, lui expliquai-je à contrecœur,

en ayant l'impression de revivre la scène avec la secrétaire odieuse.

— Tu es handicapé ? Est-ce qu'il s'agit d'une maladie gênante ? Tu sais que Judith (la grosse qu'on appelle Peggie), est aussi atteinte ? Tu ne devineras jamais ce qu'elle a... Tiens-toi bien ! Les filles étaient choquées en l'apprenant !

Elle marqua une pause théâtrale pour ajouter plus de surprise à son récit, attendant que j'établisse une supposition acceptable, mais comme je gardais le silence elle se mit à chuchoter, dans le doute paranoïaque que quelqu'un l'écoutait à son insu.

— Elle a une MST !

— Ah... dis-je, un peu mal à l'aise de connaître une anecdote sur la vie intime d'une fille que j'avais encore du mal à identifier.

— Une maladie sexuellement transmissible ! précisa Fanny, voyant que je n'étais pas suffisamment scandalisé.

Je la laissai déblatérer ses théories les plus saugrenues dans l'espoir que son monologue l'éloignerait de la réponse que je ne lui avais pas donnée au sujet de ma pathologie. À peine avait-elle exprimé son étonnement sur le fait que Peggie était sexuellement active malgré sa corpulence, qu'elle revint à la charge.

— Et toi alors, tu as quoi ? Enfin, si ce n'est pas indiscret, ajouta-t-elle, comme si la perspective de se montrer curieuse lui était intolérable.

— Une cardiopathie congénitale, finis-je vainement par avouer.

Elle me fixa comme si j'étais sur le point de disparaître devant ses yeux, terrassé par un symptôme dévastateur.

— Ce n'est pas une maladie grave, m'empressai-je de clarifier, de peur de devenir la cible de la pitié générale.
— Et... qu'est-ce que ça te provoque ?
Elle s'arrêta en chemin et resta debout l'air affolé, en plein milieu du passage. Les étudiants derrière elle la contournèrent agacés.
— Des manifestations plutôt bénignes, comme un essoufflement si je cours. Rien de préoccupant.
Depuis ce jour, je soupçonnai Fanny d'en avoir averti toute l'université. Je ne pouvais pas lui en vouloir cependant, déjà parce que je la savais pertinemment incapable de ne pas informer tous les gens lui tombant sous la main ; ensuite, j'avais vite compris que son but ne relevait pas de la pure méchanceté.

Certes, se charger de répandre la nouvelle avait dû lui procurer un plaisir incommensurable, mais j'avais remarqué qu'en cours les étudiants me ménageaient. Lors des travaux pratiques —j'étais en binôme avec Fanny, j'étais d'ailleurs étonné qu'elle ait préféré ma compagnie à celle d'une de ces commères —, elle faisait particulièrement attention à ce que je ne me trouve pas en présence de produits dangereux. Elle avait sévèrement sermonné Roxanne quand elle m'avait fait sursauter en déboulant d'un couloir silencieux. De même, elle veillait scrupuleusement à ne pas employer des mots tels que *cœur* ou *crise*, et évitait de me faire rire de trop, comme si m'esclaffer allait me déclencher un infarctus. Je ne l'avais guère imaginée protectrice, bien au contraire. L'expression *il faut se méfier des apparences* ne m'avait jamais paru aussi véridique.

Toutefois, l'affinité que j'avais ressentie à son égard s'était quelque peu estompée quand j'avais dû me coltiner Roxanne, qui essayait sans cesse de me séduire misérablement. J'étais persuadé que si elle tentait une approche plus qu'amicale c'était parce que Fanny l'avait influencée le premier jour de classe. Malheureusement pour moi, Roxanne était une des personnes les plus pénibles que je connaisse (j'en possédais pourtant une collection complète à la Chapelle) et qui souffrait d'une manie insupportable consistant à me prendre de haut sous prétexte qu'elle avait déjà une année universitaire à son actif.

Au début, j'étais vexé par sa condescendance jusqu'à ce que je m'aperçoive qu'elle réservait le même traitement à l'ensemble de la promotion. Tous les étudiants s'abstenaient soigneusement de poser la moindre question quand elle se trouvait dans les parages, car à peine entendait-elle une interrogation dans la voix de l'un d'entre nous, qu'elle se mettait à nous déblatérer des propos illustratifs et un soupçon moralisateurs. C'est de cette manière qu'elle m'avait d'ailleurs maladroitement dragué, en me faisant un exposé sur les modalités d'évaluation pour chaque matière.

— Je pense que tu n'as pas compris la différence entre contrôle continu et contrôle terminal, disait-elle sur un ton impérieux. Laisse-moi tout t'expliquer, on va commencer par le début. Je pourrai venir chez toi si tu veux, on sera plus tranquilles. À moins que tu n'aies une petite-amie jalouse !

La transition entre le prétexte et le but initial avait été si abrupte que même Fanny en avait éprouvé une certaine gêne. Dès qu'elle avait osé formuler sa demande, j'avais immédiatement maudit Fanny et sa qualité d'entremetteuse. Je fus contraint de mentir à ma prétendante en m'inventant une petite amie imaginaire.

Je ne me souvenais même plus du nom que je lui avais donné. Heureusement Fanny, prévenante et désirant racheter sa faute, me rappela que ma copine s'appelait prétendument Lucie.

*

Oui, la semaine était passée. Très vite. Pourtant, l'impression d'avoir assisté à bien des expériences ne me quitta pas. Peut-être que mes deux mois de vacances avaient été si ennuyeux que huit jours à l'université s'apparentaient à une épopée insurmontable. Le lundi suivant arriva donc très vite, plus vite que je ne l'aurais d'ailleurs cru. Sept jours avaient suffi pour que je m'habitue aux transports en commun, même si j'avais appris à mes dépens que pour s'asseoir sur une place libre, il fallait redoubler d'ingéniosité et se battre bec et ongle pour ne pas se la faire voler.

J'avais reçu un mail de l'administration m'informant que mon rendez-vous à l'infirmerie pour la visite médicale obligatoire était prévu pour 11 h 00 tapantes. Par le plus grand des hasards, Fanny décida de m'y accompagner, ce dont je me réjouis au final car sa présence avait fait fuir Roxanne. Étrangement, en une semaine de temps les deux filles ne pouvaient plus se supporter, bien qu'elles fissent mine d'être exagérément polies entre elles. La secrétaire hautaine nous pria d'attendre l'infirmière, nous désignant le même banc sur lequel je m'étais assis une semaine auparavant pour échapper ironiquement à celle qui se trouvait à mes côtés. L'attente ne lui avait visiblement pas paru longue puisque, à l'accoutumée, elle ne cessa de pérorer sur les filles qu'elle appréciait le moins alors qu'elle en connaissait déjà une bonne partie depuis ses années de lycée. Elle me notifia aussi qu'elle s'était renseignée sur ma maladie grâce à Internet, et m'assura de son aptitude à effectuer un massage cardiaque, « *au cas où* » ajouta-t-elle, en voyant mon air indolent.

— Fanny, l'interrompis-je, je ne suis pas mourant. À vrai dire, je n'ai rien du tout. Ma cardiopathie est complètement bénigne, je n'ai jamais souffert d'aucun problème.

Elle parut presque déçue de ne pas pouvoir me réanimer un jour, ce qui lui aurait alors valu de faire la une du journal local.

— Il vaut mieux être prudent ! s'insurgea-t-elle. C'est ce que je dis toujours à mes frères.

Elle se tut soudain, ce qui ne manqua pas de m'intriguer. Une Fanny silencieuse, c'était comme un sumo anorexique : une incompatibilité évidente.

— Je ne savais pas que tu avais des frères. À aucun moment tu ne m'as parlé de tes proches, ajoutai-je, intéressé.

Ce qui était vrai, alors que Fanny aurait été capable de rédiger ma biographie mieux que moi, m'interrogeant sans cesse sur ma famille, telle une véritable détective privée. Je n'avais jamais eu l'occasion de la sonder à mon tour, craignant de me montrer curieux, ce qui était pour elle le cadet de ses soucis. Elle allait me répondre quand une femme en blouse blanche arriva. Fanny ne fut bien entendu pas autorisée à entrer, ce qui ne l'empêcha pas bien sûr de faire le pied de grue devant la salle.

L'infirmière, Mme Andrieux, me posa avant toute une batterie de questions pour définir mon profil. Je la trouvai somme toute aimable, et étrangement elle n'avait pas l'air d'une infirmière. Sa manière de me questionner sur le ton de la conversation l'éloignait du stéréotype du professionnel de santé, considérant les pathologies comme une curiosité morbide. De plus, elle ne me regardait pas avec des yeux compatissants, sans doute parce qu'elle avait vu de vrais malades au cours de sa carrière, et par vrai, j'entends des patients atrophiés ou souffrants d'une pathologie mortelle et incurable, pas d'un jeune homme s'essoufflant dès qu'il portait un pack de bouteilles d'eau.

— Vous avez eu d'autres problèmes, en dehors de cette cardiopathie ? s'enquit-elle.

— Aucun, répondis-je. Si ce n'est une fracture au bras gauche, lorsque j'étais plus jeune.

— Une carence en calcium ?

— Une porte d'armoire sur le bras plutôt, ajoutai-je, me sentant un peu idiot.

— Je dis ça parce que j'ai remarqué qu'une de vos dents était érodée, ce qui est typique à l'hypocalcémie.

Elle envoya cette réplique en plein dans mes dents déjà abîmées ! Je ne m'y étais pas attendu et me renfrognai. Même lors d'une visite médicale, j'étais la cible de réflexions inconvenantes sur mon physique sauf que dans le genre infirmière sans tact, Mme Andrieux battait un record.

— J'ai le même problème, s'empressa-t-elle de glisser en voyant mon air déconfit. Mes dents cassent. Heureusement, vous êtes loin d'avoir mon horrible dentition.

Bien rattrapé, sauf que ses dents à elle ne semblaient pas souffrir d'une carence quelconque. S'apercevant du malaise qu'elle avait répandu, Mme Andrieux passa à l'auscultation. Elle testa mon équilibre qui s'avéra catastrophique, bien que cela ne fût pas dû à ma cardiopathie. Inutile de le lui préciser cependant, ma maladresse maladive n'entrait pas dans le champ de ses compétences. Elle s'adonna ensuite au test de vue, et essaya vainement de me faire lire sans lunettes, mais n'étant même pas capable de distinguer le tableau du mur, elle abrégea l'examen, se contentant de m'effectuer la prise de sang réglementaire.

— N'oubliez pas de nous faire parvenir le certificat attestant de votre maladie. Ce n'est pas que je mets en doute votre bonne foi, mais vous savez, les procédures...

Elle s'abstint de terminer sa phrase, et j'imaginai bien la secrétaire tatillonne chipoter sur tous les points du règlement qu'elle connaissait certainement par cœur.

— Prenez rendez-vous avec votre cardiologue, à la rigueur, il se chargera lui-même de tout. Vous serez ainsi tranquille pour les années à venir.

J'acquiesçai puis quittai la salle d'examen, soulagé d'en avoir fini. Cet entretien avait été plus gênant que je ne l'aurais cru. À peine avais-je ouvert la porte que j'aperçus Fanny, fidèle à son poste d'accompagnatrice, en train de lire de vieux magazines santé.

— Déjà fini ? demanda-t-elle en sautant de son siège. Tu veux mon avis ? Ils feraient mieux de remplacer ces horribles revues par des magazines people, ça au moins, ça détend ! Alors ? Qu'a-t-elle dit ?

Elle croisa les bras, en attente de ma réponse et me scruta d'un œil vif.

— Rien de plus, je dois voir mon cardiologue pour lui transmettre les papiers nécessaires. C'est une procédure tout à fait normale, ajoutai-je en voyant ses yeux affolés.

— Ton cardiologue ? La classe ! C'est comme dans les films, quand le héros dit « *appelez mon avocat* » !

Elle était rassurée, cela faisait au moins un point positif, même si elle considérait classe le fait d'avoir son propre cardiologue. Fanny m'étonnerait toujours. Nous allions partir quand l'infirmière quitta son cabinet pour s'adresser à Fanny.

— Mlle Belle ? Nous avons rendez-vous plus tard pour vous, non ?

Je sentis Fanny s'empourprer, ce qui était plutôt rare pour une fille aussi sans-gêne.

— Oui, confirma-t-elle, vers 13 h. À toute à l'heure.

Je compris immédiatement qu'elle souhaitait couper court à cette conversation. Aussi lorsque nous atteignîmes la sortie de l'infirmerie, je ne pus m'empêcher d'agir comme elle à mon tour.

— Tu as un entretien particulier ? Pourtant, à moins que tu l'aies exigé, tous les étudiants ont rendez-vous en même temps.

Gagné. Je lui avais coupé le sifflet. Elle ne s'attendait pas à ce que je me montre fouineur, ceci étant son activité de prédilection.

— Oh..., répondit-elle à court de mots, oui, j'en ai demandé un. Je ne voulais pas y aller avec les autres filles, surtout Roxanne. Elle me colle aux basques, et à vrai dire —elle chuchota comme si l'intéressée allait nous entendre—, elle me fait honte !

Je regrettai déjà la question que je lui avais posée. Elle était restée étrangement évasive sur le sujet, et ses yeux avaient trahi l'émotion. Une émotion bien différente de l'humour mesquin. J'avais lu la tristesse dans ses pupilles, et son regard, généralement illuminé de splendeur, avait soudain perdu de son éclat. Fanny et la tristesse étaient incompatibles. Qui aurait eu l'idée d'associer du sel à du sucre ? Se pouvait-il que les filles

comme Fanny n'aimaient pas parler de leur propre vie ? C'était sans doute une des raisons pour laquelle elle aimait autant pérorer sur celles des autres.
— Roxanne aussi m'agace, avouai-je pour détourner la conversation.
J'aperçus le soulagement dans ses prunelles. Après tout, elle m'avait débarrassé de Roxanne, même si c'est elle qui me l'avait collée dans les pattes. Donnant donnant.

*

Vers 13 h après un déjeuner innommable au restaurant universitaire, je me dirigeai vers mon prochain cours, le seul que je n'avais pas en commun avec Fanny. De toutes manières, elle n'aurait pas pu m'accompagner du fait de son mystérieux rendez-vous. Je savais désormais me repérer parfaitement dans l'université sans avoir à consulter le plan, ma nouvelle amie ayant visiblement été un bon chien guide. À travers les baies vitrées du bâtiment, j'aperçus que des étudiants étaient déjà présents et patientaient en attendant le début du cours. Nous étions peu à opter pour une langue vivante en guise d'option.
Alors que je franchissais la porte comme à l'accoutumée, je fus en proie à une série d'évènements soudains que je ne pus distinguer en un bloc. Je me rappelai seulement avoir posé mon regard sur un garçon inconnu, qui arrivait lui aussi d'une démarche nonchalante. La simple vue de son visage provoqua en moi une sensation brutale et inexplicable.

Je sentis un courant électrique parcourir la totalité de mon corps à plusieurs reprises, s'enfonçant chaque fois un peu plus dans les profondeurs de ma chair et de mes organes. C'était comme si je venais de me faire électrocuter par un éclair foudroyant et que j'étais devenu un paratonnerre. Cette décharge semblait provenir de ma poitrine —mon cœur peut-être ?— pour s'infiltrer dans chacun de mes membres... Tous mes muscles se contractèrent d'eux-mêmes, et ils se durcirent violemment, en rythme avec les cabrioles qu'ils exécutaient à travers ma peau. Cette dernière devint brusquement brûlante et boursoufflée par le sang qui affluait sous elle, lequel bouillonna à grosses bulles.

  Dans un état second, j'ignorai si je ressentais une quelconque douleur face à ce phénomène incompréhensible, ce devait forcément être le cas puisque mon corps parais-sait protester contre cette électrocution. Je trouvai étrangement du soulagement dans cette douleur, comme lorsqu'on boit de l'eau glacée après avoir couru en plein soleil. Dès que cette pensée me vint en tête, la décharge cessa de se jeter dans mon corps entier, comme si les filaments électriques qui se connectaient à chacune de mes cellules avaient réussi à atteindre leur finalité. J'eus l'impression que cet éclair revenait vers son point de départ, même si les endroits où elle était passée n'avaient pas encore retrouvé leurs sensations habituelles. Ce courant était bel et bien retourné de là où il était venu, j'en étais sûr désormais, car mon cœur sembla exploser, jaillir de ma cage thoracique, fondre en un tas visqueux bien qu'il parût en même temps ne jamais vouloir cesser de battre.

  Je m'imaginais ne plus avoir un cœur dans la poitrine, mais une boule de feu qui brûlait tout sur son passage. Elle battait à une vitesse phénoménale, augmentant sa rapidité progressivement, si bien que je n'étais plus en mesure d'entendre le silence entre chaque battement. Là encore, j'avais mal avec plaisir malgré l'angoisse que cela me procurait. Que se passait-il ? J'étais sûr d'une chose : ce qui m'arrivait ne pouvait être humain. Les humains ne pouvaient pas ressentir une émotion aussi violente, aussi dévastatrice. Paralysé, j'aurais voulu hurler, appeler à l'aide et m'effondrer sans pour autant être en mesure d'expliquer mes symptômes indéfinissables. Je ne faisais pas une crise cardiaque, j'en avais la certitude pour deux raisons. Tout d'abord, parce que j'étais loin de me sentir faible, bien au contraire, c'était comme si mon cœur avait évolué pour vivre un siècle encore, je décelais en moi une force nouvelle, inépuisable. Par ailleurs, j'étais soudainement capable de l'entendre résonner dans mon propre corps, je l'écoutais battre désormais à un rythme différent, ni trop vite, ni trop lentement. On aurait dit qu'il s'était accordé sur le tempo d'une mélodie.

Je crus que j'étais resté figé ainsi pendant des heures durant, mais cette crise, faute d'un meilleur terme, n'avait visiblement duré que quelques secondes. Je voyais les étudiants, aux alentours, marcher, discuter, rire... au ralenti. Personne ne me regardait bizarrement ou avec inquiétude, je ne devais donc pas sembler paralysé en position debout, ce qui me rassura. Je bougeai mes yeux et dirigeai mon regard vers celui qui avait déclenché cette manifestation ineffable. Je me demandai si je le reconnaîtrais, je ne me rappelais déjà plus à quoi il ressemblait, mais cette chose, ce feu qui s'était emparé de mon cœur, lui, n'avait rien oublié.

Dès que je revis son visage, il sembla se jeter contre ma cage thoracique pour aller le retrouver, pour ne faire plus qu'un avec lui. La chaleur s'intensifia davantage mais les décharges ne revinrent pas, à la place, c'est cette couleuvre enflammée qui parcourut mon anatomie, comme si de la lave glissait dans les endroits où la décharge avait créé un réseau entre mon cœur —était-ce encore le mien ?— et mon corps. Je voyais celui qui m'avait infligé cette crise, mais j'étais incapable de le décrire. Je crus même que j'étais en train de rêver, mais une telle sensation ne pouvait être onirique, sinon je me serais déjà réveillé en sursaut.

Ce fut ensuite au tour de mon cerveau de subir ces symptômes des plus étranges, mais rien à voir avec une décharge électrique ou un feu ardent. J'avais l'impression qu'une fenêtre s'était ouverte dans mon crâne et qu'un vent balayait la surface de mon cerveau, comme pour effacer tous mes souvenirs, seulement les plus déplaisants. Le décès de mon père, les ragots qui circulaient sur mon compte, mes déboires amoureux... Plus rien n'avait d'importance, plus rien ne pouvait compter dans ma vie comme dans ma mort. Je réalisai alors que tous mes sens, toutes mes pensées, tous mes désirs étaient tournés vers ce garçon.

Comment était-ce possible ? L'expérience paranormale que je vivais aurait dû durer des heures, comment toutes ces choses avaient pu se produire en seulement une seconde ? Et surtout pourquoi ? Ce garçon ne pouvait pas être à l'origine de ce qui m'arrivait... C'était impossible, un problème neurologique avait dû survenir pendant que je franchissais la porte... Ces sensations avaient cessé mais je sentais que je n'avais pas retrouvé mon enveloppe charnelle, mon esprit d'autrefois... J'étais passé en une seconde d'un monde à un autre, comme si j'avais été dans le coma pendant dix ans et que je m'étais réveillé, brusquement.

Je risquai un nouveau regard vers lui et tout sembla recommencer, mon cœur, mon corps, mon cerveau s'agitèrent, s'ils avaient pu parler, je suis sûr qu'ils auraient hurlé de protestation, qu'ils m'auraient supplié de cesser, il était si atroce d'infliger ça à une partie de soi... Je craignis même que mon cœur ne lâche, ou que je fasse une attaque cérébrale, même si je savais, je *sentais* que je ne mourrais plus, que je ne vivrais plus, j'étais déjà mort, ou alors j'avais vécu une renaissance, tout était plausible. Ces pensées me firent peur. Devenais-je complètement fou ?

Le temps sembla retrouver sa normalité. Les événements se succédèrent, à vitesse habituelle et cette fois, je restai véritablement figé en plein milieu de l'entrée. Je fus subitement libéré de cette paralysie mais j'étais encore sous le choc, incapable de me mouvoir.

— Pardon, s'impatienta quelqu'un derrière moi.

J'encombrai le passage mais cette personne me fit retrouver contenance. Sans réfléchir davantage, je sortis du bâtiment. Mes jambes fonctionnaient toujours, et en dépit de cette sensation de faiblesse mentale que je ressentais, elles semblaient pouvoir m'emmener partout. J'aurais pu courir pendant des heures sans être fatigué, sans voir où j'allais, sans prêter attention aux alentours. C'était comme si j'étais épuisé à l'intérieur, mais animé d'une énergie olympique à l'extérieur. Je ne pouvais pas aller en cours dans cet état-là, pourtant personne ne semblait avoir remarqué que je n'étais plus moi. Mon bouleversement interne était tel que je fus presque certain de ne plus être physiquement le même. Je devais forcément avoir le visage paralysé, la démarche chancelante, la peau calcinée...

Je me dirigeai vers les toilettes pour hommes pour y trouver un miroir, mais les murs étaient seulement parsemés de graffitis obscènes ou de slogans politiques. Pas une glace, comme si se regarder était un rituel essentiellement féminin. Je pris donc la direction des toilettes des filles, situés juste à côté. Ils étaient vides, tant mieux, je ne voulais pas qu'on me fasse une réflexion quelconque ou qu'on me prenne pour un pervers. Un miroir recouvrait le mur sur toute sa largeur, mais il n'avait pas échappé non plus à son lot de graffitis. Je m'en approchai en toute hâte, tentant d'apercevoir mon reflet au milieu des gribouillis, terrifié à l'idée de ce que j'allais y voir...

Rien. Rien n'avait changé, du moins physiquement. J'inspectai mon visage sous tous les angles et force m'était d'admettre qu'il était identique, je ne paraissais pas étrange, ou pas plus que d'habitude. J'observai jusqu'à mon corps, discrètement bien sûr, mais là encore tout semblait normal. Pourtant je savais que je n'étais plus le même. Comment aurais-je pu être la même personne que la veille alors que tout en moi avait changé ? Je me passai un peu d'eau sur le visage pour me calmer. Mais ma décision était prise : je ne retournerai pas en cours aujourd'hui. C'était impossible. Je ne m'imaginais pas voir ce garçon (en pensant à lui, je sentis ce feu s'agiter dans ma poitrine) pendant tout le cours. Et si cette sensation réapparaissait à chaque fois que je posais mon regard sur lui ? Serais-je capable de le reconnaître si je le voyais de nouveau ?

Je me rendis alors à l'évidence : j'avais tout simplement vu ce garçon au mauvais moment. Cette crise, peu importe d'où elle venait, n'avait rien à voir avec lui. Et penser à lui me faisait penser à la crise, voilà tout. Il fallait que je rentre chez moi, que j'aille chez mon médecin traitant et qu'il soigne ce qui m'était arrivé. Après ça, tout rentrerait dans l'ordre. C'est ce que j'espérais.

*

J'étais dans ma chambre. Dans le noir, comme quelqu'un en deuil. Ici, le défunt, c'était mon ancien moi. Je savais que j'étais mort, mais que je vivais, là, maintenant. Comment était-ce possible ? Cette question me taraudait, et sur le chemin du retour, j'avais bien dû me la poser des centaines de fois. Je ne savais toujours pas comment j'étais parvenu jusque chez moi. Le trajet m'avait paru indistinct, les conversations alentours de simples murmures inaudibles. J'avais décidé de ne pas aller chez le médecin. Je sortais juste de la visite médicale, si quelque chose clochait, Mme Andrieux l'aurait vu. J'irais mieux le lendemain.

Ma mère, qui avait appris mon emploi du temps par cœur, s'étonna de me voir rentrer si tôt. Je lui expliquai rapidement qu'un de mes cours avait été annulé, typique de l'université, ajoutai-je, pour paraître plus crédible. Un mensonge, bien sûr, mais que pouvais-je bien lui révéler ? La vérité ? Je ne la connaissais pas moi-même. Et mettre des mots sur cette sensation pourtant indéfinissable l'aurait conduit à joindre le cardiologue en urgence. Pourtant, mon palpitant n'avait rien à voir avec la source de mes angoisses, théoriquement du moins. Je passais de la raison à la folie, de l'espoir au désespoir, et par folie et désespoir, j'entendais le paranormal. Moi qui avais toujours méprisé ce que j'appelais l'anti science, je me retrouvais là, à croire à des choses insensées.

Je ne dînai pas ce soir-là. Inutile de dire que j'étais beaucoup trop secoué pour avoir de l'appétit, encore moins pour engloutir les plâtrées monumentales de hachis Parmentier que ma mère avait préparé. Je prétextai même être malade (ce qui en soit n'était pas totalement faux) puis filai au lit, en sachant pertinemment que je ne pourrai jamais m'endormir. J'hésitai même à me rendre en cours le lendemain. Et si tout recommençait ? Puis une autre pensée me saisit aussitôt : et si ça ne recommençait pas justement ? C'était à croire que j'aimais ce qui m'arrivait ! Pourtant, on ne pouvait pas aimer une telle chose, c'était indiscutable.

La nuit blanche me guettait, et rater les cours le lendemain me sembla de bonne augure. Je fermai les yeux, tentant de ne penser à rien mais je pressentis que mon cerveau n'allait pas accepter de se retirer si facilement. D'autant plus qu'en abaissant les paupières, je ne me retrouvai pas dans l'obscurité totale. Une minuscule flamme étincelait devant moi, projetant de la lumière dans les ténèbres.

J'ouvris brusquement les yeux. Rien. Je réitérai l'expérience. La flamme était bien là. Une toute petite flamme. Comme si mes paupières avaient été un miroir réfléchissant l'intérieur de mon corps. Comme pour appuyer ma théorie, mon cœur se mit à battre à la chamade, et la flamme que je voyais les yeux fermés s'agita, comme si une brise la faisait frémir.

Je savais désormais qu'en fermant les yeux, la flamme serait bien là. Une toute petite flamme.

Chapitre 3 : L'obsession

Je restai au lit toute la matinée. Je manquai trois cours d'une importance relative mais pour être honnête, je m'en fichais éperdument. Je ne désirais qu'une seule chose : retrouver une vie normale. Ne plus jamais subir une telle sensation —ou la vivre incessamment. Je ne savais même plus où j'en étais. Je tentai de garder les yeux ouverts malgré la fatigue qui s'accumulait. De temps en temps, j'osais les fermer, en espérant que tout aurait changé, mais sans succès : la petite flamme était là, éternelle, immuable, comme si elle n'allait plus jamais s'éteindre. J'étais épuisé, et au fur et à mesure que je laissai tomber les paupières, je me sentis basculer dans un demi-sommeil...

Son visage. Je le vois. J'avais conscience que je rêvais, mais pourquoi donc je le voyais si distinctement ? Je pouvais observer l'ovale de son profil, son teint foncé, presque caramel, ses yeux noirs, en amande, son nez parfaitement droit, sa bouche pulpeuse, s'étirant en un sourire ravissant... Et ses cheveux noir corbeau, légèrement crépus, coupés courts. La simplicité à l'état pur, une simplicité magnifique, merveilleuse, somptueuse... Je n'avais jamais rien vu d'aussi beau.

Je me réveillai le souffle coupé, le cœur battant à la chamade. La sensation qui parcourait tout mon corps me donna des frissons. La tête me tournait et j'en eus la nausée. Ce garçon m'était brusquement revenu en mémoire, alors que j'étais sûr de ne pas me souvenir de ses traits. Dans mon rêve pourtant, il m'était apparu si clair, si réel... J'aurais aisément pu le toucher. Je commençais presque à douter de sa véritable existence, mais la flamme hantant mes paupières paraissait illuminer le visage de cet inconnu.

  Je me décidai finalement à me lever. Ma mère n'était pas là, d'après ce que j'avais compris la veille, elle était partie rendre visite à ma tante. Attristé, je songeai que pour une grande fan de voyages, cette dernière restait trop souvent cloitrée à la maison.
Avant même de penser à manger (depuis la veille, j'étais affamé, mais la boule dans mon ventre ne désemplissait pas), je me précipitai à mon bureau. J'allumai mon ordinateur dont la lenteur était depuis longtemps exaspérante, puis patientai de nouveau pour que la connexion Internet s'établît correctement. Il fallait que je trouve un cas similaire, et sur le net il existait forcément quelqu'un ayant subi la même chose que moi. Qui que ce soit j'espérais qu'il ait publié son témoignage sur un forum médical quelconque.

  Je fus néanmoins rapidement confronté à une difficulté de taille : que devais-je chercher ? La première chose qui m'avait désarçonné, c'était justement que la sensation ne se définissait pas, alors comment poser les bons mots pour qu'une recherche web aboutisse à un résultat pertinent ? J'inscrivis d'abord « sensation inexplicable dans le corps » et je tombai sur des forums de psychologie, dont la plupart des utilisateurs exposaient leurs mésaventures. Dans la majorité des cas, on avançait l'hypothèse de la crise d'angoisse, et souvent on leur conseillait de consulter leur médecin traitant, avec pour mantra « aucun avis sur le forum ne vaut une visite chez un médecin spécialiste ».

Perdant patience, je cliquai sauvagement sur un site traitant de la santé en général mais le même problème se posa alors : dans quelle catégorie pouvait se trouver la pathologie dont je souffrais ? Et avant tout, s'agissait-il réellement d'une maladie ? J'en étais de moins en moins convaincu. Je farfouillai ainsi pendant une bonne heure, mais rien ne ressemblait à ce que j'avais vécu. Je ne comptais plus désormais que sur une chose : le temps. Le temps estomperait tout ça, c'était obligatoire, après tout, qu'est-ce qui ne s'effaçait pas avec le temps ? Même le deuil semblait moins lourd lorsque les années s'écoulaient.

*

J'occupai le restant de la journée à faire ce que j'appelais désormais « le test des yeux clos », mais chaque fois la présence de la flamme anéantissait mes espérances. Je finis par tenter de décompresser et tout fut prétexte pour m'occuper l'esprit au maximum. Je me plongeai dans un de mes romans préférés, *Harry Potter et les Reliques de la Mort*, et mon essai s'avéra fructueux. Je fus si absorbé par la lecture que je n'avais pas remarqué les multiples SMS que j'avais reçus. Tous étaient de Fanny qui désirait savoir pourquoi j'étais absent. Même par écrit, elle se montrait bavarde, et elle avait visiblement rédigé l'essentiel de ses messages pendant le cours de M. Delolme, de qui elle n'avait pas eu à se cacher. Elle me raconta que Roxanne s'était mise à ses côtés pour la mitrailler de questions à mon sujet, mais Fanny m'avait immédiatement rassuré en me jurant sur tous les saints qu'elle n'avait rien dévoilé de ma vie, ce qui était bien peu probable. Même si les deux filles ne se supportaient guère, j'étais persuadé qu'une séance de commérage les rabibocherait très vite.

J'avais presque hâte de les retrouver, Fanny en particulier, qui ne manquait jamais une occasion de me faire rire malgré elle. Il n'était plus question que je rate les jours de cours suivants. Le meilleur moyen de chasser mes démons consistait sans doute à les affronter —à l'affronter lui, en l'occurrence.

Je n'en eus pas l'opportunité le lendemain. J'attendais devant la porte de la salle pour le cours d'architecture de la matière et en vérité, je l'attendais, lui. Pour voir si tout recommencerait, et à l'heure actuelle, je ne sais toujours pas ce à quoi j'aspirais. Une grande majorité de la classe était là, dont Fanny, bien qu'il s'agisse de travaux pratiques.

— Salut ! me lança-t-elle avec entrain. Prêt pour le TP ?

— Oui, mentis-je, encore occupé à regarder si le garçon arrivait.

— Au fait, tu ne m'as pas répondu hier, ajouta-t-elle suspicieuse.

Voyant que j'étais toujours absorbé par mes pensées, elle renchérit :

— Pourquoi tu n'es pas venu ? Tu étais malade ?

— En quelque sorte, avouai-je, ce qui était à moitié vrai. Je ne me sentais pas bien.

Elle réalisa sûrement que je n'étais pas complètement sincère et s'apprêta à me bombarder de questions, mais dans un élan astucieux, je me permis de lui en poser une à mon tour :

— Et toi, tu ne m'as pas raconté comment s'était déroulé ton rendez-vous privé à l'infirmerie.

— Très bien ! L'infirmière est un peu spéciale mais bon, elle est sympa. Au fait, je t'ai ramené les cours que tu as ratés ! s'exclama-t-elle en sortant son classeur.

Fanny était une professionnelle pour esquiver les sujets déplaisants, et il était temps d'accepter que je n'étais pas de taille à lutter contre elle. Qui plus est, elle avait le don de me culpabiliser si je me montrais trop curieux, ici par exemple en me rendant service. Sa gentillesse parfois teintée de profit était telle que j'étais obligée de l'apprécier. Elle m'attendrit encore plus quand elle se mit soudain à me raconter en détails la journée que j'avais manquée, ce qu'elle avait déjà fait par SMS, mais ne voulant pas la priver de ce plaisir, je fis mine de m'y intéresser. Je voulais la mettre de bonne humeur, ce qui en soit n'était pas bien difficile.

  Pendant qu'elle poursuivait son verbiage, une idée me vint subitement. Fanny qui savait tout sur tout le monde devait certainement connaître ce garçon... Mais pourquoi désirais-je en apprendre plus sur lui ? À quoi cela me servirait-il ? Je me serais menti à moi-même si j'avais pensé que le connaître aurait expliqué ce qui m'était arrivé. Cependant, rien qu'en songeant à lui, les sensations revinrent, mais je parvenais contre toute attente à les contrôler. Je les appréhendais pour mieux les limiter, pour mieux les supporter. Il était incroyable qu'en une seule journée je puisse être en mesure de faire une telle chose alors qu'un jour auparavant, la fuite avait été la seule issue possible.

  Je me précipitai sans réaliser que j'allais interrompre son imitation de Roxanne en train de manger des spaghettis.

— Dis-moi Fanny, toi qui connais pas mal de monde (elle se redressa fièrement), tu ne saurais pas qui est le garçon un peu basané qui a cours avec moi en langue ?

J'avais essayé de prendre un ton détaché tout en lui lançant des fleurs. Je devenais aussi rusé qu'elle.

— Pourquoi ? Tu le voudrais comme ami ?
Pas si bon que ça, finalement. Je tentai de chasser cette idée de sa tête. Je n'avais pas envie que Fanny aille le voir et lui parle de moi, alors que lui ne m'avait probablement jamais remarqué.
— Non pas du tout ! assurai-je véhément, avec une conviction un peu trop surjouée.
— Tu ne l'aimes pas ? Pourquoi ?
Bon sang ! Pourquoi fallait-il qu'elle compliquât les choses à ce point ? Je regrettais déjà de m'être aventuré sur ce terrain-là.
— Il m'a emprunté... mon cahier, mentis-je. C'est pour ça.
— Si tu étais en cours avec lui, comment se fait-il que tu ne connaisses pas son nom ? Tu ne lui as pas parlé ?
— Et si tu te contentais de répondre à ma question ? finis-je par m'impatienter.
— Oh, désolée. C'est juste que je n'en sais pas assez pour l'identifier.
On aurait dit un agent secret en train de fouiller dans le répertoire de criminels présumés.
— Il a plutôt une peau mate, assez grand, les cheveux légèrement crépus, une carrure assez musclée...
Je m'arrêtai net. Fanny sembla étonnée de la description romancée que je lui dressai. Elle ne fit néanmoins aucun commentaire et se contenta de répondre :
— Je ne pense pas le connaître, personne dans notre promo ne suit ce cours à part toi. Quelle idée aussi de choisir une langue étrangère...
Le fait que Fanny ne le connaisse pas pouvait signifier deux choses. La première, que cet inconnu n'était pas dans notre filière, et qu'il n'avait donc que ce cours de

langue en commun avec moi, ce qui ne manquait pas de me terrifier : ne pourrais-je le voir qu'une seule fois par semaine ? C'était impensable... Je devais le connaître, je devais revivre cette sensation inexplicable, aussi terrible soit-elle... Je ne pouvais pas me satisfaire de son seul souvenir pour le reste de la semaine, aussi fou que cela puisse paraître après ce que j'en avais pensé. La seconde chose que cela pouvait signifier —et c'est celle qui me réjouissait le plus— était que cet étudiant avait un point en commun avec moi : c'était un nouveau venu. Si tel était le cas, non seulement je pourrais le voir tous les jours, mais en plus nous serions en quelque sorte dans le même bateau. Nous n'étions que deux garçons dans cette filière, au milieu de toutes ces filles.

Je n'eus pas d'avantage le temps de réfléchir à toutes ces préoccupations car Madame Ranema arriva. Je la reconnus de loin car sa manière de marcher était semblable à une danse sophistiquée. Elle ouvrit la porte du laboratoire qui était en fait notre salle de classe et nous fit entrer. Fanny et moi nous dirigeâmes vers la table que nous avions occupée la semaine précédente.

J'étais toujours à demi plongé dans mes pensées lorsque Mme Ranema nous expliqua d'un ton impérieux que certaines substances chimiques généraient des explosions au contact de l'eau. Elle demanda à la classe des exemples de ce type et Fanny en profita pour consulter son téléphone en douce sous la table. Roxanne leva la main brusquement et nous jeta un regard supérieur avant de déclarer que le sodium et le césium pouvaient en effet produire d'importantes explosions en présence d'H_2O. J'avais appris cela l'année dernière lors de mes révisions du bac, et je ne fus guère impressionné par ce savoir rudimentaire. Je cessai de prêter attention au cours et Fanny qui n'avait strictement rien écouté non plus, se trouva démunie lorsque la prof commença à distribuer des polycopiés pour l'expérience du jour. J'en voulus quelque peu à ma partenaire de laboratoire : ne voyait-elle pas que j'avais la tête ailleurs et que seule sa concentration nous permettrait de réussir ?

      Nous étions sur notre paillasse, prêts à réaliser la manipulation que Mme Ranema nous demandait, bien que je n'eusse pas la moindre idée de ce qu'il fallait faire. Cette fois cependant, Fanny n'était pas responsable de ma distraction. Tout en jacassant, elle piochait dans les produits, jetait un coup d'œil aux instructions sur la feuille de TP, puis versait quelques gouttes d'un flacon, en haussant les épaules.

— Je ne comprends pas pourquoi on doit faire tous ces travaux pratiques. Non vraiment, pourquoi ils ne se contentent pas de nous expliquer le résultat au lieu de nous le faire trouver ?

J'entendais des bribes de son monologue, ne pensant qu'à une seule et unique chose : *il n'était pas là*.

— Et si encore on pouvait ne pas porter cette blouse, non mais franchement, tu n'as pas l'impression de retourner au collège ?

Et avant même d'avoir pu répondre, histoire de participer un minimum à la conversation, elle poursuivit en reprenant sa respiration :

— A croire qu'une blouse en coton pourrait nous protéger. Genre si le labo explose, on sera sain et sauf, grâce à la blouse ! Non mais bien sûr. Tu peux me passer le chlorure de potassium s'il te plaît ?

Je m'exécutai puis je notai le résultat sur notre feuille commune. Je n'étais d'aucune utilité dans ces travaux pratiques, me contentant de faire le greffier. Je me murai aussitôt dans un silence capricieux.

À vrai dire, je n'avais envie de rien. Fanny devrait faire les manipulations toute seule aujourd'hui, je ne ferais que la seconder en quelque sorte. Je me rattraperai un autre jour, espérais-je.

— J'ai besoin de l'acide sulfurique. Dans le bécher, ajouta-t-elle par-dessus ses lunettes en voyant que mon esprit vagabondait ailleurs.

À ce moment-là, je ne sus pas qui fut le responsable, Fanny parce qu'elle bavardait, ou moi, parce que j'étais inattentif. Toujours est-il que le récipient tomba sur la paillasse en faïence puis se fracassa, déversant la totalité de son contenu sur mes mains, posées juste à côté. Le bruit de cassure attira l'attention de Fanny, qui soudainement poussa un cri d'effroi.

Mes phalanges étaient couvertes par l'acide sulfurique, pas un millimètre carré de ma peau n'avait été épargné. La lamentation de Fanny avait attiré tous les étudiants qui s'étaient précipités sur notre paillasse. Mme Ranema accourut également, paniquée par ce qu'elle allait découvrir.

— Oh mon Dieu, oh mon Dieu, répéta Fanny horrifiée. Est-ce que ça va ? Je vais t'enlever ça tout de suite !

Elle prit dans la seconde le chiffon de la boîte contenant tout le matériel, puis tenta d'éponger la substance. Malheureusement, le tissu se consuma instantanément au contact de l'acide, laissant sur mes mains des résidus de coton calciné.

— Attention mademoiselle ! s'écria madame Ranema. Vous allez vous brûler aussi !
— Ce n'est rien, répondit l'intéressée. Lucas, vite, mets tes mains sous l'eau !
Sans attendre, elle me saisit par les poignets puis me les mit sous le robinet, qu'elle s'empressa d'actionner. Au contact de l'eau, une épaisse fumée grisâtre s'échappa, comme lorsque des gouttes d'eau giclent sur un plat bouillant. Les mains de Fanny, auparavant manucurées, étaient rouges à certains endroits. La pauvre ! Pour m'éviter d'avoir mal, elle n'avait pas hésité à souffrir elle-même.

Et pourtant, je ne ressentais aucune douleur. Voilà pourquoi je n'avais pas instinctivement eu tous ces réflexes de premier secours. Voilà pourquoi je ne m'étais pas plaint. Personne ne m'avait d'ailleurs demandé si je souffrais, ce qui aurait été ridicule au demeurant. Recevoir une giclée d'acide sulfurique sur les mains était rarement indolore. Alors pourquoi était-ce mon cas ? Étais-je devenu insensible à la douleur ? L'eau rinça le liquide, qui s'écoula dans l'évier, faisant fondre les joints en caoutchouc mais madame Ranema n'y prêta aucune attention, ce qui était un bon indicateur de la gravité de la situation.
— Lucas, comment vous sentez-vous ? Nous allons appeler les urgences, rassurez-vous !
Fanny dégainait déjà son mobile, prête à composer le numéro.
— Je vais bien, dis-je enfin d'une voix à peine audible face à l'hystérie générale. Inutile d'alerter qui que ce soit.
Mais Fanny n'en démordait pas :

— Les garçons disent toujours ça pour montrer qu'ils sont forts ! répliqua-t-elle, un brin sexiste.
La situation ahurissante m'empêcha de me vexer outre mesure.
— Je t'assure Fanny que je n'ai pas mal, le produit devait être périmé ou je ne sais quoi.
Mme Ranema en revanche, retrouva sa contenance :
— Ce produit n'est en aucun cas périmé, nous ne nous permettrions pas aux élèves de le manipuler si tel était le cas !
Elle considérait vraisemblablement comme une insulte personnelle le fait d'utiliser du matériel hors d'usage dans sa classe.
— Vous avez tout à fait raison madame, renchérit Roxanne, d'ailleurs si l'acide était inoffensif, il n'aurait pas brûlé les mains de Fanny, ni dissout le chiffon ou fait fondre les joints.
Cependant, personne ne l'écoutait plus, pas seulement parce que c'était elle qui parlait, mais aussi parce que l'acide avait enfin disparu de mes mains, diffusant une odeur âcre dans tout le labo. Roxanne se pencha tellement sur mes mains, dans l'intention de les observer au plus près, que ses lunettes glissèrent de son nez et elle les rattrapa de justesse avant qu'elle ne touche le sol.

Le spectacle était déroutant. Elles étaient absolument intactes, uniquement humidifiées par l'eau qu'on avait abondamment versée dessus pour les rincer. Aucune brûlure, donc aucune douleur. Fanny, qui était indirectement entrée en contact avec le produit, gardait pourtant de grosses cloques rougeoyantes. Je ne savais pas que j'étais immunisé contre les attaques chimiques de ce genre. J'ignorais d'ailleurs que c'était possible.

— Comment... commença la prof, complètement abasourdie.
Un silence parcourut l'assistance et je rougis d'en être l'auteur.
— Il a des mains bioniques ! conclut fièrement Roxanne. Je ne savais pas que tu avais été amputé, Lucas !
— Il n'a pas du tout été amputé ! s'insurgea Fanny, comme si ne pas avoir de mains représentait une tare particulièrement offensante. Il doit y avoir une raison, mais en attendant, il faut appeler les secours. Peut-être que la blessure est à retardement...
Je les laissai établir leurs hypothèses, au moins pendant ce laps de temps ils ne contactaient pas les pompiers. Je n'avais guère envie de devenir la bête de foire de toute l'université. « Celui-qui-resiste-à-l'acide-sulfurique ». Il y avait pourtant une explication logique comme l'avait suggéré Fanny, même si elle m'échappait encore.

Je passai la moitié du cours à les persuader que j'allais très bien, et l'autre moitié à les écouter s'extasier devant ce miracle. Roxanne me demanda même l'autorisation de toucher mes mains car elle était capable de ressentir les pouvoirs surnaturels grâce à son magnétisme, disait-elle, ce qui lui valut des railleries de la part de Fanny. Quand la fin du cours arriva enfin, je m'éclipsai en toute hâte, Fanny sur les talons.
— Tu te rends compte ! disait-elle. Tu es résistant à l'acide sulfurique ! Non mais c'est ha-llu-ci-nant quoi !
— J'aimerais parler d'autre chose si ça ne te dérange pas, lui intimai-je d'un ton sec.
Elle écarquilla les yeux puis finit par capituler :
— D'accord, désolée je ne voulais pas...

Je m'en voulus instantanément. Cela faisait la deuxième fois que je la rabrouais aujourd'hui, et mes remords en furent d'autant plus pesants lorsque je vis ses mains, encore boursoufflées par les projections d'acide. Elle n'avait pas eu la chance d'être épargnée par l'incident.
— C'est moi qui suis désolé, regarde tes mains... Tu dois avoir mal. Tu n'aurais pas dû risquer de te brûler juste pour moi...
— C'était la moindre des choses ! Après tout, c'est à cause de moi que c'est arrivé...
— Ne dis pas de bêtises, c'est moi qui n'ai pas regardé si tu tenais le récipient en main. N'en parlons plus, et allons à l'infirmerie pour toi avant que je rentre chez moi.
— Pas besoin ! dit-elle aussitôt. J'ai tout ce qu'il faut chez moi.
Visiblement, cet endroit la mettait mal à l'aise et pour me rattraper, je n'insistai pas.

Nous nous quittâmes au portail de l'université, elle partant en voiture, moi en métro. Pendant le trajet, je songeai à ma journée. J'avais espéré en finir avec les expériences étranges, mais contre toute attente un nouveau mystère avait surgi, inopinément. Je comprenais à présent que ce qui était arrivé en biologie ne relevait pas du hasard. Comment croire au hasard quand juste après avoir vécu une véritable électrocution, je devenais soudain totalement insensible à l'acide sulfurique ? Était-il possible qu'à force de brûler intérieurement, je m'étais habitué à de telles sensations ? Je savais pertinemment que cette petite flamme m'avait protégé. C'était dingue. Irrationnel. Inhumain. Se pouvait-il que les expériences paranormales qu'on voyait à la télévision soient réelles ? Était-il probable que les témoins de ces dites expériences ne soient pas fous ? J'ignorai encore si je ne préférais pas la folie au paranormal.

Et il y avait eu un autre fait marquant. Il n'était pas là. Si je ne sentais pas en ce moment même sa présence à travers la flamme, j'aurais cru qu'il sortait de mon imagination. Toutefois, quelle imagination était capable de produire une personne aussi sublime ? En contrepartie justement, comment une telle personne pouvait exister en dehors du rêve ? Cela faisait seulement deux jours que ma vie avait basculé, mais j'avais l'impression que cela faisait déjà une éternité. Je pris alors une décision que je jugeais sage : je vivrais normalement. Plus question de fuir l'université, de me morfondre dans ma chambre. Désormais, j'accepterai le destin. Plus question non plus de n'avoir que cette histoire en tête. Peut-être aurais-je la réponse à ce mystère mais avant tout j'allais vivre, et advienne que pourra.

Je tins ma résolution à l'instant même, en songeant à Fanny et à son comportement. Pourquoi avait-elle un lien si privilégié avec moi ? Avait-elle été comme ça avec les nouveaux l'année précédente avant de s'éloigner d'eux par la suite ? Me trouvait-elle différent des autres ? Se pouvait-il qu'elle ne désirât pas seulement mon amitié mais bien plus ? Était-elle tombée amoureuse de moi ? Je chassai aussitôt cette idée de ma tête. Non, Fanny était une très belle fille, elle ne pouvait être attirée par moi. À moins que l'absence de garçons lui eût donné des attirances plutôt étranges. En même temps, je fus surpris d'avoir de telles pensées. N'était-ce pas le comble de la prétention de croire qu'une fille aussi belle que Fanny puisse m'aimer ? Et si c'était le cas, qu'allais-je faire ? Depuis que j'avais vu cet inconnu, avais-je été si obnubilé par lui que j'en étais devenu aveugle ? Je n'étais pas intéressé par Fanny, aussi charmante soit-elle, c'était une évidence. Je savais ce qui m'intéressait maintenant, et ce qui m'intéresserait toujours.

Pour la première fois, j'osai mettre des mots sur ce que je ressentais. Ils étaient venus à moi dès que j'avais songé à ce que Fanny pouvait éprouver pour moi. Seulement dans mon cas, il ne s'agissait pas de ce que je pouvais ressentir pour lui, mais de ce que je ressentais tout court. En dépit de tout ce qui m'était arrivé, j'étais amoureux de lui. Aussi incroyable que cela pût paraître, je l'aimais, je le voulais, je le vénérais. Pourtant, comment l'amour pouvait-il créer pareilles sensations ? Y avait-il autre chose ? Voilà que je recommençais à ne penser qu'à ça, alors que cinq minutes auparavant j'avais pris la décision de me le sortir de la tête. Tout me ramenait à lui, et que pouvais-je contre ça ? Que voulais-je faire contre ça ?

Chapitre 4 : La disparition

— Fanny, je t'en prie, laisse-moi tranquille et éloigne ça de ma vue ! m'empressai-je de lui réitérer pour la dixième fois.
Elle me suivait dans toute l'université avec un tube de crème hydratante à l'odeur douteuse, et dont l'arôme était encore mystérieux pour mon odorat.
— Mais c'est une crème réparatrice à l'huile d'argan ! C'est grâce à ça que j'ai pu soulager mes brûlures, tu devrais en mettre aussi !
Elle avait peut-être moins mal depuis la veille, mais ses brûlures avaient toujours une couleur hideuse.
— Je te rappelle que je n'ai rien eu, contrairement à toi. Alors bas les pattes avec ça !
— T'es nul ! répliqua-t-elle en appliquant une noisette de pommade sur ses mains.
Nous devenions de plus en plus complices. Trop, peut-être. Nous nous dirigeâmes vers notre prochain cours au troisième étage d'un bâtiment dont les façades étaient constituées de grandes vitres laissant entrevoir les couloirs bondés d'étudiants. Nous montâmes les escaliers quatre à quatre en priant pour que Roxanne ne vienne pas se joindre à nous.
— Lucas ! Fanny !
Raté. Elle courut vers nous, sa jupe démodée dévoilant des jambes courtes et gonflées dans des collants couleur chair. Elle rajusta ses lunettes et m'adressa la parole, tout sourire.
— J'ai une super nouvelle à t'annoncer Lucas !
Elle sembla à la fois très excitée et fière de ce qu'elle allait nous révéler. Instinctivement, je me crispai, prêt à être une fois encore surpris de sa stupidité.

— Quel genre de nouvelle ? m'enquis-je, sur un ton qui se voulut détaché mais qui traduisait en fait une angoisse intense.

— Tu vas être publié dans le journal de l'université ! s'exclama-t-elle, radieuse.

Un ange passa. Je ne savais même pas qu'il existait un journal universitaire, et à vrai dire je n'avais nulle envie d'y figurer. Je n'osai pas la questionner sur la raison pour laquelle j'allais apparaître dans ce périodique mais Fanny me devança.

— Et pourquoi ? Il n'avait rien demandé à ce que je sache.

Roxanne ne se départit pas de son sourire triomphal. Elle nous toisa, ses yeux s'écarquillant devant notre flagrante absence de gratitude.

— J'ai voulu faire la surprise !

— C'est réussi, marmonnai-je, maussade. Pourquoi vont-ils faire un article sur moi ?

Elle me regarda de nouveau comme si j'étais un idiot fini.

— C'est évident ! finit-elle par s'exclamer. Pour ce qui s'est produit hier !

Si l'acide sulfurique ne m'avait pas désintégré, les paroles de Roxanne me décomposèrent sur place.

— Quoi ? m'exclamai-je plus vivement que je ne l'aurais souhaité. Tu es folle ou quoi ?

Elle recula d'un pas, outrée par mon manque de reconnaissance. Elle cligna des paupières derrière ses lunettes épaisses, la bouche à demi-ouverte.

— Pourquoi ça ? s'étonna-t-elle. C'est super intéressant ! Et c'est moi qui ferai ton interview !

La perspective d'évoquer l'incident de la veille, couplée à l'idée de passer du temps avec Roxanne par-dessus le marché me firent perdre patience plus vite que de coutume.

— Il est hors de question que je fasse une interview pour ce stupide journal !

Elle me fixa bouche bée, surprise par ma colère soudaine puis me proposa ce qui semblait être un compromis, même si je décelais dans son regard une profonde amertume qu'elle tentait de contenir.

— Si tu veux, on ne citera pas ton nom, mais c'est dommage...

Je lui jetai un regard noir.

— Roxanne, c'est vraiment gentil de ta part, mais je te dis et je te répète que je *refuse* (j'insistai bien sur le mot) qu'on parle de ça dans le journal !

— C'est vrai ça, lâche-le un peu ! me défendit Fanny avec loyauté.

Roxanne parut scandalisée. On aurait dit que Fanny avait utilisé un juron d'une rare grossièreté.

— Très bien, finit-elle par concéder d'une voix prenant des accents d'hystérie peu maîtrisée, pas d'article ! Il ne me reste plus qu'à aller voir la rédaction et d'annuler, j'aurai l'air d'une gourde mais tant pis, puisque vous l'avez décidé !

J'allais répliquer qu'elle avait toujours l'air d'une gourde de toute manière, mais je me ravisai. Sur ces mots, elle tourna les talons, tentant de faire voltiger ses cheveux dans un geste dramatique mais leur longueur ne lui permettant pas cette fantaisie, elle ne réussit qu'à mettre ses lunettes de travers. Elle s'éloigna vers un autre groupe de filles, et je l'entendis prononcer très distinctement mon nom au milieu d'une horrible grimace. Les autres qui l'écoutaient levèrent les yeux sur moi et semblèrent me toiser. J'aurais peut-être dû l'insulter finalement, quitte à me faire détester, autant que ce soit pour une bonne raison.

— Ne te préoccupe pas d'elles, me rassura Fanny. C'est le clan des frustrées.

*

Je ne sus pourquoi l'insistance de Roxanne m'avait agacé à ce point. Certes, cette fille se montrait insupportable dans tous les domaines, mais j'avais habitué mes camarades à plus de tolérance et de patience. Je m'accroupis parterre en proie à une véritable crise de nerfs, le dos contre la vitre, fermant les yeux pour tenter de m'apaiser. La flamme. Ce n'était vraiment pas le moment de m'insuffler une angoisse supplémentaire ! Je savais pourquoi je ne voulais pas passer dans ce maudit journal, et cela n'avait rien à voir avec une quelconque timidité. Médiatiser l'événement ne l'aurait rendu que plus réel, or je voulais plus que tout croire que mon imagination m'avait joué des tours. Bien sûr, c'était stupide parce que je connaissais la vérité, mais je voulais continuer à être un garçon normal parmi les autres à l'université, contrairement à ma faible résolution de la veille. Je ne voulais pas qu'on me prît pour quelqu'un d'étrange, vivant des expériences presque paranormales, même si c'était exactement ce que j'étais.

Pour cela, je devais vivre comme tout le monde, alors évidemment cette idiote de Roxanne et ses idées à la noix ne me facilitaient pas la tâche. *Tout va bien*, pensai-je pour reprendre mon calme, *cette flamme ce n'est rien, ce qui m'est arrivé non plus. Tout va bien...*

Malheureusement, je n'eus pas l'occasion de m'en convaincre davantage. Toujours adossé à la vitre, un léger bruit d'éclat parvint à mes oreilles, comme si le verre se brisait en mille morceaux. Puis soudain le contact du verre disparut et je me sentis basculer en arrière, chutant dans le vide. Je fus pris d'un vertige foudroyant, plus violent que dans un manège à sensations. Je distinguai en une fraction de seconde des images furtives et sens dessus dessous du ciel dégagé, du sol bétonné et des visages crispés dans une expression de terreur subite.

Le vent siffla à mes oreilles et je humai l'odeur du gazon fraîchement coupé en bordure de l'allée. J'allais mourir, et de la mort la plus stupide qui soit. Nous étions au troisième étage mais pourtant la chute me sembla longue, comme si le destin était cruel au point de me donner le temps de réaliser que je mourais. J'aurais cru que ma vie défilerait devant mes yeux, comme dans les films, mais mes pensées n'étaient dirigées que vers une seule et unique personne. Lui. Un garçon dont j'ignorais tout, même le nom !

Tels furent les mots que j'osai penser pendant que je m'écrasai contre le sol bétonné de l'université. Le choc fut violent et sonore. Tout le monde avait dû entendre cet horrible craquement qui ne pouvait signifier qu'une chose : mes os s'étaient brisés, ma boîte crânienne avait dû exploser, me faisant baigner dans une atroce mare de sang. Un silence assourdissant imprégna l'atmosphère sans que je ne pusse en déterminer la durée. Lorsque des cris vinrent le briser, directement suivis par une agitation effervescente, je pris conscience d'un nouveau paramètre. Je n'avais pas mal.

J'étais encore conscient. J'observai une myriade de visages penchés par les fenêtres, leur regard lové sur mon corps fracassé, au milieu de tessons tranchants. Étais-je déjà mort ? D'où l'absence de douleurs ? Si oui, pour combien de temps ? Si je n'étais pas mort, j'allais obligatoirement garder des séquelles gravissimes... Je ne voulais pas me retrouver en fauteuil et paralysé à vie... Il valait mieux quitter ce monde. Une idée horrible, inconsciente et absurde me vint immédiatement à l'esprit : mourir, c'était l'abandonner, *lui*.

Instinctivement, je fis alors quelque chose dont je ne me croyais pas capable. Je me mis simplement debout, tremblant au centre d'une foule complètement frénétique. Les sons me paraissaient venir d'ailleurs, comme si mon ouïe avait été entravée par des bouchons ouatés. Un instant, je crus être un fantôme délaissant mon enveloppe corporelle derrière moi. Les portes du bâtiment s'ouvrirent à la volée et je vis Fanny débouler à toute vitesse vers moi en s'égosillant.

— Mon Dieu ! Tu n'as rien Lucas ? Assieds-toi, les pompiers sont en route !

Oui, j'étais debout comme si rien ne s'était passé. Je n'avais toujours pas mal. L'adrénaline sans doute. J'inspectai mon corps autant que la pudeur ne me le permettait et jetai un œil à l'endroit où j'étais tombé. Rien. Pas de sang. Mes vêtements étaient seulement déchirés et sales, et je pouvais bouger tous mes membres sans aucune difficulté. Je n'avais rien de fracturé.

— Je vais bien, dis-je d'une voix chevrotante à Fanny pour la rassurer.

En réalité, je n'allais pas bien du tout, mais rien à voir avec la chute. De toute façon, personne n'entendit mon affirmation tant ma voix était inaudible. J'étais horrifié.

Comment avais-je pu survivre à un tel accident et en sortir indemne ? Le paysage autour de moi sembla flou et indistinct. Des professeurs et autres employés universitaires accoururent pour me prodiguer les premiers secours, sauf que je n'en avais nul besoin. J'obtempérai néanmoins et fis tout ce qu'ils m'intimaient. Je m'allongeai parterre, sous une couverture de survie, juste à côté de l'impact. Le sol gardait la trace de mon corps, comme le moulage macabre de ma silhouette. Le béton de l'allée était fissuré de toutes parts. Cette fois-ci, je ne les empêchai pas d'appeler les pompiers, personne n'aurait d'ailleurs accepté de courir le risque. Leur arrivée fut marquée par une sirène carillonnant qui me perça les tympans. Autant dire que pour la discrétion, je me mettais le doigt dans l'œil. De toutes manières, avec la meute qui s'était attroupée autour de moi, il y avait peu de chance pour que cette histoire ne s'ébruitât pas. Je distinguai même quelques filles de la promotion prendre des photos sans le moindre scrupule.

    Non seulement les pompiers débarquèrent mais ils furent rapidement secondés par une ambulance dont la sirène hurlait aussi à tout-va. Quatre personnes en blouse blanche quittèrent l'habitacle en trombe sans que cela ne me rassurât. Je savais que j'étais intact mais cet affairement autour de moi m'angoissa. Les médecins, ou quelle que soit leur profession, m'installèrent sur une civière et me sanglèrent afin que je ne sois pas trop secoué pendant le voyage. Ils allèrent même jusqu'à me mettre une minerve craignant sans doute une fracture de la colonne vertébrale et je ne protestai pas alors que quelques minutes auparavant j'avais été capable de me tenir debout. Ils ne voulurent rien entendre malgré mes protestations, et Fanny ne me prêta pas main forte. Elle se lança dans un récit très détaillé de ce qui était arrivé, et me sermonna dans le but que j'obéisse aux professionnels de la santé, comme elle disait. Je devais avoir l'air complètement ridicule, accoutré de la sorte et je crus mourir d'humiliation lorsqu'ils enclenchèrent la sirène une seconde fois pour me conduire à l'hôpital le plus proche.

— Ne t'inquiète pas Lucas, dit Fanny à côté du brancard. Tu verras tout va bien se passer.

— Fanny... commençai-je pour la rassurer.

— Non ! Ne parle surtout pas, garde tes forces !

Elle se tourna vers le médecin le plus proche et lui glissa :

— Il n'aime pas trop être soigné, peut-être devriez-vous le sédater ?

— Fanny ! m'écriai-je agacé. Je vais bien, cesse de te morfondre et laisse-les faire leur travail.

Le docteur à ses côtés me remercia par un sourire mais il ne fut pas débarrassé d'elle pour autant.

— Il est de groupe O négatif, ajouta-t-elle, et je me demandais comment elle était au courant d'un détail aussi insignifiant.

Puis voyant les regards amusés de l'assistance, elle s'empourpra mais retrouva vite sa contenance.

— Ben quoi ? Il pourrait très bien avoir besoin d'une transfusion...

— Ne vous inquiétez pas mademoiselle, la renseigna le médecin, votre petit-ami a eu beaucoup de chance. Nous l'amenons vers des examens complémentaires, mais a priori, il y a eu plus de peur que de mal.

Petit-ami ? Était-ce l'image que nous donnions de nous, elle et moi ? Avais-je vu juste en croyant que Fanny

pouvait ressentir quelque chose d'autre que de l'amitié pour moi ? À présent, j'étais rouge comme une pivoine et j'entendis le tensiomètre sonner, signe que mon rythme cardiaque augmentait. Fanny fit immédiatement taire les murmures.
— Nous ne sommes pas ensemble. C'est juste un ami.
Son ton se voulait convaincant mais je restai très gêné par la situation. Heureusement Roxanne dissipa ce malaise à sa manière : en m'embarrassant davantage encore, balayant superbement la gêne précédente.
— Cette fois-ci, il ne pourra pas refuser une interview dans le journal, déclara-t-elle très satisfaite d'elle-même.
— Fanny, sois gentille et colle-lui une baffe de ma part, chuchotai-je à son oreille.
Elle esquissa un sourire à la dérobée. Je l'avais rassurée et c'était déjà ça.

*

Je restai plus longtemps que prévu à l'hôpital. Les médecins me prodiguèrent les soins habituels et je dus expliquer pour la énième fois ce qui m'était arrivé.
— Vous avez eu une chance incroyable, me répéta la femme médecin du service.
Je tentai d'en savoir davantage.
— Ça doit quand même arriver de survivre à une chute comme ça, non ?
— Très certainement, mais c'est extrêmement rare. Ne pas en mourir est une chose, mais s'en relever sans aucune égratignure en est une autre.
Elle m'ôta le tensiomètre et le remit dans le tiroir prévu à cet effet.

— Votre tension est assez élevée, constata-t-elle. J'imagine que ce doit être normal quand on a eu une telle frayeur.

Je n'osai pas lui dire que ma peur ne venait pas de la chute mais du fait que j'en sois sorti indemne. Ces expériences étranges m'inquiétaient de plus en plus. Devais-je en parler à quelqu'un ? Et si oui, à qui ?

— Vous m'avez signalé avoir une cardiopathie congénitale. Nous avons profité que vous étiez ici pour vous faire quelques tests. Les résultats ne devraient pas tarder. C'est l'infirmière qui viendra vous les donner.

J'acquiesçai puis elle sortit de la chambre. J'espérais pouvoir quitter l'hôpital aujourd'hui même. Après tout, j'étais en pleine forme. On frappa à la porte, et à peine avais-je eu le temps de dire « entrez » que Fanny déboula dans la chambre.

— Alors ? me demanda-t-elle comme si j'étais à l'agonie.

Elle prit une chaise qu'elle tira à côté du lit puis s'y assit, la mine défaite.

— Je n'ai rien du tout, comme je te l'ai dit, lui annonçai-je tout penaud.

— Tu as eu une chance incroyable... Je ne comprends même pas comment c'est arrivé... Apparemment, la vitre s'est brisée dans ton dos ! Tu te rends compte ? Tout va à vau-l'eau dans cette université ! Quelle veine tu as eue, répéta-t-elle interdite.

Je biaisai sa remarque.

— Tu parles d'une aubaine ! Quelle était la probabilité pour qu'une vitre se fissure et que je chute de trois étages ?

— Tu as eu de la chance dans ta malchance, résuma-t-elle. N'empêche que...

Je pressentis ce que tout le monde allait imaginer.
— N'empêche ? l'incitai-je à continuer.
Elle se tordit les mains d'inquiétude. Puis elle me jaugea du regard, pour voir si j'allais la prendre pour une folle.
— Tu ressors indemne de beaucoup de situations dangereuses, remarqua-t-elle. Tu es une sorte de mutant en fait, hein ?
Elle avait vainement feint la plaisanterie pour que sa remarque soit plus tolérable. Une fois le choc de la chute passé, elle était forcément déroutée par ce qui s'était produit. Ou plutôt par ce qui ne s'était pas produit, à savoir ma mort tragique.
— C'est mon terrible secret, blaguai-je.
Elle me reluqua bouche bée.
— C'était une boutade Fanny !
Elle se rasséréna aussitôt, laissant tomber ses épaules et décroisant ses doigts.
— Oui, oui je sais ! Mais c'est bizarre non ?
— Oui c'est bizarre, mais comme tu l'as dit, c'était juste de la chance. Deux fois de suite, voilà tout.
Elle sembla tout aussi convaincue que moi, c'est-à-dire pas du tout. Mais que pouvais-je lui révéler ? Qu'après avoir rencontré un parfait inconnu, une flamme s'était emparée de mon cœur et m'avait rendu résistant à toutes sortes de périples dangereux ? Rien qu'en pensant le formuler, je sentis que c'était idiot. Pourtant c'est ce qui m'arrivait. Je devenais extraordinairement résistant. Y avait-il un lien de cause à effets ? Ma résistance était-elle proportionnelle à l'amour que je portais à cet inconnu ? C'était impossible, mon amour était si fort que j'en aurais été invincible. Or je ne m'étais jamais senti aussi désarçonné, aussi vidé qu'en cet instant.

— Tout le monde parle de toi à l'université ! s'extasia-t-elle après quelques instants de silence.
Ce que je craignais s'était donc vérifié. Les rumeurs — et ici en l'occurrence ce n'en était pas une— s'étaient répandues comme une traînée de poudre.
— Et qu'est-ce qui se dit ? m'intéressai-je, déjà inquiet.
— Ben... La version officielle a été légèrement exagérée, avoua-t-elle.
Voyant que je me décomposai sur place, elle ajouta soudainement :
— Mais comme c'est Roxanne qui raconte, personne ne la croit totalement. Tu sais comment elle est, toujours à en rajouter...
Elle formula cette réflexion comme si elle-même restait toujours fidèle à la vérité.
— J'imagine que je ne pourrai plus échapper à un article dans le journal de l'université...
Elle ouvrit la bouche, hésitante, visiblement nerveuse à ce qu'elle allait m'annoncer.
— Eh bien, justement, à ce propos...
— Quoi ? m'inquiétai-je. L'article est déjà prêt ? Ils ont cité clairement mon nom ?
— Non, il ne s'agit pas de ça. Tu pourras apparaître en tout anonymat dans le journal, même si je ne doute pas que ton nom sera au cœur de toutes les conversations...
— Alors de quoi s'agit-il, Fanny ? demandai-je pressé de savoir et inquiet en même temps.
— Ben... En partant pour l'hôpital, j'ai vu des journalistes... De vrais journalistes, précisa-t-elle.
Je me sentis à la fois furieux et gêné. Furieux, parce que je ne comprenais pas pourquoi on faisait toute une montagne de cet incident. Gêné, parce que je désirais rester discret, comme toujours. Le monitoring qu'on

m'avait branché malgré mes supplications insensées se mit à biper impétueusement.
— Bien, soufflai-je en essayant de dédramatiser. J'aurai droit à une page dans le journal régional, on en parlera un jour ou deux, puis les gens le jetteront et oublieront tout ça.
— En fait... Je voulais surtout parler du journal télévisé...
Une boule se forma dans mon estomac.
— Quoi ? La télé carrément ? Ils n'ont rien d'autre à raconter ?
— Enfin, je crois ! tenta-t-elle de m'apaiser, en vain.
— Comment ça tu crois ?
Je ne pouvais tolérer des informations approximatives.
— Ben... J'ai vu des cameramans, donc je suppose qu'ils étaient là pour ça... Mais peut-être qu'ils vont juste écrire un article ! ajouta-t-elle en me voyant bouillonner.
— Bien sûr, et les caméras, c'était pour filmer le cul de Roxanne, ironisai-je.
Elle laissa échapper un ricanement compulsif qui en disait long sur l'idée qu'elle se faisait d'elle.
— Allez Lucas ! Ce n'est pas si grave que ça, après tout ! Les gens se lassent vite, tu sais bien...
Elle avait peut-être raison, après tout.
— Je vais dire à Roxanne de ne pas citer ton nom dans l'article, si ça peut alléger tes inquiétudes.
— Oui, ce serait déjà ça.
— Je vais te chercher quelque chose à manger, me dit-elle soulagée que j'aie renoncé à m'énerver.
Je soupçonnai Fanny de vouloir me laisser seul afin de faire le point. Pendant son absence, mes pensées n'étaient tournées que vers une personne.

*

La femme médecin revint dans la chambre, mais sans l'infirmière qui était censée l'accompagner. En voyant sa mine soucieuse, je me raidis de nouveau, déclenchant l'affolement du monitoring. Les mauvaises nouvelles n'allaient-elles donc jamais finir ?

— Il y a un problème ? m'enquis-je, l'estomac noué.

Quoi que Fanny m'apporterait, j'étais sûr que ça ne passerait plus désormais.

— Non, me rassura-t-elle en souriant. Au contraire.

Je m'abstins de parler, la laissant poursuivre. Elle consulta le dossier qu'elle tenait en main.

— Êtes-vous bien sûr d'avoir une cardiopathie congénitale ?

Quelle question ! On avait passé toute mon enfance à me seriner avec cette pathologie : bilans divers, électrocardiogrammes, tests d'effort... De quoi me dégoûter des hôpitaux. Et de la course à pied.

— Bien sûr, pourquoi ?

Je déglutis avec difficulté, m'imaginant le pire dans mon pessimisme habituel.

— Ma maladie a évolué, c'est ça ?

Le médecin prit une pause théâtrale, et finit par me répondre avec un grand sourire, levant enfin les yeux vers moi.

— Non, elle a tout simplement disparu.

Je laissai quelques minutes s'égrener, le temps de digérer la chose absurde que je venais d'entendre. Avant que je ne pusse demander quoi que ce soit, elle sembla deviner mes inter-rogations et les anticipa sans que je n'eusse à les formuler.

— Les examens sont formels. Nous avons vérifié plusieurs fois et nous ne comprenons pas plus que vous. C'est comme si votre cardiopathie n'avait jamais existé.
Je pris un instant à assimiler cette information puis demandai faussement :
— On ne m'avait jamais prévenu que ma malformation cardiaque pouvait se résorber d'elle-même.
— Ce n'est pas le cas, trancha le médecin. C'est un mystère pour la médecine. Nous ne comprenons pas comment cela s'est produit.
Je ne sus que dire. Une seule question me brûlait les lèvres.
— Est-ce déjà arrivé ?
Cela faisait la deuxième fois que je posais cette question.
— Oui naturellement, répondit-elle, même si ça reste rare. On a déjà vu des cancéreux qui éradiquaient complètement leur maladie sans aucun traitement. Pourquoi, cela reste un mystère.
Mon air désespéré la poussa à me rassurer.
— Voyons monsieur Foques ! C'est une nouvelle merveilleuse ! La deuxième de la journée ! Profitez-en, cela n'arrive pas tous les jours !
Sauf que cela m'arrivait tous les jours, justement. L'acide sulfurique, la chute, la disparition de ma pathologie... Combien d'autres bizarreries de ce genre allais-je encore vivre ?
— Ne gâchez pas votre journée à cogiter là-dessus, m'encouragea-t-elle. Il y a des choses que la médecine n'explique pas, et il faut faire avec, surtout quand c'est une bonne nouvelle. Croyez-moi, appréciez ce moment, allez fêter ça, mais ne restez pas là à vous morfondre.

Beaucoup de malades aimeraient entendre ce que je viens de vous dire.

Je devais passer pour le pire des égoïstes, mais elle ne pouvait pas comprendre. Personne ne pouvait d'ailleurs. Afin de ne pas trop montrer mon ingratitude face à la bonne fortune, je tentai un sourire aussi faux que les ongles de Fanny.

— Très bien, je vous remercie, annonçai-je pour la faire taire poliment. Je peux y aller maintenant ?

— Absolument, après tout, vous êtes en pleine forme. Une infirmière va venir vous débarrasser du monitoring. Voici vos papiers.

Pendant qu'elle me tendait une pile de documents constituant mon dossier médical, elle sortit de la chambre avant de revenir à reculons.

— Au fait monsieur, vous devriez tenir votre mère informée. Elle est très inquiète et ne cesse d'appeler dans le service...

— Oui bien sûr, excusez-la, dis-je un peu gêné. Mais pourquoi l'avez-vous prévenue ? Je l'aurai fait de moi-même...

Je savais que je faisais plutôt jeune, mais je n'aimais pas qu'on me considère comme un gamin.

— Nous n'avons rien fait, répondit-elle, c'est votre petite-amie qui s'en est chargée.

Je n'eus pas le temps de répliquer que Fanny n'était qu'une amie, car elle était déjà sortie de la chambre. Où Fanny avait-elle eu le numéro de ma mère restait un mystère, mais je l'imaginais bien fouiner dans mon portable. Elle avait fait ça pour me rendre service cependant, je ne pouvais pas lui en vouloir. Je n'attendis pas la venue de l'infirmière et me libérai de mes chaînes médicales, les arrachant avec sauvagerie.

En me voyant dans le hall de l'hôpital, Fanny accourut vers moi.
— Alors ? Tout va bien ? Je t'ai pris des biscuits.
— Merci. Oui tout va bien. Je vais joindre ma mère puisque...
Je ne terminai pas ma phrase. Fanny n'avait pas l'air gênée le moins du monde de s'être immiscée dans ma vie familiale.

*

Je dus rassurer ma mère pendant une heure au téléphone, puis une autre encore quand je rentrai. Je ne lui signalai pas que ma maladie avait disparu. Je n'avais pas envie qu'elle se satisfasse d'un tel événement, en particulier parce que je le savais surnaturel. Je ne pouvais pas non plus avancer cette hypothèse à quiconque, de peur de passer pour un déséquilibré. Pendant le repas que je mangeais de mauvaise grâce, ma mère changea plus ou moins de sujet, ce qui me soulagea sur le coup.
— Cette Fanny qui m'a appelée, commença-t-elle, c'est ton amie ?
Je laissai tomber ma fourchette. Hors de question qu'on prenne Fanny pour ma petite-amie une troisième fois aujourd'hui ! Hors de question qu'on la prenne pour ma petite amie à l'avenir non plus, d'ailleurs.
— Oui, une amie et rien d'autre, dis-je d'un ton brusque pour clore la conversation qui ne me soulageait plus du tout.
Je regrettai presque le récit de ma chute.
— Elle est très gentille, glissa-t-elle. Et polie.
— Oui, je confirme.
— Tu as une photo d'elle ? J'aimerais bien mettre un visage sur celle que j'ai entendue au téléphone.

— Pourquoi aurais-je une photo d'elle ?
— Je ne sais pas, abandonna-t-elle.

Je n'avais pas envie de prolonger cette conversation. C'était trop. Tout ce qui m'était arrivé, aujourd'hui, la veille, et même la semaine dernière, c'était trop pour les nerfs d'une seule personne. Pourtant, je devais l'accepter. Après tout, que faire d'autre ? Déprimer ? Hurler ? Être en colère ? Cela n'aurait fait que renforcer mon malaise. J'allai me coucher, démuni. En enfilant mon pyjama et en posant mes lunettes sur la table de nuit, je priai pour que mes pensées me laissent tranquille pour les huit prochaines heures. Il fallait voir le bon côté des choses néanmoins : j'avais échappé à la mort et ma maladie avait disparu. Et surtout, j'étais épris de ce garçon. Étais-je vraiment en train de mettre mon amour pour cet inconnu du côté des bonnes choses ? Je n'avais jamais été amoureux, je désespérais presque d'être humain, et voilà que mon amour faisait des choses insensées et irrationnelles.

L'accident aurait pu me donner une bonne raison de ne pas aller en cours le lendemain et d'éviter les regards ébahis des autres. Je deviendrai sûrement le nouveau survivant, à la manière de *Harry Potter*. Mais il était exclu que j'abandonne. Deux raisons m'obligeaient à y aller. Déjà, rester confiné chez moi aurait alimenté les ragots et en contrepartie, m'aurait fait broyer du noir. Enfin, je voulais le voir. J'étais prêt à endurer un des pires cours de la semaine, les questions idiotes de tous les étudiants, les réflexions insupportables de Roxanne, et ce, simplement pour avoir une chance improbable de l'apercevoir, ne serait-ce qu'un instant.

C'était peut-être ça, l'amour ?

Chapitre 5 : Les montagnes russes

Dr Dufer, psychiatre,
120 Rue de la Liberté
Davanne

J'inscrivis le premier nom que je trouvai sur Internet, en osant tapuscrire « psychiatre » dans la barre de recherche. La nuit m'avait porté conseil. J'avais besoin d'aide. J'avais besoin d'un professionnel. D'un psychologue, plutôt, mais seuls les médecins faisaient l'objet d'un remboursement par la sécurité sociale. Je ne possédais pas d'argent pour me payer des consultations, et il était hors de question d'en parler à qui que ce soit. Il était déjà suffisamment humiliant d'avoir recours à une tierce personne. Je ne savais pas ce que j'espérais en consultant, de toute évidence je n'exposerai pas un récit complet de ce qui m'arrivait. Je n'avais jamais été du genre à déballer ma vie et à exprimer mes émotions, pas même à mes amis du moment, alors à un inconnu ?

Psychiatre. L'appellation me fit frissonner. Le médecin des schizophrènes. Et moi dans tout ça, j'étais quoi au juste ? J'étais à peu près sûr de ne pas être fou ou victime d'hallucination. Les gens autour de moi étaient également ébahis devant les bizarreries soudaines qui me frappaient et je doutai fortement avoir inventé des camarades de classe aussi détestables que Roxanne Traille, dont l'existence était on ne peut plus tangible. J'avais été soulagé qu'il existât des domaines spécialisés dans la parapsychologie, et il y avait un infime espoir pour que l'un d'entre eux puisse me renseigner sur ce qu'il advenait de moi, du moins à long terme. Je n'avais en effet pas l'intention de dévoiler tout ce que je vivais pour le moment. En réalité, je désirais demander conseil à un psychiatre pour l'aspect humain de mon problème : mes sentiments contradictoires, violents et incontrôlables envers un parfait anonyme. Si j'avais la possibilité d'aborder mes mésaventures paranormales par la suite, ce ne serait qu'un bonus, la cerise sur le gâteau.

Je téléphonai pour prendre rendez-vous. La secrétaire m'en proposa un très tôt le lendemain, cela m'arrangea car ainsi je pourrais m'y rendre juste avant les cours. Je fus tenté d'en obtenir un plus tard, mais il fallait compter deux semaines minimum. Tout le monde était donc si fragile psychologiquement ? Je ne pouvais pas me permettre d'attendre. Je me serais menti à moi-même si j'avais jugé que mon cas n'était pas urgent. Je me rendis alors à Davanne, la petite ville voisine, dés le lendemain en prenant le premier bus. En arrivant, j'eus du mal à réaliser que c'était là que j'avais terminé mes années de lycée, quelques mois plus tôt. Cette époque me semblait tellement lointaine...

*

J'avais auparavant cherché un itinéraire sur Internet pour localiser le bureau du Dr Dufer. Il était hors de question que je demande à un passant où se trouvait le cabinet psychiatrique. J'étais déjà parti en catimini, et j'avais depuis l'impression d'être observé. Voilà que je devenais paranoïaque, par-dessus le marché, car il n'y avait personne dans les rues de Davanne à cette heure si matinale. Même pour moi qui avais un sens de l'orientation atrophié, trouver le cabinet du docteur Dufer fut un jeu d'enfant. Il se trouvait dans le centre-ville, comme toutes les infrastructures importantes de Davanne, avec le cinéma,

le lycée Victor Hugo et le supermarché. Il s'agissait d'un petit bâtiment qui se voulait institutionnel mais qui reflétait une désorganisation complète. Une pancarte était placardée de travers sur la façade et indiquait « Dr Dufer et Dr Chopin, centre psychiatrique, consultations ». Je poussai la lourde porte et entrai dans ce qui faisait office de salle d'attente. Elle était pourvue de cinq chaises de camping dépareillées et disposées irrégulièrement autour d'une table basse en noyer, sur laquelle reposaient des brochures santé et de vieux magazines. Un comptoir se trouvait juste en face, derrière lequel se tenait une jeune femme, occupée à allumer un vieil ordinateur qui prenait la moitié de l'espace restant. Terriblement mal à l'aise, je m'approchai d'elle en veillant à ne pas me prendre les pieds dans le tapis.
— Bonjour, me salua-t-elle avec un sourire. Vous avez rendez-vous ?
Non, je voudrais juste une baguette bien cuite, pensai-je agacé. Je devais contrôler mes humeurs, mais mes émotions étaient largement chamboulées ces temps-ci. Il n'était pas question qu'une secrétaire plutôt sympathique eût à subir mon état lunatique.
— Bonjour, répondis-je en retour. Oui, avec le docteur Dufer, pour 8 h.
— Vous êtes ?
— Lucas Foques. Avec un F.
— Très bien M. Foques. Je vous en prie, asseyez-vous, le docteur ne devrait pas tarder.
Je pris place sur la chaise la moins défoncée sans me donner la peine de choisir un magazine. Je n'avais pas encore réfléchi à ce que j'allais expliquer... Je devais dire la vérité, c'était certain, plus de mensonges. Après

tout, j'étais protégé par le secret professionnel, non ? La vérité était certes préférable, ou du moins une partie, mais je restai très inquiet. D'une part, parce que je n'étais pas habitué à déballer mes émotions, et d'autre part, parce que ce que j'allais expliquer était fou, irrationnel, impossible. Était-ce assez fou pour me faire enfermer ? Sans doute pas, quand on voyait que Roxanne était en liberté, on se sentait parfaitement sain d'esprit. Et si le docteur me prescrivait un traitement pour les cinglés ? Le prendrais-je ? Et si ce remède me privait de cette délicieuse sensation ? J'aurais peut-être dû y songer davantage avant de me précipiter. Je n'étais pas prêt.

Mais il était trop tard pour filer à l'anglaise. J'entendis des bruits métalliques devant la porte, et une femme d'une cinquantaine d'année entra. Elle était plutôt corpulente mais ses kilos en trop étaient camouflés par une tenue extravagante. Elle était affublée d'une robe ample aux couleurs criardes et aux motifs improbables. Des bijoux fantaisie de coloris doré et argenté fardaient son accoutrement et je compris immédiatement qu'ils étaient à l'origine de ces cliquetis incessants.

— Bonjour, monsieur Foques je présume ? demanda-t-elle en refermant le battant.

Je pus apercevoir à son bras une bonne dizaine de bracelets et de breloques ridicules.

— Bonjour, en effet, répondis-je en serrant la main qu'elle me tendait.

— Je vous en prie, venez dans mon bureau.

Elle me conduisit derrière le comptoir après avoir fait la bise à la secrétaire, et ouvrit la porte qui donnait sur la droite. En entrant, je me rendis compte que la pièce

était loin d'être spacieuse. Son bureau imposant, sur lequel traînaient de multiples papiers et dossiers, comblait à lui seul les trois quarts de la salle. Elle se dirigea non sans mal derrière celui-ci et prit place sur un fauteuil moderne et design qui faisait tâche au milieu de ce décor. Le siège s'affaissa dans un bruit furtif quand elle s'assit dessus, comme s'il se plaignait de la surcharge pondérale de sa propriétaire.
— Asseyez-vous, je vous en prie, me proposa-t-elle en désignant un siège en face.
Je m'assis en me tordant les mains de nervosité, détail qui n'échappa d'ailleurs pas à son œil professionnel.
— Vous êtes anxieux ? s'enquit-elle.
— Un peu, avouai-je à contrecœur.
Je m'empressai de croiser les bras avant de les reposer finalement sur les accoudoirs. Si elle devait analyser le moindre de mes mouvements, je refusai qu'elle me considère peu enclin au dialogue. Après tout, j'étais là pour ça. *Non* ? Elle continua de m'observer longuement, espérant sans doute que je lui livrerais la raison de ma visite. Hormis le tictac stressant de l'horloge calée contre son ordinateur antédiluvien, pas un son ne venait briser le silence épais qui s'installait et ce n'était pas pour arranger mon malaise.
— Je ne suis jamais allé voir un psy. Un psychiatre, me corrigeai-je de peur d'avoir insulté le nom de sa profession en le raccourcissant.
— Vous n'avez aucune raison de vous inquiéter, me rassura-t-elle avec un large sourire, dévoilant une dentition impressionnante. Tout ce qui se dira entre ces murs restera entre ces murs.
Elle ouvrit ses mains et les tendit à travers la pièce, englobant ainsi tout l'espace. Je ne fus pas

rasséréné pour autant. Elle avait dégainé cet argument et le répétait tel un mantra, mais que dirait-elle lorsque je lui aurais révélé la vérité ?

— Parlez-moi un peu de vous, me conseilla-t-elle en prenant une feuille dans sa photocopieuse.

J'avais encore un peu de sursis avant qu'elle ne me prît définitivement pour un malade mental. Mais que voulait-elle savoir ? Je n'avais pas vécu d'expériences particulièrement marquantes, hormis le décès de mon père. Je réfléchis un bref instant à la vacuité de ma vie et fus pris d'un spasme incontrôlable.

— J'ai 18 ans, je vis à la Chapelle avec ma mère et je suis étudiant en chimie à l'université de Rocal, résumai-je en ayant l'air parfaitement idiot.

Elle commença à prendre des notes à toute vitesse, comme si les informations que je lui livrais étaient d'une importance capitale.

— Vos parents sont divorcés ?

— Non.

Comme ma réponse était trop laconique, je précisai néanmoins à contre-coeur :

— Mon père est mort il y a deux ans.

Elle reprit des notes de plus belle, et j'anticipais déjà sa théorie sur le traumatisme d'un drame familial. Je n'étais pas venu pour ça et le sujet commençait à m'échapper.

— Vous n'avez pas consulté un professionnel pendant cette période ? Au cours de l'adolescence, la perte d'un parent peut être traumatisante.

— Pas tant que ça, il avait une leucémie. Nous nous attendions à sa mort.

À peine avais-je prononcé ces mots que je me sentis comme le pire des insensibles, mais le docteur Dufer n'avait pas bronché. Je crus bon de me légitimer :
— Je veux dire que ce n'est pas comme un accident de la route. C'est un peu malsain mais nous avons eu le temps de faire notre deuil avant sa mort. De le préparer, en quelque sorte.
Elle acquiesça puis enchaîna son interrogatoire tandis que je piquais un fard.
— J'ai l'impression que vous cherchez à vous justifier. De même que tout ce qui se dira ici restera confidentiel, je vous fais remarquer que je ne jugerai rien de ce que vous me confierez.
Et voilà la deuxième phrase bateau des psys, songeai-je. J'en avais déjà assez de me livrer sur mon passé ennuyeux. Contre toute attente, j'étais pressé de rentrer dans le vif du sujet.
— Je l'ai fait pour que vous compreniez mieux, répondis-je évasif.
Puis voyant qu'elle me laissait continuer, je poursuivis.
— Cette période fait partie de mon passé, et aussi douloureuse soit elle, j'ai avancé.
— En deux ans, je trouve ça plutôt fort et courageux.
N'était-elle pas censée rester neutre ? Je chassai cette pensée sarcastique de mon esprit et me concentrai davantage.
— A vrai dire, ce n'est pas pour cette raison que je suis ici, avouai-je pour faire avancer les choses.
— Parce qu'il y a une raison particulière ?
Non, je m'emmerdais comme un rat mort alors j'ai pris rendez-vous chez le médecin des dingos. Je ravalai aussitôt mes répliques sardoniques parce que si j'étais

chez le « médecin des dingos », c'est que je considérais en faire partie.

— Il m'est récemment arrivé quelque chose, tranchai-je.
— Quel genre de chose ? Si vous êtes prêt à l'évoquer, ajouta-t-elle, bienveillante.

Non, je n'étais pas prêt. Je ne le serai d'ailleurs jamais. Mais il était temps de comprendre, ou en tout cas d'essayer. Par où commencer ? Je débitai tout ce que j'avais à dire à grande vitesse, comme si parler vite allait rendre la chose moins dramatique.

— J'ai rencontré un garçon que je voyais pour la première fois de ma vie. Et je ressens quelque chose pour lui.

Voilà, c'était dit. En partie du moins. Néanmoins, je ne me sentis pas libéré pour autant. Je fixai mon regard derrière le docteur, tentant vainement de trouver son affiche contre l'anorexie tout à fait passionnante.

— C'est ceci qui vous perturbe ? m'interrogea-t-elle en me jetant un coup d'œil.

Était-ce à ce point flagrant ? Je cessai immédiatement de me tordre les mains et les plaçai sur mes genoux, dans une posture que je désirais décontractée.

— Ce n'est pas normal, expliquai-je et ma voix se brisa sur la fin.

Mon Dieu, je n'allais quand même pas me mettre à pleurer ? C'était lamentable. Je remarquai des mouchoirs en papier sur le bureau, en priant pour ne pas en avoir besoin. D'habitude, je ne pleurais jamais, alors pourquoi étais-je au bord des larmes en ce moment ? J'avais toujours eu le sentiment que mon canal lacrymal était déconnecté de mes émotions et je ne souhaitais guère avoir une preuve de son existence dans l'état actuel.

— En quoi trouvez-vous cela anormal ?
La réponse fusa, instinctive, enfouie depuis longtemps dans mon cerveau.
— Je ne le connais même pas ! Je ne l'ai jamais vu de ma vie... Je ne sais rien de lui, pas même son prénom, et voilà qu'il m'obsède jour et nuit !
Je donnais sûrement l'impression d'être en colère contre lui d'après le ton que j'employais, mais était-ce vraiment le cas ? Étais-je en colère contre lui ou contre moi ?
— En quoi êtes-vous obsédé ?
Elle pencha la tête sur le côté et l'espace d'un instant, j'eus l'impression d'être face à une chouette recouverte d'accessoires grotesques.
— C'est comme si toutes mes pensées étaient tournées vers lui. Je ne parviens pas à me le sortir de la tête. Je ne savais pas que tomber amoureux pouvait être aussi irrationnel...
Elle releva les yeux de ses notes comme si elle venait de mettre le doigt sur quelque chose à approfondir.
— Et l'êtes-vous ?
— Suis-je quoi ?
— Amoureux.
Silence. C'était ce que j'avais dit à l'instant, sans m'en rendre compte.
— Oui, avouai-je finalement. Même si je n'ai aucun point de comparaison.
— Vous n'êtes donc jamais tombé amoureux ?
J'allais de nouveau passer pour une personne dépourvue de tout sentiment, mais tant pis.
— Jamais, confessai-je, comme un enfant pris en faute.

— C'est peut-être une des raisons pour laquelle vous vous sentez aussi obsédé. Nous pouvons comparer ça aux montagnes russes.

Quelle magnifique métaphore ! Je ne la comprenais pas cependant. J'étais peut-être trop scientifique pour avoir une sensibilité littéraire.

— Les montagnes russes ? répétai-je, incrédule.

— Oui, imaginez que pour la première fois de votre vie, vous montiez dans cette attraction. Les sensations seront intenses et déroutantes. Mais au fur et à mesure de vos montées dans le wagon, elles diminueront automatiquement.

Était-ce la découverte qui rendait la sensation aussi violente ? J'en doutai fortement. Aucun coup de foudre n'était accompagné d'une flamme qui brûlait lorsque vous fermiez les yeux. Cela dit, son hypothèse expliquait la partie rationnelle de ce qui m'arrivait, si tant est qu'il y en eût bien une.

— Et donc, je serais monté dans les montagnes russes pour la première fois ?

— C'est ce que je crois. Vous n'avez aucune raison de vous tourmenter, monsieur Foques. Être capable d'aimer n'est ni honteux ni effrayant.

Et admettons qu'être amoureux me permettrait de résister à toutes sortes d'accidents ? pensai-je intérieurement pour lui clouer le bec, mais le moment n'était pas encore venu d'en parler. Je devais avancer à petits pas.

— Les effets étaient aussi étranges, lâchai-je discrètement.

— C'est toujours étrange de tomber amoureux. Si ça peut vous rassurer, je vous trouve parfaitement équilibré.

La vache ! Elle était douée. Quel était son secret ? Lire dans les pensées ?
— J'aimerais néanmoins vous revoir, ajouta-t-elle.
Cette assurance s'évanouit aussitôt.
— Pourquoi ça ? m'inquiétai-je.
— Eh bien, vous me paraissez très angoissé. Il vous ferait sans doute du bien de mettre des mots sur vos émotions.
Bon. Après tout, je savais bien qu'une seule consultation ne serait pas suffisante mais la fin de la séance me sembla inopinée.
— Je suis d'accord pour parler, osai-je répondre. Mais pour être honnête, je ne suis pas pour un traitement quelconque.
— Je n'avais pas l'intention de vous en proposer un. Comme je vous l'ai dit, vous semblez sain d'esprit.
Nous convînmes donc d'un second rendez-vous deux semaines plus tard. Le Dr Dufer était visiblement très prisée.

*

Pendant que je prenais le train de Rocal à Davanne, j'eus le temps de réfléchir davantage. J'étais amoureux. Certes j'en avais eu conscience bien avant, mais le formuler à voix haute à une inconnue avait renforcé cette évidence. Je n'étais pas un extraterrestre puisque pour une fois dans ma vie, j'étais tombé amoureux comme toute personne normalement constituée. En revanche j'étais justement un alien puisque, comme d'habitude, je n'avais rien fait comme tout le monde, m'amourachant de manière hors norme.

Ensuite d'après la spécialiste, je n'étais pas fou, ce qui en soit était une bonne nouvelle. Mais une petite voix dans ma tête me rappela que je n'avais pas abordé le vif du sujet. Allait-elle réviser son jugement lorsque je lui aurai tout raconté ? Elle serait forcée d'admettre que je ne mentais pas cependant, je pourrais prouver que ma maladie avait réellement disparu et que j'étais ressorti indemne d'une chute d'environ quinze mètres. D'ailleurs, quand serait publié l'article mentionnant ma mésaventure ? Je maudissais encore Roxanne, même si elle n'était qu'en partie responsable de cette soudaine médiatisation. Je n'avais pas allumé la télévision la veille, trop angoissé à l'idée de me voir ne serait-ce que dans un fait divers.

Lorsque je parvins à l'entrée de la fac, Fanny m'y attendait, comme si elle avait deviné ma venue imminente.

— Lucas, est-ce qu'il t'arrive de regarder tes mails sur ton espace numérique de travail ? me lança-t-elle en guise de bonjour.

Elle n'était visiblement pas d'humeur à se faire réprimander pour son manque de politesse. Je battis en retraite.

— Jamais, confirmai-je en me rendant compte que j'ignorais jusqu'à mon adresse. Pourquoi ne m'as-tu pas envoyé un texto si tu voulais me contacter ?

J'étais surpris que Fanny passe par un moyen de communication aussi formel, elle qui devait traîner sur au moins une dizaine de réseaux sociaux.

— Ce n'est pas moi qui ai voulu te contacter ! m'expliqua-t-elle en se retenant de lever les yeux au ciel. Madame Mothes t'a donné un rendez-vous tôt ce matin. Évidemment tu l'as loupé. Elle m'a chargé de te trouver pour te conduire à son bureau.

Madame Mothes était la directrice de l'université. Je ne l'avais jamais rencontrée depuis mon arrivée ici et je ne voyais vraiment pas ce qu'elle me voulait. Le docteur Dufer l'avait-elle jointe pour lui parler de moi ? Quelle pensée égocentrique... Le terme secret professionnel dissipa mes doutes et apaisa mes craintes.

— Pourquoi veut-elle me voir ? m'enquis-je, suspicieux.

Elle avait sûrement réussi à soutirer quelques informations à la directrice. Je me demandais comment Fanny communiquait par mail à une supérieure hiérarchique. Elle devait se sentir vulnérable sans utiliser de smileys.

— C'est évident, non ? répondit-elle sans se départir de sa mauvaise humeur.

L'image d'une mère grondant son enfant s'imposa à mon esprit.

— Elle veut te parler de l'accident d'hier ! Je veux dire, ça s'est passé dans son université quand même !

Elle m'accompagna jusqu'à l'entrée du bureau de madame Mothes puis prit congé pour se rendre au cours que j'allais manquer, à cause de ce rendez-vous.

— Je te prendrai les cours ! me dit-elle.

Je frappai à la porte. Une voix aux accents chantants me dit d'entrer. Son bureau était situé plein sud, au deuxième étage d'un bâtiment récent. Toute la paroi du fond était entravée par des casiers débordant de dossiers. Un bureau en noyer vernis occupait l'espace restant.

— Monsieur Foques, quel plaisir de vous rencontrer, minauda la directrice.

Je doutais fortement qu'elle se conduisît ainsi avec les autres étudiants et j'ignorais pourquoi elle semblait aussi déférente.

— Asseyez-vous, cher monsieur, me proposa-t-elle en me désignant une chaise capitonnée en face d'elle.

En m'approchant, je pus distinguer ses traits. Malgré son allure guindée, elle avait un visage distordu par l'angoisse. Pire, elle parut terriblement mal à l'aise.

— Je suis désolé de ne pas être venu, je n'ai pas vérifié mes mails hier soir.

Inutile d'avouer à la directrice que je n'utilisais jamais la messagerie de son université.

— Je vous en prie, c'est entièrement de ma faute ! s'insurgea-t-elle d'une voix suave. Ne vous inquiétez pas, j'ai tout simplement repoussé mon prochain rendez-vous.

Ce qu'elle allait me dire était donc important. Un instant, je crus qu'elle allait me révoquer.

— Ai-je fait quelque chose de mal ? demandai-je en prenant un air innocent qui était tout à fait de circonstance.

Ma question la désarçonna.

— Non, du tout ! me rassura-t-elle avec un sourire un peu trop convaincant. Comment allez-vous ?

Était-on en train de parler de ma santé ?

— Très bien.

— Si je vous ai fait venir, c'est comme vous l'avez deviné, par rapport à votre accident d'hier.

Je n'avais rien deviné du tout. À vrai dire, ce qui s'était passé hier me semblait dater d'il y a bien des années.

— Je ne sais pas si vous avez lu la charte intérieure de l'établissement monsieur Foques, mais il est clairement stipulé qu'il ne faut pas s'appuyer contre ces grandes vitres...

Je déglutis difficilement. Le renvoi n'était peut-être pas totalement exclu. Pouvait-on virer quelqu'un parce qu'il

était passé par la fenêtre ? Croyait-elle que j'étais suicidaire ? Et dire que j'avais choisi ce moment pour consulter un psychiatre ! Je pris aussitôt les devants.
— Vous allez me renvoyer ?
Elle écarquilla les yeux de surprise puis éclata d'un rire obséquieux, trop sonore pour être naturel.
— Voyons, bien sûr que non ! Vous n'êtes pas responsable de ce malheureux incident ! Même si, techniquement, l'université n'est pas non plus responsable du fait de ce dit règlement...
Je voyais où elle voulait en venir.
— Je n'ai pas la moindre intention de porter plainte, madame Mothes.
Elle parut se raséréner.
— Bien, il vaut mieux que je me montre sincère. Un tel procès entacherait très sévèrement l'université et la démunirait de ses ressources. Les conséquences en seraient désastreuses, surtout pour les étudiants qui désirent se forger un avenir ici.
Son discours avait été appris par cœur. Je l'arrêtai immédiatement.
— Il s'agissait d'un accident. Comme je vous l'ai dit, je ne porterai pas plainte. Nous sommes quelques parts tous deux en tort. Je n'ai pas lu le règlement et vous n'avez pas sécurisé les fenêtres.
Un instant, je crus qu'elle allait répliquer en me mettant tout sur le dos. Je n'étais pas sûr d'apprécier cette femme et son chignon trop serré.
— Parfait ! s'écria-t-elle maintenant ravie. Je suis très heureuse que nous ayons trouvé un terrain d'entente. Vous pouvez disposer.
Je me levai, surpris d'être congédié si tôt. En partant, elle ajouta :

— Si vous avez besoin de quelque chose, n'hésitez pas à m'en parler, monsieur Foques.

Qui aurait cru que passer par la fenêtre m'aurait donné des avantages ?

— A vrai dire, il y a bien une chose que je voudrais vous demander.

Elle me regarda droit dans les yeux, comme si j'allais lui demander de l'argent contre mon silence. Sauf que je pensais à toute autre chose. Une chose qui allait l'arranger elle aussi, au demeurant.

— Je vous écoute ? m'incita-t-elle, s'attendant au pire.

— Il est prévu qu'un article à mon sujet soit écrit dans le journal de l'université. J'aimerais mieux que tout ceci reste privé, et j'imagine que vous n'y voyez aucun inconvénient.

Le soulagement put se lire sur son visage.

— Bien sûr, il n'y aura aucun article. J'y veillerai personnellement.

C'était à croire qu'elle aurait tout mis en œuvre pour empêcher Roxanne de le rédiger même si je ne le lui avais pas demandé cette faveur.

— D'ailleurs, je me suis également débrouillée pour que la presse s'en mêle le moins possible. Je me doutais que vous ne voudriez pas de tout ça...

Elle avait très certainement fait tout ceci dans un intérêt purement personnel mais je n'allais pas la blâmer. À cheval donné, on ne regarde pas la bouche.

— Pourriez-vous, en sortant, faire rentrer M. Pols, s'il vous plaît ?

J'acquiesçai puis m'approchai de la porte du bureau. Au moment où j'allais l'ouvrir, cette sensation inexplicable me pulvérisa de nouveau.

Je faillis tomber à la renverse. Il était là. Lui. Le dénommé M. Pols, c'était lui, mon... Une fois encore, mon cœur se mit à battre à la chamade, à brûler intensément, mes muscles se crispèrent instantanément et je ressentis des milliers de décharges électriques dans chacune de mes articulations.
Reste calme, pensai-je. Il fallait qu'il parte, maintenant. Mon cœur n'allait pas supporter ce feu plus longtemps. J'allais fondre. Je devais lui dire de rentrer dans le bureau puis partir le plus loin possible. Mais serais-je capable de lui adresser la parole ? Apparemment oui, puisque je m'entendis prononcer dans un état second :
— Excuse-moi ? La directrice cherche M. Pols. Si c'est toi, tu devrais y aller.
Je fus surpris de ma propre audace. Je lui parlais tranquillement malgré l'état dans lequel je me trouvais ! Il leva les yeux vers moi et les effets redoublèrent d'intensité. Pitié que ça s'arrête ! Non ! Encore...
— Ok merci ! dit-il d'une voix grave qui lui allait à ravir.
Il me remercia d'une tape sur l'épaule et je crus m'effondrer. Je me sentis tellement faible et tellement puissant... La sensation de sa main sur mon épaule m'avait procuré un plaisir inacceptable. Quand il referma la porte du bureau derrière lui, je mis bien cinq minutes à recouvrer mes esprits. Les brûlures diminuèrent lentement, mais restèrent malgré tout inhumaines. J'avais encore envie de ressentir cet apogée d'émotions, et j'étais à deux doigts de débouler dans le bureau pour le voir et revivre ça. J'aurais voulu le regarder à jamais... M. Pols... Je connaissais enfin son nom de famille. J'étais presque sidéré qu'un être aussi parfait puisse avoir un

patronyme, comme le commun des mortels. Comme s'il était Dieu.

*

J'avais envie de rentrer chez moi, puisque j'avais raté le seul cours de la journée. Cependant, j'allai attendre Fanny à la sortie. Après tout, elle m'avait rendu service.
— Salut ! me lança-t-elle enjouée.
Elle paraissait de bien meilleure humeur.
— Alors, comment s'est passé votre entretien, monsieur Foques ? plaisanta-t-elle en imitant à la perfection la voix obséquieuse de madame Mothes.
Je mis un moment avant de me rappeler ma conversation avec la directrice.
— Elle pensait que je voulais porter plainte.
— Tu pourrais. Franchement, tout le monde s'appuie contre ces fenêtres. N'importe qui aurait pu avoir cet accident et en mourir.

Je ne relevai pas. Nous nous séparâmes sur le parking comme d'habitude. Fanny me donna ses cours, écrits avec des couleurs criardes. Je n'avais pas eu le moindre cours aujourd'hui, du fait du rendez-vous, mais je n'étais pas venu à la fac inutilement malgré tout. Car l'inconnu qui avait maintenant un nom m'avait parlé. Mieux, il avait eu un geste amical envers moi. Pourrions-nous devenir amis, comme l'avait suggéré Fanny quand je lui avais demandé des informations à son sujet ? *Hypocrite*, songeai-je. Je savais pertinemment que ce n'était pas son amitié que je désirais. A-t-on déjà vu un ami procurer de pareilles sensations ? S'estomperaient-elles d'elles-mêmes quand je le connaîtrais mieux ? Désirerait-il mieux me connaître ? Et au nom de quoi, d'ailleurs ?

Quelle avait été l'image employée par le docteur Dufer déjà ? Ah oui... Les montagnes russes. Où en étais-je exactement ? Allais-je chuter depuis le sommet ?
Et surtout, voudrais-je refaire un tour ?

Chapitre 6 : L'absence

Deux semaines passèrent. Lentement. Il manquait encore à l'appel. Il me manquait tout court, aussi folle soit cette perspective. Pourtant, la flamme n'avait jamais paru aussi brillante. Mon espoir de le croiser en cours de langue se cristallisait, mais il était toujours absent. Un jour je fus même tenté de quémander des informations à madame Mothes, mais la raison m'avait rattrapé. Je m'imaginais mal toquer à la porte de son bureau et lui faire un interrogatoire sur un garçon dont je ne connaissais que le nom. Paradoxalement, je n'attendais pas seulement de me trouver face à lui. Je voulais ressentir cette électrocution, ce feu insupportable qui s'intensifiait dès que mes yeux se posaient sur lui. J'étais devenu accro à cette sensation, et je savais pertinemment qui était ma drogue.

Ces deux semaines enfin passées eurent tout de même un avantage : mon rendez-vous chez le docteur Dufer avait sonné. Toutes mes nuits faisaient l'objet d'une introspection obsédante : devais-je approfondir les bizarreries qui s'étaient produites depuis ma rencontre avec cet inconnu, outre mon amour inconditionnel ? J'avais décidé de patienter un peu avant de me confier sur ces expériences, mais au matin du rendez-vous, l'urgence de la situation s'imposa à moi.

*

Il était tôt quand l'alarme de mon téléphone sonna pour me tirer d'un sommeil réjouissant. Inutile de préciser l'objet de mon rêve. À peine mes yeux furent-ils ouverts que je pris conscience d'une anomalie sensorielle. Allongé sur le dos, le regard rivé au plafond, je réfléchissais à ce que j'avais de différent. Je m'étais réveillé avec une impression étrange et singulière que je ne parvenais pas encore à identifier. Je fus happé par le sentiment de recevoir une flopée d'informations visuelles sans pouvoir les réceptionner correctement, comme si une lueur trop vive obscurcissait mes capacités cognitives. Qu'est-ce qui avait bien pu changer depuis la veille ? J'étais sûrement encore trop endormi pour me rendre compte.

  Ce n'est qu'en me rendant dans la salle de bain et en m'apercevant furtivement dans le miroir que je compris. Je ne portais pas mes lunettes. Et j'y voyais très bien. Trop bien. J'allumai la lampe en hâte pour vérifier que je n'étais pas témoin d'un effet d'optique. Mes lunettes étaient restées sur la table de nuit, et je me précipitai pour les mettre sur mon nez. Ma vision demeura horriblement trouble à travers les verres, comme s'ils étaient beaucoup trop forts pour ma vue. Je les ôtai. Le constat fut flagrant. J'y voyais parfaitement, mieux encore que lorsque ma myopie n'avait pas surgi. Ma vision n'était pas seulement devenue excellente, elle était devenue hors-norme.

  Un regard vers la fenêtre acheva mes conclusions et je faillis perdre l'équilibre face à ce déferlement d'images en haute définition. À travers les carreaux humides de rosée, je ne vis pas les simples rayons du Soleil qui dardaient à l'horizon mais les différents spectres de lumière, décomposés dans un prisme en un arc-en-ciel chatoyant. J'étais capable de percevoir une myriade de couleurs, la plus minime variation de ton, l'intensité de réflexion de la lumière, la danse mouvante des ombres. L'immense sapin à une centaine de mètres de ma chambre laissait échapper des volutes de pollen, faisant écran au magnifique dégradé verdâtre de ses épines. Plus loin, le chêne à demi-caché, dévoilait ses feuilles automnales dans un camaïeu de rouge écarlate, de jaune ocre et d'orange cuivré, leurs craquelures nervurées sillonnant l'ensemble comme un réseau de veines humaines.

    J'étais bouchée bée. J'aurais tout aussi bien pu être aveugle avant mon réveil. C'était comme si mes pu-pilles fonctionnaient telle une caméra high-tech, aptes à faire un super-zoom sur chaque détail. Mieux, j'eus l'impression terrifiante de ne plus être doté d'yeux mais d'un microscope professionnel, plus performant que ceux que nous utilisions en cours. Que m'arrivait-il ? Je m'arrachai difficilement à la contemplation du paysage, d'ordinaire brumeux et indistinct.

    L'heure de me révéler au docteur Dufer avait sonné. Peut-être pourrait-elle trouver une explication logique et rationnelle à tout ça, même si je n'y croyais pas le moins du monde. Je sortis de chez moi en enfilant ma veste, pénétrant dans un environnement devenu trop clair pour ne pas être perturbant. Je redécouvrais chaque élément, comme si je les voyais pour la première fois. Qu'il était agréable de voir l'univers autrement que derrière ses lunettes ! Après tout, pourquoi ne pas apprécier ce qui me faisait du bien ?

*

    Le docteur Dufer venait tout juste d'arriver quand j'entrai dans la salle d'attente. Elle vint m'accueillir et je pénétrai dans son bureau. Elle ne sembla pas remarquer que je ne portais pas mes lunettes. Se souvenait-elle seulement de moi ? Elle devait avoir une bonne cinquantaine de patients... Mais combien d'entre eux vivaient ce à quoi j'avais droit ?

— Comment vous sentez-vous depuis notre dernière consultation ? me demanda-t-elle enfin.

— Très bien, répondis-je, pas très sûr de moi. Je crois.

— Vous croyez ?

Elle sourcilla et instinctivement, je focalisai ma vision sur l'épiderme de son visage, parcourant l'ensemble de sa peau au microscope, m'attardant sur chaque imperfection que je pouvais zoomer à loisir sans perdre de vue la scène dans son entièreté. Je n'avais encore jamais éprouvé une sensation aussi ineffable. Je tâchai de me concentrer.

— En vérité, je ne vous ai pas tout dit la dernière fois, concernant ma venue ici...

J'allais peut-être trop vite. Je soupirai pour ne pas livrer mon récit d'une traite.

— Je comprends, il faut un certain moment pour parler de sujets intimes avec un professionnel. Un temps d'adaptation est nécessaire afin qu'une certaine confiance s'installe. Il n'y a pas de règles, vous choisirez ce que vous voulez me dire et quand vous le voudrez.

Elle me gratifia d'un sourire qui m'encouragea à en dire plus. J'aperçus des reflets d'une couleur innommable sur l'émail de ses dents, lubrifiées par un voile de salive.

— Vous savez, commençai-je, je ne crois pas aux expériences surnaturelles.

Mon aveu commençait mal, je m'étais imaginé une scène tout à fait différente. Comme à l'accoutumée, elle me laissa développer.
— Je fais une licence de chimie.
— Pour l'instant, ça n'a pas l'air si surnaturel que ça.
J'osai la regarder dans les yeux. Elle esquissa un sourire. Ouf ! Elle plaisantait !
— C'est même plutôt ennuyeux, avouai-je pour briser la glace. Non, c'est plutôt ce qui s'est passé après ma rencontre avec cet inconnu qui est... étrange.
J'étais doué pour les euphémismes. Se souvenait-elle de ce garçon dont j'étais amoureux ? Elle ne feuilleta pas le dossier me concernant, ce qui était plutôt bon signe. Soit elle possédait une bonne mémoire, soit elle avait révisé avant notre rendez-vous.
— Étrange dans quel sens ? s'enquit-elle après un temps.
Ses yeux semblaient me scruter avec intensité et des ridules se formèrent lorsqu'elle plissa les paupières.
— Tout d'abord, quand je l'ai vu pour la première fois, la sensation a été... déroutante.
Deuxième euphémisme. Je précisai le sens de l'adjectif du mieux que je le pus.
— Je veux dire... J'ai eu l'impression d'un électrochoc, au sens propre. Tout mon corps a été parcouru de décharges électriques, et surtout, il y a eu ce... ce feu. Ici, précisai-je en pointant mon cœur. J'avais comme une boule de feu qui semblait vouloir jaillir de ma poitrine.
Je cessai de parler, guettant sa réaction. Voyant qu'elle restait silencieuse, je lui demandai :
— Que croyez-vous que c'était ?

Elle poussa un soupir, comme s'il existait des centaines de diagnostics possibles, ce qui me soulagea tout en me rendant anxieux.

— Une crise d'angoisse sans doute ?

Elle me croyait, ce qui me rassura. Néanmoins, je perçus un infime changement dans son attitude. Elle recula légèrement sur son siège dans un mouvement à peine perceptible. Pour ne pas m'attarder davantage sur cet épisode, j'enclenchai immédiatement la première.

— Mais ce n'est pas tout. Depuis ce jour, il m'arrive des choses bizarres. Je suis sûr qu'elles se sont réellement produites, puisqu'il y avait des témoins, ajoutai-je pour donner plus de crédit à mon récit.

— Quel genre de choses ?

Je l'avais intéressée. Elle en oubliait même de prendre des notes et demeurait là, le regard fixe.

— Tout d'abord en cours, une amie m'a renversé de l'acide sulfurique sur les mains.

Face à cette inconnue, je pouvais me permettre d'accuser librement Fanny. Je n'avais pas envie de paraître plus maladroit que je ne l'étais réellement.

— Et je n'ai eu aucune brûlure, ni aucune douleur, d'ailleurs. Mon amie, qui en a reçu également, avait les mains dans un sale état...

Elle se passait la langue sur les lèvres, intriguée, mais ne disait toujours rien, ce qui me permit de poursuivre plus facilement.

— J'ai mis ça sur le compte de la chance, jusqu'à ce que ces expériences ne puissent plus être qu'un banal coup du sort. Entre autres, j'ai fait une chute de quinze mètres à l'université dont je suis sorti vivant, et surtout indemne. Ma maladie congénitale a quant à elle totalement disparu. Et ce matin, en me réveillant, je n'avais plus besoin de lunettes.

J'avais baissé les yeux en racontant tout ça, comme si j'allais me faire disputer, comme si j'étais fautif de ce qui m'arrivait. L'étais-je vraiment ? En relevant la tête, je vis à quel point la curiosité du docteur était piquée au vif. Plus que ça, elle était *choquée*.

Pourquoi ne disait-elle rien ? Bon sang ! Allait-elle parler ? J'étais sur le point de m'enfuir à toutes jambes quand elle prit enfin la parole.

— C'est étrange en effet, dit-elle d'un ton cassant.

Je crus un instant déceler une certaine tension dans sa voix, comme une peur inconditionnelle. Puis plus rien. Elle s'était tue. Je fermai les yeux pour reprendre contenance et je me rappelai un détail... Comme il n'était plus question de faire machine arrière, je fis preuve d'audace :

— Quand je ferme les yeux, je vois également une...

Finalement, je ne fus pas capable d'aller plus loin. Un tremblement à peine perceptible phagocyta le docteur.

— Une quoi ? m'incita-t-elle à poursuivre bien que sa voix avait perdu son ton chaleureux.

Sans m'en rendre compte, j'avais retenu mon souffle. J'inspirai profondément et répondis :

— Une petite flamme... Elle s'agite, parfois.

Le silence gênant qui régnait ne pouvait plus durer. Je n'avais jamais vu le docteur Dufer dans un tel état, même si je ne l'avais rencontrée que deux fois. Son visage n'était pas fait pour arborer une telle expression, mélange de terreur et de fascination.

— Je ne peux rien pour vous.

Pardon ? Où était passé son professionnalisme ? Je n'avais donc aucun espoir de guérir de... *ça* ?

— Pourquoi ça ? Qu'est-ce que j'ai ?
Elle retrouva ses esprits après maints efforts.
— Rassurez-vous, m'expliqua-t-elle avec un ton faussement détaché. Je veux dire que... ce n'est pas mon domaine. Je connais quelqu'un en revanche, qui pourrait vous aider. Je vais vous donner ses coordonnées.
Qu'est-ce que ça voulait dire ? J'étais perdu, je regrettai presque d'avoir parlé de tout ça. Pourtant il le fallait, c'était pour ça que j'étais venu. Était-ce sa façon de remercier ceux qui avaient osé lui faire confiance ? À présent, la colère remplaça le malaise.
— Docteur Dufer, cela signifie-t-il que je n'ai plus besoin de vous revoir ?
C'était pitoyable. On aurait dit une moule s'accrochant à son rocher. Je n'étais pas habitué à quémander une aide quelconque.
— En effet, répondit-elle nerveuse. Ce sera notre dernier rendez-vous.
Elle me fit glisser un post-it sur le bureau, prenant soin de ne pas entrer en contact avec ma main. Mon Dieu. Pensait-elle que j'étais possédé par le diable ? M'envoyait-elle chez un exorciste ? Je n'eus même pas le temps de lire ce qui y était inscrit car elle se leva instamment et me congédia à une vitesse à la limite de l'indécence.
— J'ai été ravie de vous rencontrer monsieur Foques, mais comme je vous l'ai dit, je ne peux rien pour vous. Ne m'en voulez surtout pas...
— Excusez-moi mais... vous sentez-vous bien ? Je sais que ce que je vous ai raconté est étrange mais...
— Aucun problème ! Je vous ai dit que ça resterait entre nous. Maintenant si vous voulez bien m'excuser...

Elle ouvrit la porte, sous le choc.
— Très bien, répondis-je déconfit. Merci quand même.
Je lui tendis la main. Elle fit semblant de ne pas la voir et referma la porte. Même la secrétaire sembla stupéfaite du comportement de sa collègue.

*

En route pour l'université, je ne réalisai toujours pas ce qui avait bien pu se passer. Ce qui était sûr, c'est que le docteur Dufer savait quelque chose. Avait-elle déjà lu des légendes anciennes sur ce que je venais de lui raconter ? J'avais beau avoir fait de maigres recherches sur Internet, je ne voyais pas comment elle pouvait être au courant de quoi que ce soit. « *Je ne peux rien pour vous* ».

Pauvre conne ! Comme si je n'étais pas suffisamment abattu ! Si elle m'avait dit ça quelques semaines auparavant, Dieu seul sait ce que j'aurais fait... Le comportement inattendu du docteur m'avait désarçonné. Je n'avais pas eu le loisir de l'interroger davantage sur ce qu'elle savait. Il y avait donc bien quelque chose de surnaturel qui se passait autour de moi ? Je l'avais déjà appris auparavant et j'en avais été complètement bouleversé, mais de là à se comporter comme le docteur... En mettant les mains dans les poches, je sentis le post-it que m'avait donné le docteur Dufer. L'écriture était irrégulière, comme si elle avait tremblé en notant l'adresse.

Jean-Paul Malef,
14, Avenue du Millénaire
Quartier Grand Sud
Rocal

Dans la précipitation, cette idiote avait oublié de me noter son numéro. Je devrai le trouver sur Internet pour prendre rendez-vous. Je décidai de ne plus penser à cette histoire pour le moment, j'aurais tout le temps d'y réfléchir plus tard lorsque je serai seul. J'en avais assez d'être mentalement absent pendant les cours, trop occupé à penser à ce qui m'arrivait. Trop occupé à penser à lui...

*

Quand j'arrivai devant la salle de cours, je fus surpris de constater que bon nombre d'élèves avaient le nez fourré dans leur cahier. Bon sang ! Ce n'était quand même pas déjà le jour de l'examen ? Ce fut naturellement Roxanne qui me renseigna. Malheureusement pour moi, elle ne boudait plus. Dommage, j'aimais bien qu'elle me fasse la tête, ça me faisait des vacances.
— Lucas ! Par ici ! dit-elle en agitant son cahier d'où tombèrent des feuilles de notes.
Elle s'était assise parterre et croyait apparemment que j'avais très envie de venir à ses côtés.
— Salut Roxanne, grommelai-je maussade.
Je n'avais pas envie de lui poser la question à *elle*, mais je n'avais pas le choix.
— Il y a un examen aujourd'hui ?
Elle parut outrée de mon ignorance.
— Bien sûr que oui ! Mme Laventi l'a pourtant signalé à maintes reprises ! Ce n'est pas faute de l'avoir répété pourtant !
Et voilà que j'avais droit à un sermon à la Roxanne Traille. Heureusement, Fanny arriva toute guillerette. Je ne devais pas être le seul à avoir oublié ce stupide examen. Après avoir pris un temps interminable à faire

la bise à tout le monde, y compris aux filles qu'elle détestait, elle se rendit compte que toutes étaient en train d'étudier. Ce fut évidemment Roxanne qui la sermonna pour son manque de sérieux.

— On va se prendre une taule ! pouffa-t-elle en me faisant un clin d'œil.

Sa remarque eut le don d'exaspérer Roxanne, qui considérait sûrement les plaisanteries sur les examens comme le pire des blasphèmes.

— Détends-toi, Roxie ! la nargua Fanny. Tu ne vas pas redoubler encore une fois cette année !

Roxanne, redoublante ? J'en étais scié. Fanny lui avait cependant coupé le sifflet et on ne l'entendit plus. Je croyais naïvement qu'elle avait opté pour une simple réorientation.

En rentrant dans la classe, Fanny m'amena tout au fond de la salle où nous nous séparâmes d'une table, conformément aux exigences de madame Laventi pour éviter les tricheries. Elle nous demanda même d'enlever nos vestes et trousses puis de les apporter sur son bureau.

— On se croirait en maternelle ! protesta Fanny. Roxie ne passera pas au détecteur de métaux à cause de son appareil dentaire !

Je la trouvai étonnamment sereine pour quelqu'un n'ayant pas révisé.

— Tu crois que je peux garder mon soutien-gorge ? rigola-t-elle, ce qui lui valut un regard noir de la part de la prof.

Mais soudain, je cessai d'écouter les bêtises de Fanny. L'atmosphère changea brutalement et mon cœur se mit à faire des cabrioles. Paniqué, je levai les yeux vers la porte d'entrée en sachant pertinemment qui était en train d'arriver. Je l'avais immédiatement reconnu à sa démarche nonchalante, la même que lorsque je l'avais vu la première fois. Je n'aurais pas eu à le regarder pour comprendre qui il était.

C'était *mon* M. Pols. Et s'il passait cet examen, c'est qu'il était dans *ma* classe. Au diable cet examen que j'allais rater, j'étais trop heureux par ce que je venais d'apprendre. Pourquoi n'était-il jamais venu dans nos cours dans ce cas ? Ces préoccupations me permirent de mieux contrôler la flamme qui s'agitait dans ma poitrine. Cette fois, la terreur laissa place à une excitation soudaine. Quelle délicieuse sensation ! La morsure du feu me procura un plaisir si intense que j'en eus des sueurs froides. Je déglutis avec difficulté, ma gorge étant devenue aussi sèche qu'un désert aride. L'électricité qui agitait mes membres jusque dans mes doigts fit trembler le stylo que je tenais.

Le garçon prit place un rang devant moi, seul. Au moment où il tira sa chaise, il me vit. Le contact entre ses yeux et les miens fit redoubler d'intensité le feu qui me dévorait les entrailles. Il détourna la tête, sans un mot. M'avait-il reconnu sans mes lunettes ? D'ailleurs Fanny n'avait pas remarqué que je ne les portais pas, cela devait donc passer inaperçu. Pourquoi ne me parla-t-il pas ? Nous avions eu un premier contact devant le bureau de la directrice. *Tu parles d'un premier contact,* pensai-je. *Il s'en fout de toi. Il ne te connaît même pas !* Moi non plus je ne le connaissais pas, et pourtant...

J'étais blessé de son ignorance à mon sujet, et je réalisai soudain la raison de cette déception. J'avais inconsciemment espéré qu'il ait, lui aussi, une flamme qui lui rappellerait mon existence. Mais il était tout simplement normal. De toute ma vie, je n'avais encore jamais été le siège d'une émotion aussi violente.

— C'est qui lui ? me demanda Fanny, dont j'avais momentanément oublié l'existence.

La question était idiote, parce que si elle l'ignorait, personne n'aurait pu le savoir, surtout pas moi.

— Aucune idée, mentis-je à moitié.

Je la soupçonnai de se rappeler la description que je lui avais faite d'un inconnu basané.

Quand Mme Laventi commença à distribuer les sujets d'examen, je la vis s'arrêter au niveau de l'inconnu pour lui parler. J'entendais tellement bien leur conversation à voix basse que je crus un instant avoir développé en prime une audition sur-développée.

— Je ne vous ai jamais vu en classe, disait madame Laventi sur un ton de reproche. Si vous êtes étudiant ici, vous devez assister aux cours.

Intérieurement, je suppliai la providence pour qu'il revînt. Je ne pourrais supporter d'être privé de sa présence.

— J'ai raté beaucoup de cours parce que je travaille, répondit-il et sa voix me fit de nouveau chavirer. Je suis allé voir madame Mothes pour lui signaler.

Voilà pourquoi je l'avais vu devant le bureau de la directrice.

— Ce sera très difficile pour vous de réussir votre année si vous ne pouvez pas assister aux cours, trancha la prof.

— J'ai trouvé un arrangement. Je serai assidu désormais.

Une délicieuse langue de feu parcourut ma cage thoracique et j'en tremblai d'effroi.

— Êtes-vous en mesure de passer l'examen ?

— Oui, j'ai pu réviser.
Elle lui remit le sujet d'examen ainsi qu'une copie double puis nous distribua les nôtres. Les questions n'étaient pas si difficiles que ça. Quand la prof fit passer une feuille d'émargement pour vérifier les présences à l'examen, mon excitation atteignit son paroxysme. Il était devant moi, donc quand j'allais devoir signer, je pourrai voir son prénom ! C'était idiot de me réjouir d'une information si peu capitale, mais j'avais hâte de mettre un prénom sur celui qui avait fait basculer ma vie. Et puis comment aurais-je pu le connaître autrement ? Je me voyais mal aller vers lui et lui demander « *au fait, comment tu t'appelles ?* ». Pour une personne normalement constituée, cette approche était plausible, mais pour moi elle était tout simplement impossible à envisager.
Quand la feuille parvint jusqu'à moi, je parcourus la liste, à la recherche du nom « *Pols* ». Je le trouvai en un clin d'œil. Omar. Omar Pols.
— Fanny, chuchotai-je, il s'appelle Omar Pols !
Elle me regarda, interloquée. Ce n'était définitivement pas mon genre de me montrer curieux, mais je devais partager ma joie. J'étais si heureux que j'en oubliai même que nous étions en plein examen. Mme Laventi nous rappela à l'ordre.
— S'il vous plaît, au fond ! Nous sommes en examen.
Il fallait que je me concentre sur ma feuille pour ne pas avoir une sale note. J'avais passé au moins un quart d'heure à l'observer dans les moindres détails. Je me ressaisis. En une demi-heure, j'avais déjà complété tout ce que je savais. Je voyais Omar devant moi (je n'arrivais toujours pas à croire que je connaissais son prénom), et j'eus une idée. Une idée encore plus

pathétique que les précédentes. Je relus en vitesse le contenu de ma copie puis la rendis à la prof. J'étais un des premiers à avoir terminé l'examen.

En retournant au fond de la classe pour sortir, je vis Roxanne m'observer fièrement, l'air de dire « *voilà, si tu avais révisé, tu aurais eu plus de choses à dire !* ». Je l'ignorai, trop occupé sur ce que j'allais faire. Je patientai devant la salle. Je me serais menti à moi-même en me persuadant que j'attendais Fanny. En vérité, je m'étais hâté de finir mon examen avant Omar pour le voir sortir. J'étais dans le couloir, juste en face de la porte fermée. Quand elle s'ouvrirait, il tomberait nez à nez avec moi.

Et ensuite ? Je tâchai de ne pas y penser, je voulais trop savourer l'instant où je pourrai de nouveau le regarder dans les yeux. Dès que la porte s'ouvrait, mon cœur se serrait. Cette attente, ce suspens, c'était tellement excitant... J'attendais ce nouvel électrochoc, c'était comme si le feu qui ravageait mon cœur n'était pas assez intense, alors qu'il n'avait en rien diminué. J'en voulais encore. J'avais soif de brûlure.

À la huitième sortie, mon cœur se comprima une nouvelle fois puis se décompressa quand je vis Fanny.
— Alors ? me demanda-t-elle. Tu es sorti vite !
— J'avais fini, répondis-je peu enclin au dialogue.
— Bon, au moins c'est terminé. On y va ?
Mince ! Mon plan tomba à l'eau. Évidemment, je n'avais plus aucune raison de rester ici maintenant que nous étions libres de partir. Maudite Fanny ! Au moment où j'acquiesçai, terriblement frustré, la porte s'ouvrit une nouvelle fois, et je le vis sortir. Il ne m'accorda pas même un regard et prit la direction

opposée. J'entendis la porte au bout du couloir claquer derrière lui, tandis que mon cœur était en proie à une brûlure succulente.

*

Tandis que je sortais du bâtiment, Fanny collée à mes basques, j'eus le sentiment de passer aux rayons X. Elle me guigna longuement puis me lança de but en blanc :
— Tu n'as pas mis tes lunettes ? Je sais que c'est contraignant, mais tu dois les porter. Moi par exemple, je ne les quitte jamais, même si ça nuit à la couleur de mon teint les jours de pluie.
Elle avait enfin remarqué ce petit changement mais je n'étais pas d'humeur à ce qu'elle me fasse la morale. J'improvisai du mieux que je pus pour couper court à cette discussion.
— J'ai des lentilles, mentis-je.
Je fus surpris par la vraisemblance de mon mensonge. Je n'étais *vraiment* pas d'humeur.
— Tu ne m'avais pas dit que tu en portais !
Pauvre Fanny ! Elle croyait que je lui confiais tout, mais si elle apprenait que je cachais quelque chose, elle ne se serait pas privée de venir m'espionner jusque chez moi avec des jumelles dernière génération.
— C'est pratique ? s'informa-t-elle.
— Plus ou moins, éludai-je, incapable de répondre sincèrement à sa question.
Nous passâmes devant l'infirmerie comme lorsque nous quittions l'université, quand en sortit la secrétaire désagréable que j'avais vue à la rentrée.
— M. Foques ! aboya-t-elle de très mauvaise humeur. Je désirerais vous parler. Dans mon bureau.
J'ignorais qu'elle avait un bureau.

— Très bien, dis-je. C'est à quel sujet ?
— Je vous expliquerai tout ça. En privé, ajouta-t-elle en jetant un œil à Fanny dont la curiosité était maintenant piquée au vif. C'est important.
— Je t'attends là, m'annonça Fanny en s'asseyant sur le bordure du bâtiment.
— Non, ne t'embête pas. On se voit demain.
Je n'avais pas envie de subir un interrogatoire juste après. Il me fallait au moins le temps de trouver un mensonge à lui raconter pour satisfaire son besoin de ragots. Mais aurais-je besoin de mentir ? C'était devenu mon lot quotidien dernièrement.
— Tu es sûr ? insista-t-elle.
La secrétaire fit claquer sa langue d'impatience ce qui la dissuada de rester. Une fois Fanny partie, je pénétrai dans l'infirmerie. Elle me conduisit dans le même supposé bureau où je l'avais vue pour la première fois. Elle s'assit derrière et s'abstint de me proposer une chaise. Agacé, je pris place sans son autorisation, ce qu'elle ne sembla pas remarquer.
— Nous avons reçu vos analyses médicales, lâcha-t-elle.
— Je n'ai rien envoyé pourtant, avouai-je innocemment.
Elle s'abstint de lever les yeux au ciel.
— Le jour de votre accident, l'hôpital s'en est chargé. J'en ai profité que vous soyez là-bas pour faire avancer votre dossier.
Elle me fixa, comme si je devais lui confesser un crime.
— Et alors ? demandai-je en atténuant l'insolence qui fusait dans ma voix.
Elle me toisa et déglutit avec difficulté, visiblement contrariée à en croire son expression.

— Et alors vous m'aviez signalé avoir une cardiopathie, ce qui est infirmé dans ces documents.

J'avais oublié. Oublié que ma maladie congénitale avait brusquement disparu. Je savais pourquoi, néanmoins. Ce mystère semblait être un détail futile par rapport à Omar Pols. En pensant à lui, j'eus des frissons sur tout le corps. Elle prit apparemment mon malaise pour de la crainte et tenta d'être intimidante.

— Je vous rappelle qu'il est illégal de mentir sur son état de santé ! Vous en assumerez les conséquences.

Je fus à deux doigts de la gifler.

— Vous n'avez rien à me rappeler du tout, grondai-je. Quand je vous ai parlé de cette maladie, c'était vrai. Trouvez-vous un avantage à être malade ?

Elle fut désarçonnée par ma répartie.

— Que voulez-vous dire par « *c'était vrai* » ?

Devais-je le dire ? Je n'avais pas le choix. Hors de question de passer pour un menteur, mieux valait passer pour un fou.

— Ma maladie a disparu, dis-je dans un souffle.

Elle eut un reniflement dédaigneux.

— Voyez-vous ça... cracha-t-elle avec mépris.

— Écoutez, je ne vais pas polémiquer avec *vous*.

J'avais volontairement accentué le « *vous* » avec dégoût, ce dont elle se rendit compte.

— Je retournerai à l'hôpital pour que les médecins m'ayant pris en charge puissent me faire une attestation. Je leur dirai de faire simple afin que vous puissiez décrypter leur jargon médical.

— Je n'ai jamais entendu parler d'une telle chose !

— Regardez *Docteur House,* cela devrait rentrer dans le champ de vos compétences médicales. Il doit bien y avoir un épisode dans ce style.

Sa fureur était telle que je la voyais mâchouiller sa propre langue. Mais ce n'était rien comparé à la mienne. Je sentis le feu bouillonner en moi, et je m'interrogeai sur mes capacités à me maîtriser. Je ne tenais pas à lui lancer mon sac à la figure. Je n'avais pourtant jamais été nerveux, mais cette femme était si antipathique et ma vie si injuste que la colère que j'éprouvais était raisonnable. Sur cette dernière réplique cinglante, je partis sans même lui dire au revoir.

    J'étais énervé, agacé, furieux. Mais je balayai ces mauvaises ondes. C'était un jour heureux en dépit de tout car Omar Pols ferait partie de ma classe, Omar Pols ferait partie de ma vie.

Chapitre 7 : La colère

Je n'avais jamais autant apprécié me rendre à l'université qu'en ce moment. J'aimais voir Omar Pols. J'aimais sentir cette sensation suffocante, cette brûlure inhumaine, ces picotements paralysants. J'aimais voir la flamme s'agiter quand je le regardais... Tout le monde avait remarqué une métamorphose dans mon attitude. Fanny, bien évidemment, me demandait chaque jour ce qui me mettait d'humeur si guillerette mais comme je ne pouvais pas lui révéler la vérité, je me contentais de lui servir des mensonges quotidiens. Je travaillais sans relâche mon imagination, mais je me trouvai bientôt en pénurie de bonnes excuses. Je devais désormais perfectionner mes piètres talents de comédien et camoufler mon bonheur. Comment s'y prenait-on pour ne pas étaler sa joie ? Je n'en avais aucune idée, n'ayant jamais été aussi heureux qu'en cet instant.

La seule occasion qui m'était donnée de me montrer maussade arrivait quand les cours se terminaient, car ils signifiaient mon retour chez moi, loin de lui. Je n'au-rais manqué les cours pour rien au monde, et lui, fidèle à la promesse qu'il avait faite à Mme Laventi, était toujours présent en classe. Je ne me lassais pas de l'observer, je guettais sa venue tous les jours, craignant qu'il ait changé d'avis. Et dès qu'il apparaissait, mon cœur en feu bondissait dans la poitrine pendant que je me régalais de cette souffrance. J'aurais voulu brûler éternellement.

Le lendemain de l'examen (que Fanny avait d'ailleurs raté), elle avait ajouté Omar Pols sur Facebook. J'ignorai comment elle s'y était prise pour dénicher son profil, étant donné qu'il avait modifié son nom de famille, optant pour un pseudo de joueur de football dont il était fan. Depuis lors, je passais tout mon temps libre sur son profil, n'osant pas entrer en contact avec lui. J'avais visionné des centaines de fois les trois clichés sur lesquels il prenait la pose, et j'étais troublé de voir que même sur un écran, sa beauté était éblouissante. J'aurais tellement espéré avoir accès à toutes ses informations, à ses publications, à la totalité de ses photos pour mieux le connaître...

Je renouvelai bientôt mes idées pitoyables pour l'approcher. Je n'arrêtais pas de publier des messages sur le profil Facebook de Fanny, dans le fol espoir qu'il les verrait et qu'il me reconnaîtrait. Non seulement ce stratagème ne fonctionna pas, mais il attira en prime les soupçons de Fanny, qui en bonne enquêtrice avait décidé de trouver l'origine de ma volteface. Et elle n'était pas loin de la vérité, ou du moins de la vérité la plus accessible, à savoir que j'étais complètement fou de Omar Pols.

Malheureusement pour moi, nous nous rapprochions à une vitesse fulgurante, à mon grand étonnement. Elle avait totalement délaissé ses vieilles camarades de classe, avec qui elle ne gloussait presque plus, sauf dans des cas particuliers comme le jour où Roxanne s'était assise sur une barre de chocolat fondue. En toute logique, la gent féminine m'avait mis sur le dos l'éloignement progressif d'une de leur ancienne amie. J'avais donc droit à la mauvaise humeur générale et à la fureur du clan anti-Lucas, d'autant plus que Roxanne avait appris mon refus d'intervenir dans le journal de l'université, et pire encore, elle avait su que madame Mothes s'était rangée de mon côté. Ce jour-là, je l'avais surprise en train de déchirer en mille morceaux le début d'article qu'elle avait composé, me gratifiant d'un regard noir à chaque geste. Si elle avait voulu jouer une scène à la *Desperate Housewives*, c'était réussi.

Il y avait donc dans notre classe deux catégories, Fanny et moi, puis en face toutes les autres. Il n'était même plus question de cordialité puisque nous étions radicalement exclus de leur groupe, ce qui ne me dérangeait pas le moins du monde. Omar Pols quant à lui, en tant qu'étudiant arrivé en retard, n'appartenait ni à l'un, ni à l'autre, mais son impartialité lui avait définitivement fermé les portes du clan Roxanne. Je ne supportais guère ces gamineries, et le meilleur moyen de les éviter était de ne pas y prêter attention. J'en avais assez qu'on me considérât comme le copain de Fanny, que j'adorais mais de qui je n'étais pas du tout amoureux.

Mardi dernier, alors que nous avions décidé de manger au self, je n'avais pas hésité à lui demander la raison de cette curieuse amitié qu'elle entretenait avec moi.

— Tu voudrais que je sois amie avec ces chipies ? s'étonna-t-elle, tandis qu'elle avalait un morceau de pain, seule nourriture comestible de toute l'université.

— Non, ce n'est pas ce que j'ai dit. Je voudrais juste savoir pourquoi tu ne traînes plus avec elles.

Elle me fixa intensément comme si j'avais un train de retard.

— Je ne m'étais pas rendu compte à quel point elles étaient idiotes... Soit elles ont changé depuis l'année dernière, soit j'étais aussi conne qu'elles !

Je ne désirais pas qu'elle esquive cette conversation par une plaisanterie dont elle seule avait le secret.

— Il n'y a pas... autre chose ? amorçai-je innocemment. Elle sourcilla. Ramenant une mèche de ses cheveux derrière son oreille, elle s'interloqua :
— Comme quoi ? Tu crois que je suis amie avec toi par intérêt ?
Cette fois, de la tristesse transparut dans sa voix. Je l'avais blessée, et j'avais horreur de ça.
— Non, bien sûr que non, je sais que tu es sincère !
— Alors où veux-tu en venir Lucas ?
J'ai peur que tu sois amoureuse de moi ? J'étais ridicule. Fanny Belle, amoureuse de Lucas Foques ? On ne pouvait voir ce genre de couples improbables que dans une mauvaise télé-réalité ou dans la *Belle et la Bête*.
— Nulle part, battis-je en retraite. Je me demandais, c'est tout.
Maligne, elle contre-attaqua sournoisement.
— Ça n'a pas l'air de te déranger tant que ça, qu'on soit amis. Tu m'envoies très souvent des messages sur Facebook, et tu es toujours de bonne humeur en venant à la fac.
— Ça ne me dérange pas du tout qu'on soit amis ! éludai-je.
En vérité, j'étais surpris qu'elle me jette en pleine face cet argument. J'étais tellement absorbé par ma stratégie à adopter avec Omar que j'en avais oublié l'image que je donnais à Fanny. Et si c'était elle qui me pensait amoureux ? Sa théorie était beaucoup plus crédible à ses yeux, et aux yeux de tous d'ailleurs.
— Je suis désolé Fanny, je disais ça juste parce que... je ne voudrais pas que tu te prives des autres juste pour moi.

Je n'avais pas eu à mentir. C'était aussi l'une des choses qui me gênait.
— Me priver d'elles ? Ce sont plutôt elles qui se privent de moi ! rigola-t-elle en piochant une frite dans mon assiette.

*

En quittant le self pour arriver à notre prochain cours, nous tombâmes devant le clan de Roxanne qui nous ignora superbement. Je ne sus pourquoi, je laissai traîner l'oreille pour surprendre leur conversation, ce n'était pas dans mes habitudes. Fanny avait dû déteindre sur moi.
— ... complètement antipathique... rudoyait Roxanne, approuvée par deux autres filles nommées Alexia et Coralie.
Je n'avais pas eu les oreilles qui sifflaient pour rien ! Elles étaient en train de parler de moi, ou plutôt de me vilipender. Je tâchai de ne pas en tirer cure, mais je n'étais pas habitué à être le centre des messes basses.
— C'est clair, il ne se prend pas pour de la merde, continua Alexia. La dernière fois il me matait !
— Moi aussi ! surenchérit Roxanne.
— Un vrai pervers, ajouta Coralie pour résumer.
J'aurais pu ne pas prêter attention à cette attaque mensongère et gratuite mais l'injustice m'avait toujours fait bondir. J'allais répliquer lorsque Roxanne poursuivit de plus belle :
— Et pourquoi il est venu en cours avec autant de retard ? Un branleur je te dis ! Tout ça pour toucher la bourse universitaire !
Elles ne parlaient pas de moi. Elles faisaient forcément allusion à Omar Pols. À mon Omar. Et c'était pire encore. Elles pouvaient bien m'accuser à tort de les

reluquer, d'être antipathique ou même d'être prétentieux, je m'en fichais en comparaison. Je ne pouvais pas tolérer qu'elles insultassent Omar, ce garçon qui me faisait brûler en permanence, celui qui m'avait transformé, celui qui avait donné un sens soudain à ma vie. En l'insultant, elles insultaient tout ce que j'étais. J'avais conscience que c'était sans doute excessif pour une personne étrangère à mon histoire, mais désormais Omar Pols était ma vie. Je réagis instantanément, comme si quelqu'un d'autre s'était exprimé à travers moi.

— Roxanne, tu crois vraiment que Omar Pols materait ton cul de mammouth ?

Je m'entendis prononcer ces mots sans être sûr de les avoir réellement dits. Le silence de stupéfaction qui s'installa me confirma l'authenticité de ma réplique. J'en profitai pour en rajouter. La flamme qui brûlait en moi me donna un courage inouï.

— Excuse-moi mais je doute fort que ce soit son genre, il est physiquement plus avantagé que toi.

Tous les regards se tournèrent dans ma direction. Même Fanny était bouche bée et ne pipait mot, ce qui en disait long sur la stupeur qui régnait. J'avais été méchant, oui, mais elles avaient été cruelles. Je n'avais plus de pitié pour les langues de vipères, désireuses de faire du mal. Ce fut Roxanne, la principale intéressée, qui reprit contenance.

— Je ne savais pas que toi et la racaille étaient meilleurs amis. Je ne l'ai jamais vu discuter avec toi pourtant.

Elle avait frappé au bon endroit. Subtile et mesquin.

— Ça s'appelle la solidarité masculine, me défendit Fanny.

Mais d'où tenait-elle tout ça ?
— C'est sûr que toi tu ne connais pas trop les garçons, ajouta cette dernière avec un sourire triomphal.
Roxanne ne s'avoua pas vaincue.
— Désolée, je n'ai pas ton expérience, je ne suis pas aussi *ouverte* que toi.
Elle avait délibérément insisté sur l'adjectif, l'accentuant avec une note d'ironie. Fanny était sur le point de contre-attaquer quand nous vîmes Omar arriver au loin. Il n'était évidemment plus question de s'insulter devant lui, sachant qu'il était en quelque sorte le motif de la discorde. Un instant, je fus tenté de mettre Roxanne au pied du mur, en rapportant à Omar tout ce qu'elle avait dit. Cependant j'en étais incapable pour deux raisons. La première étant que je n'aurais pu supporter de le voir blessé, la seconde, que j'étais un lâche. Je ne lui avais jamais plus adressé la parole que lorsque j'y avais été obligé.

Qu'aurait-il dit s'il avait su que je le défendais corps et âme sans le connaître ? Je n'avais pas le temps de penser à ça maintenant. Il fallait que j'apprécie le feu qui allait me consumer. Désormais, je n'hésitais plus à le regarder à son insu, pour pouvoir être mordu par cette flamme ardente. C'était ma gourmandise de la journée. Aujourd'hui et comme toujours, il était vêtu d'un ensemble de football arborant le logo de son équipe favorite. Même couvert d'un vieux sac à pommes de terre, il n'en demeurerait pas moins sublime toutefois. En passant devant Fanny et moi, il nous gratifia d'un timide « *salut* », accompagné du sourire le plus enchanteur que je n'avais jamais vu. Nous lui répondîmes mais il ne s'arrêta pas à notre hauteur, préférant s'installer plus loin, seul. Avait-il senti qu'il y avait de l'électricité dans l'air ? Très certainement, mais ce n'était pas la raison de son isolement. Il était toujours seul. Il *voulait* toujours l'être. Mais pourquoi ? Pourquoi ne venait-il pas me parler ? Ma conscience argua que je n'étais pas le centre du monde, et elle avait raison. J'avais la désagréable impression qu'il ne voulait pas se faire d'amis, pas ici du moins. Pourtant, sur Facebook, il ne semblait pas timide. *Comme si un profil Facebook était la parfaite représentation de sa personnalité*, pensais-je, amer.

*

Après les cours, Fanny me prit à part et me demanda en sautillant à moitié sur place :
— Qu'est-ce qui t'a pris toute à l'heure ? Tu as rhabillé la Roxanne pour l'hiver !
Malgré son étonnement, elle jubilait intérieurement. Elle devait se trouver très bonne professeur. Je devenais en quelque sorte sa meilleure copine.
— Tu as entendu ce qu'elle disait ? Comment voulais-tu que je réagisse ?
Elle était suspicieuse, je le voyais dans ses yeux qu'elle plissait démesurément.
— Ok, c'était nul, mais après tout, en quoi ça te concernait ?
Je n'étais pas décidé à me faire dispenser des leçons de savoir-vivre, surtout pas par Fanny.
— Je n'aime pas qu'on critique les gens dans leur dos, me défendis-je piqué.
Pas les gens. Je m'en fichais. Omar. Seulement Omar.
— D'accord, mais tu ne prends jamais parti... Tu détestes tellement les conflits...

Je m'arrêtai net. J'étais chaque jour de plus en plus époustouflé par Fanny, qui me connaissait mieux que tous les amis que j'avais eus auparavant. Je demeurai sans mot dire, ce qui eut le don de l'agacer. Elle n'en resta pas là.
— Et puis pourquoi Omar ?
C'était la question qu'il ne fallait pas qu'elle pose. Avait-elle deviné que je brûlais pour lui ?
— Tu l'as dit toi-même, solidarité masculine.
— Pourtant tu ne lui parles jamais.
— Il ne me parle jamais, rectifiai-je, vexé.
— Et ça t'embête ?
— Fanny, cesse de me harceler !
Je ne pouvais pas mentir plus longtemps, il valait mieux que je me taise. Elle ne dit plus un mot et nous continuâmes notre chemin jusqu'à la sortie.
En rentrant chez moi, je vis que Omar Pols m'avait ajouté comme ami sur Facebook.

*

On aurait pu m'annoncer que j'avais gagné le pactole au loto, je n'aurais pas été plus heureux. *Omar Pols m'avait ajouté sur Facebook !* J'essayai de me convaincre que c'était une attitude totalement normale pour un jeune de notre âge, mais rien n'y fit. J'étais persuadé que Fanny y était pour quelque chose, mais à vrai dire, j'ignorai comment. De toute façon, peu importait. J'avais enfin accès au profil complet de Omar, même si ce dernier ne contenait quasiment aucune information susceptible de me faire brûler davantage. J'appris néanmoins qu'il avait des amis, beaucoup d'amis, avec qui il conversait quotidiennement. Rien à voir avec celui que je voyais à l'université, silencieux et réservé. Qu'attendait-il pour s'ouvrir à nous ? Pour s'ouvrir à moi ? Aussitôt, je repérai qu'il avait mis une mention j'aime à chaque photo de Fanny. Une sensation étrange me parcourut le corps, mais très différente de la flamme. Cette sensation était beaucoup plus humaine. De la jalousie. *J'étais terriblement jaloux de Fanny !*

    Bon sang ! Qu'est-ce qui m'arrivait ? On aurait dit une adolescente de quatorze ans jalousant ses copines pré-pubères ! Il fallait qu'il me remarque, qu'il me connaisse, qu'il m'aime... Qu'il s'aperçoive que j'existe était déjà une étape ambitieuse, pas besoin d'en rajouter. Je me promis de lui adresser la parole dès le lendemain. Après tout, *Omar Pols m'avait ajouté sur Facebook !*

*

    Je ne tins pas ma promesse le lendemain, en vrai trouillard que j'étais. J'étais doué pour prendre de grandes résolutions et encore plus pour les abandonner les heures suivantes. Pourtant sur le chemin, j'étais décidé à lui parler. J'avais imaginé mille scénarios différents pour l'aborder, mais à peine entré dans le bâtiment, je savais que je n'en serais pas capable. J'étais content qu'il ne soit pas là quand j'arrivai, au moins ce ne serait pas à moi de l'éviter. Je m'assis devant le banc de chaises en face de la salle. J'entendis les murmures de Roxanne et sa bande, ce qui ne pouvait signifier qu'une seule chose : elle pérorait à l'égard de leur nouvelle victime, comme toujours. Elles devaient déborder d'inventivité pour trouver des combines aussi tordues.

    Avant même de le voir, je savais qu'il était là. Je flairai son odeur. Pas son parfum. Non, son odeur à lui, un arôme tellement délicieux qu'il me chatouilla les narines. Chaque jour, une nouvelle sensation faisait son apparition, et chaque jour, je l'aimais davantage. Comme à l'accoutumée, il passa devant moi en m'adressant un infime signe de tête en guise de salut, presque imperceptible, puis alla s'asseoir au loin. Je ne parvenais pas à le cerner. Pourtant, j'étais doté en principe d'une capacité incroyable pour cataloguer les gens autour de moi. Je n'avais eu aucun mal à comprendre immédiatement qui était Fanny ou Roxanne par exemple. Mais les connaissais-je vraiment ? Je ne savais toujours pas ce que Fanny éprouvait pour moi, ni pourquoi elle avait abandonné toutes ses copines, et encore moins pourquoi elle n'abordait jamais le sujet de sa famille...

J'ignorais aussi pourquoi Roxanne se montrait aussi méchante et mesquine envers nous et envers Omar, alors qu'en début d'année, elle m'appréciait plutôt bien, et même un peu trop pour être honnête. Était-ce donc ça le secret ? Qu'on ne connaissait jamais totalement les gens qui nous entourent ? Je m'en tiendrais à cette hypothèse pour l'instant, ce n'était pas le plus important. L'essentiel, c'est que j'aimais plus que tout les deux parts de Omar Pols. Le véritable problème était qu'il ne venait pas me parler. Et s'il devenait ami avec quelqu'un d'autre ? Cachait-il quelque chose comme moi, lui aussi ? Était-il au courant de ce qu'il avait créé en moi ? Était-ce volontaire ? Était-il plus qu'un... ? Impossible, Omar était trop humain pour être une créature légendaire... mais trop parfait pour être un simple garçon. Et dire que je ne voulais pas croire au paranormal ! Me voilà à supputer que Omar était un être fantasmagorique ! Je devais cesser de le voir comme une créature mystérieuse en puissance. Si un protagoniste n'était pas humain, c'était bien moi. Cette pensée me fit mal. Et la flamme s'intensifia.

*

Fanny arriva en retard et Mme Ranema la regarda de travers, ce qui ne la dissuada pas de me raconter en détail la raison de sa venue tardive. Ce fut pendant le cours de Mme Laventi que les choses se gâtèrent. Le cours ne débuta pas tout de suite car Roxanne et Cécile, une de ses amies, allèrent à son bureau pour lui parler. Cet entretien se poursuivit en dehors de la classe, comme s'il s'agissait d'une affaire particulièrement privée. Fanny profita de cette absence passagère pour bavarder.
— Elle a fait une descente d'organes ou quoi la Roxanne ?
— J'ai l'impression qu'elles mijotent quelque chose... supposai-je peu rassuré.
— Tu crois ?
J'en étais sûr. Je n'avais jamais vu Roxanne avec un air aussi mauvais. Quelle peste ! Savait-elle qu'il existait des lois contre la médisance ?
— Je crois que je suis allé trop loin en comparant son imposant fessier à celui d'un mammouth, avouai-je mal à l'aise.
Je regrettais déjà. À vrai dire, Roxanne me faisait peur, et en particulier sa relation privilégiée avec l'équipe enseignante.
— Et alors ? C'est gentil un mammouth, trancha Fanny Elle n'a jamais vu *l'Âge de glace* ou quoi ?
Nous pouffâmes de rire, à croire que les gloussements étaient également contagieux, lorsque les trois concernées revinrent dans la classe. Roxanne et Cécile retournèrent s'asseoir, l'air grave. Mme Ranema était

affligée. Elle aurait tout aussi bien pu annoncer la fin du monde.
— Je viens d'apprendre quelque chose de fâcheux, expliqua-t-elle.
Pour qui se prenait-elle ? Allait-elle nous gronder comme des collégiens ? Oubliait-elle qu'elle s'adressait à des étudiants, tous majeurs ? Et si elle se mettait à parler de mes propos à l'encontre de Roxanne devant tout le monde ? L'ensemble de la promotion était au courant de toutes manières, mais je n'étais pas prêt à devoir me justifier devant Omar. Quelle opinion aurait-il de moi ? Croirait-il que j'étais une mauvaise personne ? *Allait-il me détester ?* Je déglutis avec difficulté. Un silence de mort s'installa.
— Mais nous réglerons ceci plus tard, annonça-t-elle enfin.
Je m'attendais à ce qu'elle me prenne à part à la fin du cours, mais elle n'en fit rien. En sortant, Fanny et moi nous demandâmes ce que Roxanne avait bien pu manigancer. Je la voyais bien aller se plaindre auprès d'un professeur, comme une élève de primaire allant dénoncer un camarade auprès de sa maîtresse. À moins qu'il ne s'agisse d'un réel problème ? J'en doutai fortement.

*

J'eus raison dès le lendemain. Fanny crut que je l'attendais, elle. En réalité, et comme depuis plusieurs semaines, j'attendais ma brûlure favorite. J'attendais mon messie, mon sauveur. J'attendais le feu.
— Tu ne devineras jamais ! s'exclama Fanny en guise de bonjour.
Quel ragot avait-elle bien pu se mettre sous la dent ?
— Vraiment ? bredouillai-je distrait.

J'étais occupé. Je ne serais pas rassuré tant que je ne l'aurais pas vu, tant que je n'aurais pas été électrocuté sur place. Je guettai les alentours, à l'affut de sa présence, bien que ma vision n'avait aucune utilité dans ce cas précis. Je savais pertinemment lorsqu'il était à proximité, ou plutôt, la chose en moi le ressentait.

— Il risque d'y avoir un absent... lâcha Fanny pour attiser ma curiosité.

Un absent. En un éclair, je compris de qui elle parlait. Omar Pols.

— Pourquoi ? Que lui est-il arrivé ? m'écriai-je horrifié.

Elle ne tarda pas à répondre, trop excitée à l'idée de me révéler des informations de dernière minute.

— Omar Pols va passer au conseil de discipline pour tricherie, lors de l'examen de Mme Laventi.

Omar Pols, un tricheur ? *Mon* Omar ? Je me sentis insulté. Mais avant même d'en arriver à cette conclusion égocentrique, une autre s'imposa à moi. Omar Pols n'était pas un tricheur. Pris de panique, je l'imaginai condamné pour une faute qu'il n'avait pas commise. Au fond de moi, je sus que ce n'était pas par pur altruisme que j'étais en colère. Si Omar quittait l'université, je ne pourrais plus ressentir... Je refusai tout net de l'envisager.

— C'est ridicule ! m'insurgeai-je, loyal envers celui qui me conduisait chaque jour au bûcher. Il n'a pas triché !

Fanny fut déroutée par ma réaction. Elle aurait dû s'habituer à mes sautes d'humeur.

— Comment le sais-tu ? s'étonna-t-elle.

Parce que je l'ai regardé pendant toute l'épreuve, aurais-je pu argumenter. À la place, je m'entendis balbutier :

— Voyons Fanny, ça se voit que c'est un coup de Roxanne !

Elle sembla réfléchir, perplexe.
— Mais pourquoi aurait-elle fait ça ?
La réponse fusa, instinctive.
— Elle le déteste !
J'ignorai pourquoi mais elle ne parut pas convaincue par mon argutie alambiquée. Pourtant, je fus certain d'une chose : j'avais raison. Omar n'avait rien fait et payait le prix fort de cette promotion détestable. Seulement, qui pourrait croire un traître instant ma version ?
— D'accord, céda Fanny après un instant de réflexion.
D'accord ? Que lui prenait-il ? Je n'aimais pas quand Fanny se taisait, ou du moins, pas en ce moment. Je fus tenté de la prendre par les épaules et de la secouer d'avant en arrière comme un prunier. Je ravalai ma crise d'hystérie. Heureusement, Fanny ne tarda pas à retrouver la parole.
— J'espère quand même qu'il va s'en sortir, il n'a pas l'air méchant.
Quelle litote pour désigner un ange !
— Je pourrais peut-être témoigner ? proposai-je, feignant l'innocence.
Sa surprise augmenta. Moi qui aimais être discret, je devenais un peu trop présent dans l'actualité.
— Trop tard, expliqua-t-elle.
J'attendis.
— Il passe en ce moment-même au conseil de discipline.

*

Fanny avait hésité à me livrer tous les renseignements nécessaires, comme la salle où se tenait l'audience qui avait commencé depuis déjà un quart d'heure. A l'heure actuelle, elle devait craindre pour ma santé mentale puisque je me prenais pour un super héros. En vérité, je mourrais de laisser Omar tout seul. Je ne pouvais pas supporter qu'il fût accusé, à tort par-dessus le marché. Attaqué par Roxanne, une des pires sources d'information ! Il y avait autre chose aussi... Maintenant que j'avais goûté aux cours en sa présence, il n'était désormais plus question que je vienne ici sans lui. Ma vie avait enfin eu un sens, je refusai de m'en priver. Mes actions étaient-elles altruistes ou purement égoïstes ? La flamme qui calcinait mon cœur m'indiqua que les deux adjectifs convenaient à merveille.

Comment pouvais-je procéder ? Je n'allais quand même pas débouler dans la salle ? Dans mon imagination, cette attitude s'apparentait à de l'héroïsme. Aux yeux des membres du conseil, cela apparaîtrait surtout comme du culot. Je n'avais pas le temps de réfléchir. En arrivant devant la porte, la flamme m'incita à entrer. Dans la précipitation, j'en oubliai même de frapper.

À l'intérieur, les tables avaient maladroitement été disposée en U. À droite comme à gauche se trouvaient des hommes et des femmes guindés, et je reconnus parmi eux Mme Mothes, naturellement présente, ainsi que Mme Laventi. Mais juste en face de là où je venais d'apparaître, il y avait Omar Pols. Il était énervé, et moi aussi. La colère le rendait aussi beau que d'ordinaire. J'étais sous le charme. Je serais resté ainsi à le contempler pendant des heures. Ma venue inopinée ne le déstabilisa pas.

— M. Foques, il s'agit une audience disciplinaire, vous n'avez rien à faire ici, me morigéna Mme Mothes.

Où était passée sa fausse cordialité ? Elle avait probablement disparu dès que je lui avais promis de ne pas porter plainte.

— Je suis désolé, dis-je, bien que ce ne soit pas le cas. Je suis ici en tant que témoin.

Mme Laventi était sur le point de s'étouffer.

— Témoin ? s'étonna-t-elle.

— Oui, admis-je.

Je me prenais un peu trop pour Dumbledore au Ministère de la Magie, mais la fureur me donna de l'aplomb. Je n'avais jamais senti la flamme aussi puissante. Voir Omar traité ainsi me rendit fou de rage.

— Il ne s'agit pas d'un procès, voyons ! s'insurgea Mme Mothes. C'est une audience disciplinaire à laquelle vous n'êtes pas invité.

À ces mots, je tirai une chaise et m'assis l'air de rien. On aurait dit que Mme Mothes avait avalé un aliment particulièrement coriace à digérer. Les autres membres étaient gênés, mal à l'aise. Une femme toussa nerveusement. Omar lui, sembla déprimé. Croyait-il que j'étais un témoin contre lui ? Cette idée me fut insupportable.

— Mme Laventi, commençai-je en me tournant vers elle, le jour de l'examen, j'étais juste derrière Omar. Si ce dernier avait triché, j'aurais été le premier à l'apercevoir.

— Vous n'êtes pas son avocat ! Mêlez-vous de ce qui vous regarde !

Si Mme Mothes semblait agacée, Mme Laventi était véritablement hors d'elle. Omar leva les yeux vers moi et me sourit. *Omar Pols me souriait* ! Je devais rester concentré. Ses études étaient en jeu.

Mme Mothes me contredit d'un air sévère :

— Des sources sûres affirment que ce garçon avait des antisèches !

— Roxanne, une source sûre ? ironisai-je. Elle se croit magnétiseur, vous comprendrez donc qu'on ne peut pas totalement la prendre au sérieux.

— Je n'ai jamais dit qu'il s'agissait de Roxanne !

Devant mon air imperturbable, elle capitula.

— Cette jeune élève n'est pas une menteuse. Elle est exemplaire, et elle était profondément troublée par cette affaire. Ça ne lui a pas fait plaisir de dénoncer un de ses camarades, si c'est ce que vous suggérez.

— Et elle a attendu tout ce temps pour vous le signaler ?

— Quel intérêt aurait-elle à mentir ?

— Voyons voir, fis-je semblant de réfléchir. Roxanne est une petite conne prétentieuse, mesquine et hautaine. Je suis prêt à parier que Omar Pols a eu une meilleure note qu'elle.

Mon argument était tiré par les cheveux, j'en avais conscience, mais je ne savais pas moi-même pourquoi Roxanne avait commis cette dénonciation calomnieuse. Je n'étais sûr que d'une chose : Omar n'avait rien fait de mal.

— Je vous prie de rester poli ! me sermonna Mme Mothes.

Je ne pouvais rien faire contre leur préjugés. Les anciens étaient considérés comme des modèles de vertu alors que les nouveaux n'avaient jamais fait leur preuve. Je n'avais qu'une seule solution, et elle était risquée. Le chantage.

— Très bien, annonçai-je têtu. Sanctionnez Omar. Et je porte plainte.

L'homme à la droite de Mme Mothes eut un rire dédaigneux.
— Porter plainte pour quoi jeune homme ?
Mme Mothes ne disait rien. Elle était désormais pâle comme un cachet d'aspirine.
— Vous avez tous la mémoire courte. J'ai fait une chute qui aurait pu être mortelle dans votre propre université, et ce à cause de votre négligence. Qu'en diraient les autorités compétentes si elles l'apprenaient ?
J'allais peut-être un peu trop loin... Mais rien n'était trop beau pour Omar.
— Êtes-vous en train de nous faire chanter, jeune homme ? demanda l'homme. Vous qui parlez de justice, sachez que le chantage est puni par la loi.
— Pas plus que de vouloir camoufler un accident survenu dans votre université, monsieur. À vous de voir. Voulez-vous prendre le risque ? Mme Mothes ici présente m'avait bien prévenu des enjeux si je portais plainte...
Je savais que Mme Mothes était une petite carriériste, prête à tout pour la renommée de l'université. Mais était-elle prête à innocenter Omar parce que je la faisais chanter ? La réponse ne tarda pas.
— Voyons M. Foques, il ne s'agit pas d'une exclusion ! Il n'en a jamais été question d'ailleurs !
Sa voix faussement cordiale était de retour. J'avais remporté la victoire.
— Et à propos de votre accident, continua-t-elle, il faudrait que vous passiez dans mon bureau pour... quelques formalités.
J'attendis impatiemment.
— Cette audience n'a plus lieu d'être, déclara-t-elle enfin à la surprise générale.

Des murmures de protestation se firent entendre.
— Vous ne pouvez pas céder à l'intimidation d'un étudiant ! se rebella l'homme.
Mme Mothes se tourna vers lui, autoritaire.
— Pensez-vous vraiment que je céderais si c'était le cas ? M. Foques nous a affirmé que Omar Pols n'avait pas triché. Mlle Traille a dû se tromper.
Mme Laventi était sur le point de répliquer mais la directrice l'arrêta d'un geste.
— Nous n'avons pas de temps à perdre avec ces bêtises. Vous pouvez disposer.
Omar ne sembla pas croire qu'il s'en sortait à si bon compte. En franchissant le seuil de la salle, il me dit :
— Merci ! Tu m'as sauvé la mise !
Et avant même que je puisse lui répondre, il était parti.
Ce jour-là, je me fis des ennemis, beaucoup d'ennemis. Mais en contrepartie, j'avais gagné une éventuelle amitié avec Omar Pols. Et ça valait bien tous les ennuis du monde.

Chapitre 8 : La consultation

Le docteur Malef m'était complètement sorti de la tête. Les événements des derniers jours m'avaient permis d'aller mieux, mais j'avais tout de même besoin de réponses. Finalement, les épisodes passés avaient repoussé mes principales préoccupations. J'aurais pu laisser tomber cette recherche de la vérité puisque désormais, j'aimais la brûlure, mais en tant que parfait étudiant en sciences, j'avais besoin d'une explication logique. En rentrant de l'université, j'avais comme d'habitude glissé les mains dans mes poches, et dans celle de droite, j'avais trouvé un papier. C'était un post-it sur lequel était inscrit l'adresse du Dr Malef, lisible malgré le dernier lavage en machine. Devais-je le consulter ? Je me souvins des paroles du Dr Dufer et une bouffée de panique me submergea. « *Je ne peux rien pour vous* ». La question ne se posait plus. Oui, il fallait que je m'y rende, et vite. Tout simplement parce que ce qui m'arrivait pouvait être dangereux. Et si je faisais souffrir Omar ? Cette idée m'était intolérable. En rentrant chez moi, je cherchai le numéro de téléphone du Dr Malef sur le net. En vain. C'était comme s'il n'existait pas.

Comment pouvais-je faire pour prendre rendez-vous ? Le Dr Dufer ne m'avait pas donné le numéro. Devais-je me rendre au cabinet du Dr Malef juste pour le rencontrer ? Ce n'était pas très sérieux pour un professionnel. Cependant, ma décision était prise. Après les cours du lendemain, je me rendrai au 14, avenue du Millénaire pour un rendez-vous. Cette résolution se confirma après la nuit que je passai.

*

Au matin, j'avais très peu dormi et il pleuvait. J'avais des courbatures dans tout le corps. Mes épaules me faisaient mal, mes muscles étaient aussi douloureux que si j'avais pratiqué une activité sportive intense. En allant dans la salle de bain, je fus choqué de voir la personne qui se tenait devant le miroir. Ce ne pouvait pas être moi ! Celui que je vis avait une peau parfaite, comme celle des mannequins qui apparaissaient sur les unes des magazines de mode. Plus un seul petit bouton ou point noir disgracieux, adieu aux rougeurs qui me défiguraient et à mes vieilles cicatrices. Mes sourcils étaient désormais plus fournis, plus masculins, et tellement plus élégants... Mon nez trop grand avait semblé raccourcir pendant la nuit et ma dent cassée avait miraculeusement été réparée. Et que dire de ma carrure ? Je n'étais plus aussi chétif que la veille. Bien au contraire. Mes épaules s'étaient élargies et je devais avoir pris du volume de partout.

Pour la première fois de ma vie, je ne me trouvai pas moche. Je me trouvai même plutôt beau. Quelle prétention ! Tout avait changé en moi intérieurement il y a un mois. À présent, tout avait changé en moi physiquement. Je n'étais plus le même du tout. Pourquoi ? Et surtout, comment ? Le docteur Malef pourrait-il répondre à ces questions ? Peut-être me faisais-je des idées ? Après tout, voir Omar chaque jour m'avait redonné de l'appétit. Je ne faisais plus attention à moi dans le miroir, donc il n'était pas impossible que ce changement fût progressif et non soudain. Seule ma prise de conscience avait été soudaine. C'est ce que j'espérais, mais au fond de moi, quelque chose me disait que tout ceci n'était pas dû à une logique biologique. C'était bien plus que ça.

*

Je n'étais pas serein contrairement aux autres jours. J'avais pris l'habitude d'être joyeux en me rendant en cours, heureux à la perspective d'être brûlé vif en voyant Omar. Ce plaisir malsain m'avait fait oublier l'étrangeté de ce qui m'arrivait, mais l'idée d'aller voir le Dr Malef avait ramené en moi les inquiétudes des premiers jours. Les premiers jours après avoir rencontré Omar Pols. Comme si cette rencontre avait marqué le jour de ma renaissance. Au fond de moi, je savais que c'était le cas. La naissance de ma folie ou de la flamme ? En passant devant l'infirmerie de l'université, j'en profitai pour remettre à la secrétaire désagréable les documents officiels prouvant que ma maladie avait bel et bien disparu. J'aurais pu consacrer un peu plus de temps pour la narguer, mais j'avais la tête ailleurs. La veille, j'avais cherché un itinéraire pour me rendre au 14, avenue du Millénaire, et j'étais étonné de constater qu'il ne s'agissait pas d'un centre psychiatrique, mais d'une simple maison particulière.

Mon arrivée à l'université provoqua un tollé. Tous les regards étaient tournés vers moi, et je me demandais ce que j'avais encore bien pu faire. Était-il possible que tous étaient contre moi par rapport à ma prise de position ? Je me souvins soudainement pourquoi j'étais sous le feu des projecteurs. Mon corps... J'étais persuadé qu'après m'avoir vu, Roxanne se lancerait dans une campagne contre les stéroïdes. Mon apparence ne m'inquiétait plus outre mesure. J'avais toujours rêvé d'être beau, grand, musclé avec un joli visage, et maintenant que c'était le cas, je n'y accordais plus aucune importance. Seule une personne comptait.

Néanmoins l'ambiance à l'université était désastreuse, que ce soit avec les élèves ou avec les profs. Naturellement Mme Laventi était folle de rage parce que son élève favorite n'avait pas été prise au sérieux, et Roxanne quant à elle, était si furieuse qu'elle avait gardé les dents serrées pendant plus d'une heure et demie. J'espérais que les autres profs ne seraient pas aussi subjectifs quant à ce qui s'était passé avec Omar Pols. D'ailleurs, ce dernier ne s'était toujours pas lié d'amitié avec moi. Il se fichait comme d'une guigne de ma présence, et à vrai dire je lui en voulais quelque peu tout en l'aimant davantage. Il se contentait de me saluer, et rien qu'en sentant la brûlure qu'il m'infligeait par un timide « salut », je n'osai imaginer les effets produits par une conversation prolongée avec lui. J'en voulais plus. Le pauvre me faisait de la peine. Il restait toujours là, seul, sans parler. Mais c'était ce qu'il voulait, n'est-ce pas ? J'avais risqué une exclusion de l'université pour lui, qu'aurais-je pu faire de plus ? Nos rapports étaient essentiellement courtois. Il m'avait remercié à deux reprises, pour deux services que je lui avais rendus. Tout se limitait à ça. S'il avait voulu me connaître, il en avait eu la possibilité. Je devais accepter la vérité : il ne voulait pas. Et moi, qu'est-ce que je voulais ? Quelle question ! C'était évident ! Je le voulais lui, et je voulais brûler encore plus...

  Même Fanny ne réussit pas à me distraire, malgré toute sa bonne volonté pour y parvenir. Voyant que j'étais quelque peu soucieux, elle ne me bombarda pas de questions concernant mon nouveau corps, mais je savais que dans sa tête, mille et une suppositions devaient prendre vie.

— Il y a quelque chose de changé en toi, osa-t-elle enfin remarquer.
Nous y voilà !
— J'ai pris un peu de volume, Fanny.
— Je ne parlais pas de ça. Ça fait un moment que je te vois prendre de la masse !
Vraiment ? Était-il possible que ma transformation fût réellement progressive ? Je ne m'étais rendu compte de rien...
— Alors de quoi parles-tu ?
— Tu as l'air soucieux. D'habitude, quand tu viens en cours, tu es enjoué...
Mon angoisse était-elle donc aussi visible ?
— Je n'ai pas bien dormi cette nuit, inventai-je en toute hâte.
Elle se mordilla la lèvre mais ne dit rien.

*

Je mis bien vingt bonnes minutes à trouver la maison du Dr Malef car le plan que j'avais cherché sur Internet était obsolète. Malgré mon malaise, j'avais osé demander mon chemin à quelques passants, mais aucun d'entre eux n'avaient jamais entendu parler d'un quelconque docteur dans le coin. J'avais l'air idiot lorsqu'ils me demandaient s'il s'agissait d'un généraliste, puisque je n'en avais pas la moindre idée. Bien que nous soyons en plein mois de novembre, j'étais mort de chaud à force de tourner en rond dans ces ruelles étroites. En bifurquant à droite dans une rue que je n'avais pas encore empruntée, j'arrivai dans un petit quartier tranquille, où les maisons toutes semblables étaient séparées par une même palissade blanche. On se serait crus à *Wisteria Lane* ! Une petite placette était ornée de fleurs multicolores où en son centre se dressait une majestueuse statue en pierre. Sur son socle, une plaque en bronze était accolée, et indiquait « Quartier du Millénaire ». Enfin ! Je ne devais pas être loin du 10, d'autant plus que les maisons n'étaient pas nombreuses.

   Le numéro 14 se trouvait tout au fond de l'impasse et c'était l'une des plus grandes maisons que je n'avais jamais vues. Même la mienne en comparaison, la grande maison aux volets lilas, avait des airs de petite bicoque. La demeure était blanc cassé, et devait comporter trois étages minimum. De nombreux balcons donnaient sur toutes les faces de la maison, embellis par des pots de fleurs aux couleurs pastels. L'entrée se faisait par un porche solennel, abritant une porte en chêne massif. Je n'étais pas chez un médecin, c'était évident. Devais-je avoir peur ? Mon instinct me disait que je n'avais rien à craindre, mais était-il prudent d'entrer dans la maison d'un parfait inconnu pour lui parler de ses problèmes de cœur ? Problèmes de cœur était un bon résumé pour ce que j'avais, sachant qu'il avait un double sens. J'aurais pu hésiter un peu plus longtemps, mais je n'avais personne susceptible de me donner des réponses. Je n'avais qu'une piste, celle donnée par une psychiatre qui ne désirait plus me revoir. Sans réfléchir davantage, je sonnai. Aussitôt, la porte s'ouvrit, laissant apparaître une petite femme replète qui m'arrivait tout juste aux épaules. Elle devait avoir dans les cinquante ans malgré sa coquetterie naturelle.

— Bonjour, dis-je un peu nerveux.
Que devais-je lui raconter ? La vérité ? Ce n'était pas le docteur Malef, mieux valait attendre.
— Bonjour, répondit-elle bienveillante en ouvrant un peu plus la porte.

Son regard était curieux et son attitude maladroite. Elle ne devait pas avoir l'habitude de recevoir de la compagnie. À moins qu'elle ne recevait que des personnes avec des yeux exorbités et en train de baver.
— En quoi puis-je vous aider ?
Son ton était prudent, presque méfiant. À quoi s'attendait-elle ? À ce que je la braque ? J'optai pour la formule la plus simple.
— C'est le docteur Dufer qui m'envoie.
Cette fois, plus de doute possible, elle était troublée. Je reconnus presque l'expression de mon ancienne psychiatre, sauf que cette femme là avait autre chose dans les yeux. De la fascination.
— Vous connaissez le docteur Dufer, n'est-ce pas ? m'enquis-je, hâte de poursuivre cet entretien.
Elle continua de me fixer, suspicieuse, tout en jetant un œil derrière moi. Quelle parano !
— Très peu pour tout vous dire, dit-elle enfin. Mais mon mari la connaît bien.
— Je suis justement venu voir le docteur Malef, madame. Je suis désolé, je voulais le contacter par téléphone pour prendre rendez-vous mais...
— Vous ne l'avez pas trouvé, acheva-t-elle à ma place. Oui, son numéro ne figure pas dans l'annuaire. Ni notre adresse.
J'étais tenté de demander pourquoi quand elle me fit enfin entrer. L'intérieur était propre et fidèle à l'aspect que donnait la maison à l'extérieur. Les meubles étaient à la fois modernes et majestueux et paradoxalement surmontés par des bibelots anciens. Le sol ressemblait à de la vieille pierre laquée, ce qui renforçait le contraste entre l'ancien et le neuf. Un très grand escalier en marbre surplombait l'entrée, et semblait monter très

haut dans les étages. J'aurais été curieux de visiter cette maison pour le moins insolite, mais Mme Malef me conduisit vers une porte attenante à l'escalier. Quand nous l'empruntâmes, je fus surpris de constater que cet aspect mystérieux s'était envolé. La nouvelle pièce dans laquelle j'avais fait apparition était plus que banale. Il s'agissait d'une vulgaire salle d'attente, à l'image de celle du Dr Dufer. Quelle drôle d'idée de faire un cabinet dans sa propre maison !

— Mme Malef, commençai-je.
— Je vous en prie, appelez-moi Liliane.

C'était un peu familier pour quelqu'un que je connaissais à peine mais elle me paraissait très sympathique à présent qu'elle était complètement détendue.

— Très bien, dis-je, ce qui lui fit plaisir.
— Et vous, comment vous appelez-vous ?
— Lucas Foques. Vous pouvez m'appeler Lucas.

J'avais l'air idiot. Mais je me sentis soudainement à l'aise ici, comme si j'étais en sécurité.

— Entendu Lucas. Le docteur Malef va vous recevoir, m'annonça-t-elle en désignant une porte qui était fermée. Asseyez-vous pendant que je le préviens.

Il allait me recevoir maintenant ? Non ! Je n'étais pas prêt...

— Je n'ai pas de rendez-vous mada... Liliane, me corrigeai-je juste à temps.

Je ne voulais pas paraître pour un garçon sans gêne et mal élevé en arrivant à l'improviste chez les gens. D'autant plus que cette fois j'étais vraiment chez lui.

— Ne vous inquiétez pas mon cher Lucas, les visites se font tellement rares par ici... Mon mari a tout le temps nécessaire pour vous.

Peu de visites ? Un docteur ? Bon sang, j'étais perdu ! J'aurais sans doute dû être effrayé, mais la bonté de cette femme contenait mon angoisse.

— À moins que vous ne soyez pressé ? s'intéressa-t-elle.

Ouf ! Je n'étais donc pas retenu prisonnier.

— Du tout, avouai-je. Je suis libre.

— Très bien Lucas, dans ce cas, asseyez-vous en attendant. Mettez-vous à l'aise.

Elle prit la porte qu'elle m'avait désignée et y entra sans frapper. J'avais du mal à organiser mes pensées. Où étais-je ? Pourquoi ? Qui étaient ces gens ? Et surtout... que faisaient-ils ? Je cherchai des signes susceptibles de me renseigner sur leur profession, en vain. La pièce était beaucoup trop impersonnelle. J'aurais dû être plus attentif en entrant dans la maison, à la recherche de signes religieux ou appartenant à une secte quelconque... Pourtant, je voyais mal Liliane faire partie d'une torve association. Mais après tout, qu'en savais-je ?

Liliane réapparut, suivie d'un homme que je devinais être le docteur. Il avait l'air d'un morse avec sa moustache protubérante, aussi dorée que sa chevelure coupée au carré. Son visage n'arborait aucune ride, et il était difficile de lui donner un âge. Un simple coup d'œil suffit pour le qualifier : bon vivant. Sa bonhomie ne tarda d'ailleurs pas à s'exprimer :

— M. Foques, je vous en prie, entrez dans mon bureau.

Il me tendit une main aux doigts boudinés, légèrement moite, que je m'empressai de serrer. Il était agréable de ne pas me sentir comme une espèce de cafard particulièrement dégoûtant.

— J'espère que vous avez su localiser mon chez-moi rapidement, nous avons tellement peu de visiteurs...
J'étais devenu muet. Pourtant, le docteur Malef n'avait rien d'intimidant. Ce qui me déstabilisait plus que tout en ce moment, c'était de savoir qu'il avait d'éventuelles réponses à m'apporter. Sa femme m'encouragea d'un regard pour que j'entre dans le bureau, ce que je fis avec elle sur les talons. La pièce était circulaire et bien éclairée. Elle ressemblait plus à une bibliothèque qu'à un bureau, d'autant plus qu'il était dépourvu de matériel informatique. Le docteur se contentait visiblement d'un vieux bloc-notes, posé pêle-mêle parmi d'autres papiers chiffonnés. Le plafond était si haut que je ne parvenais pas à le percevoir. Les murs n'étaient pas visibles, dissimulés derrière d'imposantes étagères sur lesquelles fourmillaient de nombreux ouvrages qui paraissaient très anciens. J'essayai d'en lire quelques titres. « Dit du récréant », « Déable, démoigne et helequin », « Estoire de le brason »...

Quelque chose me surprit. Ce n'était pas le fait que ma vue se soit considérablement améliorée, je m'y étais habitué depuis le jour où mes lunettes ne m'avaient plus été utiles. Ma surprise venait des intitulés de ces ouvrages. Ils étaient tous très anciens, comme des grimoires de sorcellerie. Était-ce donc ce que faisait le « docteur » Malef ? Était-ce un marabout ? Si oui, allais-je lui faire confiance ? J'avais toujours détesté ce genre de croyances ridicules, pourtant ce que je considérais comme invraisemblable hier était réel aujourd'hui. J'entendis Liliane sortir du bureau et la voix du docteur me ramena à la réalité.
— Asseyez-vous, cher Lucas. Puis-je me permettre de vous appeler par votre prénom ?

C'était justement ce qu'il venait de faire. Je ne voyais pas pourquoi nous tournions autour du pot. Il savait forcément pourquoi j'étais là aujourd'hui, sinon il m'aurait demandé ce que je fichais chez lui.
— Oui bien sûr, acceptai-je en m'asseyant.
— Très bien, ce sera beaucoup plus agréable comme ça.
Comme si ce qu'il allait m'annoncer ne l'était pas. Je me crispai sur ma chaise par automatisme.
— Désirez-vous boire quelque chose ?
Bon sang ! Trop de politesse pouvait être tellement agaçant... Surtout lorsqu'on voulait rentrer dans le vif du sujet.
— Non merci. Je suis venu de la part du Dr Dufer.
Il croisa les bras, l'air de rien, comme s'il bavardait avec un vieil ami.
— C'est ce que Liliane m'a rapporté.
Il esquissa un sourire bienveillant, mais ne dit pas un mot.
— Savez-vous pourquoi elle vous a recommandé ? demandai-je.
Il fallait que je prenne le taureau par les cornes puisque lui n'était décidément pas prêt à le faire.
— J'ai ma petite idée, déclara-t-il. Et si vous me parliez plutôt de vous ?
Une question me brûlait trop les lèvres pour que puisse discuter tranquillement.
— Excusez-moi, mais... êtes-vous psychiatre ?
Il sembla pris au dépourvu par ma question.
— En effet, je suis psychiatre depuis de longue date. Mais je sais que les jeunes n'aiment pas trop ce terme. À vrai dire, je le trouve plutôt péjoratif.
Dans ce cas pourquoi n'était-il pas mentionné dans l'annuaire ? Pourquoi n'avait-il pas de plaque indiquant

sa profession ou de diplôme accroché au mur ? Je ne pouvais pas me permettre de lui poser cette question de but en blanc. Je la jouai à la sournoise, comme le parfait élève de Fanny Belle.

— Désolé, dis-je, je n'en étais pas sûr, puisque rien ne l'indiquait...

Il ne fut pas gêné le moins du monde.

— C'est normal, je ne le suis plus. J'ai pris ma retraite il y a cinq ans de ça.

Idiote de docteur Dufer ! Je devais avoir l'air fin ! Le docteur Malef remarqua mon malaise.

— Mais ça ne m'empêche pas de faire quelques consultations privées de temps en temps, acheva-t-il.

— Je croyais que vous n'aviez que très peu de visiteurs ?

Cette fois-ci, il eut peur de me voir partir. J'avais l'impression que ce qu'il désirait le plus au monde, c'était s'intéresser à mon cas.

— Vous êtes décidément très perspicace, Lucas ! Mais avant tout, dites-moi pourquoi avez-vous cessé de voir le docteur Dufer ? Que vous a-t-elle dit exactement avant de vous parler de moi ?

Cet entretien était tout sauf professionnel. Dans quoi m'étais-je encore embarqué ?

— Lors de ma seconde visite, j'ai approfondi certains... événements. A ce moment-là, elle m'a dit qu'elle ne pouvait rien pour moi, puis elle m'a donné vos coordonnées.

J'avais été tenté de décrire la frayeur de sa collègue lorsque je lui avais parlé de ces « événements », mais je ne voulais pas me faire jeter dehors une nouvelle fois. Après tout, le docteur Malef était le seul fil qui me reliait à la vérité. Il fallait éviter de le rompre. Je

n'insistai pas non plus sur le manque de courtoisie de cette dernière, si elle était son amie —et j'avais toutes les raisons de le croire— il n'était pas question que je m'adonne à des critiques acerbes à son sujet.
— Très bien. Pourriez-vous me dire pourquoi vous aviez ressenti le besoin de voir un psychiatre ?
J'avais l'impression de revivre mon premier rendez-vous avec le Dr Dufer, sauf que cette fois-ci, il m'était beaucoup plus aisé de parler de ma rencontre avec Omar, tout simplement parce que je voulais découvrir la vérité au plus vite.
— Je suis tombé amoureux d'un garçon que je n'avais jamais vu de ma vie. Cet amour m'a... bouleversé.
Les mots étaient si faibles par rapport à ce que j'avais vraiment ressenti ! Mais le Dr Malef sembla intéressé, comme si je disais exactement ce qu'il voulait entendre. J'avais l'impression qu'il éprouvait une satisfaction longuement attendue.
— Depuis... tout a changé, expliquai-je à mi-voix.
— Pour mieux m'en rendre compte, j'aimerais que vous me parliez de vous, si ça ne vous ennuie pas.
Il n'avait pas tort. Je me livrai alors comme je l'avais rarement fait. Je lui racontai ma vie plutôt ennuyeuse à la Chapelle, la routine quotidienne, la mort de mon père, puis de nouveau la routine. Je lui parlai de mon entrée à l'université, de Fanny, de Roxanne et ses manigances... De tout. Puis enfin, j'évoquai Omar Pols avec tous les détails possibles et imaginables, de l'électrocution au feu intense que je ne pouvais supporter, mais dont je ne pouvais me passer pour rien au monde. Je voyais dans les yeux du docteur une étincelle de curiosité qui s'illuminait au fil de mon récit.

Quand je décrivis finalement tout ce qui m'arriva par la suite, comme ma soudaine résistance à l'acide sulfurique ou à une chute de quinze mètres, il ne put s'empêcher d'afficher un sourire béat. Je m'étais tellement ouvert que je mis quelques instants à le remarquer. Je n'avais plus fait attention à mes propos, comme libéré de cette peur d'être jugé. Avais-je eu tort ? Visiblement oui, puisqu'il avait clairement l'air de se moquer de moi.
— Je vous assure que c'est vrai, lâchai-je sur la défensive.
Surpris par mon ton, le docteur tenta de me rassurer.
— Je n'en doute pas une seule seconde mon cher Lucas.
— Alors... pourquoi souriez-vous ?
Il sembla se trouver à des années lumières lorsqu'il me répondit sans se départir de son sourire :
— Parce que c'est beau.
Beau ? Je m'étais attendu à tout sauf à cet adjectif. Fou aurait été plus approprié.
— Et étrange surtout, n'est-ce pas ? développai-je.
— L'amour peut faire des choses incroyables, n'en doutez pas une seule seconde. Mais le hasard également. À l'heure actuelle, nous ne sommes pas en mesure de savoir qui de l'un ou de l'autre vous a donné la chance d'être aussi résistant.
Le hasard ? Je n'y croyais pas une seule seconde. Je n'avais jamais été chanceux jusqu'à ce que je rencontre Omar. Mais était-ce une chance de l'avoir rencontré ? En dépit de tout, je savais que c'était le cas.
— Vous ne trouvez pas ça dingue que je voie une petite flamme en fermant les yeux ?
Je surpris ses mains s'entrecroiser. Il était nerveux à présent.

— Effectivement.
— Et ?
— Je n'en sais pas plus que vous. Après tout, les psychiatres n'ont pas un savoir universel.
J'avais presque oublié qu'il était psychiatre.
— Dans ce cas, qu'avez-vous de si différent des autres pour que le Dr Dufer vous recommande ?
J'avais touché dans le mille. Je vis qu'il cherchait désespérément une réponse crédible. Or je n'avais pas envie qu'on me mente. Plus maintenant.
— Je me suis spécialisé dans les pathologies amoureuses.
Oui, c'était crédible. C'était peut-être en partie vrai.
— Les pathologies amoureuses ? répétai-je, perdu.
— Les dépressions nerveuses, la jalousie excessive, la dépendance affective...
Était-ce grave si je souffrais des trois ?
— D'accord, mais ça n'explique pas tout ce que je vis en ce moment.
À vrai dire j'étais déçu. Le Dr Malef n'était pas décidé à me révéler tout ce que je voulais savoir.
— Pour l'instant, ajouta-t-il. Nous trouverons une explication Lucas. Ne vous en faîtes pas.
— Je ne désire pas prendre un traitement.
Il valait mieux être clair. Il sembla rire d'une plaisanterie que lui seul pouvait saisir.
— Il ne s'agit pas de ça. Je pensais plutôt à des consultations privées.
Étais-je donc un cas à part ? Un cas assez intéressant pour un psychiatre à la retraite mais effrayant pour un psychiatre en activité ? Devais-je accepter ?
— Que diriez-vous de venir me voir la semaine prochaine ? Pour évaluer où vous en êtes.

— Et puis finir par me jeter dehors comme l'a fait le Dr Dufer ? C'est ce qu'elle a fait en apprenant que j'étais... bizarre.

C'était comme si quelqu'un d'autre avait prononcé ces mots. Mon subconscient avait dû prendre la parole à ma place, car au fond de moi, j'en avais assez d'être abandonné.

— Je ne vous abandonnerai pas Lucas. Faîtes-moi confiance. Je vous donne ma parole.

Il avait l'air sincère, mais maintenant, je me sentais honteux. Je n'aimais pas dépendre de qui que ce soit. J'étais déjà suffisamment dépendant de Omar Pols.

— Entendu, approuvai-je en me levant. À condition que vous me disiez tout ce que vous savez sur ce qui m'arrive.

— Je le ferai. Mais qui vous dit que je sais quelque chose ?

Je réfléchis, histoire de lui clouer le bec.

— Quand je vous ai parlé de mes... disons, symptômes, vous n'avez pas réagi comme le Dr Dufer.

— Parce que je ne vous ai pas mis à la porte ?

— Non, parce que vous étiez curieux. Pas effrayé. À croire que vous avez déjà entendu des récits identiques.

Il sourit légèrement, comme vaincu par ma perspicacité.

— Comme je vous l'ai dit, Lucas, les visiteurs se font rares chez moi et votre témoignage est tout à fait singulier.

Je le regardai dans les yeux pour y déceler une once de mensonge. Il disait la vérité. Je le sentis.

— En revanche, j'en ai déjà lus, acheva-t-il en désignant d'une main les ouvrages qui couvraient les étagères.

Je n'obtiendrai rien de plus aujourd'hui, à part l'espoir d'en apprendre d'avantage dans les jours à venir, ce qui en soit n'était pas si mal.

— Vous me raconterez ? N'est-ce pas ? demandai-je pour lui rappeler sa promesse.

— Seulement si vous venez régulièrement. Nous devons apprendre à nous faire confiance.

— Je vous fais confiance, avouai-je dans un souffle.

— Moi de même. Mais j'attendrai que vous soyez prêt.

Que voulait-il dire par là ?

— Je vous donne rendez-vous pour lundi prochain si vous le désirez, annonça-t-il enfin. Pour 11 h. Si cela vous convient...

— Très bien. Je serai là.

Au moment où il me raccompagna à la porte, il me tendit une carte sur laquelle figurait ses coordonnées que j'avais déjà, mais également son numéro de téléphone.

— Surtout ne le fournissez à personne, Lucas.

J'allais lui en demander la raison, mais il ne me l'aurait probablement pas donnée.

— Promis.

Je pris également congé de Liliane qui me ramena à la porte d'entrée.

— N'hésitez pas à passer quand vous le désirez, Lucas ! me proposa-t-elle, visiblement ravie d'avoir fait ma connaissance.

— Entendu Liliane. Pourriez-vous dire à votre mari que je lui payerai cette consultation la fois d'après ? À vrai dire, je n'étais venu que pour prendre un rendez-vous...

Elle sembla choquée que de l'argent vienne se mettre au milieu de tout ça.

— Voyons Lucas, mon mari ne fait pas payer ses amis !

Parce que j'étais devenu un ami ?
— Je sais que ça peut paraître bizarre, Lucas, mais si vous êtes ici, c'est qu'il y a sûrement quelque chose d'étrange dans votre vie. Je me trompe ?
— Du tout, avouai-je. Merci Liliane. À lundi prochain.
— Rentrez bien !
Je m'étais rarement senti aussi proche de deux inconnus. Peut-être parce que eux aussi n'avaient rien de normal. Ils allaient faire partie de mon nouveau monde, un monde où la raison n'expliquait pas tout. Un monde où Omar Pols était une petite flamme illuminant les ténèbres de ma vie anciennement ennuyeuse.

Chapitre 9 : La saturation

     Encore 6 jours. 6 jours avant de connaître enfin la vérité. N'était-ce pas la promesse du docteur Malef ? Il avait intérêt à tenir ses engagements. Je n'avais que ça en tête ces derniers temps. La quête de la véracité. J'aurais aimé retrouver l'ambiance des premières semaines à l'université juste pour que le temps passe plus vite. Malheureusement la situation ne jouissait d'aucune évolution positive et chacun campait sur ses positions. Roxanne attendait peut-être que je lui présente mes excuses ? Dans ce cas, elle pouvait toujours courir. Ce n'était pas très altruiste, d'autant plus que je condamnais Fanny à mon unique compagnie, mais je n'étais pas décidé à me rabaisser. Après tout, j'avais eu raison d'attaquer publiquement Roxanne. Elle ne devait pas critiquer Omar. Personne n'en avait le droit à vrai dire, pas même moi.

     De nouveaux examens approchaient, et j'étais chaque jour de plus en plus surpris par la vitesse à laquelle le temps s'écoulait, en dépit de tout. Il m'était arrivé tellement de mésaventures depuis la rentrée que la perspective des évaluations ne me procurait aucun stress. Je considérais le fait d'être noté comme le cadet de mes soucis et dans mon esprit les partiels s'apparentaient à de vulgaires interrogations de primaire. L'angoisse avait pris une nouvelle tournure désormais, et il n'était pas question qu'elle se manifeste pour un évènement aussi banal qu'un examen universitaire. Des choses beaucoup plus essentielles avaient lieu en ce moment. Des choses comme mon amour pour Omar Pols.

*

Je m'autorisai un jour de congé le lendemain afin de réviser, mais je me leurrais. En réalité, j'avais besoin de souffler. Ma brûlure quotidienne, bien que délicieuse, me fatiguait psychologiquement. Elle était tellement éreintante... À la manière d'un orgasme intempestif, et qui au lieu de faiblir avec le temps, murissait de façon disproportionnée. La comparaison, peu glorieuse, était celle qui se rapprochait le mieux de ce que je ressentais. Dans mes pensées cyniques, j'avais même osé le qualifier d'orgasme pyromaniaque.

Mes classeurs étaient empilés sur mon bureau, je les avais ouverts, parcourus, regardés, lus, sans en retenir la moindre information. Ils auraient tout aussi bien pu traiter de la littérature du Moyen-Âge que je ne m'en serais pas aperçu. J'étais obsédé, et cette obsession prenait une ampleur de plus en plus importante à chaque minute écoulée. La vérité tombait à point nommé. Plus que 5 jours.

*

Le lendemain matin, en arrivant à l'université, quelque chose m'étonna. Omar parlait à Fanny. C'était en soit une bonne nouvelle, puisqu'il avait enfin décidé de sortir de son isolement et de s'ouvrir aux autres, mais je n'accueillis pas ce revirement aussi bien que je l'aurais dû. J'éprouvai une espèce de déception à l'égard de moi-même. Pourquoi Fanny et pas moi ? Voilà ce qui m'occupait le plus l'esprit. J'étais jaloux comme un pou, mais ma fierté prit le dessus. Après tout, Omar avait certainement choisi ce jour pour prendre sa nouvelle résolution, et ne repérant que Fanny dans le couloir, il l'avait abordée, tout simplement. Il était évident qu'il n'allait pas converser avec un membre du clan Roxanne, dans la mesure où ce dernier avait tout fait pour qu'il soit renvoyé, même si je n'en connaissais toujours pas le dessein.

Au moment où je m'avançai vers eux, Omar s'en alla, non sans me saluer courtoisement. Je ne souffrais pas de paranoïa, il m'évitait. Il ne désirait pas me voir. Mon orgueil voulait réapparaître, m'expliquant qu'il partait pour ne pas s'immiscer dans l'amitié que Fanny et moi entretenions, mais je le fis taire, trop peu convaincu par cette supposition alléchante. J'étais enclin à le faire entrer dans mon cercle d'amis, rien ne m'aurait fait plus plaisir au monde. Comment aurait-il pu le savoir ? s'interrogea ma conscience. L'évidence me frappa avant même d'avoir pu développer une théorie saugrenue. Il s'apercevait bien que je n'avais aucune animosité envers lui. J'étais celui qui s'était battu contre son renvoi ! Le message ne pouvait pas être plus clair. Il devait forcément se douter que ce n'était pas seulement pour que justice soit faite. Peut-être éprouvait-il justement une gêne à ce propos ? Je savais que cette supputation était erronée.

— Salut ! me lança Fanny l'air de rien quand je parvins à sa hauteur. Tu n'es pas venu hier ?

La question était purement rhétorique, mais maintenant qu'elle me l'avait posée, je remarquai qu'elle ne m'avait pas envoyé de SMS la veille pour enquêter sur la raison de cette absence. Ce n'était pas dans ses habitudes.

— J'ai pris une journée de repos, avouai-je.

Puis sans tourner autour du pot, j'entrai dans le vif du sujet.

— Qu'est-ce que voulait Omar ?

La réponse lui vint spontanément, ce qui était signe d'honnêteté. *Ou de mensonge bien préparé*, songeai-je pessimiste.
— Il me demandait les cours de début d'année, comme il n'était pas là et que les examens approchent... D'ailleurs, tu as révisé ?
Nous conversâmes ainsi jusqu'à la fin des cours. Je fus en quelque sorte rassuré, car visiblement, Fanny n'était pas intéressée par Omar. J'essayai de lui tirer les vers du nez.
— Alors comme ça, te faire draguer par Omar Pols te dispense de m'envoyer un SMS ? la taquinai-je.
Je feignis la plaisanterie, mais en réalité la réponse m'importait énormément. Je mourais d'envie qu'elle me dise qu'il n'y avait rien entre Omar et elle.
— Il ne m'a pas draguée ! rigola-t-elle avec un gloussement proprement féminin.
Derrière la moquerie, je décelai la vérité. Je connaissais désormais trop bien Fanny pour me laisser duper.
— Pas aujourd'hui, du moins, ajouta-t-elle mystérieuse.
Je ne m'étais donc pas trompé. Mon cœur commença à battre à la chamade, mais la sensation était très différente de ma brûlure habituelle.
— Ah oui ? m'enquis-je, faussement désintéressé.
— Je ne t'ai pas raconté ce qui s'est passé hier ! À vrai dire, c'est pour ça que je ne t'ai pas contacté...
Cette fois-ci, je devais être pâle comme un cachet d'aspirine. J'envisageai le pire.
— Vous vous êtes mis ensemble ? demandai-je la voix décomposée.
Elle fut surprise par cette éventualité. Elle me répondit, les yeux écarquillés.

— Quoi ? Non, pas du tout ! Je ne le trouve pas très beau...

Si elle m'avait soulagé avec la première partie de sa phrase, elle intensifia ma colère intérieure en la terminant. Omar Pols pas très beau ! Je me sentis offensé. Comment ne pouvait-on pas tomber sous le charme de ce garçon ? Pourquoi étais-je apparemment le seul ?

— J'hésitais à t'en parler, continua-t-elle, parce que tu n'apprécies visiblement pas qu'on le critique, même si j'ignore pourquoi.

Quelle médisance allait-on encore faire sur lui ? N'en avais-je pas reçues suffisamment ? Mon cœur pouvait-il supporter des insultes envers celui qui le faisait brûler chaque jour ?

— Non, ce n'est pas ça... me défendis-je lamentablement.

— Arrête, j'ai vu comment ça s'est déroulé avec Manny !

— Manny ?

— C'est le nom du mammouth dans l'Âge de glace. J'ai décidé de surnommer Roxanne comme ça, ça lui va bien non ? Pour être honnête, c'est toi qui m'as donné l'idée.

J'avais presque oublié que j'avais ouvertement remis Roxanne à sa place, en condamnant sa surcharge pondérale, notamment. De toute évidence, Fanny essayait de me faire rire pour que la pilule passe mieux.

— Alors, qu'est-ce qu'il y a eu de si formidable hier ?

Pourquoi fallait-il que je choisisse d'être absent le seul jour où quelque chose d'intéressant avait lieu avec Omar Pols ? En dehors du feu qui me consumait, bien sûr. Pour la première fois, Fanny avait l'air de prendre des gants pour me l'annoncer. D'habitude, elle se serait jetée sur son téléphone pour me raconter le dernier ragot. Je ne comprenais pas son attitude.

— Disons qu'il m'a fait du rentre-dedans, avoua-t-elle, imperturbable.

J'avais vu juste. Du moins en partie. Fanny ne sortait pas avec Omar. Mais il l'avait draguée.

— Il t'a dit quoi exactement ? demandai-je en feignant le même air indolent qu'elle avait emprunté.

Ma voix tressaillit. Est-ce que Fanny s'en rendit compte et adapta son discours pour l'occasion ? Je n'en eus pas la moindre idée.

— Il m'a demandé si j'étais célibataire.

Ça voulait tout dire. Fanny me jeta un regard en biais. Je ne devais pas avoir l'air si écœuré car elle ajouta :

— Il a aussi dit que c'était surprenant qu'une fille aussi belle que moi soit libre !

Le compliment typique du dragueur. Était-ce ce qu'incarnait Omar en fin de compte ? Un dragueur ? Paradoxalement, je l'aimais davantage. Tout en écoutant Fanny, je ressentis une émotion nouvelle, que je savais en rapport avec la flamme. Elle se manifesta tout comme la brûlure, violente et insupportable. Sauf que celle-ci ne me procura aucun plaisir, mais une tristesse profonde. Je perçus également une sorte d'aversion envers Fanny, et j'ignorais pourquoi. Pourquoi étais-je déçu d'elle ? Qu'avait-elle donc fait de si mal ? Elle ne s'était même pas vantée d'avoir attiré le seul garçon qui n'adressait la parole à personne. Pourquoi autant de retenue ? Essayait-elle de me rendre jaloux ?

Une pensée me traversa de nouveau l'esprit. Et si elle désirait que je sois jaloux de Omar et non pas d'elle ? Ma remarque avait certainement dû lui faire croire que j'étais séduit par elle ! Quel idiot ! La confusion régna du côté de Fanny. Du mien, de celui de Omar en revanche, tout sembla on ne peut plus clair. Omar ne se montrait pas insensible au charme naturel de Fanny, et ça me détruisit littéralement. La jalousie me rongea. Ou plutôt l'envie. Car j'enviais Fanny plus que tout. Fanny qui avait la chance de pouvoir obtenir ce que je n'obtiendrais jamais. Bien sûr, je trouverais sans doute quelqu'un susceptible de s'intéresser à moi, mais c'était impossible à envisager. Je savais au fond de moi que je ne désirais qu'un seul et unique individu et que je le désirerai toujours.

— Lucas ? Ça va ? Tu as l'air soucieux.
Je repris mes esprits du mieux que je pus.
— Non, pas du tout. Alors tu lui as répondu quoi ?
Fanny n'était pas dupe. Je ne portais que rarement d'intérêt à ses ragots au point de quémander des informations complémentaires. Son œil avisé étincela. Et si elle croyait que j'étais attiré par elle ? Il faudrait un jour que nous mettions les points sur les i. Encore. Fanny ne pouvait pas être amoureuse de moi, en fin de compte. Mais il était hors de question que les rôles soient inversés.

— Que c'était gentil de sa part mais que je n'étais pas intéressée. Il n'est pas trop mon style.
Au moins, je ne risquais pas de les voir se bécoter dans les couloirs. Rien que d'y penser, j'en eus la nausée. Et cette jalousie inhumaine frappa de nouveau mon palpitant, qui se mit à souffrir le martyre. Ce qui s'était passé avec Fanny n'était rien, rien d'autre qu'une réalité que le sort me jetait une fois de plus à la figure.

En rentrant chez moi, mes entrailles ne retrouvèrent pas leur calme. Au contraire. Sur la page

Facebook de Omar, je voyais en permanence Fanny Belle, dans la case des amis communs. Si seulement j'avais pu la faire disparaître ! Enfin, de ses amis, pas de la planète... J'aimais beaucoup Fanny, mais ma jalousie m'empêchait d'être objectif. J'avais beau savoir qu'elle ne l'avait pas abordé, j'éprouvais une curieuse amertume envers elle et son charme perpétuel. Omar avait ajouté une information à son profil, celle de sa date de naissance. Dans trois mois pile, ce serait son anniversaire. C'était pour moi une occasion de lui parler. Je n'avais pas renoncé à être son ami. Je n'avais pas renoncé à l'aimer. Plus que quatre jours.

*

Je me trouvais dans un endroit que je ne connaissais pas. Tout était trouble, comme si ma vue était redevenue aussi mauvaise qu'autrefois. Je voyais des couleurs pastel, virevolter autour de moi. J'avais cette agréable impression de faire partie d'un tableau de Claude Monet. J'avançai.

J'étais désormais dans une sorte de dôme, comme à l'intérieur d'un volcan. Deux personnes étaient suspendues dans les airs, en lévitation au-dessus une espèce de matière visqueuse, d'un coloris rouge orangée. Je reconnus Fanny à ses lunettes et à son sourire bienveillant. Je reconnus Omar tout autrement. La brûlure.

— Ça te plait ? me demanda-t-elle.

Comment pouvait-elle être au courant de ce qui se passait dans mon corps ? J'inspectai mon torse. Il était en feu. Au sens propre. Je n'avais pas mal en revanche. La sensation était identique à celle que je ressentais chaque fois que je posais mon regard sur Omar à l'université. Je relevai la tête vers Fanny. Ses prunelles

avaient pris une autre expression. Une expression mauvaise. Terrifiante. Diabolique.
— Fanny ? m'enquis-je circonspect.
Ce regard ne lui correspondait tellement pas !
— Profite bien, siffla-t-elle. C'est tout ce que tu auras.
À ses mots, elle se tourna vers Omar, qui n'avait d'yeux que pour elle. Je n'étais pas sûr qu'il avait remarqué ma présence. Elle moula son corps du sien. Ils étaient collés l'un à l'autre.
— Fanny, arrête ! criai-je horrifié.
Le feu qui m'entourait avait pris une autre tournure. Je ressentis une douleur vive et lancinante, comme une véritable morsure enflammée. Mais il y avait quelque chose d'autre, quelque chose que je ne parvenais pas à comprendre.
— Demande-lui ce qu'il veut, pérora Fanny en désignant Omar du menton.
— Je te veux toi, répondit Omar sans réfléchir.
Il la dévorait des yeux, hypnotisé par elle. Il approcha ses lèvres des siennes.
— Non ! hurlai-je.
Qui étais-je pour les empêcher de s'embrasser ? Je ne me fis pas cette réflexion. Je n'en eus pas le temps. Je voulais simplement que leurs lèvres n'entrent pas en contact. Si la situation n'avait pas été aussi urgente, je me serais mis à genoux pour les supplier. J'avais horriblement mal, et leur bouche étaient maintenant si proches... Les secondes s'égrenèrent, ralentissant cette issue improbable.
— S'il vous plaît... chuchotai-je tout en sachant qu'ils m'entendaient tous deux. S'il te plaît...
Je ne m'adressais pas à Fanny cette fois. Je parlais à Omar, mais il ne me prêta aucune attention. Il ne

pensait qu'à Fanny. Au moment où leurs deux bouches se joignirent enfin, la souffrance atteignit son paroxysme. Je n'avais jamais eu aussi mal de toute ma vie, c'était comme si on m'opérait à cœur ouvert... sans anesthésie. La froideur d'un scalpel glacé s'enfonçant dans ma chair, la plainte insupportable de mon système nerveux réagissant à cette intrusion étrangère, les violents picotements suivis de spasmes frénétiques... Eux continuaient à s'embrasser, rendant leur étreinte encore plus charnelle. Je les observai se butiner sans aucune limite, leurs gémissements me parvenant avec difficulté tellement la douleur était intense.

      Un craquement sonore se fit entendre. Le volcan était-il en train de s'effondrer ? Ils se tournèrent tous deux vers moi. Fanny était heureuse, se réjouissant de ce qu'elle voyait. Omar lui, était choqué, époustouflé, horrifié. La douleur dans ma poitrine ne pouvait pas être plus soutenue, c'est du moins ce que je croyais jusqu'à ce qu'une chose en jaillit brusquement. Je compris que le craquement venait de ma cage thoracique qui avait explosé sous les soubresauts de mon cœur. Et ce qui s'extirpait de ma poitrine n'était rien d'autre que mon cœur lui-même. Il dévala sur le sol, répandant du sang de partout, rebondissant de manière compulsive, comme un poisson hors de l'eau. Je le vis prendre feu, et devenir cette chose visqueuse et rouge orangée qui jonchait le sol. Le feu s'intensifia, et je tombai à genoux.

      Pendant que je partais en fumée, je me réveillai en sursaut. À l'heure actuelle, mon moi onirique devait être réduit en cendres devant Omar et Fanny, qui recommençaient leur embrassade.

*

Que signifiait mon rêve, ou plutôt mon cauchemar ? La réponse fut limpide. J'étais horriblement jaloux de Fanny, pas besoin que mon subconscient me le rappelle ! Mais pourquoi était-elle devenue la méchante ? Pourquoi avait-elle un air si cruel ? Me trompais-je sur sa gentillesse ? *Ce n'était qu'un cauchemar*, songeai-je amer. Ma perception de Fanny tendait vers une vision diabolique tout simplement parce que je me la figurais comme telle. Ou plutôt, c'était ma jalousie qui la considérait ainsi. Repenser au baiser entre Omar et Fanny me rendait malade, mais dans la réalité, ça n'arriverait jamais, n'est-ce pas ? Je me voilais la face. Certes, Fanny ne sortirait pas avec lui. Sort-on avec un garçon qu'on ne trouve pas à son goût ? Mais Omar ne resterait pas éternellement célibataire. Et s'il trouvait une fille à embrasser à la fac ? Et s'ils s'affichaient comme dans mon rêve ? Mon cœur deviendrait-il un petit tas visqueux ?

Pourquoi cette sensation atroce ne s'estompait pas ? Je ne pourrais jamais me rendormir. Je regardai l'heure sur mon portable. 7 h. J'étais soulagé. Soulagé, parce qu'il n'était pas trop tôt pour joindre le docteur Malef et lui parler de cette sensation insupportable. Mais ce n'était pas seulement pour cette raison que je désirais ardemment lui téléphoner. Mon impatience avait de nouveau surgi. Il me fallait avancer mon rendez-vous. Je ne patienterai pas jusque lundi. J'avais suffisamment attendu. Je composai le numéro, décidé.
— Allô Lucas ?
Sa voix ne semblait pas endormie. Au moins, je ne l'avais pas tiré du sommeil.

— Bonjour docteur, je suis désolé de vous appeler si tôt, mais j'ai un problème. Et vous m'aviez dit de ne pas hésiter alors...

Malgré l'état de choc dans lequel je me trouvais, je parvins à être poli.

— Vous avez très bien fait, Lucas, me rasséréna-t-il. Que vous arrive-t-il ?

— J'ai fait un rêve. Ou plutôt un cauchemar.

Je ne voulais pas avoir l'air de lui téléphoner pour un simple cauchemar. J'avais 18 ans, presque dix-neuf. L'époque où j'avais peur la nuit était terminée.

— Et depuis, je me sens... étrange.

— Est-ce douloureux ?

— Oui, avouai-je.

— Où exactement ?

Partout. J'essayai de me concentrer pour localiser les endroits où j'avais le plus mal.

— Dans le cœur. Et dans le ventre. Pourrions-nous avancer notre rendez-vous ?

— Bien sûr. Vous êtes le bienvenu. Mais rassurez-vous, je doute qu'il y ait de quoi s'inquiéter.

Traduction : venez si vous voulez bien que ce ne soit pas nécessaire.

— Désolé, dis-je gêné. Ce n'est pas seulement pour cette sensation que je voudrais anticiper notre entretien.

— Vous désirez en savoir plus, n'est-ce pas ?

Il n'y avait pas le moindre reproche dans sa voix. Au diable la politesse !

— Je peux venir dans une heure environ ? demandai-je.

— Je vous attends.

Moi aussi, je l'attendais. Depuis longtemps. Une petite voix intérieure me susurra que le cauchemar n'était en fait qu'un prétexte bien trouvé. En quelque sorte.

Chapitre 10 : La vérité

Le docteur Malef me fit m'asseoir à ma place habituelle. Mon anxiété atteignit un pic paroxystique, et le cabinet m'apparut plus effrayant encore dans la timide lueur de l'aube. J'avais l'impression que des infirmiers se tapissaient dans tous les recoins sombres de la pièce, prêts à se jeter sur moi, une seringue à la main, déballant une camisole. Était-ce ce que le médecin allait enfin m'annoncer ? Que je souffrais d'une démence quelconque ? Il m'avait pourtant infirmé cette hypothèse la dernière fois. Je brûlais de savoir depuis ce jour, et malgré tout j'étais terrifié à l'idée de découvrir le pot aux roses. Mais s'il me dévoilait la vérité, c'est qu'il me considérait suffisamment sain d'esprit pour l'entendre. Je m'accrochai vainement à cet espoir, comme si le couperet était déjà tombé.

Je patientai du mieux que je pus le retour du docteur dans le bureau, et les secondes semblaient s'alourdir. Je m'enfonçai dans le siège, tentant de me décontracter et laissai mes bras s'abattre sur les accoudoirs. Aussitôt, je m'imaginai des chaînes emprisonnant mes poignets pour m'empêcher de prendre la fuite. *Calme-toi*, pensai-je, *tout va bien se passer*. De toute façon, je n'entrevoyais aucunement de quitter le bureau sans comprendre, ce serait pire que tout. Je préférais apprendre qu'il ne me restait plus que quelques jours à vivre plutôt que de retourner dans le flou, ce qui m'amenait à me faire mille suppositions. J'en avais assez des nuits blanches à attendre ma brûlure, assez de ne pouvoir parler à personne de ce que je vivais, assez de cacher la bataille qui se jouait dans ce corps qui n'était apparemment plus le mien...

Mon angoisse était telle que je ne remarquai pas le médecin revenir dans la pièce. Il ferma la porte et s'assit sur son siège, qui s'affaissa légèrement sous le poids de l'homme corpulent en produisant un bruit de corne de brume. J'émis un rire imperceptible, en proie à une violente crise d'hystérie.

— Excusez-moi pour l'attente, dit-il avec un sourire encourageant, je devais régler un problème avec ma femme. Depuis que toute la paperasse se fait par informatique, nous les plus anciens, avons du mal !

Tentait-il de me rassurer en me faisant la conversation ? Devant mon profond mutisme et mon air dépité, il reprit :

— Bien... Que voulez-vous savoir ?

Il plaisantait ou quoi ? Ou essayait-il simplement de me faire croire que ce qui m'arrivait constituait une banalité quasiment anecdotique ? Il m'avait posé cette question avec une pointe de désinvolture, comme si je lui avais demandé une précision peu utile sur une maladie méconnue.

— Tout, parvins-je à articuler.

Comme il attendait des concisions, je poursuivis :

— Qu'est-ce que j'ai ? Suis-je fou ? Puis-je en guérir ? Quel est le traitement ? D'où tout ça vient ? Est-ce que c'est... rare ?

— En effet, vous souhaitez tout savoir ! s'exclama-t-il en feignant d'être à l'aise. Déjà, si ça peut vous apaiser, et visiblement vous en avez besoin, ajouta-t-il en me voyant crispé sur mon siège, vous n'êtes pas fou. Pas plus que moi en tout cas.

Je ne fus pas rasséréné pour autant. Déjà, parce que l'équilibre mental du docteur laissait parfois dubitatif, mais aussi parce que c'était exactement ce qu'il aurait dit à un schizophrène se prenant pour la reine d'Angleterre.

— Cela aurait dû vous mettre la puce à l'oreille, observa-t-il, d'apprendre que je ne suis pas ici en tant que psychiatre, contrairement au docteur Dufer. Non pas que les patients de psychiatrie soient tous fous, mais bon...

Je n'y comprenais plus rien. Oui, le docteur Malef était un psychiatre retraité, comme il me l'avait signalé. Alors dans quelle branche exerçait-il à présent ? Neurologue ? Sur sa plaque, rien n'indiquait quelle spécialité était la sienne. Et si le docteur Dufer, désespérée par mon cas, m'avait envoyé chez une sorte d'exorciste ou chez un gourou ?

— Alors, quelle est donc cette sensation pénible dont vous m'avez parlé ? Et ce cauchemar ?

À vrai dire, cette dernière s'était éclipsée depuis que je connaissais l'échéance de mon rendez-vous avec le docteur. L'évoquer signerait son retour.

— C'est passé, déclarai-je. Pourrions-nous en discuter un autre jour ? Je voudrais plutôt avoir d'autres réponses, aujourd'hui.

— Comme vous désirez. Je ne sais pas par où commencer...

— Eh bien... Vous pourriez déjà répondre à ma question principale..., remarquai-je. Qu'est-ce que j'ai ?

— Je suis désolé, je parle de moi alors que c'est vous le patient ! Mais j'ai néanmoins répondu à la question la plus importante, celle qui vous angoissait le plus. Vous n'êtes pas fou.

Je ne répondis rien, attendant qu'il reprenne. Il commençait à m'agacer avec sa manière de tourner autour du pot.

— Vous avez ce qu'on appelle la Flamme, finit-il par m'avouer.

— La flamme ? répétai-je. Je suis amoureux, vous voulez dire ?

Le docteur parut s'amuser de mon innocence.

— La Flamme, reprit-il, avec un F majuscule ! Rien à voir avec quelque chose d'aussi banal que l'amour.

Je sentis mon cœur battre de plus en plus vite, et cette anxiété déstabilisante m'empêcha de raisonner correctement.

— Je... Je ne comprends pas. Je m'étais rendu compte que j'étais amoureux de... de lui. Mais tout ça n'a aucun sens. Comment l'amour peut-il me créer de tels symptômes ?

— J'insiste, ce n'est pas de l'amour, c'est la Flamme.

— Et quelle est la différence ? Qu'est-ce que c'est que la Flamme ? finis-je par m'impatienter.

Je ne voyais pas en quoi ce jargon expliquait tous mes problèmes. La Flamme avec un F majuscule, comme disait le docteur, était-ce celle que je voyais lorsque je fermais les yeux ?

— Ce que je vais vous révéler —et c'est ce qui vous arrive d'ailleurs—, est totalement irrationnel et n'obéit à aucune logique. Il va falloir faire preuve... d'ouverture d'esprit.

Qu'est-ce qu'il racontait ? « Irrationnel » ? S'agissait-il d'une théorie fantastique du genre les bossus sont des anges qui cachent leurs ailes ?

— La Flamme est une émotion, un sentiment violent qui s'empare de l'âme d'un être humain. C'est une sorte de coup de foudre, mais la comparaison est tellement faible que si les Enflammés m'entendaient, ils me donneraient des claques !

Avais-je bien entendu ? Le docteur Malef était-il en train de parler d'âme ? Il était évident que la science avait complètement laissé place à la légende. Un terme échappa à ma compréhension et je me focalisai dessus aussitôt.
— Les Enflammés ?
— Ceux qui ont la Flamme, on les appelle aussi les Porteurs. Choisissez l'appellation que vous voulez, vous pouvez même en inventer, après tout les Enflammés sont si rares...
D'accord, dans le domaine du paranormal, j'étais vraiment paumé. Je fis mine d'intégrer cette information avec courage.
— Donc... La Flamme se serait emparée de mon âme ? résumai-je peu convaincu.
L'emploi du conditionnel me rasséréna : je n'avais pas totalement cédé à la folie en le croyant. Et pourtant, ce qui m'arrivait était tout sauf rationnel non ?
— C'est plus complexe que cela, poursuivit le docteur. Nous ignorons tous pourquoi, mais il arrive —et c'est très rare, je développerai plus tard—, qu'un individu, en voyant pour la première fois de sa vie un autre individu, se mette à ressentir une obsession, un électrochoc, un feu le brûlant de l'intérieur...
Je repensai à la première fois que j'avais vu Omar, la brûlure dans le cœur, le courant électrique s'infiltrant dans tous mes membres... La science pouvait-elle expliquer ces sensations ? Je connaissais déjà la réponse.
— La Flamme, articulai-je à mi-voix.
Je ne sus pas pourquoi mais je le crus soudainement. Cette théorie irrationnelle sembla transcrire ce que j'avais ressenti et cela n'obéissait pas non plus à la

raison. A vrai dire, je savais pertinemment que quelque chose dépassait la condition humaine dans cette histoire. Il était tellement invraisemblable pour moi de croire à ceci... Heureusement que ces derniers jours, je m'y étais entraîné !

— Exactement, confirma le docteur. Cette Flamme est créée par celui que le Porteur a vu, en l'occurrence, Omar a créé cette Flamme.

J'en restai bouche bée. Cette fois-ci, je n'avais pas été préparé à entendre ce genre de chose. J'attendis de digérer la nouvelle avant de pouvoir de nouveau m'exprimer.

— Pourquoi ? Il... Il n'est pas humain ? m'enquis-je presque horrifié.

J'aurais dû me douter qu'une telle personne ne pouvait pas être humaine, il était trop parfait pour ça, mais que quelqu'un d'autre émette cette hypothèse tournait à l'absurde.

— Non, ce n'est pas ce que je voulais dire ! s'empressa de rectifier le docteur. Omar est tout ce qui a de plus humain ! Les Enflammeurs —ceux qui créent la Flamme— le font sans réaliser, ce n'est en aucun cas volontaire, comme il n'était pas de votre ressort de recevoir la Flamme.

— Résumons la situation simplement, finis-je par lui demander.

J'avais beaucoup de choses à encaisser. Les informations délirantes que je recevais auraient dû me procurer une migraine de tous les diables, mais aucun symptôme ne survint. Le docteur prit sa respiration et réfléchit à un résumé à la fois simple et complet.

— Cela fonctionne un peu à la manière d'un coup de foudre.

Sa comparaison ne m'aidait pas beaucoup, car je n'avais jamais rien expérimenté de tel. À vrai dire, je n'avais jamais *aimé* quelqu'un.

— Vous rencontrez quelqu'un que vous n'avez jamais croisé de votre vie, poursuivit le docteur sans se rendre compte de ma méconnaissance sur l'amour, quelqu'un dont vous ignorez tout. Et au premier regard, vous sentez qu'il se passe quelque chose en vous, quelque chose qui s'empare de votre corps, de votre âme, de votre cœur... Tout n'est que décharges, brûlures, feu... La Flamme a pris possession de vous, votre vie, sa vie, n'ont plus qu'un sens : l'aimer.

— La Flamme ? l'interrompis-je. Ce que j'aime ce n'est donc pas lui, c'est elle ?

Je savais qu'il disait vrai, sa description de la sensation était bien trop réelle pour relever de l'imaginaire. Tout ceci me rassura presque, je n'aimais pas Omar ! C'est la Flamme qui ressentait cette émotion ! Et moi, je l'aimais elle, voilà tout.

— Cette entité, c'est lui, précisa le docteur. C'est comme si elle était un deuxième lui, il est la lumière, elle est l'ombre, il est le bien, elle est le mal... Lorsque vous éprouvez de l'amour pour la Flamme, vous en éprouvez aussi pour l'Enflammeur.

— Mais comment tout ceci est possible ? Quelle est l'explication ? Et pourquoi ?

J'étais surprise que même dans ce genre de situation, mon esprit scientifique reprenait le dessus. Je ne m'étais pas trompé de filière à l'université !

— Vous avez beau faire des études en biologie, constata à juste titre le docteur, vous découvrirez que la science n'explique pas tout. À vrai dire, elle explique souvent le comment, mais très rarement le pourquoi.

— La Flamme, ce n'est donc qu'un coup de foudre démesurément plus puissant ? tentai-je de résumer.
— En quelque sorte. Mais elle crée aussi des choses qu'un coup de foudre ou que l'amour ne pourrait pas générer.
— Comme quoi ? demandai-je intrigué, tout en sachant que je connaissais déjà la réponse.
Il prit une pause théâtrale puis enchaîna :
— Une force surhumaine.
En voyant mon air choqué, il me rabroua :
— Ne me dîtes pas que vous n'avez rien remarqué ! C'est très souvent ce qui affole le plus les Enflammés, avant qu'ils ne sachent ce qu'ils sont devenus...
Donc j'étais devenu quelqu'un d'autre... J'avais raison depuis le début.
— Je... Je ne pense pas posséder une telle force. Je suis juste plus résistant, j'ai plus de vigueur qu'auparavant, mais il n'y a rien de surhumain là-dedans !
Je me mentis à moi-même. L'adjectif était peut-être un peu trop fort, mais surnaturel convenait à merveille.
— Vous avez dû vous rendre compte que vous pouviez porter plus aisément des choses lourdes, précisa-t-il, comme une valise bien remplie, un meuble imposant... Mais avez-vous essayé de soulever disons... une voiture ?
Je faillis éclater de rire pour laisser échapper tout le stress que j'avais accumulé jusque-là. Porter une voiture ! Moi ! J'avais déjà du mal à trimballer un pack d'eau minérale !
— Réfléchissez, voyons ! s'exclama-t-il, ce qui me fit presque sursauter.
Il se leva subitement et commença à faire les cent pas derrière son bureau.

— Vous avez reçu de l'acide sulfurique sur les mains sans sentir la moindre douleur et sans subir de séquelles ! Vous êtes tombé de deux étages et vous n'avez pas eu une égratignure ! Votre maladie congénitale a disparu soudainement ! Vous voulez d'autres exemples ou j'ai cité les plus frappants ?

Il avait utilisé les arguments les plus convaincants. Je savais que je n'étais plus le même, j'avais cherché une raison logique à tout ce que j'avais surmonté, en vain. La réponse à ces expériences irrationnelles devaient-elles être irrationnelles elles aussi ? Se pouvait-il qu'il existât des choses qu'on ne voyait que dans les livres de sciences-fiction ? Moi qui n'avais jamais été croyant, j'avais du mal à m'imaginer que la Flamme existait... Pourtant, j'avais senti que cette chose en moi ne ressemblait en rien à une simple maladie ou à un symptôme quelconque, j'avais compris que le monde dans lequel je vivais n'étais pas celui que je croyais. Je m'étais tout bonnement voilé la face. Je fus même surpris de la vitesse à laquelle je crus le docteur. Et dire que je doutais de ma santé mentale quelques minutes auparavant !

— Pourquoi n'en ai-je jamais entendu parler ? finis-je par demander, sous le choc.

— Pensez-vous réellement que tout se sait dans ce monde ? Non, bien sûr que non. Il faut bien cacher certaines choses pour simuler une existence normale...

Dire que j'avais sermonné Fanny quand elle avait abordé la théorie du complot. Mais à cette heure-ci, Fanny me sembla bien loin...

— Qui est au courant de tout ça ? questionnai-je.

— Très peu de gens, voilà pourquoi il ne faut pas en parler. Je compte sur vous.

Fanny ne saurait donc jamais la vérité, mais l'aurais-je fait quand bien même en aurais-je eu le droit ? Je sentis qu'il attendait que je lui donne ma parole. De toute manière, qui m'aurait cru si je lui racontais une telle chose ?

— Entendu, promis-je. Je ne dirai rien.

Puis curieux, j'enchaînai avec une nouvelle question.

— Combien sommes-nous ?

— À connaître la vérité ?

— Non... Combien sommes-nous à avoir la Flamme ?

— On en recense environ 1 sur 500.000.

Alors pourquoi moi ? Qu'avais-je de si spécial ? La réponse ne se fit pas tarder. Rien. Je n'avais rien de particulier. Omar, oui. Omar avait tout. Pour la première fois de toute ma vie, j'étais tombé amoureux. Seulement, cet amour n'était pas humain. Il était beaucoup plus que ça. Il me fallait des réponses. Encore des réponses. J'étais insatiable... Pour une fois, quelqu'un pouvait y répondre.

— Si j'aime Omar..., commençai-je.

— C'est grâce à la Flamme, oui, m'interrompit le docteur.

En résumé, je ne succombais pas à la folie, mais j'étais loin d'être normal puisque pour être amoureux, il avait fallu qu'une Flamme s'empare de mon cœur. Cependant, un mot que le docteur venait d'employer attira mon attention.

— Grâce ? repris-je étonné.

Il inclina la tête de gauche à droite, comme si la locution lui demandait une réflexion intensive.

— Ou à cause, trancha-t-il. À vous de voir.

Voyons... Était-ce quelque chose de bien ? La réponse fusa de nouveau. Non ! Ce n'était pas humain ! Ce n'était pas rationnel ! J'avais eu tendance à toujours rejeter ce qui sortait d'une logique scientifique, sauf ces derniers temps, évidemment.

Mais d'un autre côté... Cette Flamme m'avait permis d'éprouver des sensations tellement exquises... Ce feu ardent que j'attendais chaque jour... Ce cœur qui ne m'appartenait plus mais dont je ressentais chaque décharge à la vue de Omar Pols... Et Omar Pols, tout simplement. N'était-ce pas l'argument décisif ? Je l'aimais, et pour être honnête, j'aimais ça ! J'aimais l'aimer ! La petite voix de ma conscience me rappela judicieusement les premiers jours. L'incompréhension. Le désespoir. Ce même feu insupportable... Comment une chose pouvait-elle être aussi contradictoire ? Le docteur sembla lire dans mes pensées.
— Je sais que c'est difficile pour vous, Lucas, mais ne vous focalisez-vous pas là-dessus. Après tout, quelle importance ?
Il plaisantait ? Quelle importance ? Je devais impérativement savoir si ce qui m'était arrivé était bien ou mal !
— C'est essentiel pour moi ! expliquai-je sur un ton plus agressif que je ne l'aurais voulu.
À travers la fenêtre, je vis que le soleil avait bien grimpé dans le ciel. Depuis combien de temps étais-je ici ? J'avais perdu la notion du temps, mais ça m'importait peu.
— Les choses ne sont pas toutes noires ou toutes blanches, raisonna le docteur avec sagesse.
Or, je n'avais pas besoin de sagesse. Pas maintenant.
— Les principes habituels ne s'appliquent plus désormais, lâchai-je de mauvaise grâce.

— Pourquoi ça ? Parce que vous avez découvert qu'il existait des choses que la science n'explique pas ? Voyons Lucas, vous êtes quelqu'un d'intelligent ! Vous deviez vous douter qu'il existait des mystères qu'aucune logique n'était en mesure d'expliquer !

Dans ce cas, je n'étais pas si ingénieux que le docteur ne le croyait. Je n'avais jamais prêté attention aux élucubrations ésotériques qui faisaient le bonheur des émissions sur le paranormal. Mes amis avaient toujours été fascinés par le triangle des Bermudes, la légende de la Dame Blanche maintes et maintes fois remaniées, ou encore par les Crop-Circles que je voyais comme de vulgaires figures tracées par des agriculteurs rêvant de gloire... Jamais je n'avais émis l'hypothèse que, éventuellement, il était probable que ce soit... *réel*. Je divaguais. Ces réflexions devraient attendre le soir, lorsque je dormirai. Ou du moins, lorsque j'essayerai de dormir, sans succès. Pour le moment, il fallait que je concentre mon attention sur la Flamme et sur tous les points possibles et imaginables qui se présentaient.

— Que dois-je faire maintenant ? demandai-je.

Après tout, c'était la question essentielle. Celle qui me ramenait à ma venue ici.

— Tout dépend de votre ressenti, Lucas.

Mon ressenti ? Je ne savais même pas ce que j'éprouvais en ce moment !

— Vous êtes perdu, enchaîna-t-il, et c'est entièrement normal. Voilà pourquoi vous ne pouvez pas prendre votre décision dans l'immédiat.

— Quels choix s'offrent à moi ?

Avait-on la possibilité de « guérir » de ça ? Encore une fois, je ne sus pas si l'utilisation du terme convenait réellement.

— Un seul, répondit-il.
Pourtant, j'en vis des dizaines se profiler.
— Il faudra retirer cette Flamme, trancha-t-il. Il n'y a pas d'autres solutions.
C'était... logique. En quelque sorte.
— Dans ce cas, qu'attendons-nous ? demandai-je.
— Êtes-vous prêt à ne plus ressentir cette sensation ? Êtes-vous prêt à perdre cette Flamme qui désormais fait partie de vous ? Et surtout, êtes-vous prêt à ne plus aimer Omar Pols ?
Ne plus aimer Omar ? C'était tellement impensable ! Il ne s'agissait plus seulement de volonté, mais de capacité. J'étais incapable de ne plus aimer Omar !
— Pourquoi cesserais-je de... ? m'inquiétai-je sans réussir à terminer ma phrase.
— Votre amour pour Omar existe grâce à la Flamme. Sans elle, votre attirance, votre obsession pour lui, disparaîtront avec elle.
Et tout rentrerait dans l'ordre ? J'en doutai fortement.
— Je ne vois pas en quoi c'est un problème, mentis-je.
— Cet amour est comme une drogue, Lucas. Sans elle, votre univers semblera s'écrouler.
N'était-ce pas ce qui m'arrivait déjà en ce moment-même puisque Omar ne m'aimait pas ?
— Que devons-nous faire dans ce cas ?
— Attendre. C'est la seule solution.
Agir comme si tout était normal ? Comment aurais-je pu savourer ma brûlure quotidienne si je savais que le temps de la Flamme était compté ?
— Attendre quoi ? Plus le temps passe, plus ce sera difficile de m'en séparer non ?
Ma déduction désarçonna de nouveau le docteur.

— Faîtes-moi confiance sur ce point Lucas. C'est extrêmement complexe.
— Qu'y a-t-il de compliqué ? Expliquez-moi, je parviendrai à comprendre, j'en suis sûr.
J'étais friand de nouvelles informations.
— Je ne remets pas en cause vos facultés de compréhension, me flatta-t-il. Je pense simplement que vous n'êtes pas prêt.
Non ! Plus de secrets ! Plus de mystères ! Je voulais savoir ! Je *devais* savoir !
— Dîtes-moi ! m'écriai-je frustré. J'ai besoin d'en apprendre plus ! C'est moi le principal concerné ! Pourquoi me faire des cachotteries ?
Il encaissa tous mes arguments avec une sérénité déconcertante, ce qui aurait d'ailleurs pu m'énerver encore plus. Je m'aperçus que je m'étais brusquement levé dans ma colère soudaine.
— Calmez-vous Lucas. Je vous ai promis que je vous raconterai tout, et je tiendrai ma promesse. En attendant, je suis disposé à répondre à d'autres questions.
Il ne céderait pas. Quel entêté ! Avec ma supposée force surhumaine, j'aurais été en mesure de la faire parler ! Mais ce n'aurait pas été moi... Qui étais-je pour vouloir obtenir des choses par la violence ? Voilà pourquoi je n'avais qu'un choix possible à faire. Voilà pourquoi cette Flamme devait m'être retirée. Je pouvais être dangereux, et un tel pouvoir n'était pas fait pour une personne telle que moi. Je me rassis piteusement. Le problème que je n'avais pas osé avouer, c'est que j'aurais voulu continuer à aimer Omar. Je ne voyais pas comment ce garçon si parfait aurait pu être privé de mon amour, même si ce dernier s'en fichait éperdument.

Une autre alternative s'offrit alors à moi, une alternative alléchante que le docteur Malef n'avait pas évoquée. Était-ce parce qu'elle n'était pas envisageable ?

— Et pourquoi ne garderais-je pas la Flamme ? demandai-je innocemment.

— C'est justement ce que je vous proposais, avant que vous ne me disputiez ! plaisanta-t-il.

J'essayai d'amener la conversation sur un axe différent, prenant le problème à l'envers.

— Je veux dire, pour toujours.

À cet instant, le docteur pâlit.

— Je pensais que vous n'aimiez pas avoir la Flamme ?

Il n'avait pas répondu à ma question. Pourquoi ?

— C'est de la simple curiosité, mentis-je. Je voulais juste savoir ce qu'il se passerait.

Il chercha ses mots, réfléchissant à une manière de m'annoncer la nouvelle le plus habilement possible. J'avais l'impression d'être un débile profond.

— Voyez-vous, commença-t-il, la Flamme est une chose puissante. Très puissante.

Je m'en étais douté, mais je ne comprenais pas en quoi cela m'empêchait de la conserver. Il poursuivit son explication.

— Elle vous protège contre tous les dangers extérieurs, mais à l'intérieur, elle vous anéantit.

Ma Flamme me détruisait de l'intérieur ? Cette brûlure était le goût de la destruction ? Je ne comprenais pas comment cette petite Flamme que j'avais appris à aimer pouvait me faire du mal, avant de me rappeler qu'elle m'en avait déjà fait. Comme il vit que je ne pipai mot, il enchaîna.

— La Flamme est certainement ce qu'il y a de plus tragique au monde. Imaginez-vous rien qu'un instant en couple avec Omar.

Mon cœur sembla exploser. Je n'osai transposer dans mon esprit mon existence et la sienne, nos deux vies unies à jamais.

— Être en couple avec lui vous tuerait brutalement, tandis que ne pas l'être vous tue lentement.

Exagérait-il la situation ? Il m'apparut que le docteur Malef n'était pas du genre à se montrer excessif, mais bien au contraire modéré dans ses propos.

— Quand vous dîtes qu'être en couple avec Omar me tuerait, développai-je, c'est métaphorique ?

— Malheureusement non. Rappelez-vous cette sensation qui s'empare de vous dès que vous le voyez. Maintenant, imaginez cette même sensation si vous l'embrassiez.

Je sentis presque mes lèvres brûler à l'endroit où les siennes, bien qu'imaginaires, se poseraient. Je n'avais jamais songé à cela... C'était tellement inaccessible, et j'étais tellement lucide... Le seul fantasme que j'avais osé échafauder consistait en une simple conversation avec lui. Je tentai de résumer.

— Donc... même si l'Enflammeur aime l'Enflammé, ils sont incompatibles ?

— Il n'existe pas de plus grande incompatibilité, approuva-t-il.

— Alors pourquoi la Flamme se crée-t-elle ? Je veux dire, c'est paradoxal !

— Pas tant que ça. La Flamme n'est qu'un désir, un désir qui n'obéit pas aux lois de la raison. Ce désir n'est pas censé être comblé. D'où vient cette force surhumaine à votre avis ? De la frustration, de la douleur, du désespoir.

J'avais de plus en plus de mal à réfléchir. J'attendis la migraine mais elle ne venait toujours pas. Je me rendis compte que je n'en aurais plus jamais, du moins tant que j'aurais la Flamme.

— J'ai conscience que cela fait beaucoup d'éléments à retenir, Lucas. Nous devrions en rester là pour le moment.

Quoi ? Déjà ? Il y avait encore tant de choses à savoir ! Encore une fois, il lut dans mes pensées comme si elles étaient inscrites sur mon visage.

— Vous pourrez repasser, Lucas. Ne vous inquiétez pas. C'est juste que vous assimilerez mieux les informations si vous les apprenez petit à petit.

Il avait raison. Il avait toujours raison. En plus de ça, j'étais éreinté. Ce n'était pas un épuisement physique, je sentais que j'étais capable de courir un marathon, c'était davantage une fatigue psychologique.

— N'oubliez pas la règle, me rappela le docteur.

— La règle ?

Je ne me souvenais pas d'avoir abordé ce sujet !

— Ça commence bien ! ricana-t-il. Le principe n°1 ! Ne jamais parler de la Flamme. A personne. Aucune exception.

Ah oui, ça... Ce n'était pas dans mes projets de toute façon.

— J'ai promis, le rassurai-je.

Je me levai pour partir.

— Autre chose, ajouta-t-il. Discutez avec Omar.

Ne venais-je pas de lui promettre le contraire ?

— De la Flamme ? m'exclamai-je paniqué.

— Non, non ! Parlez-lui, discutez ! N'est-ce pas ce que font les étudiants ?
Il était bien placé pour savoir que nous étions tous deux autre chose que de simples étudiants. Comment nous avait-il surnommés déjà ? L'Enflammé et l'Enflammeur.
— Pourquoi devrais-je lui adresser la parole ? m'étonnai-je.
Ce n'était pas l'envie qui me manquait, simplement le courage. Le désir n'était absent que chez une personne... J'avais omis d'évoquer ce sujet avec le docteur, de lui avouer que Omar Pols se fichait complètement de moi. J'avais abordé ma vie dans tous ses détails mais c'était la seule chose que j'avais tue. Par honte ? La fierté importait si peu...
— Il se peut que vous en soyez soulagé. Essayez, ça ne coûte rien. Et puis surtout, vous pourriez brûler davantage.
Je ne compris pas où voulait m'emmener le docteur. Il m'incitait à augmenter la brûlure pour me la retirer ensuite ? Serait-ce plus facile de m'entretenir avec Omar maintenant que je connaissais une grande partie de la vérité ?

*

J'étais seul en attendant le métro, assis sur un banc défoncé, à cogiter sur tout ce que je venais d'apprendre. Je mis ma main sur le cœur, en fermant les yeux. La Flamme. Ma Flamme. Omar. Mon Omar. On m'avait dit que l'amour était une entreprise compliquée. On m'avait menti. L'amour, en comparaison, était tellement moins intense. La Flamme en revanche, était ce genre de chose pour laquelle on vivait, pour laquelle on mourait, pour laquelle on brûlait.

Chapitre 11 : La crainte

J'avais eu beaucoup de réponses, et maintenant davantage de questions se profilaient. Je devais faire preuve de patience, et profiter de ce dont j'avais désormais connaissance. J'étais un Enflammé, et Omar un Enflammeur. L'appellation ne rendait pas compte de sa véritable signification. Je ne serai jamais en couple avec Omar. Bien sûr, j'en avais conscience avant ma visite chez le docteur Malef, mais à présent, je savais que la minuscule lueur d'espoir qui subsistait, tapie au fin fond de mon subconscient, venait de s'éteindre définitivement. Mon ardeur ne faiblissait pas pour autant.

Il fallait que je me montre entreprenant avec Omar, et désormais, le médecin m'avait offert sa bénédiction. Je considérais son précieux conseil de me rapprocher de Omar comme un remède indispensable à ma survie. En vérité, j'étais heureux qu'il m'ait suggéré d'adresser la parole à mon Enflammeur. Je l'avais fait une fois, par obligation. Depuis, nos échanges étaient uniquement courtois, bien que je l'aie sauvé d'une exclusion injuste. Il était inutile de me casser la tête sur la méthode à adopter. Comme l'avait signifié le médecin, nous étions de jeunes étudiants, et il fallait que j'agisse en tant que tel, même si cela incluait d'être aussi brutal que Roxanne Traille pour l'aborder.

J'allais lui parler, et cette fois-ci, j'en connaissais la raison. Je profiterai de ma brûlure chaque jour avant qu'elle ne s'éteigne inéluctablement. Avant que le docteur Malef ne me retire la Flamme et fasse de moi un garçon ordinaire. Je supporterai le fait de ne plus brûler, cette perspective angoissante s'imposait à moi avec certitude. Ma force de caractère suffirait, elle l'avait démontré à maintes reprises. Mais étais-je suffisamment solide pour accepter le projet de ne plus aimer celui qui avait changé ma vie ? Bien entendu, cette pensée m'était inconcevable à l'heure actuelle, parce que la Flamme m'habitait. Du moment que j'en serai débarrassé, tout ceci serait de l'histoire ancienne. Si je le voulais.

Au cours de mon entretien, je n'avais pas demandé en quoi consistait ma métamorphose. A cet instant, ce n'était pas ma principale préoccupation. *Ma transformation*. Était-elle terminée ? Je me rappelai que le docteur avait mentionné une force surhumaine, et je m'étais moqué. Il m'avait convaincu sur le moment, mais à présent que j'étais seul, j'en doutai fortement. Et si, au lieu d'attendre bêtement les réponses à mes questions, je m'arrangeai pour les dénicher moi-même ? L'idée était bonne, excellente même. Pour la première fois de ma vie, je trouvai une utilité à la forêt qui se situait à côté de chez moi. Le bois de la Tour de Farges serait idéal pour tester mes limites. Il n'y avait jamais personne là-bas, évidemment, puisqu'il n'y avait rien à y faire.

*

Le soir commençait à tomber quand je pris le chemin le plus court pour me rendre dans la forêt. Je me mouvais à allure normale, cogitant sans cesse sur ce que j'allais apprendre. Et si le docteur s'était trompé et que je n'avais rien d'exceptionnel ? Et si j'étais un Enflammé totalement impuissant, seulement capable de brûler devant Omar ? Toujours plongé dans mes pensées, je ne me rendis pas tout de suite compte que je venais de pénétrer dans les orées du bois. Il devait faire frisquet puisque le vent qui rugissait était glacial, balayant les feuilles mortes dans un bruit terrifiant, un mélange de plainte et de craquèlement. Le froid ne m'incommoda pas, bien que je sois peu vêtu. La peur manqua aussi à l'appel, alors qu'il faisait sombre et que ces bois étaient très certainement peuplés d'animaux sauvages en tout genre. Il n'y avait plus grand-chose susceptible de m'effrayer à présent.

Les arbres imposants avaient quasiment perdu tout leur feuillage, mais leurs branches immenses masquaient une bonne partie du ciel. Je n'apercevais même pas la lune. Je m'enfonçais encore dans la forêt, à la recherche d'une idée me prouvant que le docteur ne se trompait pas, mais plus j'avançais, plus je me demandais ce que je faisais là. Au bout d'une dizaine de minutes de marche, je repérai un gros rocher sur lequel m'asseoir. Ce n'était pas pour me reposer, car je ne ressentais aucune fatigue. D'ordinaire, après cette longue foulée, j'aurais été essoufflé comme un bœuf. Maintenant que ma maladie avait disparu, j'étais en mesure de me mouvoir comme tout le monde. Mais étais-je capable de faire *plus* ? J'appréciais déjà bien assez mon nouveau souffle, et je ne parvenais pas à en appréhender la limite, puisque ma cardiopathie me tenait toujours compagnie. Avancer sans pénibilité était monnaie courante pour les autres, pour moi, c'était la suffocation qui avait des airs de banalité. Je ne portais jamais non plus de choses lourdes.

L'idée me vint tout naturellement. Je sentis l'énorme éminence sur laquelle j'avais pris place. *Et si j'étais capable de le porter ?* Je fus presque mal à l'aise d'avoir cette pensée absurde. Même un bodybuildeur n'aurait pas pu transporter une telle masse ! J'avais certes gagné du volume musculaire sans fournir aucun effort, cela ne suffisait pas pour hisser un bloc de granit. Cependant, j'étais venu pour tester mon nouveau corps. Alors, qu'est-ce que j'attendais ? La peur du ridicule m'encercla, mais ici personne ne pourrait m'observer. J'avais d'ailleurs choisi cette forêt justement pour cette raison. Je me levai. Sans y croire un seul instant, j'agrippai les bords saillants de la face latérale du rocher, et fis mine de le soulever.

Je le tenais à bout de bras, juste au-dessus de ma tête. Il aurait tout aussi bien pu flotter dans les airs, lévitant à deux mètres du sol. Quelques secondes me furent nécessaires avant d'en prendre conscience. Je ne ressentis aucune tension dans mes muscles récents... Rester ainsi, debout élevant ce sac de plumes au-dessus de mon crâne pendant des heures me semblait être une épreuve d'une facilité déconcertante. C'était comme si mes biceps pouvaient se figer afin que mes membres ne tétanisent pas. Je jetai au sol cette charge aérienne où elle s'écrasa lourdement, s'enfonçant dans la terre sèche. J'avais la possibilité de soulever un rocher ! Une force surhumaine...

Maintenant que je disposais d'une preuve irréfutable des propos du docteur, je n'hésitai plus à expérimenter mes nouvelles capacités. Jusqu'où pouvais-je aller ? Il n'y avait qu'un seul moyen de le savoir. Mon apprentissage débuta en tentant de coucher un chêne massif à terre, et pour la première fois depuis que j'avais la Flamme, ces folles hypothèses m'apparurent plausibles. Et j'avais raison. D'un simple coup de pied, la base craqua comme un spaghetti cru. L'arbre s'abattit et s'écrasa contre un bouleau situé à côté. Il forma un triangle dont la base était le sol craquelé. En me plaçant en dessous, je portai le tronc sur le dos, comme un vulgaire sac. Je me débarrassai de ce poids qui n'en était plus un, trop heureux de découvrir que tout m'était possible. D'une main, j'enfouis l'extrémité du tronc dans le sol, comme une pousse mise à germer. Un coup de poing sur le sol et mon bras disparut dans la terre jusqu'au coude. En quelques secondes, je creusai un trou d'une profondeur vertigineuse. Mes bras étaient plus efficaces que la plus puissante des pelleteuses.

Mais je n'en avais pas fini non plus avec les arbres. Étais-je aussi capable d'y grimper à la manière de *Spider-man* ? D'un bond impressionnant, je m'agrippai au tronc et commençai mon ascension. En temps normal, mes paumes auraient été infestées d'échardes, mais ma peau était devenue tellement rigide que plus rien ne semblait pouvoir la transpercer. Les petites épines des écorces me chatouillèrent comme des filaments de coton. En un fragment de seconde, je parvins à l'endroit où les branches se séparaient en différents rameaux. En baissant les yeux, je me rendis compte de la hauteur à laquelle je me trouvai. Je n'avais jamais réellement eu le vertige auparavant, mais nul doute qu'à cette altitude, mon cœur se serait comprimé d'effroi. Il n'y avait plus qu'une seule chose pour l'affoler désormais. Qu'une seule personne... Pouvais-je bondir d'ici ? Allais-je me fracturer une jambe ? Je repensai à ma chute à l'université, puis esquissant un sourire, je me jetai en bas. Je tombai au sol à cause de la violence du choc, sans ressentir aucune douleur. La terre sèche garda l'empreinte moulée de mon corps.

Je recommençai. Basculer ainsi dans le vide m'emplit soudainement d'allégresse, et peu de choses m'avaient procuré un plaisir aussi banal dernièrement... Je m'entraînai à retomber accroupi, et au bout de deux sauts consécutifs, j'y parvins sans efforts. Pendant la descente, le temps parut ralentir, me donnant la possibilité de préparer ma position. Je me sentis libre comme l'air, indestructible, car je l'étais sans conteste. Je me mis ensuite à courir entre les arbres immenses, et la vitesse, —ma vitesse— se révéla extraordinaire. Je voyais chaque obstacle végétal surgir à une vélocité folle, mais mon champ de vision n'en était pas réduit pour autant, contrairement à ce que j'avais appris au code de la route. Je réussis sans mal à effectuer de grandes distances en une période record, comme si je voyageais dans l'espace par ma simple volonté. Il me suffisait de fixer mon attention sur le lointain, puis de détaler tout naturellement vers l'horizon pour y parvenir en un clin d'œil. J'avais du mal à estimer la rapidité à laquelle je me déplaçais, et cette sensation de voler me fit oublier que je quittais la forêt de la Tour de Farges.

En quelques enjambées, j'empruntai tous les petits chemins déserts, coupant à travers champs. Le bois apparaissait désormais loin derrière moi. Je me rendis compte alors de mon potentiel lorsque je réalisai où je me trouvais. J'étais à Rocal. Dans la partie opposée à l'université, certes, mais à Rocal quand même ! Je reconnus la grande ville grâce aux édifices visibles depuis le champ où je me situais. Le centre commercial, encore illuminé par les différentes enseignes, scintillait au cœur de la ville.

En résumé, j'avais parcouru plus de quinze kilomètres en seulement quelques minutes. Bon sang ! Ma célérité dépassait celle du train régional que je prenais chaque matin ! Pour le côté incroyable, le docteur Malef ne s'était pas moqué de moi ! J'eus l'impression de vivre à travers un rêve... un rêve qui aurait duré plusieurs mois et dont je me serais éveillé en sursaut. Quel plaisir d'être aussi libre de ses mouvements ! Quelle joie de ne plus être moi ! J'étais tellement fasciné par la nouvelle vie qui s'offrait à moi que j'en oubliai l'heure. Je devais retourner me coucher, et me reposer psychologiquement pour aller à l'université le lendemain et feindre une normalité factice. L'idée même de me rendre en cours me sembla tellement inappropriée que j'avais l'impression d'exister dans deux mondes complètement différents.

Je n'avais pas envie d'arrêter de parcourir des distances inimaginables, de faire appel à ma surpuissance... J'étais comme un gamin découvrant son nouveau jouet. Je devais me montrer raisonnable, après tout, j'avais tout le temps pour profiter de ce nouveau corps et de ces nouveaux pouvoirs. Mais était-ce véritablement le cas ? Quand le docteur retirerait la Flamme, je perdrais mon amour pour Omar. Mais perdrais-je également mes pouvoirs ? Bizarrement, le docteur n'avait abordé que la question de mon attachement pour Omar. Peut-être savait-il que c'était le seul élément qui comptât pour moi ? À vrai dire, abandonner ma force surhumaine m'importait peu. Abandonner ma brûlure en revanche, c'était autre chose... Il fallait que je rentre chez moi pour me poser, et réfléchir à tout ça. Mon lit constituait l'endroit idéal pour cette activité. En une poignée de minutes, je fus de retour dans le bois de la Tour de Farges.

*

Je ne pris pas mon moyen de locomotion habituel le lendemain pour me rendre à l'université. J'y allai à pied. Comme la veille, je battis le train en termes de rapidité et je fus déçu de devoir prendre le métro pour aller jusque devant la fac. Il n'était pas question que je coure à cette vitesse folle dans la ville, rien de tel pour attirer les soupçons. Le docteur Malef avait été bien clair à ce sujet : personne ne devait savoir. Traverser le centre-ville plus rapidement que le TGV aurait constitué une forme d'aveu à la population, comme une manière de révéler que le surnaturel existait réellement.

Cette journée s'annonça d'autant plus mal que Omar ne montra aucun signe de lui. Fanny manqua également à l'appel, et je me retrouvai donc tout seul, parmi Roxanne et les siens. M. Miles nous apporta une information qui aurait eu le don de réjouir Fanny si elle avait été présente : un éminent congrès de sciences se tiendrait pendant une semaine dans la capitale. Ce n'était pas la soif de connaissances qui aurait plu à Fanny, mais simplement le fait que toute la promotion était conviée à y assister. Ainsi, nous n'aurions pas cours pendant toute la période, sous la condition que nous participions à ce séjour académique. Je n'étais jamais parti en classe de neige pendant mes années de primaire, avec la bénédiction de ma mère qui voyait en chaque moniteur de ski un pédophile potentiel. Fort heureusement, je ne supportais pas l'idée de dormir avec d'autres élèves de ma classe.

En temps normal, j'aurais catégoriquement refusé de m'inscrire à ce congrès. D'ailleurs, il y avait de fortes chances que je m'abstienne. Ma décision dépendait de celle d'une seule personne. *Allais-je avoir le plaisir de partager une chambre avec Omar Pols ?* Inutile de m'extasier pour un événement hautement improbable. Je pouvais réaliser de grandes choses depuis que j'étais un Enflammé, mais il subsistait une chose à laquelle je ne pourrais jamais accéder : l'amour de Omar.

Je me retrouvai terriblement seul pendant l'heure de battement qu'il me restait entre la fin du cours de M. Miles et le début de celui de Mme Ribes. Je voyais rarement cette heure-là passer, car d'ordinaire Fanny me tenait compagnie, et il était difficile de s'ennuyer avec elle dans les parages. Elle me manqua. Je n'aurais jamais imaginé qu'une si solide amitié nous lierait en un temps aussi court. Omar aussi me manquait... Plus que tout. En pensant à ces deux absents, je me rendis soudain compte qu'aucun d'entre eux ne serait informé de la sortie qui se profilait. Or personne d'autre que moi n'aurait l'intention de les prévenir, dans la mesure où le clan Roxanne ne leur adressait pas la parole. J'allais devoir transmettre l'information à Omar ! En serais-je capable ? Je pouvais courir à plus de cent kilomètres heure et abattre un arbre d'un simple coup de pied, pour autant, avoir une conversation avec celui que j'aimais plus que tout me sembla être un défi insurmontable.

Je repensai néanmoins aux conseils du docteur Malef. Il m'avait proposé de me rapprocher de lui, d'apprendre à le connaître, de lui parler, tout simplement. N'avais-je pas déjà essayé ? Pas réellement, pour être honnête. C'était une occasion en or. Il allait sûrement avoir des questions à poser sur cet événement, et je serai là pour y répondre. Il ne pouvait demander à personne d'autre, pas même à Fanny. J'aimais être la seule résolution à ce problème. J'aimais me sentir puissant, me sentir indispensable pour lui... Même si cela ne concernait qu'un stupide congrès de chimie.

*

Je me rendis à la bibliothèque universitaire pour tuer le temps. Il fallait que je me mette sérieusement au travail pour me préparer aux examens qui approchaient dangereusement. Maintenant que j'étais au courant d'une bonne partie de la vérité, il me serait plus facile de me vider la tête et de me concentrer sur mes études. La réalité me rattrapa très vite. J'étais assis à un poste informatique, prêt à effectuer des approfondissements sur le contenu des cours que je n'avais pas bien compris. En fermant les yeux pour me focaliser sur les mathématiques de la modélisation, je perçus de nouveau cette petite et magnifique flamme qui tourbillonnait au fond de moi.

À présent que j'avais l'intitulé exact de cette... pathologie, je pourrais obtenir davantage d'informations sur Internet. Je saisis « les Enflammés » dans la barre de recherche. Je fis chou blanc. Je pensai tomber sur une myriade de sites abordant des légendes de toutes sortes, mais pas un seul ne concernait ce que je prospectais véritablement. Je trouvai des pages web traitant de l'étymologie de l'expression avoir la flamme, la conjugaison du verbe enflammer et autres stupidités sans nom. J'étais bien placé pour savoir que cette formulation n'avait rien d'imagé ! Je fis un nouvel essai avec le mot « Enflammeur » cette fois. J'atterris de nouveau sur un dictionnaire en ligne, qui me donna la définition suivante : « celui qui provoque, qui excite ». La signification était vraie mais surtout incomplète. À part des vidéos ridicules mettant en scène des bandes de jeunes qui n'avaient pourtant aucun rapport avec le terme de ma recherche, je ne vis rien d'intéressant.

J'eus l'idée de faire la même recherche mais dans les photos cette fois-ci. J'eus raison d'essayer, car une unique image attira mon attention. Il s'agissait d'une gravure sur laquelle on distinguait un homme en pagne, allongé sur une énorme stèle et dont le visage se distendait en une grimace horrifiée. A ses côtés, se tenait la carrure imposante d'un individu, dissimulé sous une cape. Ce dernier tendait la main vers le cœur de l'homme étendu, et semblait diriger vers lui une silhouette noire à huit pattes. On aurait dit un horrible insecte, une sorte d'araignée géante et fantomatique. Qu'est-ce que cette gravure pouvait bien signifier ? J'aurais voulu chercher davantage d'informations, mais l'heure tournait et je ne désirais pas arriver en retard. De plus, rien d'autre ne pouvait satisfaire ma curiosité en l'état actuel.

*

J'eus le loisir de ressasser ces préoccupations pendant le cours de Mme Ribes, qui s'avéra bien plus ennuyeux sans la présence de Omar pour remuer mes braises. J'envoyai discrètement un message à Fanny entre deux chapitres afin de prendre de ses nouvelles. Elle me répondit presque instantanément. Elle devait encore être vissée à son portable, mais cela ne me donna pas d'indications importantes sur son état de santé : mourante ou non, Fanny gardait toujours son téléphone en main. Elle m'avoua qu'elle n'était pas malade, mais qu'elle n'avait tout simplement pas eu envie de venir, préférant réviser chez elle. J'étais bien placé pour savoir qu'elle n'en ferait rien, tout comme moi quelques jours plus tôt. Elle me demanda si je pouvais lui prendre les cours, ce que j'acceptai volontiers. Elle n'était jamais la dernière pour me rendre service. Je lui proposai même de les lui apporter chez elle, mais elle refusa tout net. « Pas question que tu te déplaces pour une flemmarde », plaisanta-t-elle. Je n'insistai pas.

*

En sortant de l'université, je remarquai que de drôles d'individus faisaient le pied de grue tout autour de l'enceinte. Tous vêtus d'un gilet vert bouteille, ils tenaient chacun un petit bloc-notes et accostaient les passants pour leur quémander une minute de leur temps. Je n'avais pas envie de répondre à un sondage, quel qu'il soit. Cependant, je n'aurais pas été en mesure de les éviter comme je le faisais avec les membres des syndicats étudiants, en feignant ne pas les voir. Ils étaient très nombreux, beaucoup trop nombreux, gênant le passage des étudiants ayant terminé les cours. Passé la surprise d'une telle mobilisation, l'inquiétude prit le relais. S'était-il produit quelque chose de grave ? Organisaient-ils une manifestation quelconque ? J'allais bientôt en avoir le cœur net puisqu'ils ne laissaient passer personne sans l'avoir gentiment interpellé. « Il n'y en a que pour deux ou trois minutes maximum, je vous le promets » disait l'un deux à un étudiant qui leur tentait maladroitement de leur échapper. Avant que je ne puisse l'esquiver, une femme d'environ trente ans

vint à ma rencontre. Malgré l'horrible cardigan dont elle s'était elle aussi affublée, une certaine élégance émanait de sa démarche assurée. Ses cheveux magnifiquement blonds lui tombaient sur les épaules, et sa frange donnait à son regard vert olive une douceur profondément touchante.
— Bonjour, auriez-vous quelques instants à m'accorder s'il vous plaît ?
La cordialité de cette femme aurait pu me faire accepter de lui prêter une ou deux minutes de mon temps libre. Elle paraissait si gentille et si douce que j'aurais aisément pu céder, bien que je détestasse répondre à des sondages. Mais rapidement, une sorte d'intuition, pareille à l'instinct de survie, naquit en moi. Je ne saisis pas tout de suite ce que cela signifiait. Je sentis dans mon cœur une contraction violente que je mis quelques secondes à analyser. De la peur. Plus même, une terreur absolue, irréelle, irrationnelle. Je devais réagir, et vite. Réagir contre quoi ? Je n'en avais pour l'heure aucune idée, mais l'adrénaline me permit de trouver une excuse crédible :
— Désolé, la congédiai-je en me forçant à sourire. Je suis pressé, mon train ne va pas tarder à arriver.
C'était à moitié vrai mais je craignis qu'elle ne décèle cette tension dans ma voix.
— Il s'agit simplement d'un petit questionnaire, insista-t-elle. Pour commencer, où habitez-vous ?
N'avait-elle pas compris que je n'étais pas disposé à discuter ? Ses yeux exprimèrent l'avidité et la frustration. Je ne l'avais pas remarqué avant. Pourquoi ? De nouveau, mon cœur s'emballa, effectuant une deuxième cabriole, mais plus violente cette fois-ci. La nausée ébranla mon estomac. La sensation n'avait rien à

voir avec celle de la Flamme, et pourtant, c'était *elle* qui m'intimait l'ordre de prendre la fuite dès que possible. Qu'avais-je à craindre puisque j'étais devenu quasiment invincible ?
— Désolé, répétai-je, je ne peux vraiment pas. Une autre fois peut-être.
Ne voulant apparemment pas déclencher d'esclandre ni attirer les soupçons, elle me rendit un sourire qui prétendument bienveillant mais qui trahissait son agacement. Elle se tourna vers une autre fille qui passait à proximité et m'oublia. J'en profitai pour m'éclipser discrètement.

*

Qu'est-ce que la Flamme essayait de me signaler ? Était-ce dû au hasard ? Les explications relatées par le docteur Malef ne contenaient rien de tel sur ce phénomène. Il n'avait jamais mentionné son aptitude à sentir le danger ni à me mettre en garde face à une situation périlleuse. J'en avais la certitude car je m'étais répété tant de fois toutes ces informations que j'aurais pu les réciter sans fautes. D'un autre côté, il subsistait tellement de zones d'ombre que le médecin avait passées sous silence... La Flamme pouvait-elle être indépendante, capable de penser et de percevoir l'environnement qui l'entourait, qui nous entourait tous deux ? Mon invincibilité découlait-elle de la Flamme ou était-ce tout simplement une contrepartie parce que je demeurais la marionnette de cette entité surpuissante ? Était-ce ce que le docteur Malef n'avait pas voulu me révéler ? Que j'étais possédé par la Flamme et qu'elle se servait de mon corps comme s'il lui appartenait ? J'avais du mal à y croire, la Flamme m'avait permis de ressentir des choses exceptionnelles, et elles n'avaient été négatives que par les émotions violentes qu'elles procuraient. Un nouveau besoin d'obtenir réponses se répandit dans ma chair, et je profitai d'être à Rocal pour me rendre chez le docteur Malef.

*

Je commençai à connaître le chemin par cœur, bien que mes consultations ne s'étaient répétées que deux fois. Je ne me perdis pas. Cette fois-ci cependant, j'attribuai cet exploit à l'habitude, et non au fait que je sois devenu un Enflammé. Étrangement, j'éprouvai une bouffée de soulagement en pénétrant dans le quartier du Millénaire. Était-ce le charme de cette banlieue sereine qui m'apaisait ou simplement la perspective de rencontrer le docteur Malef ? Sans doute un peu des deux. J'étais réticent à l'idée de débarquer chez lui à l'improviste malgré son attitude chaleureuse. Et après tout, Liliane m'avait vivement recommandé de venir chez eux dès que je le souhaitais. Le nœud dans mon estomac se dénoua suffisamment quand je parvins sous le porche et je sonnai résolument. La porte s'ouvrit presque instantanément. Ce fut justement Liliane qui m'accueillit tout sourire, et qui me fit m'installer dans leur salon personnel, et non pas dans la salle d'attente près du cabinet. Le docteur était absent pour une petite heure, et lorsque je me confondis en excuses auprès de sa femme pour ne pas l'avoir prévenue de ma visite, elle me fit taire d'un geste et m'offrit à boire.

La situation s'avérait des plus singulières, puisque d'un côté je me trouvai théoriquement chez mon médecin, plus précisément mon psychiatre —le terme me donna un frisson dans le dos—, et d'un autre côté, j'étais tranquillement affalé dans un canapé moelleux, sirotant un thé glacé en compagnie de la femme de ce dit médecin. Le professionnalisme de la situation fut de nouveau mis à mal quand Liliane me montra les photos de son mariage, méticuleusement conservées dans un grand album qui n'en finissait plus.

— Quels souvenirs ! s'extasia-t-elle en passant une photo sur laquelle elle dansait avec son tout nouveau mari. Vous savez Lucas, ce n'est pas une exagération lorsqu'on dit que le mariage est le plus beau jour de notre vie. Vous verrez lorsque ce sera votre tour !

Elle se rendit compte de sa gaffe dès qu'elle eut prononcé la fin de sa phrase, mais il était trop tard, la douleur surgit brusquement. Le docteur Malef lui avait-il tout raconté à mon sujet ? Lui avait-il parlé de Omar ? Quand bien même il ne l'avait pas fait, j'étais à peu près certain que Liliane savait ce que j'étais devenu. Elle connaissait forcément le mystère de la Flamme, et si elle ignorait mon amour pour Omar Pols, elle se doutait automatiquement que mon cœur était pris de passion pour quelqu'un, et que cette passion n'aboutirait à rien.

Pour réparer son erreur, elle enchaîna avec d'autres photos, complétant des informations qu'elle jugeait utiles en me désignant d'autres cadres accrochés au mur. Je n'avais jamais remarqué à quel point cette pièce était parsemée de portraits de son mari. Je ne m'étais jamais demandé non plus si le couple avait des enfants, et au vu de l'absence de photos, j'en déduisis que non. Je fus sur le point de lui réclamer confirmation lorsque le docteur fit enfin son apparition. En me voyant, il esquissa un sourire si large que je ne pus douter de la sincérité de sa réjouissance.

— Lucas ! s'exclama-t-il. Quel plaisir de vous revoir ici !

Il ne m'interrogea pas sur la raison de ma visite impromptue, ce qui entérina mon sentiment de bienvenue. Après m'avoir aimablement serré la main, il s'assit sur le canapé au côté de son épouse, à qui il donna un affectueux baiser sur la joue. L'intimité qui les liait tous les deux me désarçonna. Liliane regardait le docteur avec un amour docile, et il planait autour d'eux une aura de bien-être et de bonheur qui me mit soudain mal à l'aise. J'identifiai très vite le nœud du problème, pas besoin d'être un Enflammé pour réfléchir à cette vitesse. Les amoureux me faisaient mal. C'était en quelque sorte une situation à laquelle j'aspirais et l'image de ce couple aimant s'insinuait dans mon esprit comme un état auquel je ne parviendrai jamais.

— Je suis désolé d'être venu à l'improviste, m'excusai-je encore, mais mon état a... évolué.

Le docteur sembla décontenancé. Était-ce si surprenant que ça ?

— Très bien, que voulez-vous me communiquer ?

Apparemment, nous allions avoir un entretien ici même, en plein milieu de son salon familial. Il se redressa, comme si sa posture désormais guindée traduisait un professionnalisme plus adéquat. À ce moment, Liliane sortit discrètement. Se sentait-elle congédiée ? Était-il possible qu'elle ne connaisse rien sur rien ? Je fus obligé de demander au docteur de corroborer mon hypothèse.

— Liliane ignore tout de... commençai-je.

— Grands dieux non ! rit-il. Elle sait ce qu'est la Flamme, bien entendu. En revanche je ne lui ai rien raconté à votre sujet, bien sûr. Cela tient du secret professionnel, n'est-ce pas ?

J'étais plutôt perplexe.

— Ce n'est pas à moi de vous le dire, répliquai-je. Je ne pensais pas que le secret professionnel s'appliquait dans ces cas-là.

— Il compte toujours pour moi, Lucas. Ne craignez rien, jamais je ne raconterai ce que vous me confiez. Secret professionnel ou non.

— Je ne vous blâmerai pas si vous trahissez cette promesse, avouai-je en toute sincérité. Je ne suis plus aussi pudique qu'avant, pour être honnête.

Il sourit rassuré mais déterminé. Il y avait tant de choses que je mourais d'envie de savoir au sujet de la Flamme, et voilà que je perdais mon temps à savoir si Liliane savait que j'aimais Omar ! Je me serais volontiers donné des baffes.

— Ce n'est pas pour ça que je suis là, en vérité, confessai-je.

— Bien sûr. Qu'entendez-vous par « mon état a évolué » ?

Je lus dans ses pupilles qu'il était à la fois curieux et à court d'imagination. Quoi que je dise, cela n'entrerait pas dans les hypothèses qu'il échafaudait mentalement.

— La Flamme est-elle autonome ? éludai-je.

— Oui, mais elle fait également partie intégrante de vous. Pourquoi cette question ?

J'allais plus loin.

— Je veux dire... Est-elle capable de *penser* ? D'*agir* ?

Son éventuelle réponse me fit peur.

— Pas que je sache, et j'en sais quand même beaucoup ! rigola-t-il.

Je me détendis légèrement.

— Qu'est-ce qui vous a amené à imaginer une telle chose ? s'étonna-t-il.
— J'ai eu l'impression qu'elle me prévenait d'un danger. C'était comme si elle m'avertissait, comme si elle craignait pour ma vie... et pour la sienne.
Cette fois, le docteur Malef sembla appréhender ce que je voulais lui signifier. Il n'y avait cependant nulle trace de peur dans ses yeux, ni dans sa voix lorsqu'il reprit la parole :
— Bien sûr qu'elle vous préserve du danger. Voilà pourquoi vous êtes si résistant. Son existence dépend de la vôtre. D'ailleurs, n'avez-vous pas essayé de tester votre nouveau corps ? Ce serait stupéfiant.
Je n'y comprenais plus rien. Comment pouvait-elle ne pas penser alors qu'elle me protégeait de toutes les menaces existantes ?
— Je croyais qu'elle n'était pas capable d'agir ni de penser ! m'écriai-je apeuré.
— Je vous rassure tout de suite Lucas, elle ne pense ni n'agit que lorsque *vous* le faîtes.
Je l'interrogeai du regard, complètement perdu.
— Il s'agit tout simplement de son instinct, son but est de garantir votre viabilité, ainsi elle se protège également. Un peu comme vos organes lorsqu'il fait froid, ils se protègent eux-mêmes pour mieux vous abriter, vous. Ce n'est pas pour autant que vos poumons ou vos intestins peuvent penser.
Formulé ainsi, je compris mieux. Néanmoins, j'avais du mal à assimiler le lien qui m'unissait à la Flamme. Il était puissant certes, trop puissant même. Mais quelle logique habitait cette entité mystérieuse ?

— La Flamme me protège de tous dangers, d'accord, résumai-je. Mais je croyais qu'elle finirait par me tuer ? Ce n'est pas un peu paradoxal ?
Je marquai un point, j'en étais sûr. J'avais toujours été judicieux.
— Le but initial de la Flamme n'est pas de vous tuer. Elle n'est pas responsable de ce qui vous arrivera. Comment vous expliquer ?
Justement ! J'aurais bien aimé comprendre ! Je lui octroyai quelques minutes pour trouver un exemple intelligible.
— Buvez-vous de l'alcool, Lucas ?
Cette question me désarçonna. Avais-je l'air ivre ?
— Je n'ai pas bu ! m'écriai-je sur la défensive.
Il éclata d'un rire agréable.
— C'était à titre de comparaison ! L'alcool peut vous donner des effets plaisants, comme vous plonger momentanément dans un état euphorique.
C'était le moins que l'on puisse dire. Je me souvenais parfaitement de la fois où mon cousin —que je ne voyais d'ailleurs plus— avait un peu abusé de la bouteille et s'était retrouvé nu, courant autour d'un rond-point en scandant des propos sibyllins. Cependant, je ne saisissais pas le rapport avec la Flamme. Le docteur poursuivit, dans le but de m'éclairer :
— Par contre, si vous buvez régulièrement et de manière démesurée, vous aurez des problèmes de santé plutôt considérables.
Où voulait-il en venir ? Tâchait-il de me dispenser une leçon de moral sur les méfaits de l'alcool ? Si oui, il arrivait trop tard. Ma mère l'avait déjà devancé de plusieurs années.

— Sommes-nous encore en train de parler de la Flamme ? demandai-je, curieux.
— Ce que je veux dire, c'est que rien n'est tout noir ou tout blanc. L'alcool, tout comme la Flamme, peut vous faire vivre de bons moments, mais peut aussi vous tuer. Encore une fois, je souffrais des conséquences de ma personnalité trop binaire. Je ne supportais pas l'idée même que quelque chose puisse être définie par deux éléments totalement opposés. Voilà sans doute la plus grande partie de mon problème. Je manquais d'ouverture d'esprit. Devant mon air perturbé, il ne put s'empêcher d'ajouter :
— Ne cherchez pas en permanence une explication logique. La Flamme n'a rien de logique. L'amour non plus.
— Sauf que l'amour ne me ferait pas courir à une vitesse vertigineuse, remarquai-je.
— Vous avez donc testé ? conclut-il avec un sourire espiègle. Comment c'était ?
Je lui narrai alors ma petite expérience dans les bois de la Tour de Farges. J'évoquai tout. Ma vitesse ahurissante, ma résistance aux chutes les plus spectaculaires —et cette fois volontaires—, ma facilité à grimper aux arbres, ma force dévastatrice... Je mis un tel enthousiasme à lui décrire avec précision les possibilités que m'offrait mon nouveau corps que je crus l'avoir effrayé. Craignait-il que je m'attache trop à la Flamme alors qu'il comptait me la retirer ? D'ailleurs, quand prévoyait-il de le faire ? A vrai dire, je n'étais pas pressé. Pour être encore plus honnête, je n'en avais pas envie. Pas seulement parce que la perspective d'être surhumain me fascinait, mais également parce que Omar ne m'avait jamais autant insufflé de

plaisir lorsque je le voyais. C'était comme si sa présence provoquait en moi une brûlure démesurément plus puissante chaque jour. Et ce plaisir se transformait vite en torture les moments où il manquait à l'appel, comme aujourd'hui, par exemple.

— Revenons-en au motif de votre présence ici, dit-il enfin.

J'en avais presque oublié cette sensation menaçante qui avait traversé mon cœur, à l'université.

— J'ai perçu la Flamme s'agiter, répétai-je. Elle me sentait en danger. Elle *se* sentait en danger, précisai-je.

— Qu'étiez-vous en train de faire ? demanda-t-il interdit.

De toute évidence, il était rare que la Flamme soit effrayée.

— Rien, expliquai-je. Je n'ai pas compris comment c'est arrivé. Je sortais de l'université, il y avait des tas de gens, des membres d'une association, je suppose. Une femme m'a interpellé pour un sondage et la Flamme m'a dit... Enfin, m'a fait comprendre que je courais un risque mortel. J'ai eu du mal à en déterminer le sens.

À présent, le docteur fut interloqué. Quelque chose dans ma phrase avait retenu son attention.

— Pourquoi dîtes-vous qu'il s'agissait d'une association ?

Une inquiétude perla dans sa voix bien qu'il tentât de la dissimuler.

— Ils étaient tous vêtus de la même façon, avec un gilet vert.

Je le vis esquisser une grimace de perplexité.

— Étrange, souligna-t-il en se massant le menton.

— Qu'une association vienne à l'université ? Vous savez, il y a souvent des tas de...

— Non, je fais référence à l'avertissement de la Flamme, me coupa-t-il. Vous n'en avez parlé à personne n'est-ce pas ?
— De cette sensation ?
— De la Flamme.
— Bien sûr que non, confirmai-je. Pourquoi pensez-vous cela ?
— La Flamme intéresse quelques individus malhonnêtes, bien sûr, annonça-t-il après un silence interminable.
Je n'avais jamais vu le docteur perdre sa bonhomie. Son visage sans sourire me terrifia sur le champ.
— Que veulent ces gens que vous évoquez ? Je croyais que peu de gens connaissait l'existence de la Flamme ! paniquai-je.
Il hésita. Allait-il me dévoiler la vérité ? C'était essentiel. Mais à mesure qu'il me révélait des mystères, d'autres venaient s'ajouter à ma banque de données.
— Très bien céda-t-il, comme s'il avait lu dans mes pensées. Il existe une organisation locale, particulièrement malveillante qui s'intéresse de très près à la Flamme. Voilà une des raisons pour laquelle le silence est important au sujet de ce phénomène.
— Mais je n'ai rien dit ! m'énervai-je.
Me prenait-il au sérieux ? C'était tellement injuste... J'avais dû me taire en dépit de tout ce que cela impliquait, et je payai le prix d'une révélation que je n'avais jamais faite.
— Je vous crois, Lucas, me calma le docteur. Mais j'aurais dû vous avertir, c'est de ma faute, pas de la vôtre.
— M'avertir de quoi ?

Il secoua la tête, tâtant le pour et le contre. Le pour sembla l'emporter puisqu'il abdiqua :
— Le Flambeau a des moyens très efficaces pour détecter toutes sortes d'informations. Ils connaissent en grande partie les signes d'un Enflammé.
— Le Flambeau ? rebondis-je, stupéfait.
— Ils se sont donné ce nom.
— S'agit-il d'une secte ?
— C'est difficile à dire. Ils étudient le phénomène eux aussi, mais leur manière de faire est très différente de la mienne. Ils ne rechignent devant aucun acte odieux pour parvenir à leurs fins.
— Qui en fait partie ?
— Des scientifiques essentiellement, mais aussi des hommes de main, des informaticiens... De ce que j'en sais en tout cas.
— Où vivent-ils ? Par ici ?
— Ils se sont établis dans quelques grandes villes, en association avec d'autres personnes qui croient à la Flamme et qui eux-mêmes ont constitué des petits groupes. Aux dernières nouvelles, ils ont un quartier général à Dalico.
Dalico. Ce nom me disait vaguement quelque chose mais je tâchai de me recentrer sur notre conversation.
— Je ne vois pas comment ils auraient pu connaître la vérité, avouai-je.
— Très bien. Avez-vous utilisé vos capacités en public ?
Quelle question ! J'étais loin d'être aussi idiot.
— Bien sûr que non. Ce serait totalement crétin de ma part. Soulever une voiture aurait sonné comme un aveu, vous ne trouvez pas ?

— Je suis inquiet, Lucas. Les Enflammés récents ont tendance à vouloir impressionner les gens. C'est une attitude normale, voilà pourquoi j'ai émis cette hypothèse. J'avais oublié que vous n'étiez *pas* un Enflammé comme les autres.
Moi aussi. D'ailleurs, il n'avait jamais mentionné une telle chose. Ce n'était pas le moment de s'attarder sur ce sujet. Avec difficulté, je redressai notre entretien.
— Pourquoi est-ce si important de savoir si le Flambeau m'a détecté ?
— Parce qu'il ne faut surtout pas que cela se reproduise !
Par sa perte de sang-froid, le docteur continua à m'effrayer. J'étais pourtant sûr de pouvoir régler son compte à qui viendrait m'importuner.
— Avec ma nouvelle force, je ne suis pas censé craindre qui que ce soit, non ?
À part une personne.
— Le Flambeau ne cherche pas à vous avoir, *vous*, souligna-t-il. Ils ne veulent que... la Flamme.
Comme je ne disais toujours rien, il précisa :
— Cette Flamme qui est en vous. C'est elle qui les intéresse.
— Pourquoi celle-ci en particulier ? m'étonnai-je.
Après tout, toutes les Flammes devaient être identiques, non ?
— Vous souvenez-vous le nombre que j'avais évoqué pour recenser les Enflammés ?
À vrai dire, je n'avais pas retenu le pourcentage d'Enflammés existants. À l'époque, ce n'est pas ce qui m'avait le plus marqué.
— Un sur 500.000, Lucas, me renseigna-t-il. Croyez-vous que le Flambeau tombe sur un Enflammé à tous

les coins de rue ? Bien sûr que non ! Ils attendent en permanence, guettant le jour où ils pourront mettre enfin la main sur l'un d'entre eux.

— Donc en résumé... je suis leur cible principale ?

J'avais émis cette conclusion avec nonchalance, alors qu'au fond de moi, j'étais paniqué. Qu'allait me faire ce Flambeau ? Représentaient-ils véritablement les méchants, à l'instar des *Mangemorts* dans *Harry Potter* ? Cette pensée me fit sourire à demi. Je perdais mes esprits.

— En effet, approuva le docteur.

— Voilà pourquoi je n'ai fait aucune découverte sur Internet, conclus-je, absent.

L'évidence me transcenda subitement. Ce phénomène s'avérait beaucoup trop rare —et beaucoup trop fantastique— pour être relaté sur le web, sans oublier le principe numéro un : ne jamais en parler à personne. Un site web avait toutes les chances de rompre cette fameuse condition.

— Vous avez recherché des informations sur Internet ? paniqua le docteur. J'aurais dû vous avertir... J'aurais vraiment dû...

Il frôlait la crise d'angoisse mais exerçant la psychiatrie, je devinai qu'il conservait forcément quelques anxiolytiques au cas où le besoin s'en faisait ressentir.

— Ai-je fait quelque chose de mal ?

La question était purement rhétorique, certes.

— D'où avez-vous effectué cette recherche ? Sur quel ordinateur ?

— À la bibliothèque. En quoi est-ce si important ?

Il se calma quelque peu juste après ma réponse.

— Voilà comment le Flambeau vous a détecté, m'avoua-t-il.

N'exagérait-il pas un peu ? C'était une organisation malfaisante d'après lui, certes, mais de là à avoir des moyens de pistage dignes d'*Interpol*, c'était autre chose.

— Heureusement, continua-t-il, vous n'avez pas commis cette erreur depuis votre domicile.

À présent, il faisait les cent pas autour de la table basse.

— En quoi cela aurait-il été pire ?

— Le Flambeau serait venu jusque chez vous. Votre école est bien trop grande pour que le Flambeau puisse en localiser précisément les données.

Je commençais à faire le lien entre mon idée imprudente et la présence subite de personnes que j'avais prises pour des représentants d'une association quelconque.

— Donc le Flambeau m'a repéré et s'est empressé de venir à l'université pour mettre la main sur celui qui a réalisé cette recherche, car automatiquement, c'est un Enflammé.

— Je n'aurais pas mieux résumé la situation, se détendit le docteur. Bon, plus de peur que de mal. Restez extrêmement prudent, Lucas. Le Flambeau n'est pas du genre à abandonner. Vous risquez de les voir régulièrement traîner autour de l'école. Redoublez d'ingéniosité. S'ils vous posent des questions, ne fuyez pas, cela leur paraîtrait étrange.

— Que dois-je faire dans ce cas ?

— Mentez. Vous ne devez surtout pas avoir l'air d'avoir... changé.

Changé ! Le mot était si faible... Quand je repensai à celui que j'étais il y a quelques mois et celui que j'étais là, maintenant, j'en avais le vertige. La différence se révélait de taille... Une nouvelle inquiétude surgit dans mon esprit.

— Et si le Flambeau interroge mes amis ?
J'aurais plutôt dû dire *mon* amie.
— Imaginez qu'ils demandent aux élèves si quelqu'un dans l'université a changé physiquement ? Ils n'auront aucun mal à me trouver !
— Je ne me fais pas de soucis pour ça, dit-il d'un ton calme. Déjà, parce que la transformation peut échapper à l'attention de tous... Bon d'accord, ajouta-t-il en voyant mon air circonspect, elle peut paraître naturelle. Elle est progressive. Vous ne vous réveillez pas complètement métamorphosé du jour au lendemain. Ensuite, le Flambeau ne procède pas de cette manière, en posant des questions aussi directes. La première étape pour eux est de dénicher un Enflammé tout récent, perdu dans ce qui lui arrive et qui ne passe donc pas inaperçu. Leur but est de l'accueillir, le rassurer, lui promettre qu'ils vont le soigner. Puis enfin de récupérer la Flamme, en détruisant l'Enflammé.

Oui, ces gens m'avaient paru si sympathiques au premier abord... Leur technique m'impressionna. Si je n'avais pas connu le docteur Malef auparavant, nul doute que je me serais jeté dans le piège. J'avais tellement besoin de réponses que j'aurais fait confiance à n'importe qui.

— Le Flambeau m'aurait donc tué après m'avoir retiré la Flamme ? Pourquoi ?
— Pour que personne d'autre ne sache rien, bien sûr. Et surtout parce que perdre la Flamme a des effets bouleversants.
Je déglutis avec difficulté. Je n'avais pas envie d'évoquer ce sujet tout de suite. Trop d'évènements malencontreux suivaient leur cours.

— Et qu'en est-il de l'Enflammeur ? Quel sort lui aurait réservé le Flambeau ?

Je m'imaginai déjà responsable de la mort de mon Omar, alors que le danger était maintenant écarté.

— Il ne les intéresse pas, répondit le médecin, ce qui m'étonna. Revoyons-nous vite. Si vous avez de nouvelles informations, venez m'en parler. Ne téléphonez pas. Ne m'envoyez pas de mails non plus.

Pourrais-je un jour avoir le loisir de lui poser toutes les questions que je désirais ? Mine de rien, j'avais une confiance aveugle dans le docteur Malef, et je savais que ce qu'il me cachait, ou du moins ce qu'il me taisait, était dans mon intérêt personnel. Je devrais me contenter de cela pour l'instant.

*

Cette journée m'avait permis de faire le plein de nouvelles, et trois se distinguaient fondamentalement. Premièrement, un groupe de criminels appelé le Flambeau souhaitait s'emparer de la Flamme, de *ma* Flamme. Deuxièmement, je devais me méfier de tout ce que je pouvais dire ou faire, afin d'assurer ma protection. Troisièmement, il y avait eu une minuscule possibilité que Omar meure si je n'avais pas rencontré le docteur Malef, et cette perspective m'effrayait au plus haut point. Plus même, elle me détruisait. Il fallait donc que je veille à me protéger, à protéger la Flamme, et plus que tout, à protéger Omar, mon Enflammeur, mon amoureux.

Chapitre 12 : L'embuscade

J'avais l'habitude de basculer d'un monde à l'autre. Ces temps-ci, je n'avais fait que les traverser : docteur Malef, université, docteur Malef, université... Ces deux univers se rencontraient uniquement lorsque je voyais Omar. Il était le point de jonction entre les deux. Je tentai d'être un étudiant comme les autres entre les murs de la fac, mais dès que je croisais son regard, ou même quand je sentais sa présence, la Flamme incendiait mon cœur avec un délice intolérable. Dès lors, il me devenait de plus en plus ardu de séparer ces deux mondes, ces deux parties de moi. La Flamme était partout. Pas seulement où lui se trouvait, elle restait aussi tenace chaque fois que mes pensées se tournaient vers lui, c'est-à-dire tout le temps. Je ne m'en plaignais pas. Pire, je cherchais à me fondre dans l'univers de la Flamme, je cherchais à brûler encore et toujours, je cherchais le contact avec mon Enflammeur... Le docteur Malef jugeait cette attitude normale. Pour ma part, je la considérais comme le comble du masochisme.

*

Le lendemain de ma rencontre avec le Flambeau, j'étais déterminé à mettre mon plan à exécution. Il fallait que je lui parle, que je l'entretienne sur le futur congrès de chimie auquel toute la promo était conviée. C'était pitoyable. Mon excitation, pareille à celle d'une adolescente allant au concert de son groupe de rock favori, se manifestait de manière intempestive. J'avais carrément préparé mon texte, allongeant mon temps de parole, car plus j'aurais de choses à lui dire, plus il serait à mes côtés. Je devais faire durer cette entrevue, qu'importe le prix. Peut-être aurais-je le courage d'enchaîner le dialogue sur un sujet moins formel. Paradoxalement, cette histoire que j'évaluais comme une péripétie insurmontable, me fit oublier la crainte du Flambeau.

En me rendant en cours, je me sentais nerveux, faible et étrangement désespéré. Ma faiblesse n'était que psychologique, évidemment, car la Flamme restait incompatible avec toutes formes de harassement. En parallèle, je n'étais plus seulement exalté. J'étais impatient, pressé, ne tenant presque plus en place. *J'allais brûler plus que jamais* ! Et je courais jusque mon Enflammeur. Par chance, Fanny ne me fit pas l'honneur de sa présence lorsque je pénétrai dans l'enceinte du bâtiment. Je dis par chance, car si elle s'était trouvée là, j'aurais dû la renseigner sur cette future sortie académique. Or, dans ce cas, je n'aurais plus été le seul à pouvoir informer Omar. Il fallait que je sois unique. C'était probablement la seule fois où je pourrais prétendre à l'exclusivité. La raison demeurait certes pathétique, mais quelle importance ? *J'allais brûler* !

Ce n'est qu'une fois devant lui et qu'il me gratifia de son sempiternel et timide « salut » que je pris conscience de mon audace. Je le saluai automatiquement, l'air innocent, tandis que mes pensées se bousculaient dans ma tête. Les idées me manquèrent, or il fallait impérativement que je démarre la conversation. C'était maintenant ou jamais. Comme pour m'encourager, la Flamme chauffa l'intégralité de mon corps, jusque dans mes paumes. Si j'avais tenu un objet à cet instant, nul doute que je l'aurais lâché.

— J'ai quelque chose à te dire, signifiai-je, complètement paralysé.
Mon Dieu ! Je n'avais quand même été assez idiot pour balancer *ça* ? Il y avait des centaines de façons pour engager une discussion, et j'avais utilisé la pire. Il ne sembla pas moqueur, ni même suspicieux.
— Ok, répondit-il en esquissant un sourire.
Comment voulait-il que je reste cohérent devant un tel visage ? Il attendit que je poursuive. Combien de temps ? Aucune idée. Pas une éternité en tout cas, contrairement à ce qu'il paraissait. La Flamme redoubla d'intensité, à tel point que je vis des mouches noires voleter devant moi. L'impression d'avoir la tête qui tourne me submergea. Je venais tout juste de réaliser où je me trouvais et ce que j'étais en train de faire, me réveillant pour apparaître ici, devant lui. Encore dans un état second, je pris le taureau par les cornes.
— Eh bien... Un congrès de chimie est organisé à Paris pendant une semaine. Toute la promotion doit y aller, accompagnée par les profs.
Plus rien n'exista, nous étions seuls au milieu de ce vieux bâtiment. Les étudiants qui passaient çà et là devinrent invisibles, leurs paroles ne me semblèrent plus qu'un infime chuchotis par rapport à la voix divine de Omar. Chaque son qui sortait de sa bouche résonnait dans mes tympans à un volume surprenant. Tout flottait autour de moi, j'étais presque capable de toucher les sentiments que j'éprouvais pour lui, de les projeter hors de moi pour mieux les apprécier. Le plaisir de cet amour irréel et insensé m'enveloppa dans une transe intérieure, peut-être visible par les autres. Avais-je en cet instant les iris qui pétillaient, projetant des étincelles incandescentes de part et d'autres de mon champ de

vision ? Étais-je devenu une sorte de bout de charbon qui brûlait au milieu de tous, devant les yeux indifférents des badauds ? Mon regard se noya dans celui de mon Enflammeur, lequel ne semblait pas avoir réalisé qu'un véritable feu d'artifice explosait en moi. *Parle-moi* ! songeai-je. *Enflamme-moi ! Ne te tais jamais, ne cesse pas de me fixer...*
— D'accord, lâcha-t-il, j'espère que je serai dispo cette semaine-là.
Il possédait une voix si singulière, si puissante... Et cet accent... Il se teintait de magie au fil des syllabes qu'il prononçait. Je l'entendais trop rarement, peut-être parce que cette idiote de Roxanne l'avait banni à jamais d'une relation sociale primaire. Je n'eus malheureusement pas l'occasion de faire durer cet instant, car nous entrions en cours. Je me détachai de ses prunelles avec difficulté, me demandant quand je pourrai de nouveau y plonger les miennes.

   La déchirure était atroce, et pendant quelques secondes, je fus sur le point de le suivre et de m'asseoir près de lui. Naturellement, ma raison prit le dessus, et je me dirigeai vers ma place habituelle. C'est seulement à ce moment-là que je remarquai le retard de Fanny. Mes pensées se tournèrent de nouveau vers Omar, et j'oubliai mon amie pendant toute l'heure. Ce n'est qu'en sortant que je réalisai qu'elle n'était pas venue et qu'elle ne viendrait sans doute pas. Elle ne m'avait même pas envoyé un SMS pour me prévenir.

*

   Après cette journée qui m'avait paru traînasser, je pris le chemin du retour, me préparant à rentrer chez moi par le moyen de locomotion qui me plaisait le plus en ce moment. J'avais un besoin irrésistible de courir plus vite que jamais à travers ces bois que je pouvais observer à loisir malgré ma rapidité inhumaine. Les images qui défilaient tout autour de moi pendant ces courses folles se gravaient dans mon esprit pour que je les contemple autant que faire se peut. Je ne perdais pas le moindre détail bien que mon champ de vision dût être logiquement rétréci, mais il n'en était rien, bien entendu. Je ne pus pas avoir la satisfaction de combler mon désir ce jour-là. Comme aujourd'hui je finissais les cours plus tôt que les autres jours, il y avait trop de monde pour que je puisse me permettre ce sprint hallucinant. Dans l'hypothèse morbide où le Flambeau enquêtait à l'instant même sur mon compte, il était hors de question de me distinguer d'une quelconque manière. Dehors le ciel était bas et gris, il pleuvrait très certainement avant que je ne par-vienne chez moi. Les transports en commun étaient tellement lents... J'avais hâte de voir tomber la pluie. Comme un nouveau-né qui découvre la vie, je percevais chaque nouveau phénomène d'une manière différente. Je me persuadais que si une averse éclatait, je pourrais en saisir les beautés cachées qu'elle recelait, comme les spectres de chaque éclair, la mélodie du tonnerre qui gronderait mécontent, les gouttes de pluie toutes semblables pour l'œil humain mais tellement distinctes pour la pupille d'un Enflammé... Comment n'avais-je pas pu m'apercevoir que j'étais aveuglé, piégé dans ma vision humaine atrophiée avant que cette bénédiction ne me tombe dessus ?

  Je me dirigeai vers la station de métro la plus proche de l'université, priant pour ne pas avoir oublié ma carte d'abonnement. Je n'avais pas envie de gâcher la fin de cette journée en me prenant une amende. Mais je savais pertinemment qu'une simple contravention ne serait jamais en mesure de me départir de ma bonne humeur. J'avais parlé à Omar, je lui parlerais sans aucun doute encore, et rien ne pourrait me détourner de cet état euphorique. Il y avait longtemps que je ne m'étais pas porté aussi bien, aussi heureux. Même avant d'avoir la Flamme, j'étais entré dans une morosité quotidienne qui me collait à la peau, si bien que je ne m'en rendais même plus compte. La Flamme avait été dans ma vie un doux et merveilleux fléau. Comment réagirais-je lorsque je ne l'aurais plus en moi ? Lorsque je ne la sentirais plus ? Lorsqu'en voyant Omar, je ne brûlerais plus ? À côté de ça, la beauté du paysage que je percevais grâce à mes nouveaux sens affutés me paraissait futile.

  Je méditai tranquillement ces pensées quand je parvins devant la station de métro, étonnamment vide. À peine entré sur le quai protégé par d'immenses portes coulissantes qui s'ouvraient en même temps que celles du métro, je sentis que quelque chose n'allait pas. *Nous* le sentîmes. À nouveau, la Flamme s'était agitée, mais pas comme lorsque je voyais mon Enflammeur. Elle se montra encore une fois terrifiée, torturée... Elle sembla vouloir sortir de ma poitrine pour échapper à ce danger que je ne saisissais pas encore. Je perçus néanmoins une présence, et en écoutant plus attentivement, je compris qu'une personne descendait les marches qui menaient à la station souterraine. Elle se déplaçait très discrètement, ses chaussures résonnant à peine sur les marches.

  Ce qui attira mon attention cependant, ce fut ses pulsations cardiaques. En me concentrant davantage, les battements irréguliers de son cœur parvinrent à mes oreilles. Sa respiration me parut saccadée, comme si l'individu luttait contre une angoisse soudaine. Mon odorat me renseigna aussi, une infime odeur de transpiration teintée de peur envahit l'atmosphère. Elle était à deux doigts de faire demi-tour. C'était une femme, je ne sais pas comment j'en étais arrivé à cette conclusion, mais il apparut rapidement que j'avais raison.

Celle-ci, très jeune, tout juste la vingtaine, pénétra enfin dans le hall étroit. En dépit de sa démarche qui se voulait assurée, je lisais sur son visage une terreur qu'elle peinait à surmonter. Je ne l'avais jamais vue de ma vie, et pourtant elle me regarda avec insistance à chaque pas qui la rapprochait de moi, bien qu'elle essayât de détourner les yeux dès que je levais les miens vers elle. Une mèche de ses cheveux blonds dorés était plaquée sur son front par les gouttelettes de sueur qui y perlaient. Elle ne s'essuya pas même si elle résistait férocement contre ce geste compulsif. Son chignon qui devait de base être impeccable, laissait dépasser des frisottis, tout autour d'un foulard qui nouait l'ensemble. Ses yeux étaient apeurés, comme ceux d'un chien craignant les coups de son maître, et si la Flamme ne martelait pas ma cage thoracique, j'aurais pu rire de son comportement. Un danger se situait à proximité de moi, mais il ne provenait certainement pas d'elle.

La difficulté qui me guettait avait-elle un rapport avec le métro ? Allait-il avoir un accident ? Un attentat était-il planifié ? En temps normal, j'aurais considéré ces hypothèses comme ridicules et paranoïaques, mais la Flamme ne m'avait jamais trompé. Décidé, je repartis en direction des escaliers pour voir si la Flamme allait se calmer une fois que je serais parti. Quand je dépassai la jeune femme qui attendait le métro au bord du quai, cette dernière se tourna vers moi et m'interpela.

— Excusez-moi ? l'entendis-je prononcer d'une voix timide.

Le son qui sortit de sa bouche aurait tout aussi bien pu être un couinement de souris. Son timbre aigu et craintif me mit mal à l'aise, comme si elle était à deux doigts de se mettre à pleurer. *Heureusement que les portes donnant accès sur la voie sont sécurisées*, songeai-je à ce moment-là, redoutant qu'elle ne se jette sur les rails. La détresse de cette fille demeurait perceptible, même pour un humain normalement constitué et dépourvu de perspicacité.

— Oui ? lui répondis-je surpris.

Une idée me traversa l'esprit pendant que se déroulait cette scène absurde. Et si la Flamme captait le dénuement des gens alentours ? Cela expliquerait la raison pour laquelle la Flamme s'affolait. Il faudrait que j'en touche un mot au docteur Malef, s'il acceptait de me livrer d'autres informations, bien sûr.

— Voudriez-vous venir avec moi ? me pria-t-elle.

Son ton se fit suppliant, et je n'en restai pas moins coi. Sa question me désarçonna encore plus que son attitude.

— Pour quoi faire ? m'enquis-je interloqué.

Elle entrebâilla les lèvres, ce qui la rendit encore plus folle qu'elle ne l'était réellement. Comme elle ne réagit pas, j'ajoutai :

— Et pour aller où ?

Elle paraissait de plus en plus paralysée de terreur, comme si elle ne s'attendait pas à essuyer un refus.

Pensait-elle que je la suivrais sans demander la raison de ce racolage ? Elle était plutôt mignonne, et j'avais exclu le fait qu'elle me draguait ouvertement, parce que je n'avais pas le physique pour être la cible d'une séduction, aussi maladroite soit-elle. Sauf que la réalité s'imposa de nouveau à moi, comme elle le faisait régulièrement ces temps-ci. Je n'avais pas eu le physique pour ça, mais maintenant, j'avais changé. Je n'étais plus le même. Étais-je véritablement attirant pour les autres ?

— Avec moi, souffla-t-elle enfin.

Elle essaya de prendre un ton plus assuré, mais sans succès. Ses paroles sonnèrent d'autant plus fausses.

— Désolé, m'impatientai-je, me départissant de ma pitié. J'ai des tas de choses à faire.

Elle n'avait peut-être pas l'habitude qu'on refuse ses avances, car automatiquement, elle sortit de sa poche une sorte d'aérosol à une vitesse impressionnante. La peur la rendit sans aucun doute beaucoup plus habile et rapide. Avant même que je ne puisse réaliser ce qu'elle faisait, elle tendit la bombe de ce qui semblait être un spray anti-agression vers mes yeux, et appuya longuement dessus. Une vapeur qui sentait très fortement le poivre inonda mes pupilles, mais je ne ressentis pas la moindre douleur. Je n'eus à cligner des paupières qu'une seule fois pour dissiper le produit, et mon absence de réaction dérouta mon agresseur. Elle fléchit les bras et les attira contre sa poitrine, comme pour se protéger d'une éventuelle attaque de ma part.

— Vous êtes complètement folle ? m'écriai-je alors que le produit dégoulinait sur mon visage, répandant une atroce odeur de poivre.

Elle n'eut pas le temps de répondre à ma question rhétorique, sans doute n'en avait-elle pas le projet, qu'une femme familière vint à ses côtés.

— Espèce d'incapable ! siffla-t-elle à l'intention de la jeune fille.

Maintenant que je portai mon attention sur elle, je la reconnus en un millième de seconde. C'était cette trentenaire que j'avais vue devant l'université et qui avait insisté pour que je réponde à son sondage. Blonde elle aussi, les yeux bleus et une frange lui arrivant au ras des sourcils, elle faisait partie du Flambeau. La bienveillance que j'avais cru voir en elle la première fois s'évanouit immédiatement, car désormais la rage anima ses traits. Nul doute que si elle avait eu une arme en main, elle en aurait fait usage envers la jeune qui m'avait agressé.

Rapidement, je décidai de ce que je devais faire. Fuir. Je ne risquai rien, du moins d'après ce que je savais de la Flamme, c'est-à-dire pas grand-chose finalement. Pourtant, elle s'agitait toujours autant dans ma poitrine, comme si elle n'allait jamais s'arrêter. Qui plus est, cette altercation allait sans nul doute faire parler d'elle ou pire, ameuter la police. C'était bien la seule chose qui aurait pu gâcher ma journée. Car que pourrais-je dire aux autorités ? Que ces deux femmes voulaient prendre ma Flamme ? Je m'imaginais déjà dans une cellule capitonnée dans l'hôpital psychiatrique le plus proche.

La nouvelle arrivée dut remarquer l'intention de fuir que trahissait mon regard, car se détournant de l'autre, elle s'exclama soudainement :

— Je vous en prie, venez avec nous.

J'hésitai. Allait-elle faire du mal à cette fille si je partais ? J'éprouvais de l'empathie pour celle qui avait désiré m'aveugler, c'était dingue, certes, mais être un Enflammé ne faisait pas de moi un garçon cruel. La trentenaire leva les mains, me montrant qu'elle n'avait aucune hostilité à mon égard. Quelle hypocrite ! Si elle avait pu me réduire en bouillie à l'aide d'une Kalachnikov, elle l'aurait fait, et pas seulement par nécessité. Par plaisir aussi, car son regard manifestait une inflexibilité et un appât du gain terrifiants.

— Nous ne vous voulons aucun mal, chuchota-t-elle pour m'apaiser, tout en se rapprochant de moi.

J'aurais pu me laisser amadouer, mais avant même que je puisse réfléchir davantage, la Flamme avait pris le dessus. En un instant, ce fut comme si j'avais plongé dans un tunnel sombre où tous mes sens étaient pourtant en éveil. J'entendis la trentenaire hurler un « non ! » de dépit, mais elle n'essaya même pas de se lancer à ma poursuite. Je courus sans en avoir réellement conscience, guidé par la Flamme qui semblait savoir exactement quoi faire, comme l'animal suivant aveuglément son instinct. Dans le couloir remontant l'allée, j'esquivai sans aucune difficulté une troupe d'une bonne dizaine de personnes. *Ce sont eux*, paniquai-je. Ne prenant même pas une seconde pour me retourner et vérifier mon hypothèse, je fus déjà à quelques kilomètres du danger.

*

Il fallait que je voie le docteur Malef. Voilà la première chose à laquelle je songeai en quittant le souterrain du métro. Il y avait encore trop de monde pour que je puisse rentrer chez moi comme un

Enflammé, et surtout, il était absolument nécessaire que le docteur ait connaissance de cette mésaventure. Le Flambeau était au courant de beaucoup plus de choses que ce que j'imaginais, que ce que le docteur imaginait. Je marchai à allure normale par intermittence, tentant d'avoir une attitude anodine pour les gens qui m'entouraient, et j'avais l'impression d'être un véritable escargot. Pourtant, j'arrivai au 14, avenue du Millénaire sans même m'en rendre compte, à croire que j'étais guidé inconsciemment vers mon sauveur.

Le quartier jouissait d'un calme appréciable, comme à son habitude. Quelques voitures rentraient du travail et se garaient le long du trottoir ou sur la cour pavée de leur maison. Je traversai l'allée et montai les marches menant au perron. Aucune lueur ne provenait de l'intérieur, mais la bâtisse était tellement grande que le docteur devait être dans une pièce donnant sur le côté extérieur. Je frappai deux fois à la porte, puis me servis de la sonnette. L'habitation semblait bien trop vaste pour que mes coups leur parvinssent. Un instant, je craignis que Liliane ne m'ouvrît, seule. Que lui aurais-je dit ? Je l'appréciais, certes, mais quel rôle avait-elle réellement à jouer dans tout ceci ? Était-elle informée de l'existence du Flambeau ? Si je ne lui disais rien, risquait-elle de se vexer et de me jeter dehors ? Je l'imaginais très mal avoir ce genre de comportement, mais après tout, je la connaissais peu.

Je patientai bien cinq minutes avant d'actionner de nouveau la sonnette. Je l'entendis carillonner entre les murs, oubliant que j'avais un moyen beaucoup plus simple de savoir s'ils étaient là. Il me suffit d'écouter attentivement ce qui se passait en dedans. Je n'avais pas encore l'habitude de procéder automatiquement de la sorte, mais j'étais persuadé que ça viendrait avec le temps. Sauf que ça viendrait uniquement si je gardais la Flamme, chose impossible d'après le docteur. Je chassai cette pensée de mon esprit, j'avais d'autres problèmes à régler pour le moment. Je tendis légèrement l'oreille, tout en fermant les yeux. La Flamme s'était calmée, elle restait toujours aussi ardente, bien entendu, mais elle n'était plus terrifiée comme toute à l'heure.

À l'intérieur de la maison, je perçus le ronronnement de la cafetière, un modèle à l'ancienne, bien loin des machines à capsules que nous utilisions chez nous. Le docteur devait être vieux-jeu, ou incapable de se servir de la nouvelle technologie. En revanche, pas le moindre craquement du plancher, pas la moindre respiration, pas le moindre battement de cœur. Il n'y avait personne.

*

Où se trouvait le docteur et que faisait-il ? Voilà les deux questions auxquelles je voulais répondre, mais je fis chou blanc. Avait-il pris la fuite, jugeant que ma fréquentation se révélait trop dangereuse pour ce que je valais réellement ? Le garage était fermé, leur voiture pouvait donc bien y être stationnée, mais dans ce cas où seraient-ils allés tous deux, à pied qui plus est ? Je devais me montrer raisonnable : après tout, le docteur et Liliane étaient des gens normaux, il était fort possible qu'ils aient eu besoin de sortir pour une raison comme pour une autre. Ils n'étaient pas cantonnés dans leur demeure, attendant que je débarque, prêts à me servir. J'avais été très égocentrique de le penser, ne serait-ce qu'un instant. Cependant, le simple fait que le docteur puisse faire des courses me sembla inconcevable. Je l'imaginais très mal au supermarché dans le rayon charcuterie, mais qui ne se nourrissait pas ? Qui n'effectuait pas ces tâches tellement coutumières qu'elles en devenaient ordinaires ? J'avais trop vu le docteur comme une personne étrange, loin de l'insignifiante vie humaine.

La troisième question, et pas des moindres ne put être résolue. Que devais-je faire ? A qui pouvais-je me confier ? Là, la réponse fusa : à personne. Le docteur avait été très clair à ce sujet : ne parler de la Flamme à personne. Ne jamais rien dire.
Se taire.

*

Arrivé enfin chez moi après avoir attendu que le soir tombe, je me dirigeai machinalement vers ma chambre. Je n'avais pas d'appétit. En dépit de la Flamme qui m'immunisait contre tous les maux humains de la vie quotidienne, je me sentais nauséeux. C'était une nausée psychologique, sans aucun doute, mais elle demeurait incompatible avec le risotto préparé par ma mère et laissé au réfrigérateur.

Chapitre 13 : La fuite

Je n'avais pas espéré m'endormir avant des heures et des heures, mais curieusement, le sommeil me gagna rapidement. Dehors, une légère bruine commença à s'abattre sur le toit, ponctuant chacune de mes expirations par un *ploc ploc* régulier. Sans doute cette mélodie m'avait-elle permis de tomber dans les bras de Morphée. Je redoutais les cauchemars. Après tout ce qui m'arrivait dernièrement, il aurait été on ne peut plus compréhensible que mes nuits soient perturbées par de mauvais songes.

Je me rendis immédiatement compte que je rêvais, et pour une fois un cauchemar ne m'attendait pas. J'ignore comment je le sus, mais ce n'est certainement pas parce que le cadre était agréable. Il ne l'était pas du tout. Au contraire, l'atmosphère empreinte d'une tension palpable me happa, comme si l'air devenait aussi étouffant qu'un drap humide. Pas un son ne me parvenait. Je ne voyais rien non plus. Emmitouflé dans une sorte de cocon, je perçus une ambiance menaçante qui ne provenait pas de l'extérieur.

Elle venait de moi. *Je* ressentais cette peur irréelle mais pourtant bien présente. Ou plutôt, c'était cette chose dans ma poitrine qui me poussait à réagir. Elle essayait par tous les moyens de me désigner l'objet du danger que mes pupilles ne pouvaient distinguer, que mes tympans ne pouvaient entendre. J'assimilais des images mentales, par un sens dont je méconnaissais l'existence, un peu comme un ordinateur recevant une information en bits. Ces manifestations oniriques m'apparurent par flashs, se succédant brutalement, tellement furtives que je fus étonné de pouvoir en capter l'essence même en un dixième de seconde seulement.

Je vis —ou plutôt je sentis— un visage familier parmi cet amas de visions parallèles. Il s'agissait de traits que j'aurais reconnus les yeux fermés, littéralement dans ce cas. J'eus l'horrible sensation qu'il était en train de chuter, tombant d'une falaise escarpée, et mes premiers réflexes furent de tendre les bras pour le rattraper.

J'étais debout. Les draps étaient en boule au fond de mon lit, enchevêtrés dans la couette inutile qui ne me réchauffait plus. Je venais de m'extraire du sommeil et pourtant, je me trouvais plus alerte que jamais. Autrefois, lorsque je me levai aussi brusquement, un vertige me torpillait et me faisait perdre l'équilibre. En revanche, j'étais désormais aussi vif que l'éclair, et je ne mis que quelques secondes à analyser la situation.

Un danger menaçait Omar. Mon esprit analytique me souligna qu'un simple cauchemar ne me permettait en rien d'affirmer une chose aussi absurde, qu'être un Enflammé ne faisait pas de moi un super-héros devant porter secours à son amoureux, d'autant que ce dit amoureux ignorait tout de ma condition. Mais je me fichais de mon sens logique cette fois-ci, car ces derniers temps, il n'avait fait que me trahir. Il m'avait enfermé dans une sorte de faille rationnelle, m'engonçant dans une collerette qui m'empêchait de voir au-delà, de sentir au-delà. Je m'étais libéré de ce carcan et je ne reviendrais en arrière pour rien au monde.

Oui, Omar courait un grave danger, car la Flamme me le faisait comprendre à sa manière, folle et mystérieuse, mais elle me le prédisait quand même. Je n'avais donc pas à réfléchir. Je devais partir à sa rencontre, sur le champ. Car personne ne pouvait lui faire le moindre mal, j'y veillerai.

*

Ma décision prise, je dus faire face à un problème un peu plus terre à terre : je ne savais pas où il vivait. Et étant donné l'agitation grandissante de la Flamme dans ma poitrine, je n'avais guère le temps de consulter l'annuaire. Je n'étais même pas sûr de mettre la main sur son adresse dans le bottin. À la place, je me laissai porter par la Flamme : elle m'avait toujours guidé vers lui, vers son Enflammeur qu'elle chérissait tant. Je pressentis l'arrivée de Omar à des kilomètres à la ronde, comme si j'étais doté d'un radar hypersonique. Se pouvait-il qu'elle m'amenât là où il se trouvait ? Ne prenant pas le temps d'y réfléchir davantage, je m'habillai à la va-vite, j'enjambai le rebord de la fenêtre et tombai sur le sol.

Un désir frénétique et alarmant de le retrouver me submergea, comme si la menace se rapprochait de minute en minute, tirant sur une sonnette d'alarme symbolique. Je me relevai de la position accroupie en une demi-seconde, et me mis à courir vers l'est. J'empruntai la direction de Rocal, sans en connaître la raison exacte. Rectification : je savais que j'allais mettre Omar hors de danger, coûte que coûte, mais j'ignorai ce qui dictait mon itinéraire. C'était comme si la Flamme avait tissé un lien invisible entre l'Enflammé et l'Enflammeur, et qu'elle me propulsait vers lui avec toute la force dont elle était capable.

Il se faisait tard, 3 h du matin minimum. J'aurais dû me montrer prudent pour passer inaperçu, en continuant mon chemin par les bois. Chaque fois que je changeais d'orientation, la Flamme s'empressait de me proposer un autre parcours m'amenant à destination. Sauf qu'ici, je ne me rendais pas au supermarché pour faire des courses. Je devais me rendre chez Omar le plus vite possible, et tant pis si mon itinéraire incluait de traverser la ville. Je franchis un champ pour rejoindre la grand route, faisant voleter des épis de blé épars tout autour de moi. Je longeai l'asphalte, ne croisant aucune voiture. L'obscurité hors agglomération ne m'handicapa guère : tel un félin, ma vision s'adapta parfaitement au paysage nocturne. Je dus poursuivre sur une bonne distance, car malgré ma vitesse surprenante, le temps me sembla long.

  Je parvins dans un quartier tranquille, quoique peu soigné —des graffitis souillaient les bâtiments et des déchets jonchaient le sol—, et me jetai dans une ruelle sombre pour éviter un homme visiblement alcoolisé qui s'avançait dans ma direction. Une fois hors de vue, je sortis de ma cachette, et poursuivis ma cavalcade. J'arrivai rapidement dans une petite résidence, d'aspect modeste, et enjambai d'un bond le portail électrique. La Flamme s'agita une fois de plus dans ma poitrine, mais pas de la même manière que cinq minutes auparavant. Désormais, elle jubilait de plaisir et je compris que Omar était à une proximité indécente, sans doute à la fenêtre de l'étage supérieur. Pour être honnête, je fondais également de plaisir. La brûlure que je ressentais à chaque fois que je me trouvais en sa présence s'était ravivée, occultant presque cette chaleur insupportable que représentait la menace. Or je ne vis de danger nulle part.

À quoi je m'attendais, cependant ? À une maison en feu ? À un terroriste peu scrupuleux qui aurait décidé de prendre en otage un jeune étudiant de vingt ans en plein milieu de la nuit ? D'un autre côté, la Flamme ne m'avait jamais fait défaut... Hors de question de rebrousser chemin. En plus de ça, j'aimais être aussi près de lui, loin de l'université... J'aurais pu rester là pendant des heures, mais je me plaçai dans un coin d'où personne ne pourrait m'apercevoir. Je ne voulais pas qu'un habitant de la résidence me surprenne devant un appartement, en train d'attendre une personne invisible. J'avais besoin de prendre cinq minutes pour réfléchir. *Ça, tu aurais pu le faire avant*, me souffla le bon sens. Je le fis taire en me concentrant sur ce que j'avais discerné. C'était très différent des brûlures de plaisir qui me léchaient les entrailles lorsque je voyais ou pensais à Omar ; c'était différent aussi de la fois où le Flambeau avait voulu me mettre la main dessus ; ma certitude ne fléchit pas : il ne s'agissait pas d'un caprice de la Flamme pour pouvoir s'offrir un petit plaisir visuel, ni même d'une menace qui concernait sa propre survie mais bien d'un danger imminent, un danger qui mettait en péril la vie de Omar.

Alors pourquoi tout semblait aussi normal depuis mon arrivée ? Se pouvait-il qu'il soit question d'une prédiction ? Le docteur Malef ne m'avait jamais évoqué un quelconque don de voyance relatif à la Flamme. D'un autre côté, si je devais dresser l'inventaire de tout ce que le docteur Malef ne me révélait pas... J'en eus des frissons. Je n'avais pas songé un seul instant à me rendre chez lui, la perspective de trouver Omar raide mort ayant occulté tout autre projet.

Le docteur Malef était-il enfin rentré ? Il faudrait que je fasse un détour par chez lui pour obtenir quelques informations. Je m'octroyai encore une heure pour rester ici, force de quoi je serai contraint d'admettre que la Flamme m'avait lamentablement trompé : il n'y avait nul danger apparent par ici.

En dépit de son aspect délabré, la résidence apparaissait paisible et chaleureuse. L'appartement de Omar était plutôt spacieux, j'estimai la surface à une soixantaine de mètres carrés au bas mot. La façade, quoique vieillotte, avait été repeinte récemment en un blanc épuré. Une fissure superficielle descendait du toit entre les deux premières fenêtres. La troisième, sans nulle doute celle de Omar, se distinguait par des volets ouverts, dont l'un mal attaché se balançait légèrement au rythme de la brise qui s'infiltrait entre les ruelles. On l'entendit s'entrechoquer contre le mur. Je n'observai qu'une seule porte, sûrement celle de l'entrée, en bois massif, du chêne d'après l'odeur qui s'en dégageait —bon sang, je reniflai même l'odeur des bois et des matériaux— et une mince serrure faisait office de garde-fou. *Une piètre sécurité*, songeai-je, comme si le quartier pâtissait de risques considérables d'effractions.

L'heure que je m'étais autorisée étant passée, je m'obligeai à rentrer chez moi, persuadé que la Flamme m'avait fait défaut, alors que je croyais cela impossible. Je dus m'arracher à la contemplation de la fenêtre de Omar, déchiré à l'idée de le quitter. *Ne sois pas idiot*, me sermonnai-je, *tu n'es pas avec lui, tu es tout simplement devant chez lui dans le vent et dans le froid*. Alors que je prenais à contrecœur le chemin du retour, cette horrible impression ressurgit soudain, plus violente et plus aiguë, avec une spécificité urgente et insaisissable.

Aussitôt, je repris ma place, tapi dans l'ombre d'une alcôve, mais la sensation ne désemplit pas. Alors que la proximité avec mon Enflammeur était on ne peut plus agréable, cette sensation-là tout comme celle que j'avais ressentie avant de venir, se différenciait par sa vigueur douloureuse. J'avais le sentiment désagréable que mon cœur allait jaillir de ma poitrine, tous mes sens se mirent en alerte, se contractant comme si j'étais en proie à un effort intense. Ma respiration s'accéléra tout naturellement, comme pour me préparer à un exercice de force incroyable. Mais le plus surprenant encore une fois, ce fut cet instinct, ce sixième sens qui gronda de nouveau en moi. Il manifestait une telle présence que j'aurais pu en palper les contours, en humer l'odeur angoissante, en goûter la saveur épicée.

Une nouvelle effluve imprégna l'air, un mélange de menthe et de lavande. Elle provenait de la droite de la ruelle, mais la source de cet arôme demeurait encore trop loin pour qu'on puisse la distinguer, même avec des yeux aussi puissants que les miens. Je me tins prêt, à l'affut devant une attaque invisible, le cœur battant à tout rompre.

C'est alors que je les vis apparaître. Ils n'étaient pas suffisamment près, à une bonne centaine de mètres, vêtus de manière classique. Lentement, un groupe d'une quinzaine de personnes émergea du passage en direction de la maison de Omar. Une femme d'une trentaine d'années ouvrit la marche, elle avança d'un pas rapide et assuré, sa démarche lui insufflant une allure de force et de détermination qui tranchait avec son visage poupin. Je ne mis pas plus d'une seconde à la reconnaître. Il s'agissait de la femme qui m'avait interpellé à la sortie de l'université pour un prétendu sondage. Celle qui faisait sûrement partie du Flambeau, avais-je appris plus tard. Se pouvait-il qu'une organisation criminelle assoiffée de pouvoirs surnaturels existât réellement entre les remparts de la ville ?

La réalité me frappa de plein fouet : évidemment qu'elle existait ! Comment osais-je en douter alors qu'ils se tenaient à quelques pas de moi ? Je me recentrai sur le danger qui nous menaçait. Le Flambeau progressa encore, devenant visible pour des yeux humains. Je me reculai davantage dans un recoin, ne désirant pas être vu par mes prédateurs. Je voulais bénéficier d'un avantage stratégique en jouant sur l'effet de surprise. Était-il possible qu'ils aient anticipé ma présence ? Qu'ils aient deviné que je me précipiterais sans réfléchir auprès de mon Enflammeur ? Le bruit de leurs pas se faisait désormais assourdissant pour des oreilles comme les miennes. Je tentais d'évaluer la situation. Je croyais que le Flambeau ne s'intéressait pas aux Enflammeurs ! Que pouvais-je faire ?

Pénétrer par effraction dans la maison de Omar Pols était exclu. Non seulement cela prendrait trop de temps en dépit de ma vitesse colossale, mais en plus de cela, je me retrouverais confronté à un problème de taille : quels arguments crédibles pourrais-je lui fournir pour qu'il me suive et réalise qu'il courait un grand danger ? Je retins un gloussement hystérique en l'imaginant en pyjama dans un demi-sommeil, en train de m'écouter lui expliquer la vérité concernant la Flamme. Je serais bon pour un internement... une fois que le Flambeau aurait obtenu ce qu'ils convoitaient. Appeler les forces de l'ordre était également hors de question pour les mêmes raisons, et cela contreviendrait à tous les conseils prodigués par le docteur Malef. La solution m'apparut alors : j'aurais dû aller voir le docteur Malef avant tout, lui aurait su quoi faire. Mais j'avais raté le coche, et je ne devais plus que compter sur moi-même. Seule la sécurité de Omar comptait, à présent. Je n'avais donc pas le choix. Je devais empêcher ces terroristes insolites de s'en prendre à lui, en recourant à la force. Je doutais fortement qu'une discussion sur leurs motivations soit possible. Il ne me restait plus qu'à m'en prendre à eux. Je n'avais plus le temps de soupeser les risques mais j'estimais être en bonne posture : l'obscurité jouerait en ma faveur, je voyais aussi bien qu'un animal nocturne tandis que mes adversaires seraient aveugles. La Flamme s'agita une nouvelle fois en moi, décuplant une puissance physique qui ne demandait qu'à s'exprimer.

Le groupuscule s'avança après que la trentenaire eut fait un signe aux autres, en direction de la fenêtre où dormait leur proie. Ne pouvant plus rester dans mon coin une seconde de plus, j'apparus de manière assurée dans la lumière chiche du réverbère. Je me retrouvai face à eux, sans craindre un seul instant pour ma sécurité. J'avais été témoin de mes exploits dans les bois et je savais de quoi j'étais capable. D'emblée la trentenaire tourna la tête vers moi, comme si elle était dotée d'un radar de mouvement. Trois hommes surgirent devant elle, face à moi, silhouettes fantomatiques et imposantes. Elle les immobilisa d'un geste de la main, sans prononcer un mot. Les trois géants s'arrêtèrent aussitôt et regagnèrent leur place.

Des petits groupes épars se détachèrent, occupant chacun un poste stratégique, interdisant toute fuite.
La femme fit un pas en avant, en relevant le menton. On aurait dit une petite fille. Sa blondeur dorée formait comme un halo blanchâtre autour de son visage rebondi. Ses grands yeux verts trahirent la surprise dans un premier temps, mais ils reprirent sur-le-champ leur candeur bienveillante, teintée d'une curieuse once d'autorité.
— Bonsoir, lâcha-t-elle comme si la situation était parfaitement banale.
Sa voix, empreinte d'une douceur sincère, contrastait avec la garde d'hommes probablement armés jusqu'aux dents qui se trouvaient de part et d'autre. Je ne répondis pas, tous mes sens en alerte. Je sentis chaque mouvement autour de moi, même les plus infimes oscillations des corps alentours. Je fus estomaqué par la puissance de la Flamme et tous les renseignements indispensables qu'elle me fournissait. Jusqu'à présent, je n'avais jamais été aussi informé des éléments de mon environnement immédiat et je me retrouvai comme prisonnier dans la mémoire d'un super ordinateur.
— Si vous nous accompagnez, nous laisserons le garçon tranquille, ajouta-t-elle en voyant que je ne la saluais pas en retour.
Elle ne prit même pas la peine d'inventer un mensonge éhonté, préférant adopter un franc-parler.
— Que voulez-vous ? demandai-je peu amène, en sachant pertinemment ce qu'ils ambitionnaient.
Elle s'avança d'un pas et les gardes derrière elle frémirent d'effroi tout en admirant son audace.
— Nous désirons simplement discuter, reprit-elle après un temps. Nous sommes situés non loin d'ici, à la

périphérie de la ville. Nous disposons d'un bâtiment destiné aux recherches que nous menons à Dalico.

Pendant un millième de seconde, je fus pris d'hésitation. Si je les suivais, allaient-ils réellement écarter Omar de cette histoire ? Après tout, c'était moi qui disposais de capacités exceptionnelles, pas lui. Cependant, quelque chose me disait qu'ils ne se contenteraient pas de me poser un assortiment de questions tandis que je serais assis bien sagement. J'imaginais déjà mille et un scénarios de torture. Peut-être même envisageraient-ils d'administrer le même sort au créateur de ma Flamme... Cette dernière ne m'octroyait toujours aucun répit, s'agitant, bondissant, faisant des cabrioles douloureuses dans ma cage thoracique, affûtant tous mes sens.

— Je n'ai pas l'intention de vous suivre, annonçai-je d'une voix que je voulus grave. Et je n'ai pas non plus l'intention de vous donner le champ libre.

La femme fit un pas de plus en avant. Ses yeux se firent suppliants et sa voix baissa de quelques décibels.

— S'il vous plait, insista-t-elle. Il ne s'agit pas que de vous, ou nous. Nous avons besoin de savoir certaines choses. N'avez-vous pas envie d'en apprendre plus sur ce que vous êtes ?

Cette fois, ma curiosité fut piquée au vif. Oui, j'avais des tonnes de questions. L'espace d'un instant, je fus sur le point d'accepter sa proposition, conséquence des mystères volontairement laissés en suspens par le docteur Malef. Avais-je véritablement accordé ma confiance à la bonne personne ? Cependant, mon instinct, ou plutôt la Flamme, m'ébranla avec une vigueur soudaine. Je ne l'avais jamais sentie frétiller à ce point. J'imagine qu'elle pressentait une menace invisible à ma simple intuition. Si elle s'était tenue tranquillement lors de mes entretiens avec le docteur, c'est qu'elle n'avait flairé aucun danger. Il y en avait un avec le Flambeau.

— Je sais déjà tout ce que j'ai besoin de connaître, crachai-je agacé que cette femme mette à mal ma détermination.

— Vraiment ? minauda-t-elle en battant des cils de manière sournoise.

L'expression malsaine sur son visage ne lui seyait guère. L'image d'une enfant préméditant un meurtre sanglant me vint à l'esprit.

— Savez-vous que vous mourrez en la conservant ? termina-t-elle, fière de son annonce.

Bien que le docteur m'en ait parlé en passant —comme si ma mort prématurée n'était qu'un détail insignifiant dans toute cette histoire—, je fus bouleversé par cette déclaration.

— Partez, ordonnai-je d'un ton que je désirai convaincant.

En une fraction de seconde, la situation évolua vers la seule issue possible. Je décelai un mouvement sur ma gauche, tandis que trois hommes surgirent de part et d'autre autour de moi. Mon cerveau reçut alors une flopée d'informations que j'analysai en un éclair. Un des malfrats, celui sur la gauche, tenta de s'introduire chez Omar à la dérobée, les trois autres faisant écran à ma vision sans se douter que mon ouïe surdéveloppée avait détecté cette ruse habile. Sans réfléchir davantage, j'envoyai valser deux assaillants d'un simple coup asséné par la force de mon bras droit. Alors que j'entendis un horrible craquement, aucune douleur ne m'assaillit, bien évidemment.

Le troisième homme fit un pas en arrière pour prendre de l'élan, mais sa lenteur humaine le désavantagea. Sans le moindre effort, je lui flanquai un coup de pied dans la poitrine et il atterrit quelques mètres plus loin, inconscient. La haine déforma ma perception et je me jetai à présent sur l'intrus ayant essayé de pénétrer par effraction dans la maison de Omar. Pendant tout ce laps de temps, qui n'avait duré en réalité que quelques secondes, il avait réussi à gagner l'entrée. Je m'engouffrai à la hâte et le rattrapai avant qu'il n'accède à l'escalier principal. Je le saisis par le col, surveillant du coin de l'œil les autres membres du Flambeau, et le traînai dehors avec une facilité déconcertante. Je le balançai à une dizaine de mètres et il retomba dans un bruit sourd, près de son acolyte précédemment assommé. Je me postai devant la porte, protégeant ce pour quoi —ce pour qui— la Flamme vivait. Pour faire bonne mesure, je bondis sur les deux hommes restés trop proches de la maison à mon goût et les envoyai rejoindre leurs comparses inconscients. L'odeur du sang m'agressa les narines mais je n'en fis cas, encore trop bouleversé par cette rixe soudaine.

  Je constatai par ailleurs que le reste du Flambeau avait déserté les lieux, trop surpris par ma force faramineuse. Je me concentrai sur la situation afin d'en analyser l'ensemble. Je ne crus pas un seul instant que le Flambeau avait pris définitivement la fuite. Ils reviendraient, c'était certain. Que devais-je faire alors ? Je ne pouvais pas attendre indéfiniment ici à surveiller Omar, d'autant plus qu'il ne demeurerait pas calfeutré chez lui. Je n'allais tout de même pas suivre chacun de ses déplacements. Que ferais-je s'il se faisait attaquer en public, ou si le Flambeau réussissait à le persuader de l'accompagner ? Je ne pus m'y résoudre. Il n'y avait qu'une seule solution envisageable : fuir à mon tour, avec lui. À cette seule perspective, la Flamme me brûla de plaisir et je sentis presque l'afflux d'endorphines envahir mon enveloppe charnelle. *Pas maintenant*, pensais-je, *je dois me concentrer...*

Il fallait partir avec Omar. Nous avions besoin d'un endroit où nous cacher, pour être en sécurité. Pour qu'*il* soit en sécurité. Mais avant, la nécessité de voir le docteur s'imposa. Il pourrait nous renseigner, nous conseiller un lieu quelconque où nous pourrions être à l'abri en attendant. Il maîtrisait suffisamment le sujet pour savoir quoi faire dans un tel cas de figure, ou du moins c'est ce que j'espérais. Sans cela, il faudrait compter sur mes maigres connaissances.

Ma réflexion intérieure ne dura pas plus d'une minute, mais elle me sembla s'éterniser. Je contemplai les corps évanouis dans la ruelle, vestiges d'une scène de crime irréelle. Je pris l'ampleur de la situation au fur et à mesure mais je m'interdis cette introspection tant que Omar ne serait pas sain et sauf, et pour cela je devais fuir avec lui. Je n'osai imaginer ce qu'il dirait lorsqu'il me verrait, comment il recevrait cette nouvelle absurde... D'ailleurs qu'allais-je lui expliquer exactement ? Je m'en préoccuperai plus tard, l'essentiel étant qu'il me suive et que nous soyons hors de danger. Je lui indiquerai uniquement ce qu'il avait besoin de savoir.

Je pénétrai dans la maison puis fis volte-face. Inutile d'aller jusqu'à sa chambre pour le réveiller. Je risquai de lui flanquer une crise cardiaque. Je refermai la porte qui avait été forcée, obligeant le battant à tenir convenablement et appuyai sur l'interrupteur. J'attendis une minute et ne décelant aucun mouvement, je laissai mon doigt enfoncé sur la sonnette qui carillonna telle une mélodie funèbre. J'entendis enfin des pas lourds se mouvoir à proximité. Et si c'était quelqu'un de sa famille qui m'accueillait ? Je me concentrai, faisant le vide autour de moi et me focalisai sur les bruits à l'intérieur de la maison. Il n'y avait pas de doute possible : je n'entendais que ses battements cardiaques. Pas d'autres humains n'étaient présents dans l'habitation. La Flamme s'étira de toute sa longueur, balayant mon cœur d'un plaisir vigoureux, signe que Omar était à quelques pas.

La porte s'ouvrit, lentement. Il apparut alors, les yeux ensommeillés, les cheveux légèrement ébouriffés, vêtu d'un simple short de sport faisant office de pyjama. Une déflagration, s'imposa dans ma poitrine à la vue de cet adonis vivant, m'empêchant de trouver les bons mots. Heureusement, ce fut lui qui brisa ce silence gênant.

— Lucas ? s'étonna-t-il d'une voix rocailleuse.

Je fus heureux qu'il se souvînt de mon prénom. Je fondis littéralement devant son air hagard, alors que j'avais été capable de ravager une dangereuse organisation quelques minutes avant.

— Qu'est-ce que tu fais là ? C'est la nuit.

Son innocence me fit rire. Je devais probablement frôler la crise d'hystérie.

— On doit partir, lâchai-je en tentant de retrouver mes esprits.

On avait vu mieux comme amorce, mais je n'étais pas vraiment dans mon état normal.

— Partir où ? s'impatienta-t-il en se frottant les yeux.

Je le sentais grognon. Rien d'anormal quand un quasi inconnu vient vous réveiller en pleine nuit en vous proposant une virée improbable.

— Tu es en danger... Des gens te cherchent.

Je le vis interdit, comme s'il ne croyait pas un mot de ce que je racontais, ce qui était certainement le cas.

— On doit partir, répétai-je à mi-voix, conscient que rien ne fonctionnait comme prévu.

— Qu'est-ce que tu racontes ?

Je ne m'exprimai pas correctement. Il fallait que je me reprenne, et vite. Nous perdions un temps fou.

— Écoute, expliquai-je maintenant qu'il était plus alerte. Des gens... malintentionnés veulent quelque chose que je possède. Tu es en danger et on doit s'en aller rapidement.

Je perçus dans son regard qu'il était dubitatif. Il acheva de me le confirmer :

— Tu as bu ? me demanda-t-il.

Il était probablement en train d'établir la liste mentale de toutes les substances illicites existantes, évaluant laquelle pouvait avoir de tels effets secondaires. Il s'avança un peu plus à ma rencontre, tentant de flairer l'odeur de l'alcool responsable de mon état. Sa proximité me fit vibrer intérieurement.

— Non ! m'exclamai-je. Je te jure. Je te raconterai tout plus tard mais je t'en prie, partons...

Il prit une profonde inspiration et passa la main dans ses cheveux courts.

— Je ne comprends rien, finit-il par dire. On n'est pas dans un film.

— Non... S'il te plait, crois-moi.

— Comment as-tu trouvé mon adresse ?

— Je me suis laissé guider.

À présent, il avait les yeux écarquillés. Encore une annonce de ce genre et il allait appeler les urgences pour exiger mon internement.
— Écoute, dit-il en s'approchant encore de moi, je ne sais pas ce que tu as, mais ...
Il s'interrompit. En sortant sur le porche, il décela au loin les corps inconscients et ensanglantés.
— Qu'est-ce que c'est que ce bordel ? s'écria-t-il. Qu'est-ce qui s'est passé ?
— Je te l'ai dit. Ils ont tenté de s'en prendre à toi... S'il te plaît, fais-moi confiance. On doit aller voir quelqu'un qui peut nous aider.
À ces mots, l'atmosphère changea une fois de plus, s'imprégnant d'une sensation désagréable. Je réalisai alors que la Flamme me tordait de nouveau le cœur, en proie à une panique intense. Une respiration saccadée boucha mes tympans, des pas lourds sur l'asphalte, le bruit d'un corps s'élançant ainsi qu'une détonation...

    Sans prendre la peine de réfléchir davantage, mon corps se mut immédiatement et je bondis devant Omar pour lui faire écran. L'homme qui avait fait feu sursauta en m'apercevant soudainement devant et il ouvrit le feu dans ma direction cette fois-ci. Je sentis la balle toucher mon torse en y laissant un trou sans éprouver la moindre douleur. Le projectile tomba sans que je ne vacille d'un pouce. Je réagis en une demi-seconde comme pour ses comparses : je me jetai sur lui à la vitesse de l'éclair et l'envoyai valdinguer à cinquante mètres de là. Il avait essayé de blesser Omar, pire même, de le tuer, mais désormais c'est lui qui gisait sur le pas de la porte, inanimé, une bosse de la taille d'une pomme sur le front.

Je fus submergé par une bouffée fulgurante de haine contre cet homme et sa bande et j'eus du mal à contrôler ma rage. Il méritait que j'en finisse avec lui. Tous mes sens en alerte, je me mis à l'affut du moindre indice susceptible de me renseigner sur les ennemis restants. La Flamme s'apaisa instantanément, signe que la voie était libre. Je vis à ses yeux que Omar n'avait pas compris ce qui venait de se dérouler.
— Comment as-tu réussi à... à ... commença-t-il.
Je ne relevai pas, jaugeant si je l'effrayais ou non. Il me contourna pour estimer l'étendue des dégâts et aperçut la flopée d'individus inconscients sur le sol.
— Ils sont morts ? s'enquit-il.
— Non, juste assommés.
Il jeta de nouveau un œil dans la ruelle puis se mit sur le côté.
— Très bien, entre vite, m'ordonna-t-il. On va appeler les flics.
Une part de moi-même s'extasia à l'idée de pénétrer chez lui (en y étant invité cette fois-ci) mais une autre s'inquiéta du temps que l'on perdait. Je décidai d'accepter sa proposition, espérant le convaincre avec d'autres arguments. Je lui emboîtai le pas et franchis le seuil. Son intérieur avait un air plutôt charmant avec les lumières allumées, elle avait perdu son aspect fantomatique. Je me sentis davantage en sécurité quand il eut fermé la porte, comme si cette simple entrave en bois constituait une protection inexpugnable.
— Prends quelques affaires, habille-toi et filons d'ici, déclarai-je en un souffle.
— Non. Tu m'expliques d'abord ce qui se passe et ensuite, on téléphonera à la police.

Il semblait énervé à présent. Je ne pus que le comprendre, il m'était relativement aisé de me mettre à sa place.
— Je t'expliquerai tout une fois que tu seras en sûreté. Que nous serons en sûreté. Je le promets. Mais on n'a pas le temps maintenant... La police ne pourra rien y faire, crois-moi.
Je tournais en rond, les paumes plaquées sur les yeux pour reprendre mes esprits. La simple odeur de son haleine me donna des frissons. Je n'avais jamais ressenti un tel appétit charnel envers quelqu'un et l'heure n'était pas à l'excitation. Omar soupesa le pour et le contre.
— Tu crois vraiment que j'invente tout ça ? lui lâchai-je sombrant dans une panique déterminante.
C'était ridicule. J'étais troublé par le fait qu'il me prenne pour un menteur ou un fou.
— Vérifie dehors, tu vois bien tous ces gens qui ont tenté de t'enlever !
— Pourquoi voudraient-ils m'enlever ? Et comment as-tu réussi à te déplacer aussi vite pour te placer face à moi ? Et... cet homme... il t'a tiré dessus n'est-ce pas ?
Il n'en croyait pas ses yeux. Il me jaugea avec un regard neuf.
— Tu connaîtras la vérité. Mais avant, filons d'ici.
Omar se détourna, en proie à un dilemme intense. Il prit une profonde inspiration et déclara, toujours retourné :
— Je t'accompagne et une fois en lieu sûr, tu me racontes tout. Et tu as intérêt à avoir une bonne raison !
Sa colère me frappa de plein fouet. La douleur était violente mais seul l'effet comptait. Il fallait le mettre en sécurité.
— Je te le promets, répétais-je impatient de partir.

J'allais trahir le secret que le docteur Malef m'avait interdit de révéler à qui ce soit, mais je le faisais pour Omar. Quand on est amoureux, on n'a pas de secrets.

Chapitre 14 : La cohabitation

J'étais installé sur le siège passager de la voiture de Omar, une petite Opel Astra qui ne payait pas de mine jusqu'à ce que son conducteur séduisant se décide enfin à prendre place derrière le volant. L'habitacle conservait son odeur et la présence de son propriétaire décuplait les fourmillements qui naissaient sur la surface de ma peau. Il s'était garé dans la rue adjacente à sa maison et j'étais encore sous le choc de me trouver en sa compagnie, si bien que je l'avais suivi sans me préoccuper de savoir si nous devions utiliser son véhicule ou la mienne. De toute façon, ma vieille Twingo était restée chez moi et j'imagine que Omar n'aurait guère apprécié que je le porte jusque-là. Il balança un sac de sport contenant quelques affaires sur la banquette arrière, ainsi que je le lui avais conseillé. Qui sait combien de temps devrions-nous rester terrés en attendant qu'une solution miracle se profile ? L'aube n'apparaissait pas encore bien que j'eusse l'impression que des heures s'étaient écoulées depuis ma venue dans le quartier. J'attachai ma ceinture, ô combien inutile, prêt à prendre la route.
— Bien, où va-t-on ? me demanda le chauffeur ensommeillé et dubitatif.
Mmmh. Bonne question. Je n'y avais pas réfléchi, mon objectif étant de fuir cet endroit le plus rapidement possible.
— Chez quelqu'un susceptible de nous aider, lançai-je un brin mystérieux.
Il soupira et jeta un œil derrière lui comme s'il regrettait déjà sa décision.

— Tu as intérêt à ne pas m'avoir menti, me prévint-il, résolu. Et à tout me raconter.

Il continuait à se méfier de moi, bien entendu. Je ne l'avais pas persuadé. Néanmoins, sa menace à peine voilée ne m'impressionna pas outre mesure. Seuls ses doutes quant à ma sincérité et son ton désagréable me transpercèrent comme des lames de rasoir.

— J'ai promis, répétai-je. Je vais te guider.

Il actionna le clignotant gauche et sortit de sa place de stationnement pour rejoindre la chaussée, en évitant habilement d'écraser les membres du Flambeau encore au sol.

— Comment as-tu réussi à mettre K.O tous ces gars ? marmonna-t-il.

Je gardai le silence cette fois-ci. La question s'adressait plus pour lui-même que pour moi.

— Tu connais l'avenue du millénaire à Davanne ? poursuivis-je en guise de réponse.

— Bien sûr, c'est vers là que j'allais à l'école primaire avant.

— Bon, dans ce cas, c'est ici que nous allons.

— C'est toi le chef, conclut-il dans un souffle rauque.

Il se dérida quelque peu. C'était déjà une petite victoire.

— Et on va voir qui précisément ? m'interrogea-t-il.

— Je t'expliquerai...

— Après, acheva-t-il. Je sais. N'empêche, il n'y a rien de plus frustrant que de ne pas connaître la vérité, crois-moi !

Il accéléra et s'inséra sur la deux voies menant à la périphérie de la ville pendant que je méditais sur ses dernières paroles. Si seulement il savait... Mais il saurait, très bientôt. Cela ne me rassura pas, au contraire. Je chassai cette pensée de mon esprit. Je lui

jetai un regard en coin et quelque chose attira mon attention.
— Euh... Omar ? risquai-je.
— Quoi ?
— Tu n'as pas mis ta ceinture de sécurité.
Quel intérêt de le préserver d'une organisation criminelle s'il traversait le pare-brise à cause d'un freinage d'urgence ?
— On dirait que tu tiens absolument à me sauver la vie ce soir, bougonna-t-il, mais il entreprit de s'attacher.
Tu n'imagines pas à quel point.

*

Retrouver la maison du Docteur Malef en pleine nuit en empruntant un chemin officiel dans un moyen de transport banal me parut d'une facilité déconcertante. Évidemment, mon sens de l'orientation ainsi que tous les autres avaient progressé à une allure affolante. Si quelqu'un pouvait bien nous aider, c'était le docteur. Lui saurait quoi faire. Je l'espérais. Cependant... il était absent la dernière fois. Et s'il manquait encore à l'appel ?

Dans l'habitacle, nous ne nous adressions plus la parole. Omar conduisait de manière souple et agréable. Je l'aurais soupçonné bien plus nerveux au volant. De temps à autre, il jetait un coup d'œil dans le rétroviseur arrière mais de façon beaucoup trop régulière pour que ce soit une simple habitude de vigilance routière. Je m'en rendis compte lorsqu'il sursauta au moment où un véhicule nous dépassa.
— Tu crois qu'ils nous suivent ? me demanda-t-il enfin après une éternité de silence.
Occupé à le contempler autant que le permettait la courtoisie, je mis un temps à saisir le sens de ses mots.

— Ça m'étonnerait. Nous les aurions déjà aperçus.

Omar prit la sortie menant à la partie nord de la ville et poursuivit sur la route départementale. Comment aurais-je pu concevoir quelques heures auparavant que je me trouverais là, en sa compagnie au beau milieu de la nuit ? Inutile de songer au fait que ma société n'était pas pleinement désirée, il fallait que je savoure cet instant tant que je le pouvais encore. Car qu'allait faire le docteur ? Allait-il me retirer la Flamme afin que personne ne l'ait ? C'était un dessein à prévoir, naturellement, il avait été très clair sur ce sujet : la garder se révélait impossible, au risque d'en mourir. Je chassai une fois encore cette pensée de mon esprit. Je n'avais pas les idées claires. La prise d'une quelconque décision attendrait un peu. Le paysage familier des rues me ramena à la réalité. J'indiquai à Omar l'itinéraire le plus rapide pour rejoindre la demeure du docteur Malef et nous y parvînmes en une dizaine de minutes. Il se gara devant la résidence, sur un emplacement qui n'autorisait aucun stationnement mais l'urgence de la situation m'incita à plus d'indulgence. J'allais lui proposer de patienter dans la voiture, cependant il ne m'en laissa pas le temps. Je n'avais même pas songé à utiliser ma vitesse surhumaine pour l'occasion, car auprès de lui et contre toute attente, je me sentais plus humain que jamais. Quoi de plus paradoxal quand on savait qu'il était l'auteur de tout ce qui m'arrivait d'étrange ?

— Tu aurais pu m'attendre, précisai-je par principe.

— Et rester dans l'ombre des explications que je n'ai toujours pas eues ? Même pas en rêve.

Je ne relevai pas la pique. Il avait tous les droits de m'en vouloir après tout. Nous gravîmes le perron en

quelques enjambées et j'actionnai la sonnette. Je me concentrai afin de percevoir une présence à l'intérieur mais au même instant, j'entendis très nettement des pas se rapprocher et des battements cardiaques réguliers. De toute évidence, une seule personne était ici.
La porte s'entrouvrit à peine et je visualisai le visage endormi de Liliane.
— Lucas ? s'étonna-t-elle. Que faites-vous ici en pleine nuit ?
Elle aperçut Omar à mes côtés mais s'abstint de tout commentaire.
— Je suis navré de vous déranger à cette heure-ci Liliane, mais il s'agit d'une urgence.
À ces mots, elle déverrouilla la porte et nous fit entrer sans plus de cérémonie. J'imagine qu'être la femme du docteur Malef avait dû l'habituer à des péripéties bien plus insolites et périlleuses. Nous la suivîmes jusqu'au salon où elle nous invita à nous asseoir.
— Désirez-vous boire quelque chose, Lucas et euh... ?
— Omar, le présentai-je à la va-vite et touché par son amabilité. C'est gentil Liliane , mais nous sommes à la recherche du docteur. Il n'est pas là, n'est-ce pas ?
Mon compagnon était étrangement mal à l'aise dans mon sillage. Je songeai qu'il n'avait pas prévu de passer une telle nuit. Sans doute se persuadait-il qu'il rêvait.
— En effet, il est parti en voyage, m'assura sa femme. Puis-je vous être d'une quelconque aide ?
Bien que je susse cette information avant qu'elle ne me la confirmât, un immense vide m'envahit derechef.
— Je ne sais pas Liliane... Savez-vous quand il sera de retour ?
Elle sembla sincèrement désemparée pour nous.

— Dans quelques jours, d'après ce que je sais.
— Pourriez-vous le contacter ? lui demandai-je en mettant ma politesse au placard.
— J'ai bien peur que ce soit impossible, me renseigna-t-elle.
Elle hésita quelques secondes et je sentis à son pouls irrégulier qu'elle pesait le pour et le contre.
— Oui ? l'encourageai-je à poursuivre.
— Eh bien, mon mari fait un voyage pour ses travaux.
À ce moment, je crus déceler dans ses yeux une acuité mystérieuse que j'interprétai aussitôt. Elle était au courant. Elle connaissait l'existence de la Flamme, bien sûr, mais elle savait aussi que j'en étais doté.
— Nous sommes en danger, lui annonçai-je sans tergiverser davantage. Le Flambeau est à nos trousses. Ils ont localisé Omar et ils ont tenté de l'enlever.
— Le Flambeau ? releva Omar incrédule.
Je n'y prêtai guère attention. Il était difficile de le laisser dans l'indifférence, surtout au vu de l'amour que je lui portais. Mais sa sécurité primait à mes yeux, bien plus que l'opinion qu'il pourrait avoir de moi.
— En effet, conclut Liliane, c'est inquiétant.
Sa façon de présenter les choses en une simple phrase dépourvue de toute tonalité tragique rendit le propos encore plus anxiogène. Elle fixa intensément le trou qu'avait fait la balle sur mon t-shirt mais ne fit aucun commentaire.
— Pouvons-nous l'attendre ici Liliane ? Je ne peux pas retourner chez moi, c'est là qu'ils viendraient... Chez Omar c'est impossible aussi pour les raisons que je viens d'évoquer. Nous avons besoin d'un abri.
Liliane me regarda, désolée et terriblement mal à l'aise.

— Je suis navrée Lucas mais vous ne pouvez pas rester ici.
La violence de son refus me gifla avec une telle force que j'en gardai la bouche ouverte. Je n'avais rien vu venir. Liliane, pourtant bienveillante et soucieuse de bien faire craignait-elle pour sa sécurité ? Ou pire encore, avait-elle peur que nous bousculions sa vie quotidienne et son confort ? Elle me connaissait à peine, certes, mais elle savait que la situation était grave. Fort heureusement, elle comprit instantanément mon expression et s'empressa d'ajouter :
— Vous ne serez pas en sûreté ici. Vous devez trouver un endroit isolé, sans communication possible.
— Pourquoi pas ici dans ce cas ? voulus-je savoir.
Elle soupira face à ma supplication implicite.
— Ce n'est pas à moi de vous le dire, mais mon mari vous racontera tout. Plus tard.
— Chacun son tour, cracha Omar, de nouveau de mauvaise humeur d'avoir été superbement ignoré.
— Où nous rendre alors ? Liliane nous sommes complètement perdus...
— Vous ne connaissez pas un lieu où vous confiner ? Un lieu difficilement accessible, sans électricité, ni Internet. Cela vous protégera.
Au moment où elle évoqua un tel emplacement, une idée s'imposa lentement dans mon esprit. Oui. Je savais où aller. Cette petite masure que mes parents avaient achetée pour une bouchée de pain, perdue au fin fond d'une campagne miteuse donnant à la Chapelle des airs de grande mégalopole. Bon nombre de fois j'avais supplié mes parents de ne plus y passer nos vacances tant je détestais cette contrée sauvage où nous vivions coupés de tout et sans la moindre source de confort.

Mais cela signifiait un retour chez moi au préalable, au moins pour récupérer les clés et l'adresse exacte. Même si je possédais dorénavant un sens de l'orientation surhumain, je ne pouvais pas me diriger dans des endroits dont je n'avais pas de souvenirs suffisamment précis. Cela me permettrait également de laisser un mot d'excuse à ma mère afin qu'elle n'alerte pas le FBI pour me retrouver. Après tout, Omar, lui, avait glissé une note à sa famille avant de partir.

— Je pense savoir où nous pourrions nous cacher, déclarai-je.

— Très bien, répondit Liliane soudainement revigorée. Voilà ce que vous allez faire. Vous vous y rendrez, en abandonnant vos téléphones portables ailleurs. Il ne faut pas que vous puissiez être repérés. J'ai besoin de connaître l'adresse où vous serez, afin de prévenir mon mari. Il viendra vous voir dès son retour pour vous aider. Cela vous convient ?

Quel autre choix s'offrait à nous de toute façon ?

— Nous mettrons nos portables chez moi, annonçai-je. Je vous enverrai de là-bas un message vous indiquant notre lieu de résidence provisoire.

— Nous mettrions votre mère en danger, m'expliqua Liliane. Nous devons trouver une autre alternative.

Je m'en voulus de ne pas y avoir songé, en ne m'intéressant qu'à la sécurité de Omar, j'avais oblitéré tout le reste.

— Je vais les garder, annonça Liliane. Comme ça, je communiquerai avec vos familles en me faisant passer pour vous. Inutile de les inquiéter pendant votre absence.

— Mais... et vous ? me tourmentai-je. Si le Flambeau localise mon téléphone, ils viendront jusque chez vous, n'est-ce pas ? Et ils pourront trouver mon adresse si vous communiquez avec ma mère...

J'avais l'impression que c'était une voie sans issue. Quoique nous fassions, nous courions tous un risque certain, entraînant un membre de notre famille dans notre cavalcade.

— Pas nécessairement, déclara Liliane d'un ton grave. Le Flambeau sait plus ou moins qui vous êtes Lucas, mais ils n'ont pas votre identité exacte. C'est pour cette raison qu'ils ne sont jamais venus chez vous.

— Et il est possible de repérer un téléphone sans connaître l'identité du propriétaire ? m'enquis-je.

Elle acquiesça, allégeant quelque peu la boule qui se formait dans mon ventre.

— Cela ne change rien au fait que vous serez en danger en conservant nos portables chez vous, contre-attaquai-je peu à l'aise avec ce plan.

— Le Flambeau ne s'en prendra pas à nous.

Elle avait énoncé cette phrase avec une certitude déconcertante. Pour la première fois, je ne la vis plus comme la ménagère accueillante, s'affairant à la cuisine pour préparer des muffins à son mari. À la place, Liliane sembla forte, déterminée, comme si notre situation avait ravivé d'anciens souvenirs.

— Comment savez-vous tout ceci ? demandai-je à Liliane piqué au vif dans ma curiosité. Sur la traçabilité des portables ? Sur le Flambeau?

— Mon mari vous le racontera mais pas maintenant. Nous perdons du temps.

À côté, Omar trépigna de nervosité. Je me mis à sa place et compris à quel point il devait être agacé de nous écouter déblatérer des propos confus dignes d'un film de science-fiction.

— Bien, résuma Liliane , je garde vos téléphones. Trouvez une excuse pour vos familles. Je leur enverrai de temps en temps un SMS pour leur donner des nouvelles, en me faisant passer pour vous.
Se tournant vers moi, elle ajouta :
— Partez prendre quelques affaires chez vous et mettez un papier dans ma boîte aux lettres avec l'adresse de l'endroit où vous vous cacherez. Le docteur vous rejoindra dès que possible. Ah ! J'espère qu'il viendra vite...
— Très bien, répondis-je. Mais vous êtes certaine que ça ira ?
— Pour moi ? Bien sûr, j'en ai vu d'autre. En attendant, je prierai pour vous.
Liliane s'activa alors dans la cuisine, vadrouillant de droite à gauche, fouillant dans les placards. En quelques minutes, elle redevint la maîtresse de maison que je connaissais et cela me ramena à ma première rencontre avec le docteur et elle. Au moment de quitter la maison, elle nous tendit un sac rempli à ras-bord de victuailles.
— Oh Liliane... Il ne fallait pas, la remerciai-je gêné de sa prévenance. Nous ne serons pas partis très longtemps si le docteur revient dans quelques jours.
— Le plus tôt vous serez là-bas, mieux ce sera pour votre sécurité. Enfin, *sa* sécurité, ajouta-t-elle en désignant Omar.
Décidément, cette Liliane était très perspicace.

*

De retour dans l'Opel, je réexpliquai notre plan de repli à un Omar visiblement à bout de nerfs.
— Attends, attends, deux minutes, m'interrompit-il. Tu n'espères quand même pas que je vais faire tout ça ?

Genre poireauter je ne sais combien de jours dans un lieu paumé en ne donnant plus aucun signe de vie pour une raison que j'ignore encore ?
— Non, lui assurai-je.
Je commençai à connaître la tactique consistant à l'apprivoiser. Un marché le canaliserait suffisamment pour que j'aie le temps d'assurer sa sécurité.
— Voilà le deal. On va se mettre à l'abri, je te raconte tout et tu décides ce que tu fais. Si tu ne veux pas rester, tu pourras repartir immédiatement.
Un mensonge éhonté bien sûr, puisque lorsqu'il m'aurait cru, il lui serait ardu de ne pas paniquer face à ce qui se profilait. Et surtout... Quelle que soit sa décision, je ne le laisserai pas fuir pour se jeter dans les bras de ces psychopathes. Je l'en empêcherai coûte que coûte, j'en avais les moyens physiques désormais. Omar ne releva pas la supercherie. Il me jaugea du regard avant de déclarer :
— Marché conclus.
À ces mots, il mit le contact.

*

— Attends-moi ici s'il te plait, demandai-je à Omar en quittant la voiture.
Nous étions arrivés devant chez moi et l'aube pointait enfin. Ma mère ne tarderait pas à se réveiller et il fallait absolument que je sois parti avant. Je pénétrai dans la cuisine, pris le premier post-it que je dénichai et rédigeai une note explicative. Encore un mensonge, évidemment. J'avais eu l'occasion d'y réfléchir pendant cette virée improbable, et j'annonçai en quelques phrases à ma mère que je m'étais emmêlé les pinceaux concernant la date de la conférence organisée à Paris avec l'université. Je lui signalai donc une absence

d'une semaine en espérant que cela serait suffisant, puis je montai dans ma chambre. Malgré l'urgence de la situation, je me rappelai que son anniversaire allait tomber dans quelques jours. Un détail sans importance compte tenu du contexte, mais je me félicitai intérieurement de ne pas avoir oublié cette fois-ci.

Après avoir rempli mon sac de cours de vêtements et de produits d'hygiène, je redescendis les marches quatre à quatre à la recherche des clés de notre vieille cabane. Elles ne furent pas difficiles à trouver : près du téléphone, là où mon père les avait déposées la dernière fois. Nous n'y étions jamais retournés. J'arrachai le porte-clé sur lequel figurait notre lieu de retraite et le mémorisai mentalement. Je repartis en direction de la voiture. Omar semblait désormais abasourdi, comme si tout ceci n'appartenait qu'à un mauvais rêve. Je ne lui accordai pas le temps de méditer et lui intimai de prendre la route.

— On doit repasser chez le docteur pour lui donner l'adresse, précisai-je. Je lui glisserai ceci dans la boîte aux lettres.

Je lui signalai le porte-clé que j'avais détaché.

— Tu as laissé une note à tes parents ? lui demandai-je de crainte qu'il ne s'endorme au volant.

Il avait cependant l'air tout à fait éveillé. Ses pensées devaient être trop désagréables pour qu'il s'assoupisse.

— Mon père est mort, me balança-t-il.

Il était étrange que même dans ce genre de situation, je mettais toujours les pieds dans le plat.

— Le mien aussi, déclarai-je en guise de condoléances.

Je lui avais fait cet aveu pour dissiper le malaise, comme si deux décès valaient mieux qu'un.

— Mais j'ai mis un mot à ma mère et ma petite sœur, au cas où. Elles sont à l'étranger pour le moment et reviendront la semaine prochaine. Une chance. Qui sait ce que...
Il ne termina pas sa phrase. Le concept de chance était tout relatif.

*

— Tu es sûr que c'est par ici ? me demanda Omar, sceptique.
Nous ne nous étions pas adressé la parole pendant le voyage. Heureusement, nous n'étions qu'à une cinquantaine de kilomètres de Davanne. Le temps avait dû lui sembler long mais pour moi, cela constituait une jouissance inaltérable. Maintenant que la Flamme ne sentait plus aucun danger, je pouvais brûler à ma guise en contemplant le conducteur de temps à autre. Je m'habituais à sa proximité mais le feu avec sa brûlure jouissive ne désemplissait pas pour autant. Le jour s'était enfin levé, comme s'il avait pris un malin plaisir à faire une grasse matinée pour que ce cauchemar perdure.
— Oui, c'est le bon itinéraire. Il est difficilement praticable, c'est justement ce qu'il nous faut.
Alors que j'avais tout fait pour gommer de la mémoire cet endroit, je me souvins pourtant avec précision de ce sentier étroit et escarpé, serpentant au milieu des broussailles en une pente vertigineuse. Quiconque ignorait la présence d'un terrain aplani au bas des montagnes n'aurait jamais songé à s'aventurer sur cette piste hostile. Omar fit confiance à mon ton catégorique et commença à emprunter le chemin. Nous roulions au pas, cahotant sur le sol inégal, franchissant les vieilles frondaisons obscurcissant notre vue. Nous

traversâmes enfin un petit pont qui surmontait une rivière déchaînée et nous aperçûmes enfin ce qui faisait office de maison.

Elle était encore pire que dans mes souvenirs. Construite en bois mité, je fus soulagé néanmoins qu'elle ne se soit pas écroulée sous les bourrasques du vent. La vétusté du lieu ne sembla pas influer négativement sur le moral de Omar. Selon ma promesse, il restait libre de partir après mon récit. Il s'accrochait peut-être vainement à cet espoir chimérique. Il coupa le contact et je me dépêchai d'ouvrir la porte branlante de la bâtisse. Le bois avait travaillé avec l'humidité et je dus forcer légèrement le battant. Nous pénétrâmes à l'intérieur. L'essentiel de la masure consistait en un séjour accolé à une cuisine rudimentaire. Nous avions accès à l'eau courante grâce à un aménagement de mon père le temps de son vivant, laquelle nous donnait accès à l'eau de la rivière. Nous ne mourrions donc ni de soif, ni de manque d'hygiène. Le paradis.

Les deux seules autres pièces faisaient fonction de salle de bain, sans eau chaude et avec douche exclusive bien sûr, et d'une petite chambre dans laquelle nous avions réussi par je ne sais quel miracle à caser un lit double. Omar s'installa sur le canapé poussiéreux, intrigué et plongé dans ses pensées. Était-il maintenant en état de choc ? J'ouvris les volets du séjour pour apporter un peu de lumière à cet endroit lugubre. Pas d'électricité ici, nous devrions nous contenter de vivre à la chandelle lorsque la nuit tomberait. Je voulus prendre le balai pour épousseter un peu le plancher mais un regard vers Omar me fit réaliser qu'il n'apprécierait guère que je joue à la maîtresse de maison alors qu'il attendait ses explications. Inutile de le faire languir plus longtemps.

*

Je m'assis à ses côtés. Je l'entendis respirer bruyamment, comme essoufflé par cette course infernale. L'adrénaline y jouait sûrement pour beaucoup. Après tout, nous nous étions enfuis en voiture et non pas à pied. Dans ces conditions, j'aurais été essoufflé comme jamais. Sauf que ce n'était plus possible. Je n'osai pas le regarder. Qu'aurait-il dit ? J'essayai de me mettre un instant à sa place. Il dormait paisiblement dans son lit lorsqu'un garçon de sa promotion —qu'il connaissait à peine soit dit en passant—, avait déboulé chez lui, avec un groupe de tarés qui lui couraient après. Hors de question pour Omar Pols de laisser un homme en danger, surtout s'ils partageaient des cours ensemble. Son éducation n'admettait pas une telle indifférence. Son premier réflexe avait consisté à me porter secours, je le réalisai à présent, mais il ignorait alors que les rôles étaient complètement inversés. Moi et moi seul étais venu le tirer du danger. Et à présent, son tour était venu de me poser des questions. Une fois qu'il reprit haleine, sa merveilleuse voix m'interpela de nouveau.
— Tu m'expliques ce qui s'est passé ?
Il y avait de la colère dans sa voix, en plus de l'incompréhension. Je m'agaçai moi-même à m'extasier devant les inflexions de son accent. Ce n'était pas le moment de tomber dans la billevesée.
— C'est... compliqué, déclarai-je, ne sachant pas quoi dire exactement.
Au moins, j'étais sincère. Qu'y avait-il de plus complexe que la Flamme ? Naturellement, Omar ne

voulut pas s'en contenter. Mon attitude partageait des traits communs à celle adoptée face au Dr Malef, puis au Dr Dufer. Cette époque me sembla si lointaine... Omar interrompit mes rêveries.

— Compliqué ? Je ne vois pas en quoi ! Tu débarques chez moi avec ces cinglés à tes trousses, ces mêmes cinglés qui veulent aussi me faire la peau !

Dit comme ça, la situation paraissait encore plus irréaliste.

— Je comprends, avouai-je lamentablement.

Je savais pertinemment que mes réponses plus qu'évasives —si on avait l'audace de définir ainsi mes propos laconiques— allaient l'exaspérer au plus haut point. J'avais vécu la même chose.

— Tant mieux ! s'énerva-t-il. Je veux savoir pourquoi ! Qu'est-ce qui se passe ? Et comment tu as fait pour...

Il ne termina pas sa phrase. C'était inutile. Il avait vu ce dont j'étais capable. Comment un jeune homme d'à peine 18 ans pouvait détenir cette force ? Avec un peu de chance, il croirait avoir été victime d'une hallucination. Quoi qu'il en soit, il fallait que je nourrisse à sa première question. *Pourquoi ?*

— J'ai le droit de savoir, putain ! s'exclama-t-il en se levant du canapé.

Sa colère grondait à présent, et je détestais ça. Non pas par peur qu'il me frappe (comment un tel être pourrait-il me violenter ?), mais bien parce que je ne supportais pas de le voir dans cet état. Un coup de poing dans la figure ne m'aurait provoqué aucune douleur, bien sûr, mais pourtant j'aurais été blessé plus que de coutume. Il n'était pas seulement furieux. Il était effrayé. Avais-je effrayé mon Enflammeur ? Avais-je angoissé la seule personne que je n'avais jamais aimée dans toute ma vie ? Rien que pour l'apaiser, je me résolus finalement à lui révéler la vérité.

Dehors, nous percevions des sons bigarrés. Le silence de la nuit avait fait place au brouhaha de la nature : les oiseaux, le vol de je ne sais quel insecte répugnant, le murmure de la rivière à quelques mètres...
— Très bien, je vais tout te raconter, déclarai-je enfin.
Il se détendit légèrement. Dans une mesure incroyable, je percevais les plus infimes de ses changements d'humeur. Par où allais-je commencer ? Par le commencement ? Je ne savais même plus de quelle manière tout ceci avait débuté... Je me souvins soudainement. Un regard. *Son* regard. *Sa* présence. Non, je ne pouvais décidément pas débuté mon récit ainsi, il n'aurait pas compris. Qui aurait pu ? L'adrénaline, ou encore la Flamme peut-être, me guida sans que je n'eusse à réfléchir davantage. Comme si je devais tout lui déballer, comme si je devais vider mon sac définitivement. Il allait savoir... Comment la Flamme réagirait une fois que son Enflammeur serait au courant de tout ? Je me fis peur en parlant à la troisième personne du singulier au lieu de la première. Il aurait été tellement incongru de dire « je » dans une pareille situation !

Nous. Voilà la personne à utiliser. Nous, la Flamme et moi. Et Omar, toujours Omar, bien entendu. Cette précision relevait de l'inutile. C'était l'évidence même, il faisait partie de moi, intégralement, et éternellement.
— Tu te rappelles du jour où nous nous sommes rencontrés ? amorçai-je en décidant d'entamer la conversation par le plus simple.

Il fronça ses sourcils épais, rendant son visage encore plus carré. Après quelques secondes de réflexion, il répondit :

— J'avais rendez-vous avec la directrice de l'université et tu m'as dit qu'elle m'attendait.

Évidemment, son souvenir de notre première rencontre n'était pas le même que le mien pour la simple et bonne raison qu'il n'avait pas remarqué ma présence le jour où tout avait commencé.

— En fait, expliquai-je, je t'avais vu quelques semaines avant. Au cours de langue. Peu importe.

Voilà qu'à présent la confusion me gagnait. Cela ne revêtait que peu d'importance, pour lui en tout cas. Néanmoins, il m'écouta attentivement et ne me força pas à accélérer mon récit. Il ne me coupa même pas la parole pour me faire rentrer dans le vif du sujet, sans doute craintif à l'idée de le ralentir davantage.

— Vois-tu, poursuivis-je, la première fois que je t'ai vu, je me suis senti... mal.

Je ne m'étais jamais rendu compte à quel point il était ardu de mettre des mots sur ce que j'avais ressenti cette fois-là, mais devoir le verbaliser à quelqu'un soulignait le caractère ineffable de mon expérience.

— Mal et bien en même temps. J'ai eu l'impression de faire une sorte d'attaque, comme si mon cœur prenait feu et ravageait ma poitrine. Je me suis senti étourdi, confus, et j'ai eu le sentiment de devenir quelqu'un d'autre.

Je tentai de lui décrire cette sensation singulière sans le regarder en face, mais de temps à autre, je ne pouvais m'empêcher de l'analyser. Il arborait une moue dubitative, non pas qu'il ne croyait pas ce que je lui révélais, mais il voulait savoir où je comptais en venir.

— Et puis tout a commencé. Si tu savais... J'ai cru devenir fou. J'ai été pris d'un tel désir... C'était... inhumain. J'étais fasciné, obsédé par ta simple existence alors que je ne te connaissais même pas.

Le fait d'aborder mon obsession pour lui me procura des fourmillements dans la poitrine, que je ne devais pas à la Flamme mais à la partie humaine qui demeurait en moi. Et je ne lui avais pas encore parlé de mes sentiments... À cette pensée, un tressaillement me phagocyta.

— A partir de là, je me suis mis à changer. C'était irréel. Tu as vu ce dont j'étais capable, physiquement s'entend. Mais cette force a débuté progressivement, je résistai à des accidents mortifères, je venais à bout d'une maladie congénitale, mon corps se renforçait, mon apparence se modifiait... Et puis ce feu continuait à me ravager la poitrine. Sauf que j'y prenais plaisir par moments ! À chaque fois que je te voyais, que je te sentais, tu soufflais sur mes braises. Tu ravivais un feu qui n'avait jamais été aussi dévastateur.

Je vis à son expression qu'il commençait à comprendre la portée de mes sentiments pour lui. Il craignait que je ne le dise clairement. Je préférai me concentrer sur la partie surnaturelle des évènements, celle qui nous avait conduits ici.

— Un médecin spécialisé dans les troubles paranormaux m'a aidé. Il m'a révélé que je possédais ce qu'on appelle « la Flamme ». C'est chez lui que nous sommes allés tout à l'heure. Puis une organisation malveillante a cherché à s'emparer de cette Flamme. Qui ne convoiterait pas une telle puissance ? Voilà pourquoi nous avons dû fuir.

Je terminai là mon explication plus que succincte, laissant en suspens les milliers de détails que j'avais volontairement omis. Il ne dit pas un mot. Pourquoi ne disait-il rien ? Je me renfrognai, m'obligeant à me taire. Ma patience fut récompensée. Il murmura :
— Tu entends ce que tu racontes ? Comment pourrais-je croire à une chose pareille ?
On revenait à la case départ. Je lui disais la vérité, il ne me croyait pas. Cependant, comment le blâmer ? J'avais eu bien du mal à accepter l'idée que la Flamme existait réellement alors que j'avais eu une multitude de preuves de sa tangibilité. Lui n'avait été témoin que d'une démonstration de force de ma part, qu'il avait dû mettre sur le compte de l'adrénaline ou de son imagination. Je gardai le silence ne sachant que répliquer, mais il intervint :
— Et puis, je rêve ou tu viens de déclarer que tu étais plus ou moins amoureux de moi ?
Alors, désarçonné je lui répondis :
— C'est à peu près ça, oui.

Chapitre 15 : La souffrance

— Ok, j'en ai assez entendu.
Omar avait finalement pris une décision. Laquelle en revanche, je n'en avais pas la moindre idée. Un mauvais pressentiment, indépendant de la Flamme, phagocyta tous mes sens. Il se leva du canapé, lequel émit un chuintement aigu et laissa s'envoler un nuage de poussière qui d'ordinaire, m'aurait déclenché une crise d'asthme à n'en plus finir. Décidé, il se dirigea vers la porte branlante, un spasme de colère l'assaillant.
— Où... Où vas-tu ? m'étonnai-je, surpris par la tournure des évènements.
Une part de moi-même le suppliait de revenir, égoïstement, comme s'il ne m'avait pas suffisamment insufflé de plaisir en demeurant à mes côtés. Mes yeux refusèrent de le quitter, s'attardant sur chaque détail de son corps, passant de sa carrure solidement musclée à sa peau mordorée et sans défaut.
— Je pars d'ici ! s'exclama-t-il, furibond.
La fatigue le rendait plus agressif et impatient que je ne voulais bien le voir. Aveuglé par mon amour fou, je m'élançai à sa poursuite, récusant les ondes de haine qui émanaient de lui. Je m'étais approché à une vitesse inhumaine, mais il était trop hébété pour le remarquer. Alors que je me trouvais à quelques centimètres de lui, prêt à l'empêcher de prendre la fuite et de se mettre en danger, je tendis la main, en proie à un violent désir de le toucher, de le retenir ici, avec moi. Sa réaction ne se fit pas attendre. Aussi rapide que s'il avait également été un Enflammé, il tenta de me repousser avec une vigueur surprenante mais naturellement, il ne parvint même pas à me faire

vaciller d'un pouce. Ses sourcils s'arquèrent sous la surprise et l'incompréhension.

— Dégage ! hurla-t-il, partagé entre le choc et la frayeur.

Je dévoilai mes paumes en signe d'apaisement, cachant la douleur que provoquait chacune de ses paroles.

— Je veux juste te protéger, déclarai-je en détachant chaque syllabe.

Une boule se forma dans ma gorge mais je la ravalai tant bien que mal. Inutile de tomber dans l'apitoiement tout de suite.

— Et moi je veux juste partir loin de ces conneries ! ajouta-t-il impétueux.

Cette fois-ci, une pointe d'agacement me gagna.

— Tu ne me crois toujours pas ? m'étonnai-je à moitié.

Je compris alors qu'il ne pouvait pas me prendre au sérieux sans preuve tangible. J'avais accepté l'idée d'une existence parasite et paranormale en moi simplement parce que je vivais cette expérience singulière. Pour quelqu'un d'étranger à ces sensations ineffables, tout ceci paraissait fantasmagorique.

— Je peux te montrer, lui expliquai-je en désespoir de cause.

— Me montrer quoi ? s'impatienta-t-il.

Je relevai les yeux afin de le fixer, de plonger mon regard dans le sien et d'en savourer la brûlure qui en découlait.

— L'existence de la Flamme. Ma force surhumaine.

Je pris ma décision en un dixième de seconde. Sans lui accorder un délai de réflexion, je filai à une vitesse insensée par la porte qu'il avait entrouverte. Alors qu'en un temps record j'avais atteint l'autre bout du terrain, je me rendis compte que ses yeux ne pouvaient plus me distinguer à une telle distance. Son visage ébahi et empreint d'une fascination inattendue me revigora vivement. Un sourire se dessina sur mes lèvres tandis que je revins sur mes pas, ralentissant la cadence pour lui permettre d'apercevoir ma course d'une rare vélocité. Arrivé à sa hauteur, je me laissai porter par ma fougue colossale et d'un bond, j'atteignis le côté opposé de sa voiture. J'en profitai pour la soulever à bout de bras, comme dans les plus célèbres films d'action.

L'adrénaline inondait chaque parcelle de ma peau tandis que je sentais la Flamme s'emparer de la moindre cellule de mon corps, comme si cette dernière voulait prendre le relai et imposer son contrôle. Loin d'en avoir terminé, je jetai un œil sur ma gauche et aperçus un chêne massif dont les branches sans feuilles pointaient en tout sens. Je reposai le véhicule de Omar aussi délicatement que je le pus et me précipitai aux côtés de l'arbre, que j'abattis d'un simple coup de pied. Je revivais la même expérience que dans les bois près de chez moi, un souvenir qui me sembla fort lointain. Cette sensation de puissance était jouissive, comme si le danger constituait désormais une notion obsolète.

Un ultime regard sur Omar contredit toutes mes allégations. Je discernai dans ses pupilles une trace de peur extrême qu'il tenta vainement de camoufler. Il y serait sans doute parvenu aux yeux d'une personne humaine, mais son rythme cardiaque anormalement élevé et sa respiration saccadée trahirent ses émotions. Subitement, un sentiment d'impuissance me terrassa. J'avais beau être indestructible sur le plan physique, je devenais d'une fragilité inouïe face à ce garçon. Je me rapprochai à pas feutrés, guettant un accès de violence

ou une éventuelle crise de nerfs. Au lieu de perdre ses esprits, il garda contenance et sa voix ne chevrota pas d'une octave.
— Comment tu arrives à faire ... ça ?
Il me croyait désormais, puisque la preuve de ma réalité se présentait sous ses yeux. Je lui fournis la réponse la plus honnête possible :
— C'est grâce à toi. C'est grâce à toi que je peux faire tout ça.

*

Après avoir récuré comme je le pus un verre qui traînait dans les placards, je le remplis d'eau et l'apportai à Omar qui avait retrouvé sa place sur le canapé. Je guettai toujours une attaque de panique ou une quelconque manifestation anxieuse mais il encaissa le choc d'une existence supranormale avec un semblant de désinvolture à la limite de l'indécence. Il vida le contenu d'un trait et je m'en servis un aussi pour faire bonne figure.
— C'est quoi ton plan ? s'enquit-il comme si j'avais planifié la situation de A à Z.
— À part attendre le docteur, je ne vois pas ce qu'il y a à faire... avouai-je à la fois dépité et rasséréné.
Le silence était assourdissant. Nul voisin pour nous déranger et même le chant de la rivière ne parvenait plus jusqu'à la masure, comme si la tension environnante absorbai toutes les ondes sonores alentours. J'entrepris de dépoussiérer les surfaces afin de ne pas prolonger ce silence écrasant. Nettoyer avait toujours eu un effet bonifiant sur ma psyché.
— Et s'il ne vient pas ? Ou s'il ne nous rejoint que dans une semaine ?

Sa voix me parvint du salon, alors que j'étais occupé à laver une pile d'assiettes poussiéreuses.
— Il y a urgence, affirmai-je. Il viendra dès qu'il pourra. En attendant, nous sommes en sécurité ici.
— Comment sais-tu que ce médecin est fiable ? Comment connait-il tout ça sur... *ce que tu as* ?
Je réfléchis un moment, interrompant mes activités de nettoyage. Je flairai un mouvement juste à côté et en me retournant, je m'aperçus qu'il m'avait emboité le pas. La brûlure me lécha la poitrine et humer son odeur déclencha un autre feu en moi, une envie irrépressible de le prendre plus près de moi, de ne faire qu'un avec lui.
— Il m'est déjà venu en aide, expliquai-je. Il a eu l'occasion de me faire du mal s'il l'avait souhaité, et il ne l'a pas fait. J'ai confiance en lui.
— Parle-moi un peu plus de tout ça. De la Flamme.
Il osa enfin prononcer le mot et je ne pus que me réjouir qu'il ait retenu le terme.
— Je ne sais pas grand-chose, avouai-je piteusement. Simplement ce que le docteur a bien voulu me confier.
Finalement, je possédais en effet très peu de connaissances sur le sujet. Il était légitime que Omar veuille en savoir plus maintenant qu'il se trouvait coincé ici avec moi.
— Dis-moi ce que tu sais.
J'avais beau être épuisé mentalement, je n'étais pas capable de l'écarter encore de ce phénomène, dont il était à l'origine. Estimant que j'avais déjà trahi le secret en lui confiant de nombreuses informations, je lui racontai encore tout ce que je savais, en lui exposant cette fois-ci le contenu de mes quelques rendez-vous avec le docteur et les différents accidents desquels

j'étais sorti indemne. Pour des raisons évidentes, je tus —autant que faire se peut en tout cas— mon amour inconditionnel pour lui. Bien sûr, je lui avais déjà dévoilé mes sentiments, j'y avais été contraint, mais nous étions sous le feu de l'action et je gardais le secret espoir qu'il eût oublié ce détail. Malheureusement, il réduit mon expectative en miettes :

— Cette Flamme est arrivée uniquement parce que tu as eu un coup de foudre pour moi ?

Le ton qu'il employait sonnait un peu trop comme un reproche mais je canalisai ma susceptibilité pour l'heure. J'aurai le temps de bouder plus tard. Cherchant en vain comment me tirer de cette situation, je choisis l'honnêteté, quitte à me ridiculiser une fois encore.

— Oui.

Un nouveau long silence s'interposa entre nous. Incapable de supporter une seconde de plus ce malaise, je me mis à déblatérer :

— Cela s'est produit avant le cours de langue, quand tu es entré dans le bâtiment.

Soudain, je racontai cette scène comme s'il n'était plus là, comme si je dialoguais avec moi-même, prenant toute la mesure de cette expérience.

— Je ne sais pas ce qui s'est vraiment passé. Je me rappelle t'avoir simplement aperçu. Puis... tout avait changé ! Je te voyais sans te voir, mais ta présence a eu l'effet d'un électrochoc. Je me suis senti brûlé, électrocuté. J'ai même cru subir une attaque. Je ne comprenais pas ce qu'il advenait.

Je me mordis la langue pour calmer mon envolée verbale. Je devenais trop sentimental. Rien de tel pour le faire fuir alors que mon but consistait à le protéger.

Visiblement, la Flamme ne m'avait pas doté d'un peu de jugeote.

— C'est bizarre, réagit-il, moi je ne t'ai pas vu ce jour-là.

Un énorme bloc de glace descendit difficilement dans ma gorge et je l'avalai avec difficulté.

— Je suis parti directement, avouai-je.

Même si je n'avais pas pris la fuite, nul doute qu'il ne m'aurait tout de même pas remarqué. Mon orgueil en prit un coup.

— Je voudrais juste éclaircir un truc, poursuivit-il.

— Oui ?

J'espérai secrètement aborder un sujet moins gênant, mais sa déclaration acheva de me mettre à terre :

— Il n'y a rien entre nous. Et il ne se passera jamais rien. Je ne t'aime pas. Je n'éprouve rien envers toi et cela ne changera pas.

C'était comme se faire poignarder en plein cœur par un pic gelé. Mes membres en furent provisoirement engourdis. Il ne m'avait balancé que la vérité en pleine face, une vérité que je connaissais déjà depuis longtemps. Néanmoins, le caractère tangible de son absence de sentiments envers moi me pétrifia. Même sans illusion, il en demeurait toujours une infime parcelle, 0,1 % d'espoir restait quand même de l'espoir. Je le réalisai soudain. Il venait de détruire ce minuscule flocon d'espérance que je croyais fondu. Je relevai les yeux pour planter mon regard dans le sien. Déterminé. Honnête. Immuable.

La sensation était étrange, glace d'un côté, feu de l'autre. Je savais cependant que le feu engloutirait la glace, il en viendrait forcément à bout et mon amour pour lui ne serait jamais vaincu, aussi cruelles puissent être ses paroles. Je me retournai et me remis à mon ouvrage.

— Je le sais bien, répondis-je en ravalant un sanglot dévastateur.

*

La fin de la journée passa plus vite pour moi que pour lui. Je m'activai çà et là à rendre la maison un minimum habitable, sans pour autant savoir combien de temps nous devrions nous terrer ici. J'étais incapable d'évaluer si je désirais que la situation se prolongeât afin de passer plus de temps auprès de Omar, ou si le malaise qui persistait entre nous gâcherait la brûlure qui me dévorait la poitrine. Tandis que j'époussetais avec un vieux chiffon les surfaces, que je plaçais nos victuailles dans ce qui faisait office de garde-manger et que je dénichais quelques couvertures dans le placard, Omar lui, se contenta de bouder ostensiblement. Il n'avait pas desserré les dents et demeura assis sur le canapé, raide comme un piquet. J'étais à la fois attristé et agacé par son attitude.

Je ne pouvais guère tolérer de le voir dans cet état, perturbé par cette situation ubuesque et énervé contre moi pour tout ce qui lui arrivait. Néanmoins, son comportement m'échappait : à aucun moment dans mon récit j'avais endossé la responsabilité de cette mésaventure, par conséquent le fruit de sa colère n'avait pas à m'être destiné. Vers le milieu de l'après-midi, il fit volte-face et se mit à s'agiter, incapable de rester en place plus de quelques secondes. Face à ce revirement de situation, je ne savais trop peu comment réagir. De temps à autre, il bondissait du canapé pour se précipiter à la fenêtre afin de regarder ce qui se déroulait à l'extérieur. Rien, naturellement, ce qui était rassurant en soi. Qu'espérait-il ? Que le Flambeau allait débarquer sur des chars d'assaut prêt à raser cette vieille bicoque qui tenait à peine debout ? À force de l'observer, la nervosité me gagna. Pire encore, je commençai à me sentir coupable de ce qui survenait.

Une question me taraudait également : comment le Flambeau avait-il su que Omar était mon Enflammeur ? Je notai mentalement cette question dans un coin de ma tête en attendant la venue du docteur. Je nous imaginai croupissant dans cet endroit, l'attendant ad vitam æternam. Et s'il lui était arrivé quelque chose ? Une bouffée d'angoisse me submergea et l'endroit n'était guère fait pour me détendre. Partout où je posais mes yeux, j'entrevoyais des souvenirs fragmentés de l'existence de mon père. Une paire de lunettes poussiéreuses rangées sur la commode. Un crayon-gomme à la mine élimée. Un chapeau aux bords longs dont la couleur s'estompait déjà lorsqu'il le portait autrefois.

En une fraction de seconde, je ne pus en supporter davantage et décidai de quitter ces murs, ne serait-ce que pour souffler un instant. J'allai prévenir Omar de ma désertion éphémère lorsque le bruit caractéristique d'un moteur de voiture interrompit mon malaise.

— Tu entends ça ? demandai-je à Omar, étonné qu'il n'ait pas sauté sur ses deux jambes pour se précipiter à la fenêtre.

— Entendre quoi ? répondit-il sur le qui-vive.

Il se leva à une allure surprenante, presque aussi rapide que moi, et examina le lointain par les interstices du panneau en bois cloué à la fenêtre de la cuisine. Sans bouger de ma place, je stimulai ma vision, la forçant à explorer ses capacités renversantes mais je ne saisis pas encore ce que mes tympans recevaient. Je compris alors que mon ouïe surdéveloppée avait perçu un son impossible à distinguer pour l'oreille humaine.

— Il n'y a rien dehors, commenta Omar déçu en allant se rasseoir dans une position inconfortable.

Naturellement, s'il ne pouvait percevoir l'arrivée d'un véhicule, il n'était pas en mesure de le voir non plus.

— Quelqu'un vient, annonçai-je sûr de moi.

Il se mit debout une énième fois, tendu comme jamais.

— Qui ? On risque quelque chose ?

Je me concentrai sur la sensation dans ma poitrine. Le feu me ravagea comme chaque fois que je me trouvais à proximité de Omar, mais je ne ressentis pas cette bouffée d'angoisse, symptomatique d'un danger imminent, à l'instar de ce qui s'était produit lorsque je m'étais lancé à son secours.

— Non, décrétai-je.

Était-il possible que des squatteurs venaient s'abriter dans un lieu aussi désolé ? Si tel était le cas, il ne me restait qu'à revendiquer la propriété du terrain.

Au bout d'une minute, j'aperçus un pick-up sur le chemin menant jusqu'à nous, cahotant sur les bosses et pétaradant à tout-va. Peint en un gris anthracite, il se muait parfaitement avec la couleur des montagnes au loin. Malgré le vrombissement assourdissant du moteur, les battements d'un cœur unique dans l'habitacle me parvinrent. Les vitres teintées obscurcirent ma vision et je fus incapable de discerner l'identité de notre visiteur. Omar percevait à présent le 4×4 et ses nerfs se tendirent instantanément.

— Merde ! lâcha-t-il en un souffle. On fait quoi ?

Le véhicule s'arrêta à une distance raisonnable de notre demeure. Sans perdre de temps, le conducteur coupa le contact et ouvrit la portière. Des bottes en daim foulèrent les mauvaises herbes. Le nœud dans ma poitrine se desserra immédiatement lorsque je reconnus le Dr Malef.

*

— Je prendrai bien un café, la route m'a fatigué, annonça le docteur en guise de bonjour.
Je le fis entrer rapidement, en faisant les présentations d'usage à une vitesse pharamineuse. Je ne sus pas exactement pourquoi, mais la présence du docteur me gêna, alors que je l'avais désirée depuis la veille.
— Eh bien... bégayai-je, je suis désolé mais nous n'avons pas... de café.
Le rouge me monta aux joues et un élan de colère me traversa soudainement. Un sourire s'afficha sur son visage. En l'observant plus attentivement, je constatai des cernes cendrées sous ses yeux perçants. Il avait l'air plus âgé que ce que je croyais.
— Je ne savais pas que la Flamme vous avait dépourvu de toute trace d'humour Lucas, répondit-il.
Il apparaissait clairement qu'il tentait de détendre l'atmosphère mais le résultat n'obtenait pas l'effet escompté.

    Nous nous assîmes dans le salon, et le docteur se débarrassa de son pardessus. Omar nous regarda tour à tour, prêt à boire nos paroles pour démêler enfin quelque chose dans cet imbroglio. Néanmoins, il fit mine de ne pas paraître top intéressé, en vain. Croisant les bras en signe d'hostilité, il comptait bien nous montrer que toute cette situation l'énervait au plus haut point. J'essayai non sans mal de l'ignorer pour me concentrer sur le plus important : le garder en sécurité.

— Liliane m'a raconté ce qui vous est arrivé mais j'aimerais entendre ce récit de votre bouche. Parfois, la peur nous fait omettre des choses essentielles.

Omar souffla ostensiblement, las d'assister encore au récit des péripéties que nous avions traversées. Cependant, pour comprendre ce que nous devions faire par la suite, il était indispensable que le docteur connaisse chaque détail. Je me lançai dans le compte rendu de nos aventures, tâchant de me rappeler les éléments fondamentaux et tentant de décrire mon rêve le plus fidèlement possible, la sensation de danger imminent et la conversation que j'avais eue avec une membre du Flambeau.

— Je vois, déclara-t-il après m'avoir prêté une oreille attentive sans m'interrompre une seule fois. J'ai très peu de temps devant moi, il va donc falloir que vous m'écoutiez attentivement.

— Attendez, le coupa Omar. Je veux savoir si on est en sécurité, et combien de temps on va devoir rester là, et aussi quand est-ce que toutes ces conneries vont se terminer !

Le docteur le dévisagea de son regard scrutateur.

— Cela fait beaucoup de questions mon ami ! répondit-il.

Omar esquissa une grimace devant l'emploi du terme « ami ». Sa lèvre étirée dans une mimique désagréable provoqua des frissons jusque dans ma colonne vertébrale.

— La première est néanmoins la plus cruciale : vous êtes hors de danger pour le moment.

Je me laissai aller contre le dossier du canapé. Enfin une bonne nouvelle.

— Lucas, vous avez très bien géré la situation. Le Flambeau ne peut pas vous localiser à l'heure actuelle. Pour ce qui est de savoir jusqu'à quand vous allez séjourner ici, c'est très simple.

Je pris une profonde inspiration, me préparant au pire. Ou au meilleur. Car une part de moi, une part terriblement égoïste, souhaitant rester ici indéfiniment, à brûler face à un individu qui me méprisait.

— Vous pourrez rentrer chez vous et reprendre une vie normale une fois que vous ne serez plus une proie pour le Flambeau.

Il avait dit cette phrase en m'évaluant personnellement, en oblitérant complètement la présence de Omar. J'avais l'impression insolite que le docteur n'aimait pas Omar. C'était inconcevable. Je chassai cette idée de mon esprit et tentai de déchiffrer ce que le docteur voulait énoncer.

— C'est la Flamme qu'ils cherchent, pas moi, constatai-je. Donc pour qu'ils cessent de me chercher...

La logique, imparable, s'imposa à moi, emportant avec elle une masse lourde qui tomba dans mon estomac, me coupant le souffle au passage. Voyant que je ne terminai pas ma phrase, le docteur l'acheva pour moi :

— Il faut vous retirer cette Flamme.

J'avalai ma salive avec difficulté. Une goutte de sueur perla à mon front. J'osai formuler la question pour laquelle je ne désirais pas vraiment de réponse. Car j'avais la réponse.

— Et ensuite ? articulai-je d'une voix monocorde.

— Et ensuite la détruire.

*

La sensation était étrange, confuse, comme si deux parties de moi s'affrontaient à armes égales sans envisager d'armistice. Une victoire et une défaite. Cela n'aboutirait que de cette façon. Il ne pouvait subsister deux gagnants. J'avais appris qu'une guerre était l'affrontement entre deux nations, et qu'une guerre civile se définissait par une bataille à l'intérieur même d'un pays. J'étais une guerre civile. Les vaincus ne seraient pas des ennemis mais des frères d'une même patrie. Car au moment où le docteur avait suggéré l'idée de m'enlever la Flamme et de l'anéantir, un poids atroce m'avait assailli. Je me rappelai avoir espéré qu'on me retire ce fléau tout au début, et pour une raison mystérieuse, j'avais essuyé un refus de la part du docteur. Mais aujourd'hui, je ne pouvais plus y songer. Je venais de prendre conscience que j'avais besoin d'elle.

J'aimais souffrir. J'aimais me consumer à la simple pensée de ce garçon. J'aimais voir le meilleur en lui à chaque orage qui traversait son humeur chancelante, chaque petit détail glané lors de cette courte expérience à ses côtés. J'aimais son épi de cheveux crépu qu'il n'avait pas réussi à dompter à son réveil précipité, il y a un jour seulement de cela. Ses yeux noirs comme un puits sans fond. Et on comptait m'en priver. Dès lors que la Flamme ne serait plus en moi, je cesserais d'aimer Omar. Une idée abjecte. Vulgaire. Terrifiante. Bien plus que la perspective d'être éventuellement déshérité de tous mes pouvoirs. J'aimais l'aimer, en dépit de tout, de son mépris envers moi, de l'impossibilité d'un avenir ensemble, d'une amitié inconcevable, de nos chemins qui se sépareront sans doute un jour. Être amoureux de lui était une souffrance, mais ne plus l'être me parut davantage ignominieux.

— Je pense que c'est une très mauvaise idée, déclarai-je sans oser regarder ni le docteur, ni Omar.

L'étonnement de ce dernier fut perceptible, tandis que le docteur fut parcouru d'un frisson à peine retenu.

— Pourquoi ce serait une mauvaise idée ? répondit Omar du tac au tac. Si cela peut mettre fin à toute cette histoire, je ne vois pas pourquoi on s'en priverait !

— Ce serait trop dangereux tout simplement, essayai-je d'argumenter vainement.

Je tentai de faire fonctionner mon cerveau à plein régime, à la recherche de l'argument phare. Je ne faisais que gagner du temps, j'en avais bien conscience.

— Vous conserverez encore quelques avantages de la Flamme, m'informa le docteur.

Son insinuation sur l'intérêt que je portais à mes facultés extraordinaires me fit l'effet d'une injure. Je me fichais comme d'une guigne de mes capacités ! Je le dévisageai, prêt à lui lancer une réplique cinglante mais il me devança :

— Si c'est bien ce qui vous chagrine.

— Pas seulement, mentis-je.

Il n'était pas question d'avouer que j'aimais Omar plus que la Flamme et que j'étais terrifié à l'idée de perdre mon amour pour lui.

— Je crois simplement qu'un moyen de défense telle que la Flamme n'est pas négligeable, arguai-je. Je vous rappelle que c'est grâce à elle si nous avons pu nous échapper sains et saufs.

— C'est aussi à cause d'elle qu'on est ici, objecta Omar. Comment pouvons-nous la... retirer ?

Il avait hésité sur le terme à employer, ignorant lequel était le plus adéquat. Je me retins de contrecarrer son argument car la réponse m'intéressait.

— Ce n'est pas très compliqué, expliqua le docteur en se tournant enfin vers Omar. Pour cela, on a besoin de vous.

Malgré son teint caramel, on distinguait clairement qu'il avait pâli.

— Seul l'Enflammeur peut toucher la Flamme qu'il a créée...

— Je n'ai rien créé du tout, l'interrompit Omar.

— Quiconque touche la Flamme, poursuivit le docteur comme si aucune interruption n'avait eu lieu, meurt sur le coup.

Cette fois-ci, Omar devint livide et je l'entendis distinctement se pelotonner sur le coin opposé du canapé, comme si une trop grande proximité avec moi menaçait sa sécurité.

— D'après les légendes, on ne perd pas seulement sa vie mais aussi son âme, ajouta le docteur sans réaliser que Omar était au bord du malaise.

C'était comme s'il prenait plaisir à torturer ce garçon qu'il n'appréciait décidément pas. Je voulus l'interroger davantage, notamment sur les légendes dont il était question, mais Omar reprit contenance et demanda :

— Et vous voulez que je m'en occupe puisque je suis le seul à pouvoir le faire ?

— En effet, acquiesça le docteur.

Je compris à présent pourquoi le docteur voulait que je me rapproche de Omar. Il avait ce but en tête depuis le début. Je ne pouvais guère l'en blâmer néanmoins, dès les premiers instants il m'avait prévenu que je devais un jour ou l'autre perdre cette Flamme. Il n'avait pas songé en revanche que je ne tarderais pas à être dépendant de cette brûlure inhumaine causée par l'amour que j'éprouvais pour mon Enflammeur.

— Il s'agit d'un petit processus mettant en action vos deux corps.

Le rouge me monta aux joues. Omar se tendit.

— Rien qui ne soit obscène, enfin ! pouffa-t-il. Qu'allez-vous imaginer ?

Omar fut le premier à s'exprimer. J'avais besoin de m'isoler pour réfléchir à tout ceci.

— Finalement, je pense que Lucas a raison, convint-il.

L'utilisation de mon prénom et le fait qu'il se range à mes côtés firent chavirer mon cœur. Quel crétin faisais-je !

— On devrait s'assurer qu'on ne risque rien avant, inutile de se précipiter, argumenta-t-il.

J'aurais dû être soulagé qu'il accordât du crédit à mes idées, mais je ne pouvais pas chasser de mon esprit qu'il ne voulait en réalité aucun contact avec moi, ou avec la Flamme. Il était hors d'atteinte, dans tous les sens du terme.

Un troisième poids s'abattit sur mes épaules.

Chapitre 16 : La promenade

Un sentiment d'abandon. Voilà ce qui imprégnait l'air lorsque le docteur Malef était monté à bord de son pick-up pour repartir. Naturellement, je restais en présence de la personne que j'aimais le plus au monde, mais Omar ne pouvait guère m'apporter de réponses parmi les centaines de questions qui fourmillaient encore dans mon esprit.
— Je reviendrai dès que possible, avait promis le docteur en se levant du canapé.
Devant ma mine déconfite, il avait poursuivi d'un ton bourru :
— Je ne peux m'attarder ici indéfiniment si on veut en apprendre plus sur ce qui se passe. Je viendrai avec des nouvelles au plus tôt. Mais en attendant, continuez à séjourner ici.
— A vos ordres mon général, avait marmonné Omar et je n'avais pu m'empêcher d'esquisser un sourire.
Désormais, le silence occupait l'atmosphère et la tension, quoique moins insoutenable, demeurait toujours perceptible. Omar était tout sauf prolixe, mais la situation se prêtait bien à mes vagabondages mentaux. Je réfléchissais loisiblement à ce que le docteur Malef m'avait appris. *Pas grand-chose en somme*, pensai-je aigrement. Nous restions sur la même ligne de conduite. Toutefois, je ne pouvais que lui faire confiance. Jusque-là, il symbolisait le seul rocher sur lequel m'appuyer.

Comment allais-je pouvoir supporter ce que Omar et le docteur s'apprêtaient à faire ? Bien sûr la perte de mon amour pour Omar me terrorisait, mais pas uniquement. Détruire la Flamme représentait un acte infâme, blasphématoire. Je n'osais imaginer mon existence sans elle, ni une existence où elle ne pourrait me survivre. Pourtant, plus que le désarroi, la conservation de la Flamme en moi finirait par m'achever. La solution s'imposait, lumineuse, tangible, irréfutable. Il était temps que je fasse mon deuil. Je me fis l'amère réflexion que toutes les choses que j'aimais, aussi rares soient-elles, ne duraient jamais bien longtemps, comme un cruel coup du destin.

Ironie du sort, je dénichai une ancienne chemise de mon père dans la commode de la chambre à coucher. En l'étreignant, je fus saisi d'un désir violent de la jeter sous le lit, comme si son contact m'avait brûlé. Mais cette brûlure là ne revêtait rien qui soit de l'ordre du paranormal, elle illustrait la conséquence directe d'une tristesse enfouie depuis longtemps. Sa découverte n'avait été que la bêche ratissant la terre recouvrant son cercueil.

— Qu'est-ce que tu fais ? me demanda Omar tout en s'approchant.

M'interrompant brutalement dans ma rêverie, je sursautai au son de sa voix. Je ne l'avais pas entendu arriver, ou plutôt, je ne l'avais pas écouté. Je pris mon temps avant de lui fournir une réponse adéquate.

— Je triai de vieilles affaires, m'entendis-je prononcer.

Son regard passa de la chemise à moi. Il était clair qu'elle taillait bien trop grand pour moi.

— Oh, laissa-t-il échapper.

Il ne dit rien d'autre. Il savait qu'il n'y avait rien d'autre à ajouter. Qui de mieux qu'un orphelin pour comprendre un orphelin ?

— Tu peux dormir dans cette chambre, annonçai-je en remettant le vêtement dans le tiroir. Je prendrai le canapé.

L'obscurité était tombée juste après le départ du docteur, à une vitesse hallucinante. Il n'était pas bien tard, 20 h tout au plus, mais notre nuit blanche et nos mésaventures nous avaient épuisés.

— Très bien, accepta-t-il.

Il ne protesta pas, conscient que ma présence dans cette chambre relevait de l'impensable, du moins je tentai de m'en persuader.

— Dors bien, déclarai-je en me mettant debout pour rejoindre le séjour.

— Bonne nuit, grommela-t-il, ayant retrouvé sa maussaderie notoire.

Il ferma ce qui faisait office de porte et je lui jetai un dernier regard. Comme toujours, c'est de lui que je rêvai lorsque je m'abandonnai au sommeil.

*

Je repris conscience en sursaut, le goût des lèvres de Omar encore présent sur les miennes, comme si cette illusion refusait de disparaître tout à fait. Le réalisme de mon rêve possédait des traits d'une précision à la limite du tolérable. Je m'étais assoupi en m'imaginant mille et un scénarios improbables et contre toute attente, mon subconscient avait accepté de bercer la chimère que je m'étais construite.

C'était d'une stupidité phénoménale. D'une niaiserie digne d'une adolescente hormonalement perturbée. Omar déboulait dans le séjour, vêtu d'un short de foot pour seul apparat, et me révélait avoir toujours été amoureux de moi. S'ensuivait un long baiser langoureux que même mon esprit ne s'était pas essayé à produire dans mon état de conscience. Le plaisir que j'éprouvai alors à son contact avait été d'une telle puissance que je m'étais redressé sur le canapé, dans un état second. Par chance, je n'avais pas crié, au risque de réveiller l'objet de mes fantasmes. Il n'y avait pas de raison cependant. On ne s'éveille jamais effrayé d'un songe qui dépasse toutes ses espérances.

    Incapable de me rendormir malgré la fatigue résiduelle, je me levai et m'affairai à ouvrir les volets. En période normale, j'aurais tout fait pour prolonger la sensation de cette scène onirique, mais l'heure n'était plus à la divagation. Il aurait été déraisonnable de savourer cet instant qui ne tarderait plus à s'envoler définitivement une fois que la Flamme ne serait plus en moi, un peu comme un alcoolique avalant trois bouteilles de vodka avant d'entrer en cure de désintoxication —pour peu qu'il ne soit pas mort d'une cirrhose entre temps.

    À ma grande surprise, le soleil pointait déjà à l'horizon. Il devait être aux alentours de 10 h, mais il était difficile d'en avoir le cœur net sans aucune trace de la civilisation. Finalement, cette escapade nous aura permis de renouer avec la nature. En bon hôte, je sortis les quelques courses gracieusement offertes par Liliane et entrepris de préparer un semblant de petit-déjeuner. Je réussis malgré mon peu d'adresse à allumer un brasier suffisant dans le vieux poêle à bois pour faire chauffer de l'eau. En farfouillant dans le sac, je parvins à trouver des céréales. Je lavai soigneusement la vaisselle ébréchée laissée trop longtemps dans les placards et pris l'initiative de récurer les couverts. Qui sait combien de temps allions-nous rester ici ?

Un bruit sourd dans la chambre attira mon attention. Je perçus le grincement d'un ressort de matelas, le son d'une étoffe qu'on soulève, une respiration profonde. Omar se levait et je ne savais pas comment l'accueillir. J'envisageai l'espace d'un instant de feindre le sommeil et de me recoucher, trop anxieux à l'idée de me retrouver face à lui après tous nos échanges et nos silences. Je pris mon souffle posément. Paradoxalement, j'étais apte à hisser une carcasse de voiture ou même à terrasser une bête sauvage, tandis qu'une simple rencontre avec mon Enflammeur me mettait dans tous mes états.

Il ouvrit la porte rapidement et sa vision me transperça. J'avais l'impression de revivre le début de mon rêve. Omar était torse nu et avait enfilé un survêtement pour la nuit. Seules quelques traces de fatigue transparaissaient sur son visage, ô combien ravissant. Je luttai pour ne pas attarder mon regard sur son corps, délicieusement bâti et dont les muscles saillaient sur sa peau mordorée. En l'apercevant, je réalisai que je n'avais guère songé à m'inspecter dans le miroir. Faisant d'une pierre deux coups, je saisis une cuillère en métal et tentai de vérifier mon apparence dans sa surface convexe afin de ne pas continuer à l'admirer plus que ne l'autorisait la courtoisie. Malgré ses propriétés déformantes, mon miroir improvisé ne me révéla aucune particularité susceptible de le repousser. La Flamme m'avait même permis d'être plus beau, ce que j'avais momentanément oublié parmi toutes ces péripéties. Récupérerais-je mon physique d'antan lorsque je la perdrai ? Un frisson me parcourut.

— Bien dormi ? demandai-je penaud.

La phrase m'avait échappé et je mangeai la dernière syllabe dans une tentative désespérée de contenir mes élans.
— Euh... oui, répondit-il circonspect.
Un silence gêné s'installa. Mes yeux ne se tarissaient pas de parcourir son corps. Je me pinçai machinalement les jambes pour me concentrer, sans ressentir la moindre douleur.
— J'ai sorti quelques denrées pour nous restaurer, l'informai-je en désignant la table sur laquelle était disposé de quoi faire un solide petit-déjeuner.
Avais-je vraiment dit *denrées* ? Le rouge me monta aux joues. Je prétextai me servir un semblant de café et me levai en direction du poêle à bois. J'aurais juré que Omar avait esquissé un sourire contrit.
— Merci, gratifia-t-il en prenant place sur le banc le plus proche de lui.
Il y avait plus de vingt-quatre heures que nous n'avions rien avalé et son ventre se mit soudain à gargouiller à la vue de la nourriture. Au même moment, nous soufflâmes pour canaliser un rire compulsif.

*

— Je vais devenir dingue.
Omar ne cessait d'aller et venir, faisant les cents pas dans une cuisine ridiculement étroite, expirant ostensiblement en signe d'ennui. Je dus avouer que je commençai aussi à trouver le temps long. Notre journée n'avait été rythmée que par un petit-déjeuner faisant office de brunch et il avait éclipsé la nécessité de passer à table le midi.
— Tu n'as pas des jeux ? me demanda ce dernier dont l'humeur chancelante acheva de me donner le tournis.
— Des jeux ?

Il me toisa comme si je souffrais d'un trouble cognitif.
— Pour jouer, précisa-t-il confirmant mes conclusions.
Je réfléchis à l'idée de m'octroyer du bon temps avec lui, de me divertir comme si la situation était normale. Machinalement, je me levai et fouillai dans la commode du séjour. Le bois opposa une maigre résistance face à ma force et je parvins à ouvrir un premier tiroir, dans lequel étaient jetés pêle-mêle des feuilles légèrement jaunies et différents stylos. J'eus plus de chance avec le deuxième. Je repérai immédiatement une boîte rectangulaire donc le couvercle coulissait pour laisser entrevoir des petits blocs noirs ordonnés. *Des dominos* ! pensais-je un brin nostalgique.

Je sortis le jeu et allai le poser sur la table de la cuisine, là où Omar avait migré. Je n'avais guère envie de m'amuser mais lui faire plaisir me paraissait comme une seconde nature. Il saisit la boîte et effleura mes doigts au passage. Des myriades d'étincelles électriques jaillirent de sous ma peau, donnant naissance à une chair de poule que la température ne saurait expliquer. Je luttai pour ne pas le toucher, combattant l'envie de saisir sa main dans le seul but de profiter de sa chaleur et d'apprécier les picotements qui en découleraient. La Flamme quant à elle, s'agita une fois de plus, léchant chaque parcelle de mon corps. En faisant glisser le couvercle, je le vis observer les inscriptions gravées dans le bois. Mû par la curiosité, je le lui pris des mains pour regarder. On y lisait « maman, papa, Lucas », incrusté sommairement d'une écriture juvénile. Un pincement dévastateur et violent dans sa douleur naquit dans mon cœur, repoussant les limites de ce qu'il pouvait tolérer. Pourtant, je restai à ma place et remis le couvercle sur la table, face retournée. Omar eut la délicatesse de ne pas relever. Peut-être avait-il oublié que mon père était mort.

*

Les parties se succédèrent, sans un son, avec pour seule exception les cliquetis des dominos qu'on posait sur la table lorsque notre tour venait. Omar les gagnait toutes. En mon for intérieur, je maudissais ma poisse légendaire. Je terminais toujours avec des dominos impossibles à placer sur ceux que Omar avait joués. Lors d'une énième manche où j'avais cette fois la chance de ne posséder plus qu'un seul domino contre quatre pour lui, je fus pris d'une frénésie étrange et lui demandai de but en blanc :
— De quoi est mort ton père ?
Je sentis une tension palpable poindre automatiquement dans l'air et je réalisai soudain que ce jeu de dominos avait eu pour effet de détendre l'atmosphère. Rien de tel qu'un bruit assourdissant pour apprécier le silence. Mal à l'aise de l'avoir incommodé, je continuai la partie comme si de rien n'était, comme si nous évoquions un détail insignifiant dans notre vie.
— Pioche, déclarai-je en ramassant un autre domino.
Il ne m'en restait plus qu'un pour remporter la victoire, mais faute de pouvoir le jouer, j'en récupérai un autre. Je n'espérais pas de réponse de la part de Omar après ça, c'est pourquoi je fus surpris qu'il m'indiquât :
— Un accident de voiture.
Il n'avait même pas eu l'avantage de se préparer au décès, contrairement à moi. Le deuil est-il plus facile à faire lorsque la mort est probable ou envisagée ? J'en avais toujours été persuadé.

— Le mien est décédé d'une leucémie foudroyante, enchaînai-je, incapable de trouver les mots adéquats.
Il leva les yeux et son regard me pénétra. J'y décelai une once de compréhension que je ne lui avais encore jamais vue, comme si j'étais soudainement digne d'intérêt, digne de le comprendre puisque nous avions sensiblement vécu la même chose. Un ange passa. Puis tout à coup, il plaça son dernier domino. Il avait remporté la partie.

Une révélation inopinée s'imposa alors à moi : ironiquement, ce jeu incarnait la métaphore directe de ce que je vivais en ce moment avec lui. J'essayai vainement d'associer mes dominos à ceux de Omar, sans succès. Dans un souci de combativité, je piochai encore et encore des dominos lorsque j'étais sur le point de gagner. La pioche représentait mon espoir, j'étais sans cesse à la recherche d'un élément susceptible de faire tout basculer. Mais le résultat était toujours identique : je perdais.

*

Au bout d'une longue cession de jeu dont la durée fut difficile à déterminer, je m'interrogeai sur l'évolution de notre relation. Les différentes manches avaient été rythmées par de longs répits dans le malaise que je ressentais, puis l'évocation du décès de nos pères respectifs avait fait surface par ma faute, et tout avait dégringolé. Il fallait que je redresse la situation. Peut-être n'avais-je pas tout gâché ? Je craignais qu'en lui ayant posé cette question, Omar se sente happé par ma propre existence, comme si je voulais l'attirer inexorablement dans ma sphère dans le fol espoir d'être avec lui. À l'heure actuelle, seule une amitié me semblait possible, et encore. Cette pensée

dichotomique, à mi-chemin entre l'optimisme et le pessimisme, me donna le courage de lui proposer à mon tour une activité. Après tout, c'est lui qui avait suggéré de se changer les idées avec un jeu de société.
— Que dirais-tu de faire une promenade ?
Il mit un temps à répondre, remettant méticuleusement les dominos en place sans se soucier de leur position dans la boîte.
— Ton pote a dit qu'on devait rester ici.
Je mis un moment à comprendre qu'il évoquait le docteur Malef.
— Il nous a dit de nous cacher par ici, mais on ne risque rien en sortant dans la nature.
Je vis à son expression qu'il était partagé entre le soulagement d'une balade pour prendre l'air et la perspective de se retrouver avec moi, chose qui en plus de le mettre mal à l'aise ne l'enchantait pas des masses.
— Ok, finit-il par concéder. Où exactement ?
Je fis le tour de mes souvenirs en un instant, explorant les recoins susceptibles de nous offrir à la fois la meilleure protection et le plaisir de nous aérer. La sécurité ne serait pas un réel problème par ici. Nous étions perdus au milieu de nulle part, en pleine nature sauvage.
— On pourrait monter au sommet de la montagne, proposai-je. Il y a un sentier accessible.
Juste derrière notre refuge, se dressait une montagne escarpée, majestueuse dans sa largeur bien qu'elle était peu élevée en soi. Avec mes parents, nous y montions à chacun de nos séjours malgré mes protestations. J'avais par ailleurs souvent usé de ma pathologie cardiaque pour freiner ces excursions mais sans succès : les cardiologues avaient assuré à mes parents que je ne

risquais pas de mourir d'une attaque en escaladant le flanc de la montagne, très peu pentu de toutes manières.
— Ok, répéta Omar.
Nous sortîmes de la masure et le simple fait de nous retrouver dehors revigora notre humeur. Omar s'étira, faisant craquer ses jointures et aspirant l'air à pleins poumons.
— Je déteste être enfermé, expliqua-t-il en guise de justification à ses étirements. J'ai besoin de bouger.
Je ne répondis pas, trop hébété devant ses propos qui vinrent tordre son habituelle prose laconique. Le sentier se trouvait à quelques pas de la maison et nous l'empruntâmes sans cérémonie. Dans mes souvenirs, le passage était plus praticable mais les années passées avaient permis à la végétation de s'étendre dans l'espace d'ordinaire dégagé. Je remerciai intérieurement ma faculté de vision surprenante m'empêchant de me vautrer sur chaque brindille. Ouvrant la marche, je retenais par moment des branches de cyprès venues déborder sur le chemin afin que Omar ne se les prenne pas en pleine figure.

Des feuilles mortes jonchaient toute la surface du sentier mais cela ne lui enlevait rien de son aspect pittoresque. Nous pouvions apercevoir le lointain grâce aux branches des arbres, clairsemées en cette saison automnale. Le soleil pointait haut dans le ciel et ajoutait de chauds reflets aux nuances cuivrées caractéristiques de cette période. Le camaïeu de couleurs —marron ocre, orange crépusculaire, jaune nervuré de vert—, splendide je dois le reconnaître, nous plaçait hors du temps et l'espace d'un instant, j'eus le sentiment que tout ceci n'était qu'un rêve. Je repensai au songe que j'avais fait cette nuit et le rouge me monta aux joues, me camouflant dans le décor. Omar, derrière moi, retrouvait la jovialité que je lui avais connue à la fac. Il avait remonté ses manches jusqu'aux avant-bras, laissant apparaître ses muscles proéminents. Sur le coup, nous nous fondions tous deux dans la gamme de tons autour de nous : le rouge pour moi, le brun pour Omar.

Je profitai de ce moment pour écouter tous ces sons autour de moi. Je perçus tout dans le moindre détail, sans pour autant être gêné par ces bruits parasites : le cliquetis des insectes qui escaladaient le bouleau à une dizaine de mètres de moi, le mugissement du vent apportant une brise douce et réconfortante, les feuilles qui chuintaient sous nos pas, le rythme cardiaque de Omar qui s'accéléra sous l'effort. J'essayai de savourer chaque seconde puisque je les savais comptées. Comme ces feuilles qui un jour resplendissaient sur les plus hautes branches de chênes alentours avant de succomber à l'automne. Mais même au sol, elles restaient magnifiques. Elles disparaîtraient bien sûr, mais l'image qu'on gardait des feuilles mortes était toujours sublime. Je garderai aussi une telle image de Omar. Je m'en fis la promesse solennelle.

*

Nous étions arrivés au sommet en moins d'une heure, un record que je n'avais jamais battu lorsque j'étais accompagné de mes parents lesquels s'extasiaient devant chaque merveille de la nature, armés de leur appareil photo. Ma maladresse légendaire constituait également une raison de notre lente avancée, mais dépourvu de cette tare innée grâce à la Flamme, nous avions pu atteindre notre destination plus vite que prévu. Omar n'avait pas menti : c'était un sportif. Pas une fois il n'avait flanché face au sol inégal, évoluant avec confiance sur les roches aiguisées comme du verre et grimpant avec aisance les endroits un peu plus inclinés. La vigueur de la Flamme m'animait et ne demandait qu'à pousser ses limites, mais je la restreignis : inutile de me pavaner, d'autant plus que je souhaitais rester aux côtés de Omar tant qu'il tolérerait ma présence. Rien de tel qu'une démonstration de ma force surhumaine pour déclencher une avalanche de colère dont je serais la cible.

— Je ne m'étais jamais rendu compte à quel point cette vue valait bien une escalade dans la montagne, fis-je à Omar en contemplant le lointain.

Il se trouvait juste derrière moi, fourmillant d'énergie.

— Pourquoi ? s'interrogea-t-il, presque surpris de s'intéresser à mon enfance.

Je me retournai pour lui faire face et apprécier la beauté de son visage, même couvert d'une fine pellicule de sueur, accentuant la chaleur de sa peau.

— Vertige, expliquai-je pour toute réponse dans un demi-sourire.

— Et ce n'est plus le cas ?

Je m'approchai du vide. La montagne n'était vraiment pas très haute, une dizaine de mètres tout au plus. Les picotements dans les pieds, le souffle court, les paumes moites, une sensation de chuter. Tout cela avait disparu. La Flamme les avait emportés, avec ma cardiopathie et ma faiblesse.

— Plus depuis que ... commençai-je avant de m'arrêter net.

Il regarda au loin, grattant le sol avec ses chaussures dans un geste nerveux.

— Ah oui. C'est vrai.

Étrangement, le fait qu'il utilise un mot révélant la réalité de l'existence de la Flamme me rasséréna et dissipa mon malaise. Je savais qu'il avait admis le caractère tangible de cette entité qui avait pris possession de moi, mais la verbalisation de sa pensée fut une délivrance. Peut-être pourrions-nous en parler à l'avenir. Peut-être tuerions-nous le temps de cette façon au lieu de ces stupides jeux de dominos. Avec un peu de chance, je lui raconterai comme il était agréable de l'aimer, même si je détestais ça au début. Je lui expliquerai à quel point j'avais eu de la chance de vivre cette expérience, de découvrir l'amour et la Flamme en même temps, d'être devenu la définition du verbe aimer : une force, inébranlable, illogique, à la fois douloureuse et enivrante de plaisir. Je pourrai lui faire comprendre. Je *voulais* lui faire comprendre. Je me mis comme lui à observer le lointain.
— Il y a parfois des choses qui te rendent plus fort, résumai-je.
Je sus à quoi il pensait. Le deuil l'avait endurci. Moi, il m'avait affaibli puisque je n'en avais jamais vraiment pris conscience jusqu'à présent. Puis j'avais été sauvé. Omar m'avait sauvé.

*

    Nous étions restés au sommet, assis là, le regard dans le vide à contempler la forêt qui s'étendait à perte de vue, même pour la mienne. Le soleil commença à décliner dangereusement, il nous faudrait bientôt rentrer avant d'être surpris par la nuit. J'étais persuadé que l'épaisseur de l'obscurité dans les hauteurs n'opposerait aucune résistance à ma vision nocturne, affûtée comme celle d'un félin en pleine chasse. Le temps s'était écoulé uniformément, sans secousse particulière, ponctué çà et là par quelques phrases échangées de manière anodine. Vivre aux côtés de Omar avait cet avantage —en plus de tous les autres—, il n'était pas utile de combler le silence par des phrases toutes faites et des propos vides de sens. Je songeai brièvement à Fanny et son verbiage incessant et mon cœur se serra. Je dus admettre qu'elle me manquait, même si l'heure n'était pas à la nostalgie. Je retrouverai bientôt cette vie-là, alors que ces instants passés en compagnie de l'homme que j'aimais allaient bientôt s'éteindre à jamais. Je chassai ces pensées morbides lorsque Omar se leva subitement.

— Où vas-tu ? m'enquis-je intrigué par sa vélocité.

Il ne faisait que rarement les choses avec délicatesse et son mouvement brutal m'avait inquiété dans ce court moment de répit que nous savourions.

— J'ai bu l'équivalent d'une bouteille de Coca, répondit-il en s'éclipsant.

Une envie pressante. Je parvenais à le déchiffrer de mieux en mieux. Son éloignement provoqua un pincement désagréable dans ma poitrine, mais je sus que la douleur aurait été bien pire si la séparation avait dû durer. Il trouva un chemin dans les hautes herbes à la recherche d'un arbre pour se soulager. Je l'attendis patiemment, me focalisant sur son rythme cardiaque, une de mes mélodies préférées depuis que je l'avais rencontré.

De là où nous nous trouvions, nous pouvions apercevoir le toit vétuste de notre cachette, en contrebas de la falaise sur laquelle nous étions nichés. Il me suffisait de sauter pour être de retour dans cette sécurité relative mais il était impensable de transporter Omar comme un vulgaire sac en toile de jute. Il ne fallait pas être devin pour imaginer sa réaction face à un tel projet. Nous devrions emprunter le même itinéraire qu'à l'aller. Omar étant plutôt rapide, nous regagnerions notre habitat avant que la nuit ne pointe à l'horizon. J'entendis les pulsations caractéristiques d'un cœur en bonne santé se rapprocher. Omar me rejoignit et contempla une dernière fois le paysage tandis que je me levais, prêt à prendre la route.

    Tout alla très vite : la Flamme se jeta dans ma poitrine, mais pas comme à l'accoutumée. Je n'avais ressenti une telle chose qu'à deux reprises, et la dernière n'avait pas été annonciatrice de bonnes nouvelles. Le feu se recroquevilla pour mieux s'étirer, en proie à une véritable crise de douleurs. D'instinct, je virevoltai sur moi-même afin de contrôler les alentours.

— Ne bouge pas, lui intimai-je dans un souffle.

La dernière fois qu'un tel sentiment s'était présenté à moi, j'étais en plein rêve et Omar courait un grand danger. Le Flambeau ne pouvait pas nous avoir suivis jusqu'ici, n'est-ce pas ? Je n'entendis rien de suspect, or si nous avions été traqués, la marche de nos ennemis n'aurait jamais été inaudible pour mon ouïe parmi toute cette végétation morte, craquante et bruyante. Les odeurs humaines m'auraient également alerté sur la présence d'individus dans les bois, quels qu'ils soient.

— Qu'est-ce qu'il y a ? s'inquiéta-t-il alors.

Je lui fis face, vérifiant que tout allait bien chez lui, comme si un membre du Flambeau se tenait derrière lui, maintenant sa tête en arrière par les cheveux, un couteau tranchant sous la gorge.

— J'ai cru que ... commençai-je.

Mais la Flamme ne se calma pas. Je ne compris pas ce qui pouvait bien se passer, n'ayant jamais été trahi par son instinct redoutable, voire ses prémonitions inéluctables.

À ce moment précis, je vis —trop tard— Omar faire un léger pas en arrière face à mon expression.

Et tomber dans le vide.

Chapitre 17 : La douleur

    Lorsque j'avais basculé en arrière en traversant la vitre de l'université, la peur ne m'avait pas effleuré. La surprise était trop forte pour laisser la place à d'autres émotions et elle les avait toutes phagocytées, comme une tornade aspirant l'environnement autour d'elle. Mais lorsque je vis Omar tomber de la falaise, je ressentis chaque instant. En un claquement de doigt, je bondis et me précipitai dans le vide sans me soucier de ma propre sécurité. Je crois sincèrement que ma réaction aurait été identique, possesseur ou non de la Flamme qui me protégeait. L'air me gifla le visage et le vent souffla dans mes tympans.

    La chute fut courte et rapide comme une détonation, j'atterris accroupi à quelques pas de la masure. Je fermai les yeux une demi seconde afin de percevoir le son qui empêcherait mon existence de chavirer. Les pulsations du cœur de Omar, signe qu'il était toujours en vie, allégèrent temporairement mon anxiété. Mon estomac se dénoua mais mon inquiétude persista. Qui sait quel type de blessures il avait subies ? Je flairai son parfum parmi des milliers : l'herbe fraîchement fané, les écorces humides des arbres, les aiguilles de pins mêlées à la boue. La sienne réagit sur moi tel l'effet d'un aimant particulièrement chargé.

    Je fonçai dans cette direction sans réfléchir davantage. Je le repérai en un éclair et analysai son corps avant même d'être parvenu jusqu'à lui. Il était couvert de feuilles et autres résidus végétaux. De grands érables encore touffus malgré la saison avaient dû amortir sa chute. Je détectai néanmoins une légère odeur de sang. En arrivant à proximité, je me mis à genou afin d'évaluer les dégâts.

— Omar, tu m'entends ? m'enquis-je paniqué.

Je pris son visage entre mes mains, geste qui m'aurait été interdit dans d'autres circonstances, et entrepris de le réanimer.

— Mmmh, marmonna-t-il entre ses dents.

Je poussai un nouveau soupir de soulagement mais je ne voulais pas crier victoire trop vite. Au bout de quelques minutes, il parvint à ouvrir les paupières.

— Putain, jura-t-il en prenant conscience de ce à quoi il avait échappé.

— Je ne te le fais pas dire.

Son visage présentait quelques égratignures, conséquences des branchages qui l'avaient griffé dans sa descente. À un mètre de lui, un rocher aux arêtes saillantes ressemblait à une pyramide blanche. S'il avait dévié ne serait-ce qu'un peu de sa trajectoire, c'est sur celui-ci qu'il se serait empalé. La nausée me gagna aussitôt, suivie d'un sentiment de profond désespoir.

— Dis-moi où tu as mal, lui demandai-je encore inquiet.

— De partout, quelle question, s'agaça-t-il.

Sa mauvaise humeur reprit le terrain et j'envisageai ce travers comme les prémices de sa guérison.

— Mais j'ai été plus rapide sur le chemin de retour, plaisanta-t-il à moitié.

Je ne compris pas comment il pouvait rire d'une telle situation. *J'avais failli le perdre* ! songeai-je égoïstement.

— Oui, répondis-je malgré tout, On est juste à côté de notre palace. Mais je peux te porter si besoin.

Il me guigna, vexé. Il m'avait certes connu comme un garçon aussi charpenté qu'une tortue anorexique, mais la Flamme m'avait doté d'une carrure impressionnante. Je fus surpris et peiné qu'il me voie encore tel que j'étais avant ma transformation, d'autant plus qu'il en était la cause.
— Et puis quoi encore ? s'impatienta Omar, scandalisé par une telle proposition.
— Tu peux marcher ? l'implorai-je.
— Laisse-moi une seconde.
Je patientai le temps qu'il reprenne ses esprits.
— Tu es certain que tu n'es pas blessé ?
Mon odorat me confirma qu'il saignait bien, pas abondamment bien sûr, mais je voulais m'en assurer sans lui montrer que j'étais capable de flairer la moindre effluve d'hémoglobine.
— J'ai juste mal au-dessus du genou droit, me prévint-il.
— Très bien, je regarderai tout ça une fois qu'on sera à l'intérieur.
Il se mit assis et fit une grimace qui n'augura rien de bon. Je ne pensais pas qu'il serait en état de se mettre sur ses deux jambes après un tel choc, mais il finit pourtant par se lever non sans mal. Ses genoux s'entrechoquèrent et lorsqu'il tenta de faire un pas, il vacilla et je me précipitai pour le retenir. Il tressaillit à mon contact mais ne protesta pas. Il comprit qu'il n'était pas en mesure de progresser seul, même si nous n'étions qu'à quelques mètres de note destination. Tandis qu'il mettait un bras autour de mes épaules, déclenchant des spasmes de plaisir incontrôlables dans tout mon corps, je l'observai serrer les dents de souffrance.

— Tu as dû te casser quelque chose, paniquai-je à moitié.
Il ne me donna pas son avis, trop concentré à avancer prudemment, surmontant la douleur chaque fois qu'il posait le pied à terre.
— Que s'est-il passé ? ne pus-je m'empêcher de lui demander. Pourquoi tu as reculé alors que tu étais si près du bord de la falaise ?
La colère transparaissait dans ma voix à présent. Je pensai au même instant à cette sensation atroce que la Flamme m'avait fait ressentir, le danger imminent qui nous guettait. Elle ne s'était pas trompée encore une fois, l'erreur venait de moi. J'appréhendais le Flambeau alors que la véritable menace se trouvait juste là.
— Ton expression, répondit-il enfin d'un ton haché. Tes yeux... Ils n'étaient pas normaux.
En somme, il avait eu peur de moi et avait reculé dans un réflexe purement humain, tombant dans le vide et risquant de mourir.
Et c'était encore une fois à cause de moi.

*

Enlever le pantalon de Omar n'avait jamais été aussi éloigné de mes fantasmes. La plaie qui s'étendait juste au-dessus de son genou lui imposa de se dénuder, et bien que cette perspective ne me rebutât pas particulièrement, je restai persuadé que Omar protesterait fermement contre cette violation de son intimité. C'était bien mal le connaître. J'avais pris conscience que la pudeur ne revêtait que peu d'importance chez lui, mais mes sentiments à son égard auraient dû le contraindre à plus de retenue. Je me surpris à ne pas me laisser envahir par mes émotions, et principalement par mon appétit charnel qui

se manifestait chaque fois que je me trouvais à ses côtés. L'urgence de la situation, mon inquiétude et le fait que mon odorat ne m'ait pas induit en erreur quant à sa blessure évidente étouffèrent toute trace de sensualité.
— Alors ? C'est comment ? s'inquiéta-t-il, refusant de regarder l'étendue des dégâts.
La plaie était légèrement béante, il s'agissait d'une grosse coupure dont les lèvres suintaient de quelques filets de sang. Elle ne devait pas dépasser les dix centimètres et j'en fus grandement soulagé malgré tout. Je m'étais attendu à ce que sa profondeur laisse entrevoir l'os.
— Rien de grave, le rassurai-je. Vérifie par toi-même.
— Je te fais confiance, répondit-il sans s'exécuter.
Je remis les pièces du puzzle en place et en arrivai à une conclusion frappante :
— Tu as peur du sang ?
— Non.
Une pause.
— Mais disons que je n'aime pas ça.
C'était surprenant. Je ne l'aurais pas cru sensible à l'hémoglobine mais mon étonnement vint plutôt du fait qu'il me l'avouât sans cérémonie.
— Je vais désinfecter tout de même, d'accord ? Cela risque de piquer un peu, précisai-je.
Liliane n'avait pas glissé une trousse de premiers soins dans les provisions. Je me débrouillai donc en farfouillant dans notre vieille boîte à pharmacie, laquelle contenait des morceaux de coton défraîchis et quelques bandes de gaze. J'en sortis une épaisse lanière que je pliai en quatre avant de l'imbiber d'alcool à cuisiner, faute de lotion antiseptique. Je

savais par expérience qu'il n'était pas périssable. L'odeur, décuplée pour moi, me donna la nausée. Je tapotai précautionneusement la blessure et Omar lâcha un gémissement avant de se reprendre. L'idée de lui faire —encore— du mal me transperça. Je saisis une autre compresse et entrepris de la placer sur la plaie, la maintenant avec du gros scotch trouvé dans un des tiroirs. Il était si vieux que je fus surpris qu'il adhéra encore à la peau de Omar, recouverte d'un voile humide de sueur et parsemée de poils d'un noir de jais. On avait déjà vu meilleur pansement mais cela devrait suffire.
— J'ai bien peur que tu te sois cassé le genou, diagnostiquai-je sans conviction.
Je le comparai avec celui de gauche, le palpant plus que de raison. Sa peau, douce et chaude, crépita sous la mienne lorsqu'elles entrèrent en contact. *Ce n'est pas le moment*, songeai-je à la fois mal à l'aise et frustré. Ses cuisses étaient bien plus musclées que ce que j'aurais cru, mais je dus reconnaître que je n'avais jamais eu la possibilité de les admirer d'aussi près.
— Tu... Tu crois ? s'enquit-il.
— Eh bien, soit tu as la rotule cassée, soit tu as une constitution particulière avec un genou deux plus gros que l'autre, lançai-je, sarcastique.
Je m'en voulus de faire preuve de cynisme là où j'étais censé le rassurer, mais j'étais épuisé de porter tout ça sur mes épaules.
— Tu n'arrives quasiment pas à marcher, continuai-je. Je ne vois pas ce que cela pourrait être d'autre.
— Tu veux dire que je vais devoir rester ici, et sans avoir la possibilité de bouger en plus de ça ? s'énerva-t-il.

— Tu peux aller où tu le souhaites bien sûr, répondis-je. Mais je ne sais pas si...

À ces mots, il tenta de se redresser, renversant une partie de la bouteille d'alcool au passage. Il grimaça dans l'effort, et lorsqu'il posa le pied droit parterre, il poussa un cri de douleur provoquant instantanément la mienne.

— Ne sois pas idiot, ne pus-je m'empêcher de lui balancer. Tiens-toi tranquille et attendons.

— Attendre quoi ? m'attaqua-t-il. Attendre une éternité que ce vieux cinglé de toubib vienne nous raconter la pluie et le beau temps ?

— Cela ne fait pas une éternité que nous sommes là, ripostai-je.

— Ça, c'est parce que toi tu t'amuses bien ici avec moi, alors que je ne voudrais me casser et ne jamais avoir vécu tout ça !

Ses mots étaient pires que du poison, et il en avait parfaitement conscience. Comment pouvait-il se montrer aussi cruel, passant de la joie à la méchanceté, sans symptômes avant-coureurs ?

— Je te rappelle que j'ai également dû partir ! lui lançai-je agacé.

— Mais tu n'as rien laissé derrière toi ! Tu n'as même pas évoqué la moindre inquiétude à propos de ta famille ou de tes amis, à se demander si tu en as quelque chose à faire !

Heureusement, j'avais eu une pensée pour Fanny cet après-midi, mais malgré tout il n'avait pas tout à fait tort. Mon monde, c'était lui, et tout le reste avait cessé d'avoir de l'importance. En une fraction de seconde, je me détestai. D'être aussi égoïste. D'être ce que j'étais. Car dans un autre univers, nous aurions peut-être pu

vivre ensemble. J'aurais pu lui apporter autre chose. En dépit de mes tergiversations, je lui tins tête et répliquai :
— Je t'ai sauvé la vie, je te signale !
— Je n'aurais pas eu besoin d'être sauvé si tu n'avais jamais existé ! C'est à cause de toi si ces malades me pourchassent, si ma mère et ma sœur ne me retrouveront pas lorsqu'elles rentreront chez moi, si je suis coincé dans cette vieille bicoque avec un monstre pour seule compagnie, si je suis tombé de cette foutue falaise à cause de tes bizarreries paranormales !
Il prononça le discours le plus long que je lui avais connu. Malheureusement, c'était aussi le plus douloureux que je n'avais jamais reçu de toute ma vie. J'empruntai chacun de ses mots comme un coup de poing dans le ventre, un passage à tabac en règle où chaque uppercut incarnait une vérité lancinante.
— Je suis désolé.
Il venait de me débiter les pires horreurs et pourtant c'était moi qui lui présentais des excuses. Voilà tout ce que je pouvais faire. J'eus l'impression que la Flamme s'éclipsa quelques instants, me laissant seul pour la première fois depuis longtemps. Le vide me paralysa.
— Il faut que j'aille à l'hôpital, conclut-il dans un gémissement.
C'était évident. Malgré tout, si nous partions d'ici, nous serions très facilement localisés et je ne connaissais que la partie immergée de l'iceberg concernant les actions du Flambeau. De quoi étaient-ils capables ? Je m'imaginai une seconde Omar mort, assailli par leurs balles. La Flamme reprit possession de moi, brûlant tout sur son passage, me coupant le souffle par son retour express. Le corps de Omar, froid, pâle, vide et sans vie. Je ne pus l'envisager. Il avait une

famille. Quelque chose en moi m'arguait que c'était un beau prétexte. En réalité, je ne songeais qu'à moi.
— On ne peut pas bouger d'ici, déclarai-je. Mais si tu veux reprendre ta voiture et aller jusqu'à l'hôpital dont tu ne connais même pas l'itinéraire, avec un genou cassé en prime, je t'en prie.
Il me regarda, bouche bée. Je vis une haine sauvage hanter ses yeux noirs d'encre. Ne pouvant en supporter davantage, je pénétrai dans la chambre qu'il avait occupée cette nuit et claquai la porte. Une minute plus tard, j'entendis le chuintement des ressorts du canapé, signe qu'il s'était allongé de nouveau.

*

Trois jours passèrent. Ce furent à la fois les plus longs et les plus courts de toute mon existence. Courts, parce que la sentence se rapprochait inexorablement, ma fin en soi —la destruction de la Flamme—, m'attendait tapie dans l'ombre, prête à se jeter sur moi pour m'engloutir. La brûlure me déchiquetait le cœur avec un plaisir incommensurable, à la limite du masochisme.

Longs, parce que notre dispute avait irrémédiablement et littéralement clos une porte entre nous, une porte qui n'était de toutes manières que très légèrement entrouverte. A présent, elle semblait scellée à jamais, verrouillée par un système inviolable, sécurisée par un cadenas en titane dont il aurait jeté la clé.

Je dus reconnaître malgré moi que j'étais encore à la recherche de cette clé. Je ne berçais pas d'illusions néanmoins. Je n'espérais qu'une simple réconciliation, incapable d'endurer cette colère plus longtemps. Pire, son indifférence. Elle me dévorait. Pourtant, ses mots avaient été durs, d'une violence inouïe, énumérant chacune des facettes de ma personnalité qui étaient défectibles.

    Au début, j'étais resté cloîtré dans la chambre puisque Omar ne pouvait pas se lever du canapé. Cette nouvelle intimité n'était pas pour me déplaire. J'avais la possibilité d'y pleurer à ma guise si j'en ressentais le besoin mais aucune larme ne vint étouffer l'incendie qui ravageait ma poitrine. Je prêtai attention à son rythme cardiaque, persuadé qu'il trouverait un moyen de s'enfuir mais il dut se rendre à l'évidence. J'avais la désagréable impression d'être devenu son geôlier, une perspective qui me terrorisait. Alors, le lendemain, je fis comme si de rien n'était. Je jouai mon rôle de maître d'hôtel et d'infirmier à domicile, préparant du mieux que je pouvais des substituts de repas, ravivant les braises dans le poêle, aérant l'espace malgré les températures de plus en plus basses.

— Qu'est-ce que tu fais ? s'étonna Omar lorsque je m'approchai de lui, paré de gaze, d'alcool et de gros scotch.

C'était la première fois qu'il m'adressait la parole depuis notre querelle.

— Je désinfecte ta plaie, répondis-je l'air de rien.

Alors, sans se faire prier, il dégagea sa jambe de sous la couverture pour me permettre de poursuivre mes soins. Il n'eut pas à remonter le bas de son pantalon, ayant dormi vêtu d'un simple caleçon pour être plus à l'aise. Je ne m'habituai ni à sa nudité, ni à la facilité avec laquelle il recevait ses soins, dans le plus simple appareil et placide au fait de se présenter ainsi à moi, pourtant fou amoureux de lui.

— Ton genou a dégonflé, ce n'était peut-être qu'une entorse, glissai-je en guise d'apaisement.
— J'ai quand même très mal, répliqua-t-il.
Le deuxième jour néanmoins, la plaie n'avait pas belle allure. N'y connaissant rien dans le domaine du médical, je fus surpris par la couleur à laquelle elle virait. Le troisième jour en revanche, le teint de Omar me préoccupa.
— Tu te sens moins mal ? m'enquis-je.
Je savais par expérience que lui poser des questions sur son état de santé risquait de tourner au vinaigre. Je marchai sur des œufs dès qu'il s'agissait d'évoquer notre situation désespérée.
— Fatigué, marmonna-t-il.
Sa peau, d'ordinaire chatoyante et halée d'un voile doré était devenue grisâtre, livide et cela ne me disait rien qui vaille. D'instinct, je plaçai ma main sur son front afin d'évaluer sa température. Il était brûlant. Le fait qu'il ne protestât pas à un contact aussi direct m'inquiéta outre mesure.
— Tu as de la fièvre, annonçai-je soucieux.
— Je suis juste fatigué, murmura-t-il.
Sans lui demander son avis, je saisis sa jambe blessée par-dessous la couverture et son contact me calcina encore. La plaie, bien que moins profonde, avait pris une couleur jaunâtre. Je n'étais pas un expert mais cela ressemblait fortement à une infection, une septicémie dans le pire des cas. J'avais pourtant désinfecté la plaie mais je doutai que l'alcool à cuisiner soit un bon antiseptique. Je remis une compresse de gaze imbibée de solution alcoolique et scellai le pansement de fortune. Je replaçai sa jambe sous l'étoffe, en gardant ma main sur son mollet.

Il s'était endormi et je me surpris à le contempler. Il restait magnifique même dans la maladie. L'espace d'un instant, toute la colère que j'avais ressentie envers lui s'évanouit, suppléée par une inquiétude vive et encombrante. Je ne connaissais qu'un moyen efficace de combattre une infection si elle s'étendait : les antibiotiques. Évidemment, Liliane n'en avait pas glissés dans son paquetage miraculeux. Seul un médecin pourrait nous en fournir. Je priai intérieurement pour que le docteur Malef nous rejoigne dans les plus brefs délais.

Sans cela, je n'osai imaginer ce qu'il adviendrait.

Comme pour me prouver qu'il tenait bon, Omar remua dans son sommeil.

*

Omar se réveillait de temps à autre, parfois lucide, parfois légèrement confus et ensommeillé. Je réitérai ses prises de température de manière artisanale, me contentant de la paume de ma main pour estimer s'il était encore fébrile. Malheureusement, la fièvre ne désemplissait pas. Le surlendemain, alors que je désespérais de retrouver un jour la civilisation, sa plaie s'aggrava dangereusement. Je ne comprenais pas comment il avait pu s'infecter en si peu de temps. Je tentai de le faire boire plus souvent que de raison car je savais par expérience que la fièvre déshydratait, d'autant plus que sa peau était constamment couverte d'une fine pellicule de sueur. Il repoussait continuellement les couvertures que je m'astreignais à placer sur la totalité de son corps, préférant la fraîcheur de l'air automnal qui refusait de quitter tout à fait les lieux malgré le poêle qui tournait à plein régime.

Lorsqu'il cessa de s'alimenter convenablement, je fus à deux doigts de la crise d'hystérie.

— Omar ? l'appelai-je lorsqu'il ouvrit les yeux péniblement.

Il grommela, signe qu'il m'avait bien entendu.

— Tu te sens bien ? ne pus-je m'empêcher de lui demander bêtement.

Voyant qu'il essayait de se redresser, je lui portai secours et lui tendis un verre d'eau qui vacilla entre ses mains. Je l'aidai à se désaltérer, de l'eau coulant sur son menton.

— Bof, finit-il par concéder. J'ai mal à la tête.

Je pinçai les lèvres. Tout ceci n'augurait rien de bon. Il prit une profonde inspiration, puisant dans ses forces pour poursuivre :

— Ton docteur ne t'aurait pas donné de l'aspirine hier par hasard ?

Hier ? Ses longues périodes de sommeil avaient dû chambouler sa notion du temps. D'un côté, c'était préférable, au moins il ne risquait pas de s'inquiéter du nombre de jours que nous avions passés ici. Il nous restait quarante-huit heures avant que nos familles respectives ne commencent à s'alarmer. Le séminaire, qui avait été une excuse parfaite, devait se terminer bientôt. Néanmoins, si sa mère était comme la mienne, elle devait ronger son frein à l'idée que nous ne soyons pas joignables vocalement. Par ailleurs, cette information était on ne peut plus louche. Il faudrait que nous réfléchissions à un prétexte expliquant pourquoi nous n'avions pas pu les appeler de vive voix.

— Euh... Non, il ne m'a rien donné du tout ceci, déclarai-je, surpris.

L'absurdité de la situation provoqua un rire compulsif en moi. Nous avions échappé à une dangereuse organisation criminelle et Omar succombait à une bactérie microscopique, faite lors d'une chute dont il ressortait sans presque aucune séquelle.
— T'es plutôt un mec sympa, lâcha Omar à moitié assommé.
D'instinct, je sentis le contenu de son verre, à croire qu'il venait d'avaler une bonne rasade de l'alcool dont je me servais pour le soigner.
— Euh... merci, chuchotai-je.
J'ignorais si c'était la fièvre qui le faisait délirer ou si ma dévotion pour le rétablir avait quelque peu redoré l'estime qu'il avait de moi. À me voir à son total service, on pouvait difficilement me considérer comme égoïste. Sauf si on avançait que mes soins étaient purement intéressés. Je préférais écarter cette hypothèse déprimante. Assis sur un coin du canapé, je perçus ses frémissements. Il commençait à trembler de fièvre. Je remis l'épaisse couverture sur ses épaules mais il ne cessait de s'agiter, professant des paroles confuses et décousues.
— Mon père, balbutia-t-il, il est mort dans un accident de voiture. Ma sœur était avec lui. Elle en a réchappé. Au début, j'avais voulu que ce soit elle qui meure.
La violence de sa confession me paralysa. Je désirai qu'il ne me livrât pas ses souvenirs aussi intimes, surtout lorsqu'il était dans un état second.
— Ne dis pas ça voyons, l'apaisai-je du mieux que je pus.
— Si je t'assure, j'ai regretté d'avoir de telles pensées... Mais il me manquait.

Ainsi, se pouvait-il que nous ayons chacun de nous une part d'ombre, aussi infime soit-elle ? Mon amour pour lui avait-il obscurci mon jugement ?
— C'est normal, répondis-je mal à l'aise.
— Tu n'as jamais voulu que ce soit ton frère ou ta sœur ?
Je réfléchis à sa question. C'était idiot bien sûr, d'une part parce que j'étais fils unique, et d'autre part parce qu'on ne choisit pas qui doit mourir d'une maladie dans sa famille. Pour autant, je crois que j'aurais préféré succomber moi-même si j'avais eu le choix.
— Je n'ai ni frère ni sœur, ajoutai-je tandis que Omar avait les paupières mi-closes.
Il laissa passer un temps puis prononça dans un souffle :
— Fanny, c'est ta sœur non ?
Son état était encore plus préoccupant. Il nageait en plein délire et je sus qu'il n'y avait qu'une seule solution envisageable.
— Omar ? l'appelai-je en le secouant légèrement.
— Mmmh ?
— Penses-tu pouvoir marcher ? Sinon je te porterai.
— On va où ?
— A l'hôpital, tu as besoin d'un médecin.

*

Alors que Omar s'assoupissait de nouveau, voyageant entre le délire et le sommeil, je pris les clés de sa voiture et partis la démarrer. Je mis le chauffage au maximum et patientai jusqu'à ce que l'habitacle soit suffisamment chaud. Il n'était pas question qu'en voulant sauver Omar, je lui cause un choc thermique. Je songeai à tout ce que nous avions fait pour disparaître de la civilisation et ne pas être traqués par le Flambeau.

Sauf qu'à présent, nous allions nous jeter en plein milieu d'un hôpital bondé de malades en tout genre. Cela dit, nous étions assez loin de Davanne et je me demandai quel était le réseau de cette organisation. Comment travaillaient-ils ? Où se basaient-ils exactement à Dalico ? Quel était leur modus operandi ? Je n'en savais malheureusement rien, le docteur ne m'ayant jamais rien expliqué à ce sujet. Je bouillonnais de rage. Pourquoi ne m'avait-il pas raconté tout en bloc si nous courions un danger mortel ? Si *Omar* courait un danger mortel ?

J'avais bien sûr songé à me rendre seul chez un médecin, prétextant une maladie dans l'espoir qu'il me prescrive un traitement susceptible de fonctionner sur Omar. Mais cela ne collait pas. D'une part, je n'avais pas de température et j'étais à peu près sûr qu'aucun docteur digne de ce nom ne me délivrerait un médicament sans m'avoir examiné auparavant. Ce qui nous amenait au deuxième problème. Que se passerait-il s'il tentait de m'ausculter ? Que dirait-il s'il voyait ma peau devenue à la fois douce et satinée, sans défaut et aussi solide que de l'acier ? Que penserait-il s'il essayait de prendre mes réflexes et que le marteau produisait le même son que s'il avait frappé un morceau de métal ? Je n'étais plus un simple humain, cette condition physique avait été largement dépassée. Et s'il écoutait mon cœur ? Il me semblait que mon rythme cardiaque avait changé. Je ne pouvais pas courir un tel risque. J'étais pourtant allé à l'hôpital le jour où j'avais traversé la vitre à l'université, mais j'étais en train de développer tous les symptômes de la Flamme. Ma transformation restait encore incomplète. Aujourd'hui, elle était acquise. Chaque parcelle de mon corps était indestructible. Ma colère fulminait à tel point que je mis un temps à réaliser. Un vrombissement assourdissant se rapprochait. La panique me gagna. Ce n'était pas le moment ! Mais dans un fol espoir, j'imaginai le docteur nous rejoindre enfin.

    Je patientai quelques instants, laissant le temps à l'auteur de ce vacarme d'apparaître. Je reconnus au loin le pick-up caractéristique du docteur et poussai un soupir de soulagement. Il était agréable de pouvoir déverser un peu de ses angoisses sur les épaules de quelqu'un d'autre, surtout lorsqu'il s'agissait d'une personne bien plus compétente que moi. Je coupai le moteur de la voiture de Omar et attendis la venue du docteur Malef, interminable dans sa lenteur. Je le rejoignis à une vitesse inimaginable, provoquant un sursaut chez notre sauveur. Je remarquai tout de suite que ses traits avaient changé. Maintenant que j'y prêtai attention, je pris conscience que son rythme cardiaque était anormalement élevé, sans doute parce que mon arrivée rapide l'avait désarçonné. Pourtant, je n'eus pas l'occasion de lui demander de l'aide pour Omar. Il sortit du véhicule, et me déclara d'un ton grave que je ne lui avais jamais connu :

— Nous avons un gros problème.

Chapitre 18 : L'article

À l'intérieur, le docteur était penché sur Omar, toujours assoupi, et contemplait sa plaie béante. Nous n'avions pas évoqué le problème qui semblait préoccuper le médecin, l'ordre de mes priorités étant radicalement différent.
— En effet, il s'agit bien d'une infection, affirma ce dernier. D'où la forte fièvre.
— Avez-vous un traitement ? Pouvez-vous aller lui en chercher un ?
Je débitai mes questions à une allure surprenante, comme si la Flamme me permettait aussi de jouir d'une élocution vertigineuse dans sa rapidité. En réalité, l'inquiétude à l'égard de la santé de Omar oblitérait toute considération ortho-phonique.
— Je n'ai rien pris avec moi, déclara le docteur avec un calme olympien. De plus, je suis psychiatre et non généraliste.
Je résistai à l'envie de l'attraper par les épaules et de le secouer comme un grelot. N'ayant jamais été d'un naturel violent, je m'étonnai de mon manque flagrant de patience. Néanmoins, la vie de Omar était en jeu et je ne tolérais pas qu'on traite ce sujet avec une quelconque désinvolture.
— Que fait-on dans ce cas ? m'impatientai-je. Comment le soigne-t-on ? Vous ne possédez pas un médicament dans vos réserves ?
J'attendis simplement qu'il me rassure quant à l'état de santé de Omar. J'avais tellement attendu son arrivée salvatrice que je n'entrevoyais pas d'autres scénarios potentiels.
— C'est inutile voyons ! pouffa-t-il.

La bonhommie caractérisée que j'appréciais d'ordinaire chez cet homme m'horripila démesurément.
— Comment ça ? m'agaçai-je sur la défensive.
S'il ne m'avait pas confirmé que ce que j'avais supputé, à savoir une infection, j'aurais remis en cause mon diagnostic pourtant évident.
— Eh bien nous avons déjà tout ce qu'il nous faut, lança-t-il comme si j'étais un parfait demeuré.
Voyant que je ne comprenais pas, il ajouta sans doute dans un désir de calmer mes nerfs à vif :
— Je suis désolé Lucas, parfois j'oublie que je ne vous ai dévoilé que quelques bribes concernant la Flamme et son action.
— Vraiment ? répondis-je de manière sarcastique. C'est dommage, je comptais écrire un manuel à ce sujet.
Il ne releva pas la pique, conscient de mon exaspération compréhensible et se contenta de m'examiner sans piper mot.
— Et quel est donc ce traitement miracle dont nous disposons déjà ? lançai-je pour redémarrer la conversation.
À ma grande surprise, il me désigna dans un geste triomphal :
— Vous, révéla-t-il tout sourire.

*

Interloqué, je l'observai, convaincu qu'il avait perdu le peu de raison qui lui restait.
— Comment ça, moi ? relevai-je suspicieux.
Il se leva du canapé et la secousse tira Omar de son sommeil mais il ne s'en rendit pas compte. La simple vue de celui que j'aimais suffit à apaiser la rage qui s'animait en moi.

— Eh bien voyez-vous, l'Enflammé et l'Enflammeur ont une sorte de connexion, expliqua-t-il.
— Une connexion ? répétai-je fasciné. Je croyais qu'il avait créé la Flamme et que je la portais uniquement.
— C'est le cas, mais comme cette Flamme appartient en partie à Omar, elle possède de nombreuses vertus. Lui sauver la vie par exemple.
Je songeai à cette impression de danger imminent qui m'avait réveillé en pleine nuit il y a quelques jours de cela. La Flamme avait senti que Omar était en danger. Elle l'avait protégé. Nous l'avions protégé, puisque à présent la Flamme et moi partagions la même enveloppe corporelle. J'abaissai les paupières afin de la contempler de nouveau. Elle était toujours présente, s'agitant comme si une brise venait la taquiner.
— Comment faire ? demandai-je pressé.
Car pour finir, peu importait la cause, seul comptait l'effet.
— Venez voir, m'appela le médecin. Prenez place à côté de lui.
Intrigué, je ne me fis pas prier et je m'approchai de Omar, lequel semblait totalement éteint. Je comptais sur la Flamme pour rallumer ses prunelles ténébreuses. Je ne pouvais imaginer Omar les yeux clos à jamais. Je préférais encore qu'il me balance toutes ces horreurs — parfois justifiées— à la figure, qu'il me jette son regard noir et haineux, qu'il me méprise au gré de ses humeurs. Je m'assis dans un coin du canapé, à une proximité dangereuse de lui. Spontanément, je relevai la couverture, laissant apparaître sa plaie infectée et sanguinolente.
— Que dois-je faire ? m'enquis-je, parfaitement perdu.

La situation était invraisemblable. Était-il possible que je soigne Omar par la seule puissance de la Flamme ? Si je devais justement me montrer logique, c'était évident que cela fonctionnerait, car au fond, la Flamme représentait à la fois le Possible et l'Impossible.
— Passez votre main sur sa blessure. Et laissez votre instinct vous guider.
— Quand vous dites « mon instinct »...
— Oui, je parle d'elle bien sûr, compléta le docteur.
Plein d'espoir, je passai la paume de ma main devant sa blessure, sans entrer en contact physique avec elle. Aussitôt, je perçus un changement dans ma poitrine, une douleur atroce, insupportable mais différente de toutes celles que j'avais déjà subies jusque-là. Je tentai de mettre des mots sur cette souffrance et la dissimilitude qui existait entre elle et les précédentes. Ils me vinrent difficilement, comme lorsqu'on cherche à s'exprimer en langue étrangère sans connaître le lexique approprié. C'était comme si la Flamme avait senti le mal de Omar et qu'elle souffrait elle-même de la plaie qui s'étendait sur le dessus de son genou. En fermant de nouveau les yeux, je pus me concentrer à loisir et des étincelles enflammées se détachèrent de leur créatrice et circulèrent dans mon bras.

    Un spasme me traversa et je sus quoi faire instinctivement, comme lorsqu'on prend sa respiration en sortant d'une apnée sous-marine. Je propulsai ces étincelles dans ma paume, vidant tout mon corps de ces résidus brûlants et les laissai se déverser vers leur destination. Ma main était sur le point d'exploser sous la chaleur qui irradiait ma peau mais je ne lâchai pas prise et envoyai les dernières déflagrations sur la jambe

de Omar. J'ouvris les paupières afin de contempler le résultat. Sous mes yeux incrédules, je vis la plaie cicatriser, le pus disparaître et les cellules se régénérer à une vitesse fulgurante. Je ne pouvais pas le croire, et pourtant, j'en avais la preuve ici même. La Flamme avait guéri Omar. Euphorique, j'eus une autre pensée.
J'avais guéri Omar.

*

Lorsque le teint de Omar retrouva une couleur décente et que sa température sembla diminuer, je perçus le docteur manifester des signes d'impatience. Mon amoureux ne se rétablissait pas en un claquement de doigts, mais je supposais que c'était normal. Déjà, nous voyions les bienfaits de la Flamme sur lui : ses yeux s'ouvrirent malgré quelques traces de fatigue, ses tremblements cessèrent et la moiteur maladive qui rayonnait de son corps laissa place à une tiédeur rassurante. Ma priorité, avant même d'entendre ce que le docteur Malef avait à nous dire, était d'évaluer si Omar se remettait bien de son infection.

— Comment te sens-tu ? lui demandai-je d'un ton plein de tendresse que je ne parvins pas à dissimuler.
— J'ai soif, grommela-t-il d'une voix rocailleuse, la gorge asséchée par toute la sueur qui avait suinté par chacun de ses pores.
Aussitôt, je portais un verre d'eau à ses lèvres pleines et bombées mais il s'empara par lui-même du récipient et vida son contenu d'un trait.
— Tu as été très malade après ta chute, lui expliquai-je du mieux que je pus.
— Je sais, répondit-il, à mon grand étonnement.
— Tu... Tu te rappelles tout ?
— En quelque sorte.

Un silence gêné s'installa sans que je comprenne la raison exacte de ce malaise. Il m'avait laissé panser sa plaie, dévoilant sa nudité, me faisant parfois des confessions intimes sur sa vie passée, et alors ? En contrepartie, il savait que j'étais fou amoureux de lui. Cela contrebalançait nettement la connaissance de certains de ses secrets.

— Par moment, tu tenais des propos incohérents justement, lançai-je penaud.

— J'avais du mal à... organiser mes idées. À penser à des choses logiques.

Mine de rien, je lui avais lancé une perche qu'il s'était empressé de saisir. Je ne saurais dire si c'était un effet de mon imagination mais je crus percevoir une nuance de gratitude dans son regard encore ensommeillé.

— Comment j'ai pu guérir ? C'est vous qui m'avez donné des médicaments ? ajouta-t-il en se tournant vers le docteur, dont j'avais presque oublié la présence après l'avoir désirée si ardemment.

Le médecin lui accorda à peine un coup d'œil, surpris qu'il lui adresse la parole.

— Non, se contenta-t-il de dire.

Dès que Omar engageait la conversation avec lui, le docteur se fermait comme une huître et cela me blessa.

— Non, c'est moi, l'informai-je. J'étais sur le point de dire « c'est elle », mais cela l'aurait sans doute effrayé. En plus, je souhaitais pour une fois récolter les lauriers de cet exploit.

— Comment ? s'étonna-t-il.

— Apparemment, la Flamme permet à son porteur de soigner l'Enflammeur. Enfin, toi en l'occurrence, clarifiai-je.

— Oh.

De toute évidence, il ne s'attendait pas à une telle réponse.
— Merci, lâcha-t-il à mi-voix.
Je me persuadai intérieurement que c'était la déshydratation qui le forçait à s'exprimer aussi bas et non pas sa réticence à me remercier.
— Bon, ce n'est pas tout ça mais nous avons d'autres problèmes à régler, nous interrompit le docteur en se rapprochant de nous.
— Quel genre de problèmes ? demandai-je sur mes gardes.
— Avec le Flambeau bien sûr.
— Je pensais que vous alliez évoquer des soucis de tuyauterie dans votre maison, lançai-je, cynique.
Il nous offrit un sourire malgré les circonstances mais ses mains qui se tortillaient n'auguraient rien de bon.
— Ils connaissent votre identité précise, m'annonça-t-il.
— Ce n'était pas le cas avant ?
— Comme a dû vous l'expliquer ma femme, ils vous connaissent, mais ils ignoraient votre nom. Ils avaient une vague idée de l'endroit où vous viviez, savaient que vous étiez étudiant à l'université de Rocal et que ce garçon était votre Enflammeur.
La manière dont il avait qualifié Omar était quasiment insultante mais je ne relevai pas son apostrophe vindicative.
— A ce propos, comment ont-ils su ? s'enquit Omar.
Le voir participer à cette conversation me scia les pattes. Cela dit, la remarque était pertinente et je m'étais déjà fait cette réflexion.
— Je n'en ai aucune idée, avoua le docteur d'un ton nerveux. Toujours est-il qu'ils ont désormais votre

identité Lucas, et cela ne présage rien de bon. Vous cacher n'a donc plus d'intérêt.
— On peut partir d'ici ? ajouta Omar plein d'espoir.
— Plus ou moins, révéla le docteur.
Une question resta en suspens. Je la posai avant que nous déviions trop du sujet qui m'intéressait.
— Comment ont-ils fait pour connaître mon identité ? Nous n'avons pas bougé d'ici et nous avons fait en sorte de ne laisser aucun indice !
Le docteur sortit de la poche intérieure de son veston en cuir un amas de feuilles froissées.
— À cause de ça, dit-il en me tendant les papiers.
Absorbé par la situation, je mis un moment à comprendre qu'il s'agissait d'un journal amateur, plus particulièrement celui de l'université. En gros titre, on pouvait lire : « *Un étudiant survit à une chute de 5 étages et en ressort indemne* ».

*

Le choc me paralysa et je mis un temps fou à retrouver mes esprits. Il était curieux que j'aie oblitéré tout mon univers d'avant, comme s'il n'avait jamais réellement existé. Énervé, j'arrachai à moitié le journal des mains du docteur et débutai la lecture de l'article.

C'est un événement surréaliste qui s'est produit il y a seulement quelques jours à l'université de sciences de Rocal, lisait-on. Lucas Foques, jeune étudiant en biochimie d'à peine 18 ans, n'aurait pas imaginé un instant qu'en se rendant en cours ce jour-là, il vivrait une expérience pour le moins déroutante. Alors qu'il s'appuyait dangereusement contre les vitres qui ceignent l'intégralité de la façade du bâtiment au 5e étage, l'une d'entre elles s'est brisée sous sa corpulence et le jeune garçon a fait une chute spectaculaire. « *J'étais là et j'ai tout vu* », nous confie sa petite-amie Roxanne Traille. « *Quand il est tombé... J'ai cru que j'allais faire une attaque ! Bien sûr, j'ai tout de suite accouru pour lui prodiguer les premiers secours, mais c'est à partir de là que cela devient étrange* ». Car si Mlle Traille était bien décidée à sauver son ami, elle ne s'attendait pas à le trouver en pleine forme et sans aucune séquelle. « *C'était vraiment bizarre...* explique-t-elle au journal. *Il s'est relevé comme si rien ne s'était passé ! Il n'avait aucune égratignure, rien du tout !* ». Ce n'est pas la première fois que Lucas Foques frôle un accident dont la gravité n'est plus à démontrer. « *Il est d'une telle maladresse,* poursuit sa camarade qui le connaît très bien. *En cours, il s'est également projeté de l'acide sulfurique sur les mains, et encore une fois, il s'en est sorti sans dommage. Pourtant, la redoublante avec qui il faisait équipe a été sérieusement touchée et a depuis des mains en peau de poulet* ». Le destin semble bien sourire à cet étudiant qui malgré toutes ces mises en danger continue son petit bonhomme de chemin, narguant la providence. « *Tout le monde sait qu'on ne doit pas s'appuyer sur ces vitres*, précise Roxanne, *mais le règlement n'a jamais été son fort. On ne l'a d'ailleurs pas revu depuis plusieurs jours* ». Espérons qu'il ne tombera pas de si haut le jour des examens !

Je relus le paragraphe à maintes reprises, m'attardant sur mon nom qui paraissait scintiller dans l'obscurité naissante de la nuit, et sur des détails que je n'aurais jamais cru remarquer dans un tel état de stress. J'avais certes oublié l'existence de Roxanne Traille mais ce n'était vraisemblablement pas réciproque. Je maudis sa perfidie et me demandai pourquoi l'article avait paru sans mon consentement. Mme Mothes allait être verte de rage, mais cela dit, le journal était de parti pris. Je soupçonnai Roxanne d'avoir volontairement mis en avant mon attitude pour me desservir en cas de procès, ce qui constituait bien le cadet de mes soucis. Je reconnus également son verbiage dans les termes employés tels que « petit-ami ». Elle n'y était pas allée de main morte concernant la situation, exagérant même la hauteur de ma chute d'un cinquième étage, pourtant inexistant dans ce bâtiment.

— Le Flambeau a lu ce papier ? demandai-je en regardant la date.

Il n'était pas très récent, mais le temps qu'un journal amateur sorte de l'enceinte d'une université ne devait pas être excessif.

— Ils savent que l'Enflammé qu'ils recherchent se trouve à l'université. Ils épluchent donc toutes les informations susceptibles de les amener à vous. Ce n'est qu'une question de délai, maintenant.

Je ne parvenais pas à réaliser que cette idiote de Roxanne allait tout gâcher. Elle n'avait pas lésiné sur les détails, osant mettre en lumière d'autres anecdotes sur ma force surhumaine et ma résistance surprenante. Si un membre du Flambeau lisait cet article —et à en croire le docteur, cela arriverait prochainement—, il n'y aurait plus aucun doute possible sur l'individu qu'ils recherchaient activement.

— Que doit-on faire dans ce cas ? m'alarmai-je d'une voix qui me parut monocorde.

— Il faut que vous rentriez chez vous afin de mettre votre mère en sécurité. C'est à elle qu'ils s'en prendront, expliqua le docteur.
Je ne m'attendais guère à une telle réponse.
— Mais pourquoi ? m'étonnai-je.
— Ils voudront s'en prendre à une personne qui vous est chère puisque vous n'êtes pas attaquable. Omar doit venir avec vous, pour que vous puissiez le prémunir aussi, sans cela ils l'utiliseront contre vous.
— Je croyais que tout ceci concernait un secret inviolable ! Comment pourrais-je assurer sa protection sans rien lui dire ?
— Il ne faut rien lui révéler. Vous revenez chez vous juste pour la protéger. Nous en parlerons en chemin.
Machinalement, je pris mes affaires, prêt à quitter cet endroit. Omar se releva difficilement et je me hâtai de l'aider à plier bagage.
— Tu as compris ce que nous allions faire ? lui demandai-je.
À moitié endormi, il hocha la tête. S'il avait été dans son état normal, il aurait sans doute protesté mais la fatigue résiduelle le rendit moins revêche. Au fond de moi, secrètement, je n'étais pas inquiet outre mesure parce que la seule chose qui me terrifiait n'était pas dans le plan.
Omar restait encore avec moi.

*

Nous étions tous les trois entassés dans le pick-up du docteur Malef et j'avais laissé monter Omar à l'avant. Nous avions dû abandonner sa voiture dans notre lieu de retraite car le docteur comptait nous livrer son nouveau plan. J'étais d'ailleurs rassuré, sinon Omar aurait souhaité conduire son véhicule à tout prix malgré son état pour le moins fragile. Si la Flamme ne m'avait pas garanti une combativité inégalable, nul doute que j'aurais été atteint d'une migraine de tous les diables.

— Voilà ce que vous allez faire, gronda le docteur pour couvrir le mugissement du moteur antédiluvien.

Il s'adressa une fois de plus à moi comme si Omar ne se trouvait pas dans l'habitacle. De toute façon, ce dernier semblait trop épuisé pour y prêter la moindre attention.

— Vous allez rentrer chez vous comme si le séminaire était terminé —ce qui correspond par ailleurs aux dates que vous avez communiquées à votre mère. Omar devra rester avec vous, faites-le passer pour... un ami.

Omar s'agita nerveusement sur son siège, mal à l'aise à la perspective de pénétrer chez moi mais ce n'était pas le moment de m'en préoccuper.

— J'ai dans mon sac un billet de train que je me suis empressé d'acheter avant de venir, et trois nuits à l'hôtel. Offrez-lui de votre part afin qu'elle quitte votre maison le plus vite possible.

Ma mère avait toujours aimé voyager, mais je me voyais mal lui donner un ticket de voyage tombé du ciel pour l'expulser de chez nous.

— Vous avez acheté un billet de train ? répétai-je surpris.

— J'ai pensé que ce serait plus pratique que de trouver une excuse... expliqua le docteur.

— Ok, j'essayerai de la convaincre de partir. Son anniversaire tombe dans quinze jours.

Cela pourrait marcher, mais une question me tarauda.

— Le Flambeau ne risque pas de la localiser ?

— Si, mais ce sera trop tard si elle est déjà en route. Ils ne sont pas excessivement nombreux et ils préféreront se tenir dans les parages, là où vous êtes en somme.
Le soulagement aurait dû me gagner mais la facilité avec laquelle j'entraînais tout le monde dans mes problèmes m'étouffa de culpabilité. Le docteur dût s'en apercevoir puisqu'il me glissa :
— Vous n'y êtes pour rien.
Je le savais mais cela ne suffisait pas.
— Omar, votre mère et votre sœur seront chez vous à quelle date ?
Le principal intéressé parut abasourdi qu'on le consultât. Il est vrai que pendant toute la durée de notre escapade, personne ne lui demandait jamais son avis.
— Elles rentreront la semaine prochaine, déclara-t-il.
— Bien, nous avons encore le temps dans ce cas.
— Justement, commençai-je, combien de temps cela va-t-il durer ? Quelle est l'issue de tout ceci ?
Le pick-up s'enfonça sur la nationale, dépassant avec raideur les véhicules alentours.
— Je vais vous retirer la Flamme, annonça le médecin.
C'était comme si on venait de me briser les côtes en un million de fragments. Cette perspective m'était sortie de la tête. L'issue demeurait inéluctable cependant. Nous n'avions fait que retarder l'échéance.
— Pourquoi ne pas l'avoir fait tout à l'heure, dans ce cas ? le questionnai-je en réprimant un frisson.
— Il faut que le Flambeau prenne connaissance de mon intention, expliqua le docteur.
— Pourquoi ? Pourquoi doivent-ils savoir ?
— De cette façon, ils ne pourront plus vous convoiter. Une fois que je vous en débarrasserai, elle sera détruite et vous ne présenterez plus aucun intérêt pour eux. Ils

étudiaient avant les anciens Enflammés mais cela n'a jamais abouti à des résultats concrets. Une fois qu'ils sauront que vous ne l'avez plus en vous, ils vous laisseront tranquilles, vous et vos familles. Ce sera terminé.
— Et si le Flambeau n'avait jamais connu... commençai-je plein d'espoir.
— Vous n'auriez pas pu conserver la Flamme, acheva le docteur. Elle finirait par vous tuer. Ils ne font qu'accélérer les choses.
— Donc, une fois chez moi et ma mère partie je ne sais où...
— A Paris, précisa-t-il très fier de lui. C'est suffisamment loin et vaste pour qu'on ne soit pas en mesure de la localiser.
— Donc, repris-je, à ce moment-là vous m'ôterez la Flamme et vous avertirez le Flambeau que je ne l'ai plus en moi.
— C'est un très bon résumé. Sachez que nous mettons votre mère en sûreté par principe de précaution. Aussi, il vaut mieux qu'elle n'assiste pas à tout ça. Je pense que vous n'y voyez pas d'inconvénients.
— Pas le moindre, avouai-je.
Nous gardâmes le silence à mesure que nous approchions de La Chapelle. Omar sembla se tirer de sa léthargie. Je le soupçonnai d'être pressé que tout ceci se termine, afin qu'il puisse reprendre le cours normal de sa vie. Comment allait-il se comporter après toute cette histoire ? M'ignorerait-il, comme si rien de tout ceci ne n'était jamais produit ? En parlerait-il à quelqu'un ? Cette idée me fit frémir, mais je me rassérénai. Personne ne croirait une telle chose. Peut-être se

convaincrait-il lui-même que tout ceci n'était que le fruit de son imagination.

    Je passai l'essentiel du voyage meurtri entre deux décisions : celle de fermer les yeux afin de contempler encore à loisir la petite Flamme qui tapissait mes paupières, ou celle de les garder ouverts afin de fixer mon attention sur Omar. Sa beauté était insolente, même dans la lumière blafarde de la lune à peine naissante, filtrée par le pare-brise tout embué du pick-up. La Flamme me brûla sans relâche, cognant contre ma poitrine, fourmillant dans chacun de mes membres, réchauffant chaque pore de ma peau. Intérieurement, je souffrais comme jamais. J'allais la perdre. J'allais *le* perdre.

*

    Sur le chemin, nous fîmes un crochet par la maison du docteur afin de récupérer nos téléphones portables.

— Il est inutile de vous en priver désormais, expliqua le docteur. Ils les ont localisés chez moi et ils auront bientôt votre identité, si ce n'est pas déjà le cas. À présent, c'est votre mère qu'il faut protéger.

— Ils sont venus chez vous ? m'exclamai-je horrifié. Une nouvelle pointe de culpabilité me traversa en songeant à Liliane et son attitude profondément altruiste.

— Oui, affirma le docteur d'un ton bien trop calme à mon goût. Mais nous savons nous défendre nous aussi. Ils ne nous ont fait aucun mal bien sûr, puisque nous ne les intéressons pas. Ils n'ont même pas envoyé Sandra.

— Sandra ? dis-je interloqué.

— C'est l'une des présidentes du Flambeau. Vous l'avez déjà croisée, bien sûr.

J'avais du mal à imaginer le Flambeau ici, aussi proche de chez moi. La jeune femme qui m'avait interpellé à plusieurs reprises ne se mariait pas avec le décor et le fait qu'elle possédât quelque chose d'aussi normal qu'un prénom ne m'aida pas à me détendre.
— Comment connaissez-vous toutes ces choses sur eux ? lui demandai-je. Je sais que vous avez déjà étudié ce phénomène mais...
— Je vous raconterai tout. Mais en attendant, nous avons quelque chose d'important à faire, dit-il en enclenchant la marche arrière, direction La Chapelle.
Je m'abstins d'insister bien que ma curiosité fut piquée au vif. Pour penser à autre chose, je déverrouillai mon téléphone et le consultai, tenant l'appareil du bout des doigts comme s'il représentait un danger toujours actif.

En parcourant les communications, je constatai que Liliane avait effectué sa part du travail en répondant aux SMS de ma mère, hystérique que je sois parti comme un voleur, et de Fanny, dont la teneur des messages était chaque fois plus inquiétante. Pendant tout ce temps, mon entourage très limité s'était rongé les sangs à mon sujet, et moi, égoïstement, je n'avais pensé qu'à la Flamme et à Omar.

Le remords occupa dans ma poitrine autant d'espace que la Flamme, laquelle sembla lui céder une petite place.

Chapitre 19 : L'enlèvement

L'image de ma demeure s'imposa de manière floue et indistincte, en dépit de ma vision améliorée. Il n'était que vingt heures lorsque nous arrivâmes sur le chemin tortueux et au loin la forêt commençait à se faire menaçante dans le crépuscule.
— Vous êtes bien cachés ici, plaisanta le docteur qui avait suivi toutes mes indications pour trouver la destination. Votre maison est presque inaccessible.
Comme moi, fut ma première pensée.
— Je vous laisse entrer, signifia le docteur. De mon côté, je vais retrouver ma femme. N'oubliez pas, votre mère doit être partie le plus tôt possible. Je viendrai vous donner des informations dès demain et nous ferons ce que nous avons à faire.
Une fois de plus, la douleur me submergea et je ravalai un sanglot acide. L'heure était aux mensonges et je n'avais jamais été très doué pour cela. J'espérais que Omar me prêterait main forte dans la version de la réalité que j'allais concevoir. Il quitta la voiture sans traîner les pieds, et resta derrière moi. Ma mère était installée dans le salon, confortablement assise dans le canapé, regardant les dernières actualités au journal télévisé. Lorsqu'elle m'aperçut, elle sursauta et vint à ma rencontre, accordant un intérêt curieux à l'autre visiteur.
— Lucas ! s'exclama-t-elle soulagée et je fus pris de remords.
Elle tenait son téléphone portable entre les mains et je la soupçonnai d'y avoir jeté un œil tous les jours dans l'espoir de recevoir un appel de ma part. Elle amorça

une étreinte mais se ravisa, consciente de ma réserve envers toute démonstration d'affection.
— Désolé, dis-je dans une pitoyable tentative de rédemption. Le séminaire a été avancé comme je te l'ai expliqué. J'ai dû partir en catastrophe.
Elle fronça les sourcils, dubitative.
— Cela ne te ressemble pas, finit-elle par concéder.
Je ne trouvai rien à répliquer dans l'immédiat et l'inspiration ne me vint pas. Aussitôt, j'en profitai pour introduire notre invité.
— Je te présente Omar, on est dans la même promotion et on est allés au séminaire ensemble.
Elle se leva et lui tendit la main derechef, qu'il saisit volontiers.
— Enchantée !
— Bonsoir madame, la salua ce dernier.
J'étais réconforté qu'elle ne soit pas la cible de sa grossièreté émotionnelle. Étonnamment, ma mère fut revigorée. J'imagine qu'elle était ravie que je me fasse des amis après dix-huit ans de solitude.
— Omar peut dormir à la maison ? m'enquis-je. Il habite assez loin.
— Bien sûr ! s'empressa-t-elle de répondre. Il y a la chambre en face de la tienne qui est libre.
— Désolé du dérangement, s'excusa notre hôte embarrassé.
— Ne dis pas de bêtises, assura-t-elle en balayant ses paroles contrites d'un geste de la main.
Ma mère avait toujours été plus douée que moi pour accueillir les invités et les mettre à l'aise. Comme elle était folle de joie à l'idée que je sois rentré sans avoir trouvé la mort dans des circonstances tout droit sorties de son imagination (bien que cette fois-ci, elle n'aurait

pas été loin du compte), elle se hâta de nous préparer à dîner. Omar sembla aux anges. Lui qui n'avait rien avalé d'autre que des biscuits et du pain de mie allait sûrement trouver le repas somptueux. Je ne me sentis pas le cœur de lui révéler que nous la mettions quasiment à la porte en lui offrant une virée imprévue, mais c'était le moment ou jamais.
— J'ai quelque chose pour toi, commençai-je en sortant une enveloppe de mon sac.
Je n'avais jamais été très à l'aise à la perspective d'offrir des cadeaux à mes proches, préférant leur poser dans un coin pour qu'ils les découvrent plus tard. Intriguée, elle prit mon présent et l'ouvrit derechef.
— Un billet de train ! s'écria-t-elle charmée. Mais en quel honneur ?
— C'est bientôt ton anniversaire, soulignai-je.
Elle s'attarda sur la destination, les yeux brillant d'excitation.
— Un voyage, rien que ça !
— Ce n'est pas vraiment un voyage si tu ne quittes pas le pays.
Je crus déceler dans ses yeux une lueur suspicieuse quand elle parcourut de nouveau le billet.
— Le train part demain ? C'est assez précipité.
Nous y étions. Il était nécessaire que je redouble d'ingéniosité, avançant à pas feutrés dans les boniments que j'allais lui servir.
— Je n'avais pas les moyens de choisir un autre jour, précisai-je, l'air emprunté. Les prix variaient suivant les dates...
— Oh.
Mon argument avait fait mouche. Elle n'était pas du genre à se plaindre d'un cadeau.

— Dans ce cas, je vous laisse dîner et je file boucler ma valise ! Merci encore !

Elle nous planta là, toute guillerette, jacassant sur toutes les choses qu'elle devait prendre, à la fois stressée et enjouée à la perspective d'abandonner son quotidien. Omar, mal à l'aise, observait les photos au mur et les bibelots décoratifs. N'ayant plus d'autre raison de rester dans le salon, je l'invitai à passer dans la salle à manger. La table avait été dressée sommairement, et regorgeait de plats divers et variés en quantité folle.

— Désolé, dis-je à Omar. Ma mère a la fâcheuse habitude de croire que nous sommes dix à la maison.

— La mienne aussi, répondit-il et nous sourîmes à cette évocation.

Il prit place à table et je rejoignis l'extrémité. De loin, cela ressemblait à un dîner aux chandelles, sauf que la seule flamme présente à ce repas était en moi. Et bientôt, elle s'éteindrait à jamais.

— Tu veux un peu de riz ? me proposa-t-il en se servant une bonne portion.

J'espérais que ça, jamais ça ne s'éteindrait.

*

Le confort d'une simple douche chaude nous avait manqué. J'essayai de ne pas monopoliser la seule salle de bain que nous possédions et résistai à l'envie de m'attarder sous l'eau brûlante. Je cédai la place à un Omar exténué et attendis qu'il ait terminé pour le conduire à sa chambre. Le projet de le voir coucher sous mon toit me ramena aux premiers instants de mes sentiments pour lui, à la fois lointains et étrangement récents. Si j'avais su qu'un jour, ou plutôt une nuit, Omar Pols prendrait sa douche et dormirait chez moi ! Je vaquai à mes pensées tout aussi idiotes

les unes que les autres lorsqu'il pénétra dans le salon. Faisant fi d'une quelconque pudeur comme à l'accoutumée, il portait un short bleu marine et n'avait pas pris la peine de se vêtir d'un T-shirt. Sa vision me coupa le souffle et une langue de feu parcourut ma cage thoracique.
— Je vais te monter ta chambre, expliquai-je intimidé.
Je profitai de son habillement pour jeter un œil à son ancienne plaie. Je m'autopersuadai que c'était la seule raison pour laquelle mes yeux refusaient de lâcher son corps tout en muscles. Une fine cicatrice barrait le dessus de son genou et n'ayant plus de prétexte pour le guigner davantage, nous prîmes la direction des escaliers. Je lui indiquai la chambre juste en face de la mienne, laquelle était encombrée de mes différentes collections tout aussi insolites les unes que les autres : parapluies, pièces de monnaie, cannettes de soda vides, pâtes aux formes particulières. Priant pour ne pas lui paraître cinglé, je pris congé bien que mon seul désir fût de rester auprès de lui :
— Si tu as besoin de quelque chose, n'hésite pas. Je suis en face.
— Non ça ira, merci, m'assura-t-il en réprimant un bâillement.
Pour le commun des mortels, cette course effrénée et ce stress continuel devaient être éreintants.
— On se voit demain, précisai-je en espérant que tout ceci ne soit pas le fruit de mon imagination.
— Ok.
J'estimai que ses réponses laconiques constituaient un désir violent de se jeter dans les bras de Morphée.

— Bonne nuit, soufflai-je en plongeant mon regard dans le sien pour savourer la brûlure tant que je le pouvais encore.
— Bonne nuit.
Il ferma la porte entre nous deux.

*

Le lendemain matin, je mis quelques instants à retrouver mes esprits. L'épuisement psychologique avait eu raison de moi et je m'étais endormi sitôt la tête posée sur l'oreiller. Au réveil, j'avais l'étrange impression que le temps avait cessé de s'écouler, comme si je m'étais mis en veille pendant huit heures pour réapparaître aux aurores. Aucun songe n'était à déclarer, et je me surpris à le regretter. Secrètement, j'espérais avoir la chance de partager encore un peu de temps avec Omar, même dans un état en dehors de la réalité. Lorsque je me rappelai soudain qu'il se trouvait en fait à quelques pas de moi, mon cœur se mit à battre à la chamade et je ne pus rester une minute de plus au lit.

Je me levai et me hâtai dans la salle de bain. En passant, je n'eus qu'à tendre l'oreille pour percevoir si Omar était toujours endormi. Son souffle et son rythme cardiaque ralenti confirmèrent mon hypothèse. Devant le miroir, mon apparence me choqua, telle une image dont la tangibilité demeu-rait impossible à accepter. Je ne portais aucune trace de fatigue visible, ma peau était d'une douceur et d'une perfection inhumaine, mes cheveux d'ordinaire indomptables apparaissaient somptueux et coiffés en un tour de main. Ma mère, déjà levée, s'affairait avec sa valise et vérifiait encore l'horaire de départ.

— Désolé de te précipiter, fis-je, culpabilisant de l'expulser de chez nous à son insu.
— Tu t'excuses de m'offrir des cadeaux maintenant ? me taquina-t-elle.
Il y avait un bon moment qu'elle n'avait pas eu le loisir de voyager et la perspective de partir quelques jours de cet endroit ne faisait que la revigorer. *Il faudrait que je pense à rembourser le docteur*, songeai-je en ajoutant un mémo à ma charge mentale.
— Omar n'est pas encore levé ? me demanda-t-elle en s'asseyant sur sa valise.
L'entendre prononcer son prénom déclencha une sensation étrange dans ma poitrine, comme si un nouveau monde était venu entremêler la vie que je menais à l'université et celle que j'avais en tant qu'Enflammé. Les cloisons séparant chacune de mes existences s'étaient effondrées à une vitesse folle.
— Non, il a besoin de plus de sommeil pour récupérer.
Aussitôt, elle se montra suspicieuse. Je parlais trop et je ne faisais que divulguer des éléments que je devais à tout prix cacher.
— On a énormément marché pendant le séminaire, me rattrapai-je. On en a profité pour visiter la ville, notamment. C'est ce qui m'a donné l'idée de ton cadeau.
Elle parut convaincue et cela me prit au dépourvu. Les mensonges me venaient beaucoup plus naturellement et je n'aimais pas ça. *Bientôt, je n'aurais plus à inventer des prétextes minables*, espérais-je en guise de consolation.
Après m'avoir assommé d'une bonne centaine de recommandations sur comment m'alimenter pendant son absence, elle attrapa les clés de sa voiture, sa valise

et son billet, prête à s'écarter d'un danger qu'elle ne présageait pas.

— Fais bon voyage, lui souhaitais-je avec un sourire.

Je fermai machinalement la bouche, afin de ne pas trahir mes dents désormais droites et d'une blancheur outrancière. Heureusement, mes vêtements amples camouflaient suffi-samment ma carrure pour ne pas éveiller les soupçons. Je profitai du chargement des bagages pour retirer discrètement la puce de son téléphone. Mieux valait être prudent. Elle ne pourrait donc pas l'utiliser pour communiquer mais elle s'en rendrait compte une fois dans le train, lorsqu'il lui serait impossible de faire demi-tour. Je priais néanmoins pour que sa passion pour le voyage l'emporte sur son besoin de me contacter. Nous nous dîmes au revoir et je la vis s'éloigner, faisant avancer la voiture de sa conduite précautioneuse sur l'asphalte puis disparaître au bout du chemin tortueux.

Quand on y songe des années plus tard, j'imagine qu'abandonner un enfant est douloureux, et que ça l'est d'autant plus quand on ne s'en est pas rendu compte.

En pensée, j'établis de multiples scénarios où toute cette histoire finirait mal et je fus pris de frissons incontrôlables. La Flamme vint me réchauffer en me calcinant de l'intérieur.

C'est lorsqu'on abandonne ces choses une par une qu'on comprend qu'elles vont nous manquer.

*

Alors que j'étais allongé dans le salon, face à la cheminée sur laquelle trônaient nos vieilles photos de famille, tel un rappel incessant de ce qui avait été brisé, je perçus des bruits furtifs à l'étage. Il ne me fallut pas plus d'une seconde pour en déterminer l'origine et en effet, quelques instants plus tard, Omar pénétra dans la pièce, toujours affublé de sa tenue de la veille. Je dus lutter pour ne pas le lorgner outre mesure. Il avait l'air d'une humeur espiègle et je préférais cet Omar là à celui maussade et revêche qui m'était d'ordinaire réservé.

— Je peux utiliser la salle de bain ? me demanda-t-il le plus naturellement du monde.

Je hochai la tête en guise de confirmation et m'affairai à concocter un petit déjeuner acceptable puisque nous étions désormais en pleine civilisation et non dans une cambrousse hostile et austère. Le fait que je sois l'hôte me conforta dans l'idée que c'était la seule raison pour laquelle j'attachais autant d'importance à l'élaboration du repas. En réalité, c'était un leurre. Seul le désir de lui faire plaisir à lui en particulier tordait mon asociabilité. Lorsque Omar vint à ma rencontre, à présent plus couvert que d'habitude pour mon plus grand déplaisir, je le priai de s'installer et lui servis un café serré. *Au moins, je ne serais pas déconcentré pour manger*, tentai-je de me convaincre.

— Ta mère est déjà partie ? me questionna-t-il à la vue du petit-déjeuner devant lui.

C'était à croire que j'étais incapable de cuisiner tout ceci par moi-même.

— Oui, il y a quelques instants, déclarai-je.

— Tu la remercieras de ma part pour m'avoir accueilli, et pour le repas, aussi.

— C'est moi qui l'ai fait, répliquai-je à demi vexé.

— Oh.

À présent, je perçus une réelle surprise dans sa voix. Me prenait-il pour un bon à rien, voire pire, un assisté ?

— Je n'imaginais pas que tu voudrais te donner cette peine, finit-il par expliquer à mon grand étonnement.

Je ne vis pas sur quel terrain il comptait m'emmener. Il dut saisir mon incompréhension puisqu'il ajouta :

— Après ce que je t'ai dit la dernière fois, j'aurais cru que... tes sentiments auraient changé.

Nous y voilà. Il avoisinait à peine les huit heures qu'un malaise s'interposa entre nous, au beau milieu de la brique de lait et des céréales.

— Même si c'était le cas, je ne vois pas le rapport avec le fait de te laisser mourir de faim, essayai-je de comprendre.

Nos regards se croisèrent, d'abord furtivement, puis de manière insistante, comme si nous tentions de communiquer avec un nouveau langage, dont les mots seraient facultatifs.

— Ce que je t'ai dit par rapport à... à nous, commença-t-il. Qu'il n'y aurait jamais rien. Je le pensais sincèrement.

Soudain, une vague de chaleur inonda tout mon corps. Une sorte de petite étincelle qui s'embrasa, indépendamment de la Flamme. J'eus l'illusion qu'une infime parcelle d'espoir renaissait dans cet imbroglio de sentiments complexes et contradictoires. L'emploi du passé dans sa phrase avait suffi à réveiller cet espoir endormi, une bête sauvage un peu trop réactive au bruit dans son sommeil.

— Je le pense encore, évidemment, acheva-t-il.

L'étincelle s'éteignit brusquement, formant une cloque lancinante à l'endroit où elle était née. C'était à chaque fois le même schéma, comme empoisonner un condamné à mort sur la chaise électrique.

— Où veux-tu en venir ? le pressai-je, mortifié.

— Il n'y aura jamais rien entre nous, mais je n'ai pas toujours été très sympa avec toi. J'espère juste que tu es capable de te mettre à ma place pour comprendre mon attitude.

Il ne le savait pas évidemment, mais je m'étais mis à sa place plus souvent qu'à son tour.

— Bien sûr, le rassurai-je. Je n'ai aucun ressentiment envers toi. Pas du tout en fait.

— Donc en résumé, tout ce que j'ai dit n'a pas entaché... enfin je veux dire, tu es encore... de moi ?

C'était étrange, drôle même. Il ne prononçait pas le mot, comme s'il s'agissait d'une injure, comme si le verbaliser de nouveau allait rendre cet amour plus réel. Désirant en finir avec cette conversation, je répondis en un souffle :

— Oui, je suis toujours amoureux de toi.

Mais cela ne durerait pas. La Flamme allait disparaître très vite. Et mon amour pour Omar, envolé. Ne subsisterait que la douleur des espoirs mutilés.

*

— Le docteur Malef veut nous voir, précisai-je à Omar, assis dans le canapé à regarder un tournoi de tennis à la télé.

Il se leva derechef, impatient sans doute d'en finir avec tout ceci.

— Pour t'enlever cette chose ? demanda-t-il plein d'espoir.

C'était ce qui le liait à moi, et il voulait qu'elle disparaisse. L'intention sous-jacente s'imposa, palpable dans son paroxysme. Sans la Flamme, le seul lien qui nous unissait mourrait avec elle. Je ne parvenais pas à concevoir ce processus autrement que comme un meurtre. Omar allait tuer une partie de lui et une partie de moi.

— Oui, admis-je, blessé.

La sensation restait infâme. Il était tellement atroce qu'un corps humain puisse être le siège de pareilles émotions. En réalité, le docteur ne m'informait pas vraiment de la raison officielle qui l'amenait à nous voir aujourd'hui, mais l'issue de notre visite se révélait on ne peut plus plausible. Ma mère en sûreté, la famille de Omar encore à l'étranger, il fallait en finir. Étrangement, je me trouvai courageux. L'enthousiasme de Omar m'interloqua également. Après tout, lui aussi avait freiné des quatre fers pour ne pas réaliser cette intervention.

— Tu es prêt, toi ? m'enquis-je. Je te rappelle que c'est toi qui devras...

Je ne pus me résoudre à terminer ma phrase. Lui ne désirait pas nommer la Flamme, moi j'étais incapable d'évoquer sa mort.

— Oui, lâcha-t-il déterminé.

— Qu'est-ce qui t'a fait changer d'avis ? Tu avais l'air d'être effrayé la première fois.

Automatiquement, il se renfrogna, blessé dans son égo.

— Je n'avais pas peur, me contredit-il, boudeur.

— Réticent, dans ce cas, tentai-je de l'apaiser.

Ma déférence relevait d'un cynisme innommable, je faisais tout pour ménager ses sentiments alors que de son côté, c'était le cadet de ses soucis. J'avais néanmoins eu quelques bribes d'cxcuses concernant son comportement odieux ce matin lors du petit-déjeuner. Certes, son pardon ne possédait que la désolation superficielle que je voulais bien y déceler mais c'est ce qui s'apparentait le plus à des regrets et puisque je ne pouvais guère espérer mieux, autant m'en satisfaire.

— Je veux que tout ceci se termine bien sûr, dit-il, mais pas par rapport à moi.

Cette fois, je ne me surpris pas à espérer qu'il songe un instant à moi. Il me le confirma en poursuivant :

— Ma mère... Ma sœur. Elles comptent plus que tout pour moi. Je veux qu'elles reviennent saines et sauves. Qu'on ne risque plus rien, qu'on poursuive notre vie comme avant. Comme si rien de tout ceci n'était arrivé.

Il était rare qu'il se livrât à ce point et je fus touché de percevoir une réelle affection dans sa voix quand il parlait d'elles. J'aurais aimé qu'elle se module avec ces inflexions suaves lorsqu'il me mentionnait, au lieu de ce ton étrange et parfois condescendant qu'il me réservait.

— Je comprends, avouai-je.

Parce que oui, je le comprenais. Je m'étais toujours considéré comme égoïste, et jusqu'à présent, c'était bel et bien le cas. Mais je compris alors qu'aimer Omar allait aussi à contre-sens de cet aspect de ma personnalité. Car si je l'aimais, je désirais avant toute chose son bonheur. Et la perte de la Flamme allait le rendre heureux. Il passait avant moi. Il passait avant tout le monde.

*

Omar attacha sa ceinture machinalement. Ici, les rôles s'inversèrent et désormais c'était moi le conducteur. Je ne pouvais m'empêcher de trouver cette métaphore risible, moi avançant par mes propres moyens vers le destin. Je n'avais jamais conduit ma voiture—rien que d'employer ce terme me sembla irréel— depuis que j'avais réussi mon permis, mais puisque Omar avait été contraint d'abandonner provisoirement la sienne, nous n'avions pas eu d'autres alternatives. J'eus quelques hésitations avant d'enclencher la première, ce qui n'échappa pas à l'œil avisé du passager.

— Tu n'allais pas à l'université en voiture ? me questionna-t-il, circonspect.

— Non. Je prenais le train au début.

— Pourquoi « au début » ? Tu faisais comment après ?

— A pied.

— Mais...

Il allait exiger des précisions lorsqu'il se tut. Je lui jetai un œil, vérifiant qu'il n'était pas trop déboussolé. Cela dit, après tout ce qu'il avait vu de mes capacités, je n'étais pas sûr qu'il puisse être encore véritablement choqué par mes dispositions particulières.

— Pourquoi tu te rendais en cours en train ? finit-il par m'interroger.

À croire que c'était la chose la plus surprenante dans ce que je venais de lui dévoiler. Comme quoi, Enflammé ou non, j'étais une personne dont les choix étaient difficilement compréhensibles. La Flamme n'avait fait qu'ajouter une bizarrerie dans mon triste quotidien.

— Je ne suis pas très à l'aise derrière un volant, avouai-je en empruntant l'allée devant chez moi.

Intérieurement, je priai pour ne pas caler.

— Tu vas y arriver ? s'inquiéta-t-il, soupçonneux.

— J'ai le permis.

— Ce n'est pas ce que je t'ai demandé.

Nous recommencions à nous disputer, et ma santé mentale faisait de nouveau l'objet d'une discorde.

— Oui, je vais y arriver, le rassurai-je en poussant un soupir.

Je pris soudain conscience que les aptitudes nouvelles dont j'étais doté avaient considérablement amélioré ma manière de conduire. Armé d'une ouïe extra-sensible, d'une vue incomparable et d'une aptitude inouïe à réagir rapidement, le maniement d'un véhicule me parut un jeu d'enfant. Au bout de quelques kilomètres, je pris même plaisir à cette activité. Voyant que nous ne nous étions toujours pas tués en tombant dans un ravin, Omar se détendit :

— Tu penses qu'après l'avoir enlevée, tu pourras encore... Enfin, tu devras reprendre le train ?

J'appréciai sa tentative d'empathie. Venant de lui, ce fut un trésor de diplomatie.

— Je pense, oui.

En réalité, je n'en avais aucune idée. Comment se projeter dans l'avenir quand le présent était... *tout ça*. La question qui restait en suspens était pourtant claire : perdrais-je tous mes pouvoirs en ôtant la Flamme ? Je retrouverais une vitesse normale, c'était d'une logique implacable. Puisque cette dernière me permettait d'être rapide comme l'éclair, en être dépourvu me ramènerait au rythme humain classique. Mais pour le reste ? Ma vue conserverait-elle une acuité raisonnable ? Mon physique allait-il de nouveau se dégrader ? Aussi incroyable que cela puisse paraître, je n'y accordais aucune importance pour l'heure.

— Tu te sens prêt ? s'enquit-il, plein d'espoir. Je compris instinctivement que nous n'évoquions plus ma routine dans les moyens de transport choisis. Avec Omar, les silences étaient des points finaux.

— Oui, mentis-je. Tout ceci sera bientôt derrière nous.

Une oreille humaine n'aurait sans doute pas entendu son soupir de soulagement, ni l'embardée brutale de son

rythme cardiaque, mais moi oui. Il avait craint que je ne change d'avis.
Alors, je mis pied au plancher et accélérai l'allure.
*
Lorsque je sonnai à la porte de la grande bâtisse du docteur Malef, avec Omar dans mon sillon, je ne m'attendis pas à ce que soit lui qui m'ouvre. Il nous fit entrer dans son salon, l'air fatigué et préoccupé. Sur la table basse, trônait une cloche de verre avec une base plane en métal, parsemée d'interrupteurs étranges.
— Que se passe-t-il ? m'enquis-je directement.
Il se frotta la nuque, en proie à un profond malaise.
— On a déposé ceci devant ma porte ce matin, expliqua-t-il en me désignant la cloche au beau milieu de quelques magazines.
— Et ? Qu'est-ce que c'est ? l'interrogeai-je curieux.
Je ne comprenais pas quelle était l'utilité de cet objet ou instrument.
— Il y avait ça aussi, poursuivit-il comme s'il ne m'avait pas entendu.
Il sortit alors un téléphone curieux, une espèce de talkie-walkie d'une époque lointaine, noir et relié à une dragonne. Puis il nous montra enfin une photo de piètre qualité qui avait été vraisemblablement pliée en deux. Sur le cliché, on distinguait deux femmes, une plutôt jeune et une autre dans la quarantaine, bien qu'il fût difficile de déterminer leur âge car leurs traits terrifiés défiguraient leur visage. Cela ne pouvait échapper au spectateur, en dépit de la qualité de l'image.
Un instant, je crus les avoir déjà vues. J'espérais que les grimaces de souffrance qu'on décelait sur leurs visages n'était qu'un effet d'optique. Assises à même le sol, bâillonnées et les mains liées par des cordages,

j'éprouvai aussitôt pour les deux victimes une pitié féroce tout en me demandant pourquoi le docteur me rendait témoin d'une telle scène. Mais au moment où il nous dévoila le cliché, Omar fit un bond et le lui arracha des mains. Son cœur se mit à battre à une vitesse hallucinante et sa respiration se hacha, au bord d'une véritable crise de panique. Je regardai le docteur, Omar, puis enfin la photo et je fis le lien. La ressemblance était frappante.

La mère et la sœur de Omar apparurent sous mes yeux pour la première fois.

Et elles avaient été enlevées.

Chapitre 20 : Le récit

    Une mer agitée me déversa une vague glacée en plein visage. Ma perception de l'environnement avait été subitement modifiée tout autour de moi, comme si le givre de la nouvelle avait érodé notre protection illusoire. Je n'osai imaginer ce que Omar ressentait à cet instant, bien que tous les signes indiquèrent qu'il se trouvait en état de choc. En focalisant mon regard sur la silhouette de son corps, je m'aperçus qu'il était parcouru d'infimes tremblements.
— Omar... commençai-je, sans savoir quoi dire exactement.
Il resta muet, pétrifié devant la photo qu'il refusait de lâcher. Ses yeux révulsés ne quittaient pas l'image de sa famille. Je l'entendis grommeler pour lui-même, en proie à une véritable crise d'hystérie « *elles sont rentrées plus tôt* ».
— Nous avons commis une grossière erreur, exposa le médecin.
— Une erreur ? m'étonnai-je interdit.
La voix du docteur me vint de loin et je secouai la tête pour chasser l'eau qui inondait mes tympans.
— Nous avons fait le nécessaire pour protéger votre mère Lucas. Alors le Flambeau s'en est pris indirectement à Omar, votre point faible.
À la mention de son nom, ce dernier sortit brusquement de sa torpeur. Un accès soudain de violence tourbillonna autour de lui.
— Où sont-elles ? aboya-t-il à l'adresse du docteur. On doit y aller, tout de suite !
Son interlocuteur lui jeta un regard neutre, impassible devant la tournure des événements.

— Je présume que le Flambeau les garde dans leur laboratoire, annonça le médecin. Mais nous ne devons pas nous y rendre.
Omar s'avança vers le médecin, une fureur terrifiante traversant l'éclat de ses prunelles. Malgré sa stature moyenne, il sembla dominer toute la conversation.
— Il s'agit de ma mère et de ma sœur ! lui hurla-t-il à pleins poumons, à quelques centimètres seulement de son visage.
Puis sans aucun signe avant-coureur, il saisit un bibelot posé sur le coin de la cheminée et l'envoya valdinguer à travers la pièce. Le docteur, imperturbable, tenta de l'adoucir :
— Nous allons leur venir en aide.
— Omar, je t'en prie... soufflai-je, en guise d'apaisement.
— Toi, ne commence pas ! fulmina-t-il. Il n'y a pas un instant à perdre !
— C'est ce que je comptais vous expliquer, argumenta le docteur. Le Flambeau passera chercher la Flamme dès demain.
À ces mots, il désigna la cloche en verre d'un geste de la main.
— C'est ce qui est écrit sur cette lettre ? devinai-je, abasourdi.
— Oui. La Flamme contre les deux otages.
Omar reprit contenance aussitôt :
— On l'enlève immédiatement et on leur donne cette foutue chose !
Un pincement au cœur me fit grimacer. Les contours de la pièce se troublèrent.

— Je refuse d'attendre demain ! poursuivit Omar. On leur livrera nous-mêmes ! Vous savez où se trouve leur laboratoire, pas vrai ?

Le docteur le fixa intensément.

— Oui. Mais si nous leur amenons nous-mêmes, ils croiront à un piège. Ils penseront que Lucas a encore la Flamme en lui et qu'il est invincible. Dans ce cas, je vous laisse imaginer le sort qu'ils réservent à votre famille.

Machinalement, Omar se jeta sur le médecin avec une vélocité inouïe, une furie inhumaine défigurant son visage rondelet. En une fraction de seconde, je m'interposai pour limiter les dégâts mais le docteur tomba néanmoins à la renverse. Un bruit de verre brisé me parvint. Contenu par ma force herculéenne, Omar ne céda pas et se débattit tel un forcené.

— Calme-toi, je t'en prie ! le suppliai-je à bout.

Le docteur se releva l'air de rien et épousseta son veston. Omar se mit à jurer frénétiquement, abreuvant le docteur de toutes sortes d'insultes dont l'étendue lexicale ne l'impressionna guère.

— Je suis là pour vous aider, dit-il à Omar entre deux injures.

Pour la première fois, il sembla éprouver autre chose que de l'aversion pour Omar. L'air détaché qu'il lui réservait habituellement avait fait place à un sentiment de culpabilité à peine perceptible dont je déterminai l'origine. Il n'était pas parvenu à jouer un coup d'avance sur le Flambeau, malgré ses connaissances à leur sujet.

— Dans ce cas, qu'attendez-vous pour appeler la police ? Deux personnes ont été enlevées et nous sommes en cavale depuis des jours !

— Et qu'allez-vous leur raconter ? l'interrogea le docteur. La vérité ? Ils ne nous croiront pas, ni vous ni moi. Le temps que des opérations d'investigation aient lieu, nous aurons déjà terminé ce que nous avons débuté.

Agacé face à ces arguments de taille, Omar se tourna vers moi. L'incandescence fébrile dans ses iris me transirent.

— Lâche-moi ! rugit-il.

Lentement, je desserrai la pression que j'exerçais sur lui.

— Le docteur n'a pas tort, tentai-je de le raisonner. On ne peut pas prendre ce risque. Il va me retirer la Flamme et nous la donnerons au Flambeau, voilà tout.

La fin de ma phrase s'étouffa dans ma gorge à la simple pensée de ce qui allait se produire.

— Ce n'est pas vraiment moi qui vais m'en charger, nous rappela-t-il, mais je n'y prêtai guère attention.

Je vis Omar soupeser le pour et le contre. Comme il ne connaissait nullement l'endroit où étaient détenues sa sœur et sa mère, il se laissa tomber sur le fauteuil et prit sa tête entre les mains.

— Omar, commença le médecin, le Flambeau a tout intérêt à nous ramener votre famille saine et sauve. La Flamme compte beaucoup plus pour eux. Ils ne voudront courir aucun risque.

Il essayait de l'apaiser, et à en croire le rythme cardiaque de Omar, il obtenait l'effet escompté, aussi infime soit son soulagement.

— D'où vient cette cloche ? changeai-je de sujet.

L'appareil était resté à sa place sur la table du salon, posé au centre du napperon comme un bibelot décoratif

parfaitement assorti à la pièce à vivre. La lumière vive du séjour se reflétait sur sa surface étincelante.
— C'est eux qui l'ont fabriquée, bien sûr. Cela permet à la Flamme de subsister en dehors de son hôte. Ainsi, ils pourront l'étudier à leur guise.
— Comment savez-vous tout ceci ? m'enquis-je, piqué au vif. Et ne me dites pas que vous me raconterez tout plus tard ! Je pense que c'est le moment ou jamais.
Je me préparai à essuyer un énième refus mais à ma grande surprise, j'obtins gain de cause. Il poussa un soupir puis me révéla d'un air théâtral :
— Parce qu'autrefois, j'ai été un Enflammé moi aussi.

*

Enfin une bribe de vérité jaillit hors de ses lèvres et je pus entrapercevoir le docteur à mon âge, découvrant ce phénomène surnaturel. Pas étonnant qu'il me comprît si bien, il avait vécu la même chose ! Omar resta également circonspect face à cette confession :
— Donc vous aussi vous aviez cette espèce de truc en vous ? s'exclama-t-il, mi-incrédule, mi-dégoûté.
— En effet, confirma le docteur en prenant place dans le gros fauteuil.
L'image d'un grand-père sur le point de raconter une histoire à ses petits-enfants pour les endormir s'imposa alors à moi. Un moment, un gloussement s'entr'échappa de mes lèvres et je dus réprimer un rire compulsif. Je frisai la crise d'hystérie. Je tentai néanmoins de me concentrer sur ce que le docteur allait nous narrer. Nul doute que cela aurait son importance, et dans le cas contraire, cela comblerait ma curiosité insatiable.
— Dites-nous tout, le suppliai-je à moitié.

Je le soupçonnai d'avoir secrètement attendu cet instant depuis la fois où nous nous étions rencontrés.
— J'étais à l'école de médecine lorsque cela est arrivé, commença-t-il.
— Vous étiez aussi étudiant ? l'interrompis-je désireux de savoir.
Il sourit à cette hypothèse.
— Oh non ! J'avais déjà 35 ans à cette période-là, un vrai dinosaure par rapport à vous.
— Que faisiez-vous à l'université dans ce cas ?
— J'enseignais. La psychiatrie précisément. J'exerçais en qualité de maître de conférence et à cette période, ma tâche consistait à aborder des notions extrêmement complexes sur les psychoses dissociatives. J'avais accepté de rempiler pour une troisième année en tant que professeur d'université mais cette perspective ne m'enchantait pas. Je m'ennuyais terriblement pour être tout à fait exact, et je devais être un piètre professeur. J'avais en quelque sorte perdu l'essence même de mon métier initial. Je m'étais laissé convaincre par le directeur du département qui avait grandement apprécié mes travaux.
Je l'écoutai dérouler son autobiographie, attendant avec impatience le moment où la Flamme entrerait dans sa vie. Bien que cela se fût produit plus tard pour lui que pour moi, je ne pouvais m'empêcher de repérer des similitudes entre son récit et le mien. Omar, terrifié par les événements s'isola plus loin et cessa de lui témoigner de l'attention. Le docteur ne s'en formalisa pas et poursuivit :
— Le jour de la rentrée, je suis arrivé en retard —je vous ai dit que j'étais un piètre professeur et la ponctualité n'a jamais été mon fort. En entrant dans

l'amphithéâtre, bondé de futurs collègues, je fus une fois de plus surpris par la juvénilité de mon auditoire. Ils n'avaient pas vingt ans et je me rappelai que mon cours d'introduction se destinait aux première année. J'en fus tout retourné, blessé même. Après avoir occupé ce poste pendant deux ans, j'espérais au moins avoir en charge un public d'un niveau suffisamment avancé. Alors que je saisissais le micro pour m'excuser de ma venue tardive et branchais mon ordinateur au rétroprojecteur, je fus happé par une sensation singulière et déroutante, à la manière d'un mauvais pressentiment, d'une urgence vitale à accomplir sans que je n'en détermine véritablement le sens.

« Au début bien sûr, je crus que la leçon que j'avais préparée s'avérait bien trop difficile pour mon assemblée et que cela générait en moi un stress parfaitement normal. Mais à mesure que la séance passait et que les étudiants griffonnaient quelques notes sur leurs feuilles, cette perturbation sensorielle, elle, ne désemplissait pas. Je tentai vainement de l'ignorer et poursuivis ma conférence, songeant sérieusement à consulter un collègue dans l'heure. Intérieurement, j'établis une liste de diagnostics possibles, évaluant mes constantes et récitant mes notes d'une voix monocorde. Lorsque certains de mes disciples posaient une question, je répondais d'un air absent et je suis encore convaincu aujourd'hui qu'ils l'avaient tous remarqué. Mon allocution finie, je me dépêchai d'ordonner mes affaires tandis que l'amphithéâtre se vidait. Il ne restait plus qu'une dizaine de personnes et j'en profitai pour jeter un œil à mes messages. En relevant la tête, je m'aperçus qu'une jeune étudiante, assise vers le milieu de l'immense salle, s'affairait elle aussi à ranger son imposant ordinateur. Aussitôt mon regard tombé sur elle, la sensation dans mon cœur se décupla, grossissant encore et encore, déclenchant un feu innommable dans ma cage thoracique.

« Je me souviens de cette scène avec une clairvoyance surprenante, comme si elle appartenait à ma mémoire immédiate ! J'avais agrippé le coin de la table, résistant à l'envie de hurler à l'aide tandis que les gens alentours continuaient de balancer cahiers, ordinateurs et trousses pêle-mêle dans leurs sacs, à ceci près que l'activité environnante se déroulait au ralenti, comme si le temps avait soudainement épaissi les mouvements que je percevais. Le feu en revanche, ne s'était pas sclérosé. La boule de lave qui avait pris possession de mon cœur déferla dans ma poitrine et parut rouler dans chaque parcelle de celui-ci, projetant des langues iridescentes dans les recoins les plus reculés de mon anatomie, me calcinant au passage. Ne pouvant bouger d'un pouce, je patientai, priant le ciel pour que cette transe cesse enfin.

Le docteur semblait à des années lumières de son salon douillet, plongé dans ses souvenirs. Sa description du phénomène me cloua sur place et j'eus l'impression de revivre ce moment. Il employait le même langage que moi, décrivant avec une précision effrayante les effets de la Flamme s'emparant de son corps.

— Bien sûr, continua-t-il, vous savez mieux que quiconque ce que j'ai ressenti, d'autant plus que pour vous, l'expérience est très récente.

J'acquiesçai mais ne pipai mot, désireux de l'entendre poursuivre.

— L'amphithéâtre désormais vide, je restai là, incapable de me mouvoir et au bord des larmes. Car ce que j'avais vécu... Enfin, ça ne pouvait pas être humain ! J'étais médecin bon sang ! Une crise cardiaque ne produisait pas de tels effets ! Au bout d'un temps incalculable, je pris les affaires, rejoignis ma voiture et fonçai chez moi. Ma femme se doutait que quelque chose n'allait pas mais je la rassurai. Nous finîmes par parler de la pluie et du beau temps et je chassai cette histoire dans un coin de ma tête, tout en y revenant plus souvent qu'à mon tour, dès que l'occasion se présentait. Le lendemain, ceci serait de l'histoire ancienne, espérais-je. Mais à mon grand désarroi, ce fut le commencement d'un gigantesque calvaire.
« Je refusai catégoriquement de retourner à l'université le jour suivant et je me fis porter malade. Mes pensées étaient constamment tournées vers cette étudiante, même si je faisais mon possible pour l'oublier. Son visage, aussi singulier soit-il, s'imprimait dans mon crâne et rechignait à se décrocher. Pire, lorsque je fermais les yeux, une minuscule flamme s'agitait derrière mes paupières. Si j'avais encore des incertitudes sur mon état mental, j'étais désormais formel. Je vous passe les détails qui ne vous sont que trop connus concernant cette phase. Quand je fus décidé à retourner à l'université, j'attendais secrètement *sa* venue. Je sais que vous êtes pleinement capable de comprendre les sensations enivrantes qui parcouraient mon corps à ce moment-là, mais à ceci près que je devais animer un cours ! »
Je ne pus m'empêcher de réprimer un frisson. Lorsque j'étais en proie à ces sensations inhumaines, j'avais au

moins eu le loisir de pouvoir m'isoler, ou à défaut, de ne pas avoir des dizaines d'yeux braqués sur moi. Ce qu'avait vécu le docteur avait dû être un véritable calvaire.

« Contre toute attente, je m'habituai à cette chose qui vivait en moi. Je percevais dorénavant certains avantages, la force physique immanquablement, mais pas seulement. Pourtant, je me sentais mal. Ce que je ressentais, indépendamment de la Flamme, n'était pas sain. J'avais l'âge d'être son père. Une quelconque intimité entre nous était proscrite par la loi du fait de mon métier, mais en plus j'étais marié ! Or je ne désirais plus ma femme. »

À cet instant, je baissai les yeux, gêné par cette confidence d'une rare familiarité. Le docteur se mettait à nu et je fus soulagé que Omar n'écoutât pas ce récit. Il l'aurait sans doute transposé sur moi et aurait fini par accepter que moi aussi, j'éprouvais un appétit insatiable à son égard. Mieux valait qu'il restât dans l'ignorance.

« Ce fut une période très difficile, émotionnellement bien sûr, mais aussi professionnellement. Malgré mon éminent savoir, cette histoire nouvelle m'échappait. J'ai alors fait ce pour quoi j'étais destiné : des recherches. De partout, encore et encore. J'ai décrypté des légendes anciennes, au quatre coins du globe, m'appuyant sur de grands anthropologues et théologiens du siècle, dans l'infime espoir de trouver quelque chose. Et des légendes, ce n'est pas ce qui manquait ! Au prix d'un investissement considérable, je glanais des informations précieuses sur l'origine de la deuxième âme qui animait mon corps »

— Vous savez donc d'où la Flamme vient ? m'étonnai-je fasciné.
— J'ai ma petite idée, oui. Mais pour l'essentiel, gardez à l'esprit ceci : le désir de la Flamme n'est pas censé être assouvi. Je vous en avais déjà parlé. Cette force herculéenne provient de là. De la frustration, de la douleur, du désespoir.
— D'où exactement ? l'interrogeai-je fasciné.
— La frustration. Elle se cristallise en vous pour décupler une énergie nouvelle, invincible.
La Flamme avait donc toujours l'impossible pour point de départ ? Comme une sorte de châtiment divin ? Mais en était-ce véritablement un ? Je glissai ces pérégrinations mentales dans un coin de ma tête et écoutai le docteur reprendre le fil de ses aventures :
— Je fis ensuite la connaissance du Flambeau, à ses débuts.
— Vous étiez aussi poursuivi par eux ? l'interrompis-je brutalement.
— Pas vraiment, à l'époque, le dialogue surpassait la violence. Je n'en suis pas fier mais disons que je leur ai appris des choses, et en contrepartie ils m'en ont révélées autant.
Je ne pouvais guère l'en blâmer. Après tout, si je n'avais pas rencontré le docteur, nul doute que je leur aurais accordé ma confiance, ne serait-ce que pour obtenir des informations.
— Ils m'ont permis de connaître la seule chose réellement importante à savoir.
— Laquelle ? m'étonnai-je interloqué.
Pour moi, tout était désormais fondamental dans ce phénomène.

— Comment la retirer. Ils m'ont indiqué que j'avais besoin de mon Enflammeur, ce qui posait quelques désagréments bien sûr.

— C'est pour cela que vous vouliez que je ... commençai-je.

Il sourit face à ma tardive prise de conscience. J'avais une nouvelle preuve de la raison pour laquelle il avait voulu que je devienne ami avec Omar. C'était préférable pour qu'il accomplisse ce qu'il avait à faire. Demander à un parfait inconnu d'extraire une Flamme surnaturelle de votre corps devait sans doute être délicat.

— Vous avez donc parlé à cette étudiante ? l'encourageai-je. Elle vous a cru ?

— Non, cela s'entend, avoua-t-il. Il a fallu que j'y aille par étape. Je ne pouvais pas décemment lui révéler non plus la nature de mes sentiments pour elle. Mais lorsque je lui ai prouvé l'existence de la Flamme, elle n'a pas eu d'autre choix que de l'accepter.

Dans toute cette histoire, je ne pus m'empêcher de penser à la femme du docteur.

— A ce moment-là, vous étiez marié avec...

— Oui, avec Liliane , confirma-t-il.

Je crus déceler une lueur de culpabilité baignée de honte dans son regard, et cette impression me mit mal à l'aise. De toute évidence, il n'endossait aucune responsabilité dans cette affaire, mais la souffrance de Liliane avait dû —devait encore— être réelle.

— Comme je vous l'ai dit, il s'agissait d'une période très difficile. L'étudiante en question était brillante. Fascinée. J'ai fini par lui faire des révélations, et je pourrais vous dire que c'était uniquement parce que j'exigeais d'elle une coopération pour procéder à l'extraction de la Flamme. Néanmoins ce serait un mensonge. En fait, je voulais lui faire plaisir. Nous nous rapprochions mais pas comme je le désirais. J'étais plus âgé qu'elle et bien moins intéressant. La nature de nos relations ne me plaisait plus. Puis elle a eu un petit-ami. J'imaginai un instant Omar en couple avec une fille. La douleur me vrilla tout entier, me submergeant de l'intérieur à cette grossière supposition. L'image de mon rêve mettant en scène Omar en pleine action avec Fanny apparut brutalement dans ma tête.

— Je ne fis donc pas traîner les choses davantage, d'autant plus que le Flambeau ne représentait pas de menace à cette époque. Nous débutâmes l'extraction sauf qu'elle ne se termina pas comme prévu.

— C'est-à-dire ?

— C'est une ablation périlleuse.

— Vous allez m'opérer ? m'exclamai-je plus fort que nécessaire.

Je n'avais pas de phobie particulière concernant les interventions chirurgicales mais dès lors qu'elles se déroulaient dans une maison de ville avec un psychiatre retraité, l'anxiété de la situation était radicalement intelligible.

— Non, c'est une simple façon de parler, me rassura-t-il.

Formidable, je n'allais pas passer sur le billard.

— Quand je dis qu'il s'agit d'une opération délicate, je ne fais pas référence à vous, Lucas.

Cette information tant attendue ne tomba pas dans l'oreille d'un sourd. Omar fit volte face et vint se planter devant nous, soudain profondément intéressé par la conversation qu'il avait superbement ignorée depuis le départ.

— Quel genre de dangers je risque ? s'enquit-il, nerveux.

— Aucun si vous faites exactement ce que je vous dis, expliqua le docteur, les dents serrées.

Son ton était dur et tranchant. En les observant, je compris pourquoi le docteur n'aimait pas Omar. Il lui rappelait sans doute l'impossible à lui aussi, l'être aimé qui ne vous aimera jamais.

— Que s'est-il passé avec votre Enflammeur lors de l'extraction ? demandai-je.

— Nous étions encore néophytes, commença-t-il. La procédure avait été exécutée de manière trop artisanale, dans une atmosphère tendue et hostile, tout ce que la Flamme déteste.

Après avoir jeté un œil à Omar, je me tournai vers le docteur.

— Vous ne pourriez pas le faire, vous ? le suppliai-je à moitié.

Je me fichais éperdument de ce qui pouvait advenir de moi, mais l'idée que Omar se trouve encore en danger par ma faute m'était insupportable.

— Quiconque touche la Flamme perd son âme, déclara le médecin.

Un blanc s'installa.

— Vous voulez dire... qu'on en meurt ? murmurai-je dans une piètre tentative de rendre cette perspective moins réelle.

— Oui et non, répondit-il. Vous n'existez plus. Votre conscience disparaît, et avec elle vos besoins primaires. Vous ne vous alimentez plus, vous n'êtes plus rien. Puis vous mourez, en effet.

Un nouveau silence vint nous enrouler. Omar, décontenancé, devint livide. Le docteur lui jeta un œil en biais.

— Si vous escomptez sauver votre famille, vous devrez le faire. C'est aussi simple que cela.

À ce moment, Omar me fusilla du regard. Sa haine fut si violente, si palpable, que la Flamme sembla exploser dans ma poitrine. Comme s'il était capable de lire dans les pensées, le docteur lui dit :

— Si Lucas est coupable d'avoir la Flamme, vous êtes coupable de l'avoir créée.

Je crus que Omar allait de nouveau se propulser sur lui dans un mouvement de rage, mais il garda son sang-froid.

— Je n'ai rien fait, se défendit-il, contrit.

— Lucas non plus à ce compte-là, mais vous minimisez votre implication, bien qu'elle ne soit pas intentionnelle.

Visiblement, il lui avait cloué le bec. J'étais partagé entre la reconnaissance et l'agacement. D'un côté, j'étais flatté que le docteur me soutienne face à un Omar buté, mais de l'autre, son aversion pour ce dernier me mettait en colère.

— Que se passe-t-il lorsque la Flamme est retirée ? demandai-je pour changer de sujet.

— Les sentiments disparaissent, m'informa le docteur.

Je le savais déjà mais avoir confirmation me paralysa.

— Vous gardez votre apparence physique quelques mois, en restant très bien conservé. Néanmoins, l'intégralité de vos aptitudes disparaîtra avec la Flamme.

J'acquiesçai. Il ne m'apprenait rien de nouveau.

— Ah, et votre maladie ne reviendra pas, précisa-t-il.

Je me rendis compte que je ne m'étais même pas posé la question, attachant une importance capitale à un autre élément.

— Super, répondis-je d'un ton qui manquait cruellement de conviction.

Le docteur m'observa attentivement, avec un sourire. Je ne pus m'empêcher de lui poser une autre question, bien que je possédasse déjà des pistes.

— Pourquoi avoir attendu tout ce temps ? Nous aurions très bien pu convaincre Omar de me retirer cette Flamme avant.

Là, je bluffais. Il était déjà difficile d'obtenir la coopération de Omar dans ces conditions, alors sans je n'osais imaginer. Pourtant, je sentis quelque chose m'échapper, ce qui fut entériné par le docteur :

— Elle doit se développer auparavant. Vous avez pu constater que tous les symptômes de la Flamme apparaissent progressivement.

— Combien de temps met-elle à s'installer ?

Je craignis de passer pour un idiot à utiliser les mauvais termes mais pour ma défense, il ne devait pas exister un manuel dédié à ce sujet.

— Cela dépend, m'expliqua le docteur. Au début, elle va faire le nécessaire pour que vous preniez conscience de son existence, allant jusqu'à vous mettre dans des situations dangereuses pour que vous réalisiez.

Immédiatement, je me mis à penser aux coups du sort dont j'avais été victime depuis ma rencontre avec Omar, à l'université.

— Vous voulez dire que mes accidents ne sont pas le fruit du hasard ? Ils ont été déclenchés par... elle ?

— En effet, c'est fort probable bien que des prédispositions pour la maladresse aient pu faciliter les choses...
Si la Flamme ne contrôlait pas les couleurs de ma peau parfaite, j'aurais sans doute rougi outre mesure.
— Bon tout ça c'est bien beau, cracha Omar soudainement, mais comment on fait pour l'enlever ?
— Un instant, l'intimai-je. Pouvez-vous nous détailler ce qui est arrivé à l'étudiante lorsqu'elle a procédé à l'extraction ?
Il fallait être sûr de prendre la bonne décision. Cette fois-ci, je ne voulais pas empêcher cette manipulation dans un simple désir égoïste de conserver la Flamme, ainsi que mes sentiments pour Omar par la même occasion. J'étais profondément inquiet à l'idée que Omar puisse y laisser sa vie, ou ne serait-ce qu'un cheveu.
— Il faut savoir que cette intervention ne peut s'effectuer que dans un environnement sain, dépourvu de toute onde négative. Voyez-vous, la Flamme est une entité pure à 100 %, voilà pourquoi seul l'Enflammeur peut la toucher. Une autre main la souillerait en quelque sorte, et elle se défendrait. Lors de cette étape, une connexion va s'établir entre vous. Une connexion éternelle.
Omar s'agita à côté, visiblement perturbé à la perspective d'avoir un lien avec moi après tout ceci.
— Cela ne fera que poursuivre le lien qui existe déjà entre vous, précisa-t-il à son intention.
— Cela ne nous dit pas ce qui est arrivé à votre étudiante, surenchéris-je, inquiet. Ne me dites pas qu'elle... qu'elle est morte ?

Un hoquet de terreur se bloqua dans ma gorge. A ma grande surprise —et à mon grand soulagement— le docteur pouffa de rire.
— Morte ? Bien sûr que non, vous l'avez d'ailleurs rencontrée !
Cela me scia les pattes. J'eus beau chercher, je ne compris pas de qui il pouvait s'agir.
— Le docteur Dufer. C'est elle mon Enflammeur.

Chapitre 21 : L'extraction

La première fois que j'avais rencontré le docteur Dufer, j'avais espéré trouver de l'aide auprès d'elle. Qu'elle puisse m'expliquer la raison de ce qui m'arrivait. Qu'elle puisse m'expliquer *ce qui* m'arrivait. Au lieu de cela, elle avait fini par me congédier de manière presque discourtoise, me flanquant à la porte, une grimace de dégoût à peine contenue balafrant son visage. Je comprenais à présent, comme lorsqu'on assemble toutes les pièces d'un puzzle particulièrement difficile à terminer. Je me rendis à l'évidence : je lui rappelais le docteur Malef, son professeur qui éprouvait un amour inconditionnel à son égard. Elle avait repéré la Flamme en moi et le traumatisme de son extraction avait ressurgi aussi brusquement qu'un insecte pouacre jaillissant de la pierre qu'elle avait soulevée. C'était donc tout naturellement qu'elle m'avait recommandé au docteur Malef. J'étais comme lui, un objet de curiosité, un monstre.

La première question qui me vint à l'esprit fut de lui demander comment le hasard avait-il pu me conduire précisément auprès d'une psychiatre connaissant ce phénomène. Plus encore, elle ne possédait pas quelques notions sur le sujet : elle l'avait vécu. Si l'existence de la Flamme se révélait rare à ce point, il était étrange que nous nous trouvions pratiquement dans la même ville, voire dans le même pays. J'allais interroger le docteur plus en détail sur cette partie de l'histoire lorsqu'il prit la parole :

— Quand elle vous a envoyé, Lucas, j'avais compris tout de suite. Bien sûr, avant tout, il fallait que je m'assure de ce que vous étiez devenu. C'est pourquoi j'ai laissé un peu de temps s'écouler. Je n'étais pas préparé à vous recevoir...
— En somme, elle ne vous a pas prévenu de ma visite ?
— Non. Nos rapports sont... tendus.
Mmmh. C'était on ne peut plus compréhensible lorsqu'on les comparait à ceux que j'entretenais avec Omar.
— Le Flambeau la laisse tranquille ?
Je ne voyais pas pourquoi elle aurait la paix alors que Omar constituait leur cible principale.
— Oui, comme je vous l'ai dit, à l'époque seul l'Enflammé les passionnait.
— Mais pourquoi ? m'étonnai-je. Après tout, l'Enflammeur est aussi précieux. C'est lui qui crée la Flamme. Le Flambeau pourrait s'intéresser à lui pour tenter de lui en faire créer une autre.
— C'est impossible. Une seule Flamme peut être créée par un individu. Il y a peu de choses à même de déclencher un feu, et elles sont bien souvent insignifiantes : une allumette, un tesson de vieille bouteille en verre qui fait loupe, une minuscule étincelle... En revanche, le nombre d'éléments susceptibles d'être enflammées est proportionnel à leur beauté.
Je ne pus en avoir la certitude, mais j'eus l'impression que Omar se sentit insulté. Non seulement le docteur l'accusait d'être le créateur de cette Flamme qu'il haïssait, mais en plus il soulevait le fait que

l'Enflammeur n'avait rien de particulier, ce en quoi j'étais en profond désaccord.
— Une deuxième Flamme est impossible, alors ? résumai-je.
— En effet. C'est pourquoi le Flambeau cultive autant d'intérêt pour les Enflammés. Ils sont extrêmement rares, et leur Flamme, unique. La Flamme remplace quasiment votre âme.
— Donc en la retirant... commençai-je sans pouvoir terminer ma phrase.
Le docteur n'avait pas réellement envie de répondre à cette question, mais il s'y astreignit malgré tout :
— Vous ne perdrez pas votre âme, non, mais vous ne pourrez plus ressentir d'amour envers quelqu'un d'autre...
Étonnamment, cela ne me surprit guère. J'avais suivi ce chemin toute ma vie. Je n'avais jamais été amoureux de quiconque, le reste de mon existence se poursuivrait comme à ses débuts. Néanmoins, la perspective de ne plus aimer Omar me détruisit de l'intérieur. Ne plus aimer personne. Jamais. Cela était gérable. Mais ne plus l'aimer *lui*... J'évacuai cette pensée morbide de ma tête. J'avais en quelque sorte trouvé une nouvelle façon d'aimer, la plus forte mais aussi la pire.
— Vous avez pourtant Liliane , soulevai-je, inquiet à l'idée d'aborder un sujet si délicat.
Le médecin réfléchit un instant puis m'expliqua :
— Oui, j'étais amoureux d'elle, avant.
L'emploi de l'imparfait se révéla d'une violence inouïe. Quand je songeai à Liliane , si douce, si aimante, je fus profondément chagriné par ce qu'elle avait à endurer.

— Mais lorsque j'ai connu le docteur Dufer... Tout a disparu. Le retrait de la Flamme n'a pas fait revenir mon amour pour Liliane , en dépit de tous mes efforts.
Le mot « *efforts* » me semblait mal choisi. Comment pouvait-on faire l'effort d'être amoureux ? On aimait quelqu'un ou on ne l'aimait pas. Faire semblant n'avait rien à voir avec l'amour.
— Entendez-moi bien, précisa-t-il, je ressens une sincère affection pour Liliane , sincèrement. Mais je ne suis plus capable d'aimer.
Je ne sus que répondre face à son honnêteté. Il n'était pas responsable, pas plus que moi. Cependant, je remis en place quelques pièces d'un puzzle qui ne faisait que s'accroître.
— C'est pour cela que vous n'avez pas d'enfants ? supposai-je, horrifié.
Il baissa les yeux, à la fois attristé et coupable.
— Je ne prendrai pas le risque de faire un enfant à quelqu'un qui n'a que mon affection. Ce serait injurieux envers elle.
Il était lucide. Cruel, mais lucide. Je me projetai dans ma vie future, si j'avais la chance d'arriver jusque-là sans être massacré par le Flambeau. Adopterais-je la même posture que le docteur, me privant de fonder une famille ou tenterais-je malgré tout d'avoir une vie amoureuse, dans le fol espoir que je puisse ressentir de nouveau quelque chose ? Je brûlais de lui poser encore de nombreuses questions indiscrètes, mais le temps avançait dangereusement et j'étais trop bien éduqué pour me montrer inquisiteur. J'optai pour une autre demande :
— Où est Liliane ?

— A l'abri. J'ai préféré l'isoler de tout ceci. Cela pourrait raviver de mauvais souvenirs.

Je crus que Omar allait lui reprocher d'avoir mis sa femme en lieu sûr sans se soucier de la sécurité de sa famille, mais il s'abstint de tout commentaire. Peut-être n'avait-il tout simplement pas prêté attention à cette erreur de stratégie.

— Bien, il est temps de commencer, annonça le docteur.

Nous y étions. Dans ma poitrine, la Flamme léchait chaque parcelle de mon corps, en rythme avec les battements de mon cœur, dans une mélopée funèbre. J'avalai ma salive avec difficulté et Omar s'anima d'une vigueur nouvelle.

— Nous allons nous installer dans mon ancienne salle d'auscultation, nous dit-il.

J'étais terrifié à cette perspective, mais je lui faisais confiance. De plus, nous n'avions désormais plus d'autre alternative.

— Que va faire le Flambeau de ma Flamme ? m'enquis-je inquiet.

— Je ne préfère pas le savoir, murmura-t-il en nous désignant le chemin à suivre.

*

Le cabinet était étonnamment vaste, jonché de meubles modernes et épurés dont la blancheur reflétait les divers instruments en acier inox. Au centre, une table d'auscultation recouverte d'un long drap blanc venait apporter à la pièce des allures macabres. Je jetai quelques coups d'œil aux instruments posés çà et là, incapable d'en reconnaître l'utilité. La panique me gagna. J'avais suivi le chemin jusqu'ici comme un condamné à mort s'avance vers la chaise électrique.

J'appréhendai cette extraction sur tous les plans, mais à ce stade, c'était l'éventuelle barbarie de l'intervention qui me tourmentait. Décelant mon air crispé, le docteur s'empressa d'épancher mes craintes :
— C'est indolore.
Bien sûr, il parlait de douleur purement physique. C'était certes un point rassurant, mais les conséquences émotionnelles allaient être dévastatrices. Je poursuivis mon examen de la salle, remarquant au passage quelques volumes épais sur les étagères occupant toutes le surfaces murales. Au fond, une grande fenêtre venait donner de la lumière à ce sinistre endroit. Je percevais à travers la vitre les frondaisons de l'arbre du jardin, désormais colorées d'un orange soutenu. Le soleil, bas et cotonneux dans le ciel, n'était pas encore au zénith.
— Installez-vous, Lucas, me demanda le docteur.
Incapable de trouver une excuse valable pour prendre la fuite, je m'assis sur la table centrale sans m'allonger pour autant. Ma pudeur maladive reprit le dessus et être ainsi le centre de l'attention violait mon intimité. Omar, lui, resta dans l'embrasure de la porte, comme s'il craignait d'entrer dans ces lieux. J'entendis le docteur fouiller dans certains tiroirs pour en sortir des objets stériles, encore empaquetés dans leur emballage d'origine. Le cliquetis provoqué par ces manœuvres malhabiles retentit violemment à mes oreilles et accentua mon malaise.
— Il va falloir que je vous administre un sédatif assez fort, avoua-t-il guettant ma réaction.
— Je croyais que c'était indolore ! frémis-je.
Je réfléchis puis me rendis compte que la manipulation devait forcément être douloureuse et que seul le sédatif allait m'éviter une souffrance abyssale.

— C'est indolore, répéta le docteur, mais il est préférable que vous ne soyez pas conscient...
Cette idée me répugna. Puisque je n'avais pas à supporter la douleur, pourquoi diable devrais-je être endormi ? J'ap-préhendais ma vulnérabilité latente, de me trouver dans un état de profond sommeil devant eux deux. La Flamme en moi m'avait donné goût à la force et cette volte-face soudaine ne me plaisait guère.
— Pourquoi ? m'étonnai-je avec un trémolo dans la voix.
J'avalai ma salive et repris d'un ton plus assuré :
— J'aimerais connaître la raison pour pouvoir décider.
Le praticien se pencha vers moi et me murmura de façon à ce que moi seul l'entendisse :
— Omar va devoir... vous toucher.
À cette simple évocation, la Flamme bondit dans ma poitrine et s'enroula sur elle-même, carbonisant tout sur son passage.
— C'est-à-dire ? demandai-je paniqué et enchanté à la fois.
Son contact était pour moi comme un alcool puissant, auquel je n'avais jamais goûté.
— Pourquoi vous faites des messes basses ? s'énerva Omar, toujours sur le pas de la porte.
Le docteur lui répondit sans même prendre la peine de se retourner vers lui :
— Si vous voulez participer à la conversation, vous n'avez qu'à vous approcher ! Je vous rappelle que c'est vous qui allez procéder à l'extraction.
Lentement, Omar s'avança, fusillant le médecin du regard. Pendant ce laps de temps, je réfléchissais. Comment allais-je pouvoir supporter le contact de Omar ? J'en rêvais bien entendu, mais cette perspective

me donna le tournis. Je *craignais* qu'il ne me touche. Je *désirais* qu'il le fasse. Comment une seule idée pouvait être aussi dichotomique ? Je pris la décision de me fier au docteur. De toute manière, j'inaugurais ce deuil. À quoi bon pleurer sur quelque chose qui allait disparaître ?

— Allongez-vous Lucas, me pria-t-il avec douceur.

Je m'exécutai et respirai profondément. J'avais du mal à réaliser que c'était la fin. Ce moment, tant espéré au départ, sembla être arrivé trop vite. Je refusai de penser à ce que le Flambeau allait faire de ma Flamme. Si une telle entité tombait entre de mauvaises mains —ce qui allait être le cas par notre faute— je n'osai imaginer les conséquences dramatiques qui se répercuteraient dans notre monde. Un bruit de papier déchiré ramena mon attention. Le docteur fixa un garrot sur mon bras puis sortit une aiguille d'une taille impressionnante. Omar pâlit devant son envergure.

— Je suis désolé Lucas, c'est la seule partie qui ne sera pas indolore.

Je secouai la tête, indiquant que je m'en fichais. Mon air désespéré l'incita à me donner plus d'explications :

— Votre derme est désormais très coriace, il me faut cette aiguille résistante pour le perforer...

Ma peau granitique. Perdue à jamais.

La situation était anxiogène. J'étais sur le point de me faire endormir par un psychiatre à la retraite, à l'aide d'un matériel douteux et dans sa propre maison par-dessus le marché. Néanmoins, seule la tristesse m'incommoda. Le docteur exerça une profonde pression sur mon bras et une infime douleur me traversa. Il poussa un gémissement sous l'effort et je perçus le son d'une membrane cédant sous la poussée. Visiblement, percer ma veine n'avait pas été une mince affaire.

— Je peux y aller ? me sonda-t-il.

Il était sur le point de m'administrer le produit qui finirait par me propulser dans l'inconscient.

— J'ai dû ajuster la posologie, naturellement, précisa-t-il.

Je ne lui demandai même pas s'il était sûr que je me réveillerais malgré la dose. Étrangement, la perspective de tout perdre m'amena à ne rien espérer.

— Je suis prêt, répondis-je d'une voix monocorde.

Il appuya sur le piston et le liquide s'infiltra dans mon corps. Instinctivement, je cherchai Omar des yeux. Je voulus planter mon regard dans le sien, pour en garder un souvenir précis, impérissable. Lorsque nos yeux se croisèrent enfin, je verrouillai ma vue, incapable de les lâcher du regard. Avant de sombrer, j'aurais juré qu'il avait détourné la tête.

*

Quand j'avais dix ans, la porte massive de mon armoire s'était dégondée et je l'avais reçue de plein fouet sur le bras. Mes os n'avaient pas fait long feu et le cubitus s'était brisé sous le choc. Mes parents, alertés par le bruit du bois se fracassant par terre et par mon cri de douleur, s'étaient précipités dans ma chambre pour mesurer l'étendue des dégâts. Ils n'avaient pas longtemps cherché une explication et m'avaient conduit immédiatement aux urgences les plus proches. Je me rappelle que lors de cette longue attente dans les couloirs, je m'étais mis brusquement à sangloter, fatigué et tout endolori. Ma mère, qui était entrée avec moi, m'avait demandé pourquoi je ne pleurais que maintenant. Je lui avais alors répondu que ce n'était pas

vraiment la souffrance qui me faisait fondre en larmes, mais la seule crainte qu'elle ne cessât pas, voire qu'elle empirât. Intriguée par mes pensées pessimistes, elle m'avait alors rassuré en m'enjoignant « *Voyons, cela ne peut pas être pire. Comme on dit, après la pluie, vient le beau temps. Tu sais ce que ça signifie ?*
— Que tout ira mieux ».
Elle avait souri pour confirmer mon analyse, mais je n'avais pas été honnête. Car je ne parvenais pas à déterminer de hiérarchie dans le mal. Je considérais que le pire était toujours possible, atteignable sans condition, qu'on en prenait conscience qu'une fois qu'il s'était installé. Puis enfin ma patience avait été récompensée et la douleur avait diminué pour finir par s'estomper totalement. J'avais alors compris qu'il était possible qu'il y ait du pire dans le mieux et du mieux dans le pire. Mais cette fois-ci, il y avait du pire dans le pire.

Et cette douleur dans ma poitrine faisait partie intégrante de moi. Ma phobie passée de ne jamais la voir disparaître surgit brutalement et je goûtai soudainement à l'orage après l'orage.
Un bras cassé se situait désormais tout au bas de l'échelle et maintenant, j'étais au sommet.

*

J'errais dans un rêve sans avoir la possibilité de m'extirper du sommeil, comme si une partie de moi baignait dans l'inconscient et une autre se mouvait dans le monde réel. Tout me semblait perceptible de deux points de vue, à l'instar d'une vision dont on cacherait un œil pour découvrir une nouvelle perspective. J'étais à la fois ici et là-bas, sans pouvoir toutefois identifier où se situait cet ici et où se trouvait ce là-bas. Je ne souffrais pas.

Bientôt cependant, des sensations désagréables apparurent, comme lorsqu'on retient un éternuement particulièrement agressif. On lutte en vain, pour des raisons parfois très confuses, et il finit par s'échapper de manière inéluctable. C'était exactement ce qui se passait actuellement, sauf que cet éternuement ne chatouillait pas mes narines mais provenait tout droit de ma poitrine. Une autre différence notable, on me provoquait cette sensation, ce tiraillement incommodant et je me battais désespérément pour ne pas me laisser faire. Je sentis à plusieurs reprises une intrusion étrangère en moi, et instinctivement je me protégeai, me débattant furtivement pour ne pas céder. Je voulus analyser la situation mais mon cerveau refusa de rassembler ses données pour me fournir matière à réfléchir. Abandonnant finalement mon esprit, je me laissai flotter et battis en retraite.

Le spasme, la crise que je retenais tant, explosa enfin. Sauf qu'au contraire d'un éternuement, je ne ressentis aucun soulagement. Une brûlure violente, vive et lancinante s'empara de moi puis quitta l'ensemble de mon corps. Des milliers de connexions se détachèrent de mon centre nerveux, délestant tout sur son passage, comme une couverture bien chaude qu'on m'aurait ôtée dans un hiver glacial. Un arrachement. On m'avait arraché une partie de moi.

Un froid intense m'engourdit et un silence nouveau se répercuta dans mon crâne.

J'étais seul.

Puis ce fut les ténèbres.

*

Une sorte de nuage moelleux m'enveloppait, et je me retrouvai parfaitement détendu, les yeux clos, savourant ce bien-être jouissif. Je pris de lentes inspirations par le nez, gonflant ma poitrine au maximum pour récupérer de l'oxygène. J'avais froid et chaud à la fois, sans que cela ne soit une gêne. J'appréciai le confort de l'endroit où je me trouvais, refusant d'émerger totalement.

Un concert de différents sons parvint à mes oreilles. À droite, le martèlement de pas sonores, le froissement d'une étoffe, comme le tissu utilisé pour les survêtements, une respiration rapide et saccadée. À gauche, des pas plus lourds mais modérés dans leur appui, un sifflement dans une expiration apaisée, le cliquetis sourd d'un interrupteur.

J'inspirai une bonne goulée d'air par le nez et des odeurs de musc, de produit désinfectant et de déodorant me parvinrent. Rien d'autre. Mon cœur se mit à battre plus fort. Étais-je devenu sourd ? Où était passée la myriade de sons qui parvenaient autrefois jusqu'à mes canaux auditifs ? Mon odorat était aussi profondément affecté. Je repris une respiration intense pour tenter de capter quelques molécules dans l'air susceptibles de me renseigner sur la situation. J'aurais tout aussi bien pu avoir le nez bouché par un rhume des foins. De nouveau, je perçus un mouvement à ma droite et le bruit des pas s'éloigna. Une porte se ferma. À gauche, la présence d'un individu se confirma.
— Lucas ?
Je connaissais cette voix ! Elle était quelque peu différente, mais je reconnus ses inflexions. Je voulus

parler mais je jugeai préférable d'ouvrir d'abord les yeux.

Trop de lumière. La blancheur de l'endroit me fit refermer les paupières. Je les entrouvris progressivement, faisant un rempart avec mes cils pour m'habituer à la luminosité. Le plafond, blanc et moucheté de gris, m'apparut flou et indistinct. Après la surdité, la cécité se manifesta.

Un contact chaud pressa ma main gauche. Quelqu'un me tenait le poignet, dans un geste qui se voulait rassurant.

— Docteur Malef ? m'entendis-je prononcer.

Ma voix avait aussi changé. Elle était plus endormie, empreinte d'une vulnérabilité saisissante.

— Oui, répondit-il.

Peu à peu, je retrouvai mes esprits. J'étais dans le cabinet du docteur. J'essayai de me mettre en position assise mais mon corps ne m'obéissait pas encore suffisamment. Je le sentis malhabile, fragile et inutile. Le sédatif administré avait eu des effets violents sur moi. J'espérais que cela ne serait que temporaire.

— C'est fait ? demandai-je au médecin.

Car je savais que nous devions faire quelque chose.

— Oui, répéta-t-il, laconique.

Un ange passa. Je tentai de nouveau de me redresser et aussitôt, la tête me tourna, comme si une énorme boule de bowling ricochait contre les parois de mon crâne.

— Oh ! m'exclamai-je surpris devant cet effet indésirable.

— Doucement voyons ! me gronda gentiment le docteur.

Pour autant, je ne me rallongeai pas. Le bien-être que j'avais ressenti au départ s'était dissipé. Tout mon corps était ankylosé et mon esprit toujours embrumé.

— Cela s'est bien passé, m'informa-t-il.

J'étais sceptique.

— J'ai l'impression d'avoir perdu la vue, m'inquiétai-je en me frottant les yeux.

— Je vous ferai un test mais c'est tout à fait normal. Vous avez retrouvé une vue... humaine. C'est pareil pour les autres sens et votre corps en général.

— Où est-il ? m'enquis-je.

Le docteur eut un air circonspect que je ne parvins pas à comprendre.

— Vous voulez dire « *elle* », n'est-ce pas ?

Il sourit et se rendit derrière un grand bureau. Trop épuisé pour le suivre —ce qui m'aurait de toutes manières valu une autre remontrance—, je patientai en faisant craquer mes jointures. Mes os semblaient d'une fragilité déconcertante. Je n'osai même pas me servir de mes mains, dans la crainte de me briser les doigts involontairement. Le docteur revint et je sursautai. J'avais pris l'habitude d'anticiper l'arrivée des gens en percevant leur vacarme purement humain mais je devrais désormais m'en dispenser.

— La voilà, m'annonça-t-il d'un ton fier.

Mes yeux, encore embués, mirent quelques instants à se focaliser sur ce que le docteur me désignait. Il transportait une sorte de dôme surmonté d'une cloche en verre dans laquelle tourbillonnait un brouillard d'un bleu vif.

— Qu'est-ce que c'est ? demandai-je, intrigué malgré la migraine qui me menaçait et pulsait à mes tempes.

— La Flamme, bien sûr.

Je pris comme un coup en plein ventre. Ma poitrine ! Elle était libérée ! J'avais beau chercher la présence d'une brûlure, d'un infime picotement, d'une parcelle de chaleur... Rien. Dans l'état actuel, j'aurais été incapable de dire si j'en étais soulagé ou déçu. Lorsque le docteur s'approcha davantage, j'observai plus attentivement l'essence qui avait partagé mon corps ces derniers mois.

Elle était d'un bleu orageux, parsemée de rainures azurées et scintillantes, se contorsionnant à l'infini dans des volutes et des spirales somptueuses.
— Elle est bleue ! m'exclamai-je ahuri.
— Oui, elle ne prend la couleur du feu que lorsqu'elle est à l'intérieur de son hôte, m'indiqua le spécialiste.
— Comment est-ce possible ?
Il rit face à ma réflexion. Il tenait dans les mains une entité mystérieuse, surnaturelle et d'une force surhumaine et je cherchai encore une raison scientifiquement acceptable à ce changement de couleur d'un milieu à un autre. J'aurais compris qu'il me giflât, mais mon état devait l'inciter à l'indulgence. Après m'être émerveillé un instant sur la Flamme, la première question que je lui avais posée me revint tout naturellement :
— Où est-il ?
— Je lui ai demandé de sortir à votre réveil. Je peux l'appeler, si vous le souhaitez...
— Oui.
Mon ton avait été catégorique. Parce que au fond de moi, je voulais le voir pour une raison. L'ennui, c'est que je ne savais pas laquelle.

*

Quand le docteur quitta la pièce pour le chercher, il emporta la Flamme avec lui et j'en fus automatiquement blessé. Était-ce un manque de confiance envers moi, un simple désir de garder un peu cette merveille auprès de lui ou un geste totalement désintéressé et involontaire ? Quoi qu'il en soit, je trouvai cette attitude déplacée. La Flamme était mienne, et je fus agacé qu'il me dépossédât du droit de la contempler, maintenant qu'elle n'était plus en moi. Je n'eus pas le loisir de m'appesantir davantage car il franchit la porte de nouveau, accompagné cette fois-ci.

Je ne sus pourquoi mais je ne levai pas le regard dans sa direction. À la place, je fermai les yeux et me retrouvai dans les ténèbres pour la première fois depuis une éternité. Je tendis l'oreille et pris une profonde inspiration pour analyser la situation. L'odeur de son déodorant et le bruit provoqué par sa démarche me revinrent en mémoire aussitôt. J'attendis qu'il prenne la parole, dans le simple espoir qu'il prononçât quelque chose à mon égard, un mot glissé, une formule de politesse quelconque. À la place, je n'eus droit qu'à un froid mordant soutenu par un silence infini. Alors, incapable de rester muet plus longtemps sans le contempler, je redressai la tête vers lui et ouvris les paupières.

Son visage était à la fois semblable et foncièrement différent de ce que j'avais observé quand la Flamme me procurait des sensations folles dans la poitrine et des capacités visuelles hors-normes. Je parcourus chacun de ses traits, m'attardant sur le duvet qui poussait sur sa lèvre supérieure, bien pleine et rosée, sur ses joues rebondies, sur son nez imposant mais harmonieux, sur le grain de sa peau cuivrée, sur son front vaste et plissé dans un air intrigué. Ce fut seulement lorsque mon regard se planta dans le sien que je réalisai.

Une onde de choc me traversa et retourna mon estomac, déclenchant des picotements dans tout mon corps, balayant la surface de ma peau comme une caresse veloutée. Je compris enfin.

Flamme ou pas Flamme, j'étais tombé amoureux de lui.

Et je l'étais encore.

Chapitre 22 : Le plan

Lors de ma première rencontre avec Omar, je n'avais pas véritablement eu le temps de contempler son visage. À la place, une Flamme surhumaine s'était emparée de mon cœur et avait électrocuté mon corps dans son entièreté, le transformant à sa guise tout au long de son emménagement. J'avais alors eu la sensation brève mais soutenue de devenir un charbon ardent dès que je me trouvais en sa présence.

Désormais, la sensation différait. Je ne saurais dire si l'intensité était moindre, mais elle se révélait difficilement comparable avec ce que j'avais vécu. D'abord, plus rien ne me brûlait la poitrine, physiquement s'entend. Ensuite, la perception que je gardais de lui demeurait purement humaine, avec tous les défauts que cela impliquait. Enfin, je me confortais dans l'idée que la Flamme assumait la responsabilité de mon amour envers lui. Sans elle, je n'avais plus aucune raison d'éprouver des sentiments à son égard. Alors pourquoi n'avait-elle pas emporté ce fourmillement dans mon estomac ? Pourquoi n'avaient-ils pas disparu avec elle ? Dés le retour de ces symptômes strictement amoureux, j'avais baissé les yeux à la hâte pour faire taire ce crépitement dans ma poitrine, à la fois humain et mystérieux.

Je tentai une nouvelle fois d'observer son visage, le plus objectivement possible mais sa simple odeur suffisait à éveiller en moi une affection profonde. Lorsque j'eus le courage de le guigner davantage, je me rendis compte que je me leurrais. Il n'était pas question d'une quelconque affection ici. J'attendis impatiemment qu'il s'exprimât, ne serait-ce que pour goûter le son de sa voix avec mes anciens canaux auditifs, ébréchés dans leur gauche humanité. Ses yeux, froids et terriblement lointains, me blessèrent tout autrement que lorsque la Flamme me possédait. Mes bras me faisaient mal tant ils voulaient l'étreindre.

— Vous vous sentez toujours bien ? s'intéressa le docteur, brisant enfin le silence qui s'incrustait.

— Oui.

Mon ton avait des accents mélancoliques que je ne désirais pas exposer. Je brûlais de demander au docteur si tout ceci était normal. D'après lui, aucun résidu de sentiment amoureux ne subsisterait après cette extraction. Je n'aurais même pas dû ressentir la moindre chose pour mon Enflammeur. Or, ce que j'expérimentais actuellement ne pouvait relever que de l'amour, bien que je n'eusse aucun moyen d'en faire la comparaison. On éprouve de l'affection pour son animal de compagnie, des collègues avec qui on a une certaine affinité, les enfants de nos amis... Mais donnait-elle le désir de sacrifice ? D'accepter de tout perdre, de mourir pour lui ? Car c'était précisément ce qui bouillonnait en moi à cet instant. À l'évidence, quelque chose n'avait pas fonctionné lors de cette intervention. Bêtement, je m'entendis balbutier :

— Avez-vous retiré la totalité de la Flamme ?

Dépassé par les évènements, je jetai un œil au sol, comme si j'allais apercevoir des morceaux de Flamme éparpillés parterre.

— Eh bien... Elle est indivisible, m'expliqua le spécialiste. Pourquoi ?

Il me fixait avec intérêt, incapable de résister à une analyse complète de mes émotions, dans l'espoir que je

lui révèle une information non pas inattendue mais espérée...
— Je l'imaginais plus grande.
Je mentais en partie. Il était difficile de croire que cette boule de feu, modeste mais pas moins splendide, ait pu être à l'origine de tout ceci. Cela dit, le véritable élément déclencheur ne couvait pas sous une cloche hermétique.
— Comment vous y êtes-vous pris pour procéder à l'extraction ?
— On n'a pas le temps pour ça, gronda enfin Omar.
Un spasme retourna mon estomac, déclenchant l'envol d'un milliers de papillons contre les parois de celui-ci. Même lorsque son ton était discourtois, je ne pouvais m'abstenir d'en savourer chacune des inflexions. Intérieurement, je regrettai néanmoins que la première chose qui sortit de sa bouche soit un signe d'agacement.
— Il a raison, confirma le docteur. Nous devons nous préparer à l'arrivée du Flambeau. Ils voudront la Flamme en premier lieu. Ils nous livreront les otages indemnes dans un deuxième temps, une fois qu'ils se seront assurés que nous ne leur avons pas tendu un piège.
— Ce sont de ma sœur et de ma mère dont vous parlez, lâcha Omar, d'un air désagréable.
Le docteur lui manifesta une indifférence prodigieuse.
— Seront-ils bientôt ici ? demandai-je, tout en observant la Flamme dans son récipient.
Sans savoir précisément pourquoi, je fus peiné et attristé qu'elle séjourne sous cette cloche en verre et non plus en moi.
— Leur laboratoire se trouve à deux heures d'ici, à Dalico.

Je connaissais vaguement cette ville, un peu plus au nord. Je jetai un œil aux murs alentours, à la recherche d'une horloge mais sans succès. Dans quelques heures, je perdrai la Flamme définitivement, la preuve de mon amour inhumain pour Omar. La part humaine demeurerait à jamais en moi. L'espace d'un instant, je fus pétrifié par l'idée de voir débarquer des membres du Flambeau ici, dans la même pièce que Omar alors qu'ils avaient tenté de l'enlever. Je n'osai imaginer ce qu'il allait advenir de ma Flamme, aussi dangereuses soient leurs intentions. Allait-elle souffrir ? Le pouvait-elle ? Et surtout, comment allais-je protéger Omar dorénavant ? Comment être sûr que le Flambeau tiendrait parole et ne nous éliminerait pas tous, otages compris, pour faire bonne mesure ? Autant de questions qui restaient en suspens mais le docteur avait l'air serein, du moins autant que la situation le lui permettait.

— Comment pouvons-nous être sûrs qu'ils tiendront leurs engagements ? argua Omar à ma place.

— Seule la Flamme les intéresse... S'ils peuvent se dispenser d'un quelconque crime —un crime supplémentaire en tout cas—, ils le feront du moment qu'ils sont parvenus à leurs fins. Vous devez savoir que leur but ultime est sur le point de se réaliser.

— Et notre but à nous ? poursuivis-je.

— Notre but ?

Le médecin se tut, circonspect. Il m'observa avec perplexité, haussant les sourcils dans une grimace fascinée.

— Sortir indemnes de tout ceci, expliquai-je.

Inconsciemment, je tournai les yeux vers Omar, ce qui n'échappa pas au docteur. Omar quant à lui ne s'en rendit pas compte. Étant donné qu'il évitait soigneusement de se diriger dans ma direction, il ne pouvait guère s'en apercevoir.

— Personne ne sortira indemne, nous balança-t-il sur un air joyeux, comme s'il nous annonçait une bonne nouvelle.

Face à notre étonnement, il explicita :

— La famille de Omar a été ravie. J'ai dû éloigner ma femme. Vous avez perdu la possibilité d'être amoureux. Pensez-vous être indemnes à l'heure actuelle ?

Bien sûr, nous avions tous souffert. Nous souffrions tous, Omar en particulier. Mais cela ne répondait pas vraiment à ma question.

— Devons-nous nous attendre à d'autres complications ? continuai-je.

— Pas que je sache.

Comme son assertion manquait de conviction, je le fixai résolument, attendant qu'il développe un peu plus son propos.

— Je ne crois pas, non. Mais ça, c'est plutôt à vous de nous le dire.

Il me scruta intensément, me pénétrant de son regard perçant. Essayait-il de me signifier quelque chose ? Je n'étais plus censé aimer Omar, ni ne rien ressentir à son égard, pourtant, c'était toujours le cas. Rien ne se déroulait jamais comme prévu. Mes yeux passèrent de Omar à la Flamme. Je ne saurais déterminer quelle vision m'était la plus douloureuse. Je perdrais les deux. Rien ne permettrait de les garder auprès de moi, n'est-ce pas ? Ce n'appartenait pas au but initial.

Mon cerveau remua à plein régime. Sans elle, il restait aveugle, gauche et ralenti. Mais il fonctionnait encore, grâce à mon intelligence toute relative. Sauf que cette fois-ci, je réfléchis à l'aide de mes sentiments. Ils portèrent ma conscience au-delà de mes capacités, m'offrant un panorama de perspectives nouvelles.

Une idée me vint. Subitement. Brusquement. Une idée folle, à la manière de toute cette histoire. Mais j'avais soudain un plan. Un plan qui nous sauverait tous, comme celui-ci.
À ceci près que la Flamme serait sauvée, elle aussi.

*

À présent que j'avais plus ou moins retrouvé mes esprits, nous étions retournés au salon et le docteur m'avait réservé la meilleure place dans le canapé. Omar, de son côté, boudait sans que je n'en comprisse la raison. Je mourais d'envie de lui demander ce qui le tourmentait, en dehors du fait que sa famille avait été sauvagement enlevée par une organisation malveillante. Une nouvelle cassure s'était installée entre nous, si bien que notre début de relation amicale s'était effritée comme du vieux plâtre sur un mur. La décision que j'avais prise n'était pas altruiste : elle aspirait uniquement à me donner la possibilité de protéger la Flamme, et le protéger lui aussi par extension. Je n'avais pas le droit d'échouer, car ni le docteur, ni Omar ne me pardonneraient mon écart de conduite qui tenait plus de la folie que d'un acte réfléchi. De toute façon, si je ne réussissais pas, il y avait peu de chance que l'on m'en tienne rigueur : en règle générale, les morts ne sont pas rancuniers. Or c'est vers cette voie que nous nous dirigions en cas d'échec. Et j'allais être seul contre tous, sans même avoir le loisir de posséder la Flamme en moi pour me procurer une force herculéenne. Un simple humain contre une fondation armée jusqu'aux dents et dont j'ignorais tous les secrets

? Un jeu d'enfant, bien sûr. J'aurais pu leur dévoiler ce que je projetais, mais il aurait fallu compter sur leur soutien, or j'étais à peu près certain que Omar exclurait tout net une proposition visant à privilégier la Flamme au détriment de ses proches, même si telle n'était pas mon intention.

— Où est situé exactement le laboratoire du Flambeau ? demandai-je l'air de rien en avalant une gorgée de café bien serré.

L'amertume me revigora, mais là encore, le goût différait de celui que je gardais en mémoire.

— Ils ont investi un grand magasin alimentaire qui a brûlé dans un incendie, il y a quelques années, expliqua le docteur.

Je fus étonné qu'une organisation comme celle-ci se contentât d'un lieu aussi désolé.

— Ils changent souvent d'endroits, précisa-t-il en réponse à mon interrogation interne. Par sécurité, évidemment.

Donc ils éliraient domicile ailleurs une fois que j'aurais réussi. Car je refusais d'envisager l'autre possibilité. L'avenir me terrifiait. Nous allions jouer au chat et à la souris ad vitae æternam ? Je ne pouvais plus garder la Flamme en moi au risque d'en mourir. Serions-nous tous condamnés à fuir en permanence, vivant dans la crainte que nos familles aient à souffrir de nos actions ? Je commençai à émettre des doutes quant à mon manège. Peut-être valait-il mieux s'en tenir au plan initial pour en finir. D'un autre côté... Je n'avais pas la certitude que respecter nos engagements nous conduiraient à la sécurité tant désirée. Mais ce n'était pas la vraie raison. J'allais confier ma Flamme à des extrémistes. J'allais abandonner Omar, car la

Flamme provenait de lui et de moi (je fus pris de frissons incontrôlables face à cette réflexion cohérente), et se débarrasser d'elle nous séparerait à jamais. Le lien physique qui nous unissait serait perverti, sans me donner pour autant l'assurance que nous vivrions sains et saufs.

Un jour, j'avais lu qu'être amoureux consistait à faire passer les besoins de l'autre avant les siens. Omar avait besoin de sa famille, de sûreté, d'une vie normale. Il n'y avait qu'un moyen pour lui octroyer tout ceci. Et la décision du docteur n'était pas la bonne.

Je voulais aussi que Omar ait besoin de moi. Mais cette condition appartenait à une période révolue. J'étais devenu complètement inutile, une coquille vide, suffisamment fragile pour mourir au moindre accident survenu. Cette pensée morbide me blessa. Car moi, j'avais toujours besoin de lui. Et puisque je ne tenais plus la Flamme pour responsable de mes sentiments, je me confrontai à une vérité de taille. C'était désormais mon cœur qui parlait. J'allais l'écouter. J'allais le faire.

*

Omar faisait les cents pas dans le salon, sous la surveillance attentive du docteur. Ses vagabondages me filaient le tournis. Je ne cessai de guigner la Flamme dans son récipient. Je ne parvenais pas à croire qu'elle avait été en moi pendant tout ce temps, à la fois infiniment long et outrageusement court. Je me sentais fragile à présent, d'une faiblesse humaine terrifiante. Or, il me faudrait de la force pour réussir ce que j'avais prévu. Faute de capacités suffisantes, j'allais devoir m'armer de ruse et d'intelligence, dérouler mon plan de manière méthodique sans laisser de place au doute ou à une quelconque erreur. Je ne

devais pas sous-estimer la puissance de l'intellect. C'est tout ce qui me restait.
— Comment allez-vous être en contact avec eux ? lançai-je au docteur.
Il détourna les yeux de Omar, sortit de sa poche le portable qu'il nous avait montré à notre arrivée et le déposa sur la table basse.
— Ils nous ont fourni un téléphone à carte pré-payée.
Je ne savais même pas que cela existait encore.
— Avec la cloche ?
— La cloche ?
Je désignai le récipient contenant la Flamme.
— Oh, le caisson cryogénique ?
Comme si le vocabulaire technique revêtait une quelconque importance.
— Oui, le téléphone se trouvait avec le caisson. Ainsi que la photo.
Omar blêmit à cette simple évocation. Parfois, le docteur faisait preuve d'un tel manque de tact que c'en était risible.
— Pourquoi ne les appelez-vous pas maintenant pour en finir au plus vite ? soulignai-je.
Je prenais un gros risque en formulant cette question, car s'il convenait qu'il s'agissait d'une idée lumineuse, mon plan ne fonctionnerait pas. J'avais néanmoins besoin d'informations, et seule une conversation détournée pourrait me les procurer sans éveiller les soupçons du docteur. Omar était trop perturbé pour prêter attention à mon projet, et de toutes manière, ma présence l'indifférait souverainement. Cela acheva de me blesser mais je tâchai de surmonter cette considération égocentrique.

— Ils doivent déjà être en route, inutile donc de les presser.
— Qui viendra exactement ? Leur chef ? D'ailleurs en ont-ils un ?
— Sandra, la sous-dirigeante en quelque sorte, sera sûrement de la partie. Avec deux ou trois hommes de main, bien entendu. Dans le cas où nous tenterions d'opposer une résistance... C'est pourquoi ils attendent d'avoir la Flamme, pour vérifier que nous avons tenu notre part du marché. J'imagine que le plan est de tuer la famille de Omar si nous n'avons pas exécuté les ordres à leur arrivée.
— Cette Sandra... commençai-je mais le docteur m'interrompit.
— Vous l'avez déjà rencontrée. La jeune femme blonde dont vous m'aviez parlé...
— Oh. C'est la sous-dirigeante et elle prend autant de risques ? m'étonnai-je.
Après tout, elle était venue à plusieurs reprises sur le terrain pour obtenir ce qu'elle désirait, mettant sa vie en danger. À ma grande surprise, mes propos sonnaient comme une forme de respect. J'espérais ne pas avoir heurté Omar par ma maladresse, mais il s'astreignait à flanquer des petits coups de poing dans un coussin du canapé totalement innocent.
— Ils croient vraiment en ce qu'ils font, précisa-t-il. Je pense qu'ils seraient prêts à mourir pour leurs convictions. Ne feriez-vous pas de même ?
Je ne répondis pas. Bien sûr que j'agirais de la sorte, c'était même le risque que j'allais prendre pour nous sauver tous sans exception.
— Qui est le véritable chef ? demandai-je plutôt.

— Je n'en ai aucune idée, avoua-t-il à mon total étonnement. On parle d'un « président ». J'imagine qu'il a dû laisser sa place à quelqu'un d'autre depuis sa fondation.
— Décrivez-moi leur laboratoire, ordonnai-je.
Le docteur à présent me scruta avec intérêt. Afin de ne pas paraître trop soupçonneux, je pris une autre direction :
— Que font-ils dedans ?
— De nombreuses expériences. Ils ont recruté bon nombre de scientifiques, d'après mes informations. Ils vont sûrement tenter de recréer une Flamme, maintenant qu'ils en possèderont une authentique.
Cette intention me donna la nausée. Il y avait bien longtemps que je n'avais pas eu des haut-le-cœur.
— C'est possible ?
Le docteur pouffa de rire, créant de minuscules ridules le long de ses paupières.
— Pensiez-vous que tout ceci l'était ?
À nouveau je gardai le silence. Tomber amoureux aussi brutalement et devenir plus qu'un être humain ? Non, je ne l'aurais jamais cru possible. Pourtant, j'avais vécu les deux. Et en même temps.

*

Je regardai l'heure sur l'horloge du salon. Il s'agissait d'une pendule assez ancienne, dont les montants laissaient entrevoir de profondes fissures, signe que le bois avait travaillé. Il nous restait exactement six heures avant que le Flambeau débarque, si ces derniers étaient ponctuels. Cela devrait être suffisant pour moi, mais ce n'était pas ma priorité. J'espérais du peu de forces qui survivait en moi que cela suffirait pour Omar et le docteur. Une fois qu'ils s'apercevraient de ma défection, j'osais croire qu'ils réagiraient rapidement et songeraient à se mettre à l'abri. Parce qu'il était évident que si je disparaissais, j'emportais la Flamme avec moi. Je comptais sur la présence d'esprit du médecin pour fuir avant que le Flambeau n'arrive. Sans la Flamme, le Flambeau leur ferait courir un danger mortel. Où iraient-ils se murer ? Cette question me tarauda. Avec Liliane , présumai-je. Innocemment, j'en touchai un mot au docteur, marchant sur des œufs pour paraître pondéré.

— Où se trouve Liliane actuellement ?
— A l'hôtel, sur la grand-place de Rocal.

Je ne m'attendis pas à cette réponse. Son manque de précautions me parut d'une niaiserie insolente. Devant mon air effaré, il expliqua :

— Inutile d'exiler tous nos proches à l'autre bout du pays. De plus, le Flambeau ne la cherchera pas dans les environs, d'autant plus qu'ils n'ont aucune raison de la pourchasser.

Pour le moment songeai-je amèrement. J'allais être responsable de cette éventuelle traque dans quelques heures, après tout ce que le docteur et elle avaient fait pour moi. J'eus un pincement au cœur que j'enfouis au plus profond de ma conscience.

— N'y a-t-il aucun risque qu'elle se fasse repérer ?
— Nous avons pris nos précautions, comme toujours.

Ce n'était donc pas la première fois qu'ils subissaient ces événements. Je m'abstins de lui demander des précisions, mais j'imaginais bien qu'étudier le phénomène de la Flamme avait forcément dû le placer en travers de leur chemin.

— Vous n'avez que Liliane comme famille ?

Je m'aperçus que la question s'avérait très personnelle, mais cela me permettait de dévier du sujet initial. Mes capacités à manipuler les gens me glacèrent le sang.

— Et vos amis ? Risquent-ils quelque chose ?

À cet instant, je songeai à Fanny. Se pouvait-il que le Flambeau s'en prît à elle aussi ? Combien de proches allais-je devoir protéger ? Ce n'était peut-être pas une si mauvaise chose que je sois asocial au point d'avoir très peu de personnes chères dans ma vie, en sachant que la plus importante à mes yeux patientait dans la même pièce que moi.

— Je n'ai pas d'amis, avoua le docteur et j'en éprouvai un malaise immédiat.

Il me tourna alors le dos et se mit face à la cheminée. Il garda le silence pendant un temps et je crus qu'il n'allait rien ajouter lorsqu'il reprit :

— Il est difficile de nouer des liens amicaux quand on peut les perdre au moindre faux pas.

Cette confession m'attrista. J'avais très peu d'amis, mais au moins il s'agissait d'un choix personnel. Mais était-ce véritablement le cas ? Ne subissais-je pas plutôt une tare sociale ? Il n'était pas encore temps de vaquer à ces pensées moroses. Je devais trouver un moyen d'éloigner le praticien une minute tout au plus. Cela serait suffisant, il fallait cependant que je sois rapide. Avant cela, je profitai du fait qu'il ait le dos tourné pour prendre une feuille et un stylo sur la table en priant pour que ce dernier fonctionne. Il était essentiel que le docteur et Omar soient au courant de ce que j'envisageais. Sans cela, mon plan se vouait à l'échec et nous péririons tous.

— Pourriez-vous m'indiquer où sont les toilettes s'il vous plaît ? demandai-je soudain.

Le docteur se retourna et répondit :
— Oui, elles se trouvent au bout du couloir, dernière porte à droite.
Je me levai, camouflant comme je le pus mon matériel dérobé et pris la direction indiquée. À l'intérieur des sanitaires, je m'enfermai à double tour et rédigeai une explication, prenant appui sur la lunette rabaissée. Mon écriture hachée et désordonnée témoignait d'un stress inconditionnel. Je dévissai délicatement le robinet sur le côté de la cuvette. En sortant, je pris soin de tirer la chasse pour faire bonne mesure et regagnai le salon, traînant des pieds pour retarder l'échéance pourtant inévitable. À mon retour, Omar était assis sur une vieille chaise à bascule qui donnait sur la cuisine. Bien, il ne me regardait pas. Je n'aurais pas besoin de me débarrasser de lui.
— Je crois qu'il y a une fuite d'eau dans les toilettes, annonçai-je au docteur.
La seule perspective d'avoir à régler un problème de plomberie aussi élémentaire sembla le rassurer. Il s'en alla et dès qu'il parvint dans le couloir, j'agis sans cogiter davantage. En quelques mouvements fluides, je m'emparai du télé-phone livré par le Flambeau, du caisson cryogénique et je laissai tomber ma lettre bien en évidence sur la table basse. Discrètement, je quittai la maison sans que Omar ne remarquât rien et me dirigeai vers la voiture. Je pénétrai dans l'habitacle, et sans prendre la peine de m'attacher, je la démarrai et mis pied au plancher. Les pneus crissèrent et j'évitai de justesse la poubelle sur le trottoir. Je jetai un œil au téléphone à carte prépayée sur le siège passager.

      Il était encore trop tôt pour que je les contacte. Cela mettrait en danger Omar et le docteur. Je devais leur laisser le temps de réaliser. Le temps de lire ma lettre. Elle était courte mais chaque mot sonnerait comme une trahison, comme un coup de poignard planté dans leur dos. Je n'avais pas réfléchi outre mesure en couchant les mots sur le papier, pourtant ils s'étaient inscrits dans ma mémoire et refusaient de disparaître tout à fait :

« Je ne veux pas que la Flamme leur appartienne. Son pouvoir est à moi. Je n'aime plus Omar. Je ne ressens rien pour lui, et entre la Flamme et lui, je choisis la Flamme. Désolé. »

*

Prendre l'autoroute se révéla moins stressant que je ne l'aurais imaginé. J'étais certes un conducteur jeune et inexpérimenté, mais en comparaison à ce que je vivais actuellement, m'engager sur une trois voies semblait un jeu d'enfants. Il devait être aux alentours de 14 h d'après la position du soleil dans le ciel, mais je m'en assurai en consultant le portable sur le siège passager. La Flamme, toujours dans son caisson, n'avait rien perdu de sa superbe. Avant de me rendre directement au Flambeau, il convenait de la mettre en sécurité. Bien sûr, j'aurais pu la déposer dans une forêt sur le bord de la route où elle aurait peu de chance d'être trouvée, mais je souhaitais qu'elle soit sauve dans un lieu qui la rattachait à moi. Je n'aurais su expliquer d'où venait ce désir illogique mais la Flamme se montrait trop précieuse pour l'abandonner dans un endroit quelconque. Il fallait en plus que je sois en mesure de la retrouver si besoin, or je me mentais à moi-même. Il était impensable que je la récupère un jour.

Regagner la petite masure dans laquelle nous avions séjourné Omar et moi allait me faire bifurquer quelque peu de l'itinéraire vers Dalico. Toutefois, je n'inventoriai pas d'autre zone où la conserver. Je roulai jusqu'au point de repère qui nous avait permis d'apercevoir l'entrée du chemin, désolé, inaccessible et inhospitalier. Le sentier, toujours aussi pentu, m'arracha une grimace au moment où le véhicule cahota. Un pincement au cœur me figea lorsque j'aperçus au loin la voiture de Omar, que nous avions laissée là.

Désormais privé de la Flamme, je ne visualisais plus autant de défauts dans l'habitation, ma vision inhumaine s'étant définitivement évanouie. N'importe qui aurait réalisé que le territoire avait été habité récemment et que ses occupants avaient été contraints de partir dans la précipitation. De la vaisselle sale s'entassait encore dans l'évier et des couvertures froissées étaient tirées grossièrement sur le canapé défoncé. Même sans mon odorat surdéveloppé, je flairai la fragrance de Omar. Il avait imprégné l'air, combattant l'humidité résiduelle et le bois pourri. Il était partout. Je souris en observant la boîte de dominos posée sur le coin du fauteuil et j'y dissimulai le caisson. N'ayant plus aucune raison de rester ici, je me hâtai de sortir.

Plutôt que de me retourner pour jeter un dernier regard sur la Flamme, je pris une profonde inspiration pour humer *son* parfum.

*

De retour sur la route, je commençai à paniquer. Mon plan partait du principe que j'aurais une chance insolente doublée à un coup de bluff inattendu. J'oubliai néanmoins que je ne connaissais rien sur le

Flambeau, ni sur leur laboratoire. Une fois que j'aurais réussi à m'introduire clandestinement à l'intérieur (si je réussissais), comment allais-je me repérer dans ce dédale ? Comment allais-je localiser la mère et la sœur de Omar ? Et si quelqu'un me découvrait avant, comment pourrais-je agir sans la puissance de la Flamme ? Il était désormais trop tard pour faire machine arrière, cependant.

    Je me rapprochai dangereusement de Dalico et je comptais sur la providence pour tomber sur le centre commercial abandonné. Il faudrait vraiment une malchance terrible pour qu'il y en ait deux dans la même ville. Un instant, je songeai à ma poisse légendaire... et réprimai un frisson le long de mon échine. Alors qu'il me restait encore une petite heure de route avant d'atteindre ma destination, je m'arrêtai sur une aire de repos miteuse et m'emparai du téléphone. Dans le répertoire, un seul numéro très long y figurait. Il se composait de chiffres et de symboles étranges, et je craignis qu'il ne fonctionnât pas. Le réseau était singulier aussi, inconnu à mes yeux. J'imaginai que le but consistait à ne pouvoir ni localiser, ni être localisé. Tremblant, j'appuyai sur la touche « appel » et attendis que la sonnerie démarrât. Au bout d'un long moment de silence, une voix décrocha, m'arrachant un mouvement de panique :

— Nous serons là bientôt, *docteur*, dit une femme de manière neutre.

À croire que je l'appelais pour m'assurer qu'il n'y avait pas trop de circulation.

— Je suis Lucas Foques, déclarai-je en essayant d'avoir un ton ferme.

Un silence. Je n'entendis plus rien et vérifiai que j'étais toujours en communication.

— Je suis navrée que nous ayons dû à en arriver à de telles extrémités, finit-elle par lâcher.

Je reconnus les inflexions de cet organe haut perché. La femme blonde que j'avais déjà rencontrée par deux fois, une certaine Sandra d'après le docteur. La sous-directrice du Flambeau.

— Vous vous êtes donné tout ce mal pour rien, avouai-je en tentant de maîtriser le tressaillement dans ma gorge.

Sandra ne répondit pas tout de suite, elle sembla boire mes paroles, avide de savoir ce que j'allais lui révéler. Elle alla droit au but, sans s'épancher en des explications fumeuses et j'eus le plaisir de constater que nous utilisions les mêmes procédés.

— J'espère pour vous que le docteur a retiré la Flamme, me menaça-t-elle. Dans le cas contraire, votre Omar ne s'en remettra pas.

Elle avait insisté sur le prénom de Omar et les conséquences sous-jacentes me terrifièrent. Je fermai les yeux pour me concentrer davantage.

— C'est le cas. Mais vous ne l'aurez pas.

— Nous n'avons que faire de l'Enflammeur, cracha-t-elle dans un mépris insoutenable.

— Vous m'avez mal compris. Quand je dis que vous ne l'aurez pas, je parlais de la Flamme.

— Vous n'êtes pas en position d'exiger quoi que ce soit, trancha-t-elle.

— Vous ne m'avez toujours pas compris. Je n'exige rien. J'informe.

Visiblement, je l'avais prise par surprise, ce qui me donna un peu d'espoir.

— Je ne crois pas que la mort de votre Enflammeur et de toute sa famille vous ferait plaisir, n'est-ce pas ? attaqua-t-elle.
— Vous vous trompez. Je n'ai plus la Flamme en moi. Je n'ai que faire de Omar. Tuez-les tous, si cela vous chante. Mais je la garde pour *moi*.
C'était étrange, mais même sans voir mon interlocutrice, je sentis que je l'avais mouchée. Avant qu'elle ne puisse réagir, je raccrochai.

La phase une de mon plan était désormais enclenchée. La deuxième étape consistait à me rendre au laboratoire, et tenter de survivre, encore une fois.

Chapitre 23 : Le sauvetage

Mon plan était d'une simplicité enfantine, quoique complètement fou et dangereux. Je partais du postulat qu'en me retirant la Flamme, tous croiraient que je n'éprouverais plus rien pour Omar, moi y compris. Sauf qu'il s'agissait d'une grossière erreur. J'ignorais la cause exacte, mais j'étais toujours épris de lui, d'une façon certes très différente, pourtant je restais à peu près sûr que c'était ça d'être amoureux. Or, si tous s'accordaient sur la perte totale et définitive de mon amour pour Omar, pourquoi ne pas leur donner raison ? De cette façon, la vie de ce garçon, son bien-être, ses sentiments, sa famille, n'avaient plus aucune importance pour moi.

Même le Flambeau serait forcé d'admettre cette logique implacable. Pourquoi voudrais-je leur remettre ma Flamme alors que je n'obtenais en échange qu'une compensation dont je ne tirais aucun profit ? Qui se priverait d'une entité mystérieuse et surhumaine pour sauver la famille de quelqu'un dont il se fichait désormais éperdument ? Une personne altruiste sans doute, mais pas dans ma réalité. Sandra allait donc se rendre chez le docteur pour s'assurer de mon absence, et je priai sincèrement qu'ils aient suivi mon conseil et se soient enfuis dans les plus brefs délais. S'apercevant que je n'avais pas menti —pas sur ce point du moins—, elle reviendrait au laboratoire tout en prévenant ses collègues de ma défection.

Sauf que pendant ce temps, je serais passé avant elle. J'espérais que le laboratoire serait moins sécurisé après l'appel de Sandra : quel intérêt de protéger les proches de Omar alors que théoriquement, je n'en avais plus rien à faire ? Avec un soupçon de chance supplémentaire, je comptais également leur monter un autre coup de bluff : les persuader que je possédais encore la Flamme en moi, une fois qu'il serait trop tard, une fois que j'aurais réussi à pénétrer à l'intérieur. J'osais souhaiter qu'ils ne me tueraient pas pour deux raisons : la première, parce qu'ils ne pourraient pas. Un Enflammé est quasiment indestructible, selon le docteur. La deuxième, parce que je les intéresserais, encore et toujours. Je représentais ce qu'ils recherchaient depuis des décennies. Ils ne voudraient pas gâcher cette opportunité, surtout pas après avoir essuyé un énième échec.

    J'avais conscience que la réussite de mon plan contenait beaucoup de paramètres hasardeux, or je devais le tenter. Omar et le docteur ne m'auraient pas soutenu. J'aurais pu essayer de convaincre le premier, mais nous aurions perdu un temps précieux. Omar en revanche, c'était impossible à envisager. Il m'aurait accusé, à juste titre, de privilégier la Flamme à sa famille, à lui. Or il lui était impossible de songer que la Flamme et lui étaient en réalité la même chose. Si je l'abandonnais elle, je l'abandonnais lui. Je ne pouvais m'y résoudre.

*

    Un panneau de sortie m'indiqua que la prochaine voie conduisait à Dalico. J'étais arrivé plus vite que prévu et le stress ne désemplit pas. Je savais par expérience que cette ville n'était pas vaste, je l'avais visitée autrefois avec ma famille. Mon caractère casanier ayant jugulé chez ma mère ses inclinations pour les voyages, nous ne quittions que rarement le territoire national. Malheureusement, je ne conservais qu'un souvenir flou de la configuration des lieux et seul le nom ravivait en ma mémoire des sensations primaires plutôt que des images éparses. À présent, Sandra devait être sur le chemin du retour, folle de rage et bien décidée à élaborer un nouveau plan pour mettre à terme son sinistre dessein. A moins qu'elle n'était partie à la recherche de Omar ou du docteur... C'était peu probable pour l'heure mais je priai pour qu'ils aient pu s'enfuir à temps et qu'ils soient bien cachés.

  J'accélérai et pénétrai dans les abords de la ville. Le soleil dardait à l'horizon, sans aucun nuage pour faire remparts à ses rayons obliques. La lueur automnale arborait des couleurs chaudes et jaunissait les maisons aux murs d'un blanc laiteux. Je baissai le pare-soleil et tentai de me concentrer. Je parcourus quelques grands-rues à la recherche d'un magasin laissé à l'abandon. Il ne devait pas s'agir d'une supérette tout de même ! Je repensai aux mots employés par le docteur « un grand magasin alimentaire ». Il se trouvait forcément au centre de la ville, et non en périphérie.

  Je m'insérai dans une deux fois deux voies, persuadé de situer le bâtiment. Je possédai une autre information et pas des moindres : un incendie avait ravagé les lieux. Instinctivement, je me mis en quête de fumée, comme si la bâtisse était encore en flammes. Je regardai de nouveau l'heure. Cela faisait déjà quinze minutes que je tournais en rond, m'apercevant que j'étais déjà passé par là en arrivant. Maudissant ma malchance légendaire, je m'arrêtai sur le bord d'un trottoir en toute illégalité. Il fallait que je demande de l'aide auprès d'un habitant. Quel risque courrais-je ? Personne ne devait soupçonner que le magasin avait été investi par une organisation criminelle, ou du moins le

Flambeau avait dû tout mettre en œuvre pour les en éloigner. Avec un frisson, je m'imaginai un malheureux pénétrer dans leur lieu de retraite par pure curiosité... et en subir les conséquences. Je repérai un homme âgé qui déambulait sur le trottoir. Mon véhicule lui barrerait le passage dès lors qu'il serait à proximité. Voyant là un coup du destin, je sortis de l'habitacle et l'abordai :
— Excusez-moi. Je cherche une boutique de... jeux vidéos.
C'était la première chose qui m'avait traversé l'esprit. Le vieillard m'observa, possiblement effrayé par ma voiture garée de travers et mon expression de folie.
— Elle se situe près d'un magasin qui aurait brûlé, rusai-je.
Je ne tenais pas à lui dire que je visai précisément ce bâtiment calciné.
— Oh ! comprit l'inconnu, visiblement rassuré que je n'en voulusse pas à son porte-feuille.
Il est vrai que j'avais conservé ma carrure d'athlète.
— C'est de l'autre côté de la ville, juste avant de sortir de Dalico, au nord. Mais je ne crois pas qu'il y ait autre chose que ce magasin, précisa-t-il songeur.
— Il s'agit sans doute d'une erreur, répondis-je à la hâte avec un sourire feint. Merci.
Avant qu'il n'ait pu répliquer, je regagnai le siège conducteur et continuai plus loin. De toute évidence, je m'étais trompé sur la position supposée de ce magasin. Je poursuivis mon chemin plus au nord comme indiqué par le vieil homme et arrivai dans une partie de la ville plus ancienne. La circulation devint moins dense et mon estomac se desserra, comme si tout danger s'écartait enfin alors que je plongeais justement en plein dedans. Avant même d'avoir rejoint les abords de la

ville, je l'aperçus immédiatement. Il était difficile de le manquer. Il s'agissait d'un simple magasin de ravitaillement dénué de toute immensité dans son envergure mais sa façade noircie sur toute la surface tailladait le panorama par son glacis fuligineux. Le logo de l'enseigne, reconnaissable malgré quelque lettres disparues, émergeait encore de la charpente, bien qu'à moitié carbonisé et bancal.

 En m'approchant, je constatai que toutes les vitres étaient couvertes de suie, et des débris jonchaient le sol par ailleurs inégal. J'allais avoir du mal à ne pas me casser la figure sans la Flamme pour me guider. Je longeai le bâtiment, l'observant attentivement tout en veillant à ne pas emboutir la voiture qui me précédait. Je repassai une deuxième fois devant, tentant de repérer une issue. Il n'y avait pas âme qui vive face aux portes principales, dont le verre était fracassé et permettrait une entrée libre. Y avait-il réellement un laboratoire caché à l'intérieur ? D'instinct, j'aurais affirmé que non. Mais il fallait que j'en aie le cœur net.

*

 Il paraissait clair que la volonté du Flambeau consistait à ne pas attirer l'attention sur leur laboratoire. Aucune personne sensée n'aurait eu l'idée incongrue de pénétrer à l'intérieur de ces murs calcinés, rongés par la suie et d'une fragilité déconcertante. Il était à peine croyable que le bâtiment tienne encore debout. Pourtant, pour m'y aventurer, il n'était pas question que j'emprunte l'entrée principale. Je garai ma voiture sur un parking plus loin et me dirigeai d'un air innocent vers ma destination. Je marchai avec une lenteur délibérée afin d'observer quel passage était le plus judicieux.

Je contournai les lieux, feignant être absorbé par mon téléphone antédiluvien et je repérai une ancienne issue de secours qui tenait péniblement sur ses gonds. Comme je n'entrevoyais pas d'autres solutions plus intelligentes, j'enjambai le muret sur ma gauche et me plaquai dans l'encadrement de l'issue visée. De là, je recherchai vainement la présence éventuelle de caméras de surveillance, mais je fis chou blanc. Prenant une profonde inspiration, saccadée par la terreur qui me gagnait, je fis pression de tout mon poids sur le battant et entrai dans le bâtiment. Le bruit de la lourde porte en ferraille se répercuta dans l'antre du magasin.

Des lueurs chiches provenaient de quelques fenêtres sur les façades hautes, épargnées par endroit par l'opacité de la fumée. Il n'y faisait pas noir comme dans un four ainsi que je me l'étais représenté, mais la lumière qui zébrait tout l'espace rendait l'intérieur plus inquiétant encore. Mes yeux s'habituèrent néanmoins assez vite à la pénombre et je distinguai deux énormes pièces de part et d'autre de moi. En face, un grand espace encombré par des rayonnages vides gâchait la vue. Les étagères semblaient atteindre le plafond, et je soupçonnai avec frayeur que des membres du Flambeau s'y tapissaient peut-être, un couteau à la main, prêts à m'égorger. Il était encore temps de faire demi-tour mais je m'y refusai. Je n'avais pas fait tout ceci pour rien. Il fallait que ça se termine.

Je tendis l'oreille, et des rumeurs de faible intensité vinrent parasiter le silence absolu. Il y avait bien des gens ici. Je humai ardemment l'air ambiant, tentant d'obtenir des informations grâce aux molécules qui parvenaient jusqu'à mes narines, mais l'odeur de la poussière et du plastique brûlé phagocyta mon odorat, redevenu insignifiant. Avec dépit, je songeai à mes capacités si la Flamme siégeait en moi. N'ayant plus aucun prétexte pour rester ici, j'évoluai prudemment, me concentrant sur les voix humaines que j'avais entendues. Elles provenaient de loin, quelque part sur ma gauche. Je profitai des rayons encore debout pour avancer, me faufilant comme dans un labyrinthe, ne comptant que sur les sons pour me repérer. Bientôt, les sons qui n'étaient qu'un murmure devinrent plus audibles. S'agissait-il de la sœur et de la mère de Omar ? Je perçus un éclat de rire, suivi d'un nouvel échange. Non. Cette cacophonie émanait assurément des membres du Flambeau. Je devais en avoir le cœur net.

Je poursuivis mon périple, enjambant les quelques étagères tombées au sol, essayant de me mouvoir dans le plus grand des silences. Je parvins à un autre couloir, comme celui par lequel j'étais arrivé et j'allai m'y mettre à l'abri. Les voix provenaient de la salle à ma gauche. Une porte de fortune y avait été accrochée. Sous les interstices, je distinguai un trait de lumière. Pas à pas, je m'approchai et collai mon oreille contre la paroi. Des discussions me parvinrent. Avec stupeur, je constatai de nombreuses inflexions. Ils devaient être une bonne trentaine au vu de la rumeur des conversations ! Par chance, pas un seul ne montait la garde, ou alors, je ne l'avais pas encore aperçu, ce qui signifiait sûrement qu'il n'avait pas trahi ma présence non plus. Alors que j'allais repartir, un mot retint mon attention :

— ...l'Enflammeur. Sans lui, posséder la Flamme n'est pas vraiment utile. Comment pourrons-nous l'étudier sans avoir la possibilité de la toucher ?

— Nous pourrons faire des tests, quand même, répondit une autre voix.
— Pas utile ! surenchérit un timbre, féminin cette fois. Vous êtes novices et cela se voit. Disposer de la Flamme nous offre de telles opportunités... L'uranium non plus ne pouvait l'être, et regardez ce pour quoi on l'utilise !
— Oui, d'ailleurs Marie Curie te passe le bonjour, balança son interlocuteur d'un ton sarcastique.
Visiblement, il s'agissait de simples scientifiques, pas des hommes de main du Flambeau. Cela dit, eux seuls apportaient la connaissance sur la Flamme, les gardiens se contentaient d'obéir aux ordres. Les premiers étaient les plus dangereux, les plus avides d'explications. Je ne pouvais supporter qu'ils parlent de la Flamme comme d'une substance chimique quelconque. Tout ceci m'amenait à une même question : des scientifiques étaient-ils en charge de cet enlèvement ? Il était clair que les proches de Omar ne gisaient pas dans cette pièce, à disposition de toutes sortes d'informations sur la Flamme.

Je passai devant la porte et longeai le mur lorsqu'une voix plus autoritaire s'éleva dans la rumeur des conversations :
— Mme Bombero ne devrait pas tarder. Elle souhaiterait tous nous voir en salle de réunion, alors laissez vos travaux où ils en sont et rejoignez-vous en haut.
Je paniquai aussitôt et priai pour qu'il n'y ait qu'une seule sortie, de crainte de tomber sur eux lors de mon escapade. Je décidai de rebrousser chemin et de me tapir dans un recoin le temps qu'ils quittent la pièce. De toutes évidences, le bâtiment possédait un étage et tous

les membres du Flambeau y conflueraient dans quelques instants. Cela me permettrait de fouiller le rez-de-chaussée à la recherche des otages, en espérant ne pas faire de mauvaises rencontres entre temps. Il était évident que la mère et la sœur de Omar ne se trouvaient pas dans cette fameuse salle de réunion. Si Sandra Bombero était sur le chemin du retour, je n'avais plus une minute à perdre. Je rongeais mon frein en attendant que les scientifiques quittent le laboratoire et je poussai un soupir de soulagement quand la porte s'ouvrit finalement.

Une foule éparpillée apparut, la plupart vêtue d'une blouse blanche. Je fus néanmoins incapable de distinguer leurs visages de mon point de repli. À présent, le martèlement de leurs pieds claqua à mes tympans, ils évoluaient sur une surface métallique, laquelle renvoyait un bruit sourd à chaque foulée. Lorsque le dernier individu émergea enfin du laboratoire, je me tins prêt à pénétrer à l'intérieur. Je laissai passer une minute par sécurité et finis par quitter ma planque. Je tendis de nouveau l'oreille, plaquant ma tête contre la porte afin de vérifier que la voie était bien libre. Je me sentis gauche et particulièrement handicapé sans les glorieux effets de la Flamme.

À l'étage, des rires fusèrent. Comment pouvaient-ils s'amuser ainsi alors qu'ils perpétraient les pires horreurs sur de parfaits innocents dans le seul but d'obtenir ce qu'ils convoitaient ? Ils ne devaient pas savoir, tentais-je de me persuader. Ils ne s'occupaient que de la partie scientifique du phénomène... Je pris mon courage à deux mains et ouvris la porte. En une seconde, je fus à l'intérieur et j'avais refermé le battant sans même vérifier une quelconque présence. Par chance, tout le monde avait déserté les lieux. Mes yeux mirent un moment à s'habituer à l'obscurité, mais je ne voulais pas allumer la lumière au risque de me faire repérer. Des formes étranges se dessinaient dans la pénombre et je discernais péniblement de longues paillasses posées de manières irrégulières. Comment pouvaient-ils étudier le phénomène de la Flamme dans des conditions aussi précaires ? Même à l'université de Rocal, nous bénéficiions de meilleures commodités ! Je parcourus la totalité du laboratoire en quelques enjambées. Les scientifiques travaillaient les uns sur les autres, sans se préoccuper des règles de sécurité élémentaires. Virevoltant sur moi-même, je me rendis à l'évidence : les deux personnes que je cherchais n'étaient pas dans cette pièce, ainsi que je l'avais deviné. Inutile de rester ici plus longtemps donc.

J'étais sur le point de poursuivre ma mission de sauvetage quand quelque chose retint mon attention. Sur le mur du fond, fixée au-dessus d'une lourde table, une forme cylindrique sembla flotter dans les ténèbres. Intrigué, je m'approchai un peu plus, plissant les paupières afin d'en dégager les contours. Il s'agissait d'une gigantesque cuve aux parois en verre, remplie d'un liquide translucide, sûrement de l'eau et je me demandai pourquoi ils conservaient cet énorme bidon d'une façon aussi singulière. Je repris mes esprits, me rappelant mon objectif principal lorsqu'un mouvement furtif me fit m'arrêter une fois de plus. Il y avait quelque chose à l'intérieur ! Un filet de sueur dégoulina dans mon dos. Je m'approchai. À présent, mon nez touchait presque la surface de la cuve tant ma curiosité

était piquée au vif. Je distinguai dans la pénombre une substance qui nageait dans le liquide glacial. Ma peau frissonna au contact du verre. La masse était plus sombre que le contenu dans lequel elle dansait. Je n'aurais su dire dans quel état se trouvait cette essence singulière, à mi-chemin entre le liquide et le gazeux. Lorsqu'elle demeura un instant immobile dans la cuve, je tentai d'en démêler sa forme mais sans succès. Elle était sans cesse parcourue d'ondulations orageuses, d'infimes tremblements. Je l'associai automatiquement à quelque chose d'autre dans mon esprit. Le feu.
Ou plutôt une flamme. Ils essayaient d'en créer une artificielle.

*

Sans en connaître la raison exacte, je fus soudain dégoûté par ce que je voyais. Il était évident qu'ils n'avaient pas réussi à créer une Flamme identique à la mienne, je doutais d'ailleurs que cela fût possible, mais la réalité de cette substance artificielle malmenée ainsi me donna une bonne indication sur le traitement qu'ils administreraient à l'originale. La simple vision de cette chose enfermée dans la cuve et laissée à l'abandon légitima ma présence ici. Ce n'est pas seulement la famille de Omar que j'allais sauver. J'allais la sauver elle aussi.

J'avais perdu suffisamment de temps à contempler cette invention malsaine mais je me refusai à partir sans explorer davantage le laboratoire. Sous la cuve, de nombreux produits étaient conservés dans de grands bacs à l'air libre. Je me retins de plonger mes mains dans les différentes poudres qui remplissaient chaque récipient dans des quantités démesurées. Il aurait été idiot de m'infliger une blessure chimique sous motif de la curiosité. Je me penchai en avant pour humer l'odeur de chaque composant, mais mon odorat ne m'apportait plus les renseignements susceptibles de m'indiquer la nature de ces produits. Des étiquettes grossières étaient scotchées de manière aléatoire et je pus en lire quelques-unes dans l'obscurité : cérium, praséodyme, samarium... Tous ces éléments appartenaient à la catégorie des lanthanides, dont les propriétés étaient diverses mais l'une d'elle retint mon intention. Au contact d'éléments chimiques extérieurs, ces produits étaient hautement explosifs, aucun scientifique digne de ce nom ne pouvait l'ignorer. Ils préparaient une bombe. Je ne voyais pas d'autres explications. Mais à quel dessein ? Je reculai à la recherche d'autres indices, subjugué par les informations dissimulées çà et là et qui pouvaient alimenter les questions dont je désirais tant les réponses. Je repérai un vulgaire carnet de notes que je m'empressai de feuilleter lorsqu'une porte claqua. Le bruit me sortit de ma frénésie de recherches.

Je n'étais pas ici pour ça. Je devais progresser encore dans le bâtiment et faire ce que j'étais venu accomplir. Je retournai devant le passage par lequel j'étais entré et collai de nouveau mon oreille contre le bois. Pas un son ne me parvint. N'ayant aucune raison de rester ici, je l'ouvris lentement et quittai la pièce.

Je passai devant la porte et longeai le mur. Au loin, trois nouveaux locaux se dessinèrent. À chaque fois, je m'assurai qu'aucun bruit ne provenait de l'intérieur, mais apparemment, seule la salle précédente était occupée. Tout ceci me parut étrange, illogique mais je n'avais pas le temps de m'en préoccuper. La première des trois pièces étant vrai-semblablement vide, je tentai de l'ouvrir et actionnai la poignée. Dedans, des débris d'objets indistincts jonchaient le sol. Une grille d'aération tout en haut à droite rendait l'atmosphère respirable et une grosse canalisation parcourait les plinthes puis remontait jusqu'au plafond. Dans la deuxième, je pénétrai dans une salle avec deux grandes tables sur laquelle trônaient des microscopes et autres instruments scientifiques. Je brûlais de curiosité de consulter les registres, stockés sur un bureau dans le coin, mais l'heure n'était pas à la déformation professionnelle. Dans celle-ci aussi, une canalisation de fortune s'étendait sur un mur et voyageait dans les autres pièces accolées.

La troisième salle était fermée à clé. Étrange. Se pouvait-il que les otages se trouvent ici ? J'écoutai plus attentivement à la porte mais aucun son ne provenait de l'autre côté. J'avais déjà exploré toute la partie visible à l'ouest, il ne me restait plus qu'à m'occuper de la face est. Je retournai dans le dédale du rayonnage, passant par une petite allée lorsque je repérai une lumière forte qui manqua de m'aveugler. Aussitôt, je me baissai et me blottis derrière une caisse imposante. Le faisceau balayait l'espace et je compris qu'il s'agissait d'une personne armée d'une lampe torche. Je pris le téléphone et regardai l'heure. J'avais perdu énormément de temps. Si Sandra avait décidé de revenir ici, elle ne devrait plus tarder. Je patientai jusqu'à ce que l'homme s'éloigne, et lorsque le danger fut écarté, je me mis à avancer à quatre pattes, foulant la poussière et les morceaux de métal tombés au sol. Dès que la lueur électrique illuminait l'obscurité, je disparaissais derrière le premier abri à proximité.

Au fond, deux pièces attenantes me firent face. Je me faufilai dans la première sans demander mon reste et refermai derrière moi. Un trou dans le toit permettait d'y voir plus que de raison. La pièce était encore vide, hormis une canalisation parcourant les plinthes comme dans les précédentes. Sur le mur de droite, une porte communicante facilitait l'accès à la salle d'à côté. Je pouvais donc m'y introduire sans avoir à ressortir. Je m'engageai à l'intérieur et fus pris de panique en constatant qu'elle était déserte. Où se trouvaient-elles ? Le docteur avait-il vu juste en supposant qu'elles étaient tenues captives ici, dans leur laboratoire de fortune ? Le paramètre chance n'était désormais pas en ma faveur, j'étais parti sur la base d'une simple hypothèse. Une odeur de gaz me donna la nausée. Il fallait que je sorte de cette pièce avant de tourner de l'œil. J'actionnai la poignée de la porte, l'ouvris et reçut un faisceau de lumière en plein dans les yeux :
— Que faites-vous ici ? m'enjoignit le traqueur à la lampe torche.

*

Mon premier réflexe fut de prendre la fuite, puisque je n'avais plus la Flamme pour me protéger et qui sait ce que cet homme possédait en plus de sa lampe ? Je virevoltai et courus à toute hâte dans la zone que je n'avais pas encore inspectée.
— Hé ! me héla-t-il en braquant le pinceau de lumière sur moi.
Il s'élança à ma poursuite et je l'entendis déblatérer des propos inintelligibles, accompagnés d'un grésillement familier. Lorsqu'une autre voix hachée me parvint, je paniquai à l'idée qu'il eût été rejoint par un de ses

condisciples. Profitant d'une intersection, je virai sur la gauche dans l'espoir qu'il ne ferait pas de même et pénétrai dans la salle à proximité. À ma grande surprise, elle était meublée et un escalier en colimaçon permettait l'accès à l'étage. N'ayant pas le choix, je l'empruntais, l'oreille aux aguets, lucide dans ma démarche : j'allais me jeter dans la gueule du loup. Un nouveau bruit parasite retentit derrière la porte et j'en identifiai la provenance : il s'agissait d'un vieux talkie-walkie ! Une armada allait me tomber dessus d'un instant à l'autre, avec Sandra comme meneuse des opérations si je tardais trop.

Je gravis les marches une à une, veillant à ne pas me faire remarquer. Je pris conscience que je venais de gâcher ma seule chance de m'en sortir en ayant fui. J'avais prévu de leur tendre un piège, feignant posséder encore la Flamme en moi. Mais en choisissant de battre en retraite, je leur avais livré un indice capital. L'étage était en réalité un couloir échafaudé sur une plateforme qui ceignait l'intégralité du bâtiment. Par-dessus la rambarde, je visualisai l'ensemble de l'ancien magasin. Désormais, de multiples pinceaux de lumière balayaient le périmètre et brisaient l'obscurité. Ils étaient à mes trousses. Et je n'avais toujours pas mis la main sur la famille de Omar. Comment allais-je me tirer de ce pétrin ? Je renonçai à fuir. Je ne partirais pas sans elles. Je progressai sur la plateforme, apercevant une sorte de cagibi de l'autre côté. Peut-être avaient-elles été enfermées à double tour à cet endroit, loin des oreilles indiscrètes ? J'étais sur le point d'y parvenir au moment où un bruit métallique retint mon attention.

Un faisceau de lumière blanche suivit ce cliquetis. Quelqu'un montait dans ma direction.

Apparemment, les escaliers que j'avais empruntés n'étaient pas le seul accès. Je fis demi-tour, désireux de regagner les marches que je venais d'escalader lorsque deux hommes s'avancèrent vers moi. J'étais pris au piège, coincé des deux côtés, sans aucune issue.

— Restez où vous êtes, m'ordonna l'un d'entre eux.

Les deux qui se rapprochaient de guingois étaient munis d'un revolver rudimentaire avec lesquels ils me tenaient en joue. L'engin me fit frémir. Allais-je mourir ainsi ? Pulvérisé par les balles d'une arme aussi commune sans avoir pu réussir ce pour quoi j'étais venu ? A la hâte, je regardai en contre-bas. Les hommes au niveau inférieur se rassemblaient dans deux orientations opposées, et je compris qu'ils se rejoignaient dans les escaliers disposés à prêter main forte à leurs acolytes. *Ce n'est pas si haut*, me convainquis-je. Je repensai à la fois où j'avais volontairement chuté de la falaise et tentai de minimiser la hauteur de la plateforme. Acculé, je n'eus d'autres alternatives. Je pris appui sur la rampe glaciale et me jetai dans le vide. Quelqu'un cria.

La chute fut courte et douloureuse. Mon cœur battait à la chamade. Je me redressai, sonné mais indemne. L'adrénaline éloignait le mal, pour le moment. Je m'en contentai, j'étais au moins en vie. Pour l'instant.

Alors que j'allais quitter les lieux, un éclair de lumière zébra mon visage et je perçus le chuintement caractéristique d'un barillet. Je fermai les yeux aussitôt, mais l'image de mon interlocutrice eut le temps de s'imposer sur ma rétine. Blonde, petite et les traits affables, je la reconnus sans problème.

— Bonjour M. Foques, me salua Sandra d'un air triomphal.

*

Mon plan n'a servi à rien, pensai-je amer. Qu'avais-je cru ? La Flamme m'avait donné des aptitudes surhumaines, mais sans elle, je n'étais plus rien.

— Où sont-elles ? demandai-je d'un ton qui se voulut agressif.

Il était étrange de ne plus avoir peur de la mort au moment précis où vous risquiez de mourir.

— Qui donc ? me répondit Sandra de sa voix cristalline, les yeux brillants de malice.

— Vous le savez très bien.

Je feignis avoir un quelconque pouvoir dans la conversation, mais je donnai bien le change. J'étais pris au piège et j'avais tout fait rater, nous mettant tous en danger sans aucun résultat. La Flamme serait en sécurité, mais jusque quand ? Serais-je en capacité de résister si le Flambeau menaçait de torturer ou de tuer encore un de mes proches ?

— C'est là que nous ne sommes pas sur la même longueur d'ondes, Lucas. Puis-je me permettre de vous appeler Lucas ?

Ses minauderies incessantes étaient insupportables, terrifiantes, bien plus que l'arme qu'elle tenait fermement entre ses doigts.

— Que voulez-vous dire ?

Un frisson glacé me parcourut. Je réprimai un tremblement dans mes jambes qui avaient du mal à supporter mon poids. Je sentais des bribes d'informations m'échapper, comme les pièces d'un puzzle que je n'arrivais pas à reconstituer.

— Il fallait bien vous motiver, avoua Sandra. Entendons-nous : nous ne rechignons jamais à capturer des gens pour obtenir ce que nous voulons, mais s'ils sont à l'étranger, cela nous est beaucoup plus fastidieux.
— Que voulez-vous vous dire ? répétai-je, coi.
Les soubresauts s'intensifièrent comme lorsqu'on attend une mauvaise nouvelle, que le monde s'effondre autour de nous.
— Je veux dire qu'il est bien plus aisé de manipuler des images que de pratiquer un raft, pouffa-t-elle. Surtout quand nos cibles tombent dans le panneau. Vous vous êtes pris pour le chat dans toute cette histoire, alors que vous n'étiez que la souris.
— Je ne comprends pas, mentis-je.
Car j'avais très bien compris. Je refusai simplement d'admettre la vérité. D'admettre une erreur aussi grossière de notre part à tous, du docteur principalement, lui qui connaissait mieux que nous les agissements du Flambeau.
— Vous ne les avez pas trouvées. Savez-vous pourquoi ?
Alors, je prononçai la phrase qui allait fracasser la dalle assurant une stabilité idéaliste à mon plan suicidaire :
— Parce qu'elles ne sont pas là.
Sans savoir exactement pourquoi, je crus bon d'ajouter :
— Vous ne les avez jamais enlevées.

*

Sandra éclata d'un rire tonitruant, en hochant la tête dans un geste compulsif. *Elle est folle*, songeai-je. *Complètement folle*. Mais elle avait raison. Nous nous étions laissés berner. Mon attitude avait été pire, j'avais poursuivi une chimère, par pur égoïsme. La Flamme ne m'avait pas rendu altruiste, comme je l'avais cru. Elle n'avait fait que renforcer l'un de mes travers. Je me rendis compte que j'avais retenu ma respiration, dans le choc de la nouvelle. J'inspirai et une odeur familière vint de nouveau chatouiller mes narines. Ma décision eut du mal à s'imposer à ma conscience comme une action raisonnable. Il ne me restait plus qu'une seule chose à faire. Ils devaient tous périr, le Flambeau devait être détruit. Si je mourais avec eux, je ne serais qu'un dommage collatéral. Mais étais-je prêt à assumer la responsabilité de la mort de toutes ces personnes, aussi dangereuses soient-elles ? Avec eux dans notre existence, nous ne pourrions plus vivre. Je pensai à Omar, et des crépitements parcoururent l'intégralité de mon corps. Je suis tellement amoureux de lui. Je dois le faire.

— Comment avez-vous fait ? demandai-je à Sandra qui sembla beaucoup s'amuser.

La cause importait peu, néanmoins j'avais besoin de temps pour reprendre mes esprits et me repérer. Car en réalité, ma décision était déjà prise. J'alimentai la conversation.

— Il nous a été très facile de trouver la famille de votre Enflammeur, ou du moins leur identité. Comme nous ne pouvions nous en prendre à elles, nous avons simplement utilisé des photos d'elles. Un véritable jeu d'enfant. Internet a été notre plus fidèle allié, nous n'avons même pas eu à utiliser nos procédés habituels. Vous aussi auriez pu en faire autant.

Si seulement Omar avait tenté de joindre sa famille par acquit de conscience... Mais, croyant qu'elles étaient en train d'être torturées, nous n'avions pas eu l'idée de les contacter. Il était invraisemblable

qu'elles aient conservé leur mobile pendant l'enlèvement. Je devais me rappeler où se situait le laboratoire avec la cuve, mais le stress me fit perdre tous mes moyens. Je craignis que Sandra ne cessât son discours, et je cherchai une idée pour qu'elle poursuivît. Je n'en eus pas besoin car elle continua d'elle-même :
— Vous allez nous conduire à la Flamme, puis vous repartirez tranquillement chez vous.
— Non, lâchai-je, sûr de moi.
— Je vous répète ce que je vous ai déjà expliqué, nous sommes du même côté.
— Je ne crois pas, non !
— Nous voulons en apprendre davantage sur elle, rien de bien méchant.
— D'autres s'y intéressent sans recourir à des moyens comme les vôtres, crachai-je.
— Oh, vous faites sans doute allusion à votre cher ami, M. Malef Jean-Paul ?
Je n'appréciai pas son ton. Elle laissa sous-entendre quelque chose qui m'échappa encore, et je ne pus réfléchir davantage à mon plan de la dernière chance. Les hommes étaient descendus pour la plupart et se tenaient derrière elle, immobiles.
— En effet, répondis-je.
— Détrompez-vous à son sujet, me lança Sandra. Il n'est pas aussi fiable que ce qu'il prétend.
À présent, son air affable était supplanté par une expression sérieuse et menaçante.
— Je sais déjà tout sur lui, précisai-je histoire de la moucher.
— J'en doute fort, ricana-t-elle, d'un air méprisant.
— C'était lui aussi un Enflammé, m'emportai-je. Vous croyez m'apprendre quelque chose ?

Elle fit une pause et s'avança d'un pas. Tous mes sens se mirent en alerte. Au moment où elle reprit la parole, ce n'est pas son revolver que je regardai. Elle l'avait abaissé, pour mieux plonger ses yeux bleus délavés dans les miens :
— Savez-vous que c'est lui qui nous a communiqué l'identité de votre Enflammé ?

*

Je restai interdit pendant un temps, puis je me retins de m'esclaffer. Tout ceci était ridicule, absurde. Cela n'avait aucun sens. Elle proférait des mensonges dans le seul but de m'amadouer. Mais pourquoi le ferait-elle cependant ?
— Je ne vous crois pas, lançai-je, avec assurance.
Elle fit un nouveau pas en avant, et mes muscles se bandèrent. Mon issue était à droite, j'en avais désormais la certitude. Mais elle impliquait ma mort éventuelle. À la vérité, je préférais mourir avec eux, plutôt que de mettre la vie de Omar en danger. La Flamme serait sauve également. C'est tout ce qui m'importait.
— Vous vous leurrez, murmura-t-elle à mon intention. Le monde ne se divise pas en gentils et en méchants. Il ne s'agit que d'un agglomérat où chacun tente de tirer la couverture à lui. Nous sommes égoïstes par essence.
Comme si je l'ignorais. Comme si je n'étais pas moi-même un monstre d'égoïsme. Mon acte désespéré contrebalancerait peut-être ce défaut de ma personnalité, et on ne retiendrait que mon sacrifice.
— Je serais curieuse de connaître les véritables projets de votre ami, souligna Sandra en esquissant un sourire.

— Vous n'avez qu'à le lui demander, répondis-je en en amorçant un mouvement de tête derrière elle.

Surprise, elle détourna la tête et je profitai de cet instant pour prendre mes jambes à mon cou. Je me jetai dans le rayon d'à côté et piquai un sprint jusqu'au laboratoire qui avait retenu mon attention. Les hommes derrière Sandra ne m'avaient pas lâché du regard et je fus étonné de ne pas être déjà mort.

— Ne le tuez pas, ordonna Sandra. Lui seul sait où elle est. Blessez-le mais gardez-le vivant.

Ils avaient besoin de moi. Ils me laisseraient en vie. Mais je nous tuerai tous.

J'entendis la foule se précipiter à mes trousses. Sandra semblait être restée à sa place, ne désirant pas se salir les mains dans cette course poursuite. Je pénétrai dans la salle, en laissant volontairement la porte ouverte. *Venez*, pensai-je en moi-même. *Venez ici, je vous y attends !* Ma patience fut très vite récompensée. Une dizaine de revolvers furent pointés sur moi.

— Plus un geste ! me cria l'homme devant. Je n'hésiterai pas à faire feu !

Je reculai prudemment vers la cuve jusqu'à en avoir le dos collé contre le mur. À tâtons, je m'assurai de la présence des bacs contenant le cérium. Les assaillants s'avancèrent vers moi, le canon de leurs armes toujours braquées dans ma direction. L'un deux sortit des menottes de sa poche. Je tendis les mains vers l'avant, faisant mine de me rendre. L'un d'entre eux s'approcha de moi, et en un éclair, je bondis sur le côté afin de me pelotonner sous la paillasse, priant pour que la cuve pleine d'eau soit suffisamment fragile pour céder sous l'impact d'une balle. Je ne connaissais que trop bien la réaction du cérium lorsqu'il était mouillé. Mon assaillant, surpris par mon embardée, pointa le canon de son arme vers mes jambes et ouvrit le feu. Ce fut une balle perdue.

À la place, tout explosa.

Chapitre 24 : La trahison

Lorsque j'avais huit ans, on m'avait opéré des amygdales. Une simple intervention chirurgicale qui n'avait pas excédé trente minutes mais qui avait eu le don de me pétrifier car j'appréhendais l'anesthésie générale. Au final, quand le produit avait pénétré dans mes veines, je m'étais senti tomber dans les ténèbres, sans avoir la possibilité de paniquer : la rapidité de l'inconscience ne m'en avait pas laissé le loisir, et mes paupières s'étaient alourdies sans que je m'en aperçusse.
Je ressentais exactement la même chose à cet instant, tout avait disparu brutalement et un pan de la réalité s'était effondré pour me plonger dans l'obscurité. Le temps s'était étalé de manière ineffable, comme lors d'une nuit sans rêve ni réveil. De temps à autre, j'entrevoyais un éclair de couleur ou une vibration sonore sans que je ne puisse en saisir l'origine. Je retombais aussitôt dans la langueur de l'inexistence.

Puis plus tard, ces sensations me parurent plus saisissables. Un long fil d'images et de lumière se déroula dans ma tête. Ma mémoire revenait ! Tout était encore flou et indistinct, mais en intensifiant mes efforts, je sortirais de cet imbroglio mystique.

Une machine émettait un bip-bip régulier dans mon espace proche, bien que je ne pusse en déterminer le périmètre. Des pas claudiquant brisèrent eux aussi le silence environnant. Un vrai raffut, par rapport au néant auditif précédent. Des senteurs de produits sanitaires me brûlèrent les narines. Une lourde étoffe retenait mon corps de s'envoler. Mes doigts bougèrent. Le contact

avec le drap m'évoqua une peau satinée. L'odeur d'alcool me rappela une scène, il y a des millions d'années. Moi, soignant un garçon que j'aimais. Que j'aime encore. Dans la cécité de mon imagination, une lumière m'éblouit et un visage apparut. Son visage. Omar.
J'ouvris les yeux.

*

— Il est réveillé, entendis-je.
J'étais manifestement dans une chambre d'hôpital. Outre les indices précédents, le blanc immaculé des murs et du plafond et l'éclairage angoissant achevèrent mes conclusions. Je battis des paupières à plusieurs reprises pour m'habituer à la clarté. Des mouvements vinrent troubler mon réveil puis une main saisit fermement mon poignet et le secoua avec vivacité.
— Lucas ? Lucas, comment te sens-tu ?
La voix de ma mère tentait sans succès de contenir son hystérie. À présent, les contours de la pièce m'apparurent plus nets. Il me fallut quelques secondes pour discerner le visage maternel, penché sur moi, une expression tourmentée déformant ses traits. Au deuxième plan, assis sur le bord d'une chaise, se trouvait le docteur Malef. Je n'aurais jamais cru voir ces deux personnes réunies dans une même salle et j'en fus désarçonné. Le bip-bip scanda lorsque la mémoire me revint brusquement. Le Flambeau ! Qu'était-il arrivé puisque je n'étais visiblement pas mort ?
— Son rythme cardiaque s'accélère, paniqua ma mère.
Je tentai de me calmer et inspirai une goulée d'oxygène lentement, faisant le vide autour de moi.
— Qu'est-ce qui s'est passé ? demandai-je d'une voix rauque.

— Tu as été victime d'une explosion, m'expliqua ma mère en ravalant un sanglot.
Une explosion que j'ai provoquée, pensai-je tristement, et le son révélateur du rythme cardiaque se lamenta de nouveau.
— Tu aurais pu... tu aurais pu...
Elle ne termina pas sa phrase. Je ne m'attendais pas à vivre après cela, et pourtant j'étais bien là. Complètement assommé certes, mais vivant.
— Comment as-tu su ? Ton voyage...
— Figure-toi que mon téléphone ne fonctionnait pas ! J'ai dû en acheter un autre, et au moment où je t'appelais, le père de Omar a répondu.
Elle ne se rendit sûrement pas compte que le bip-bip poussa un son particulièrement aigu lorsqu'elle prononça son nom.
— Le père de Omar ? m'étonnai-je.
— Je suis là, Lucas, amorça le docteur qui se leva.
L'espace d'un instant, je fus inquiet à l'idée que la déflagration ait occasionné des dommages irréversibles à mon cerveau. Le médecin, en revanche, se contenta d'un hochement de tête et je compris que ce n'était pas le moment d'insister, au risque de tout compromettre.
— Vous avez eu vraiment peu de chance, continua ma mère. Vous rendre à Dalico précisément ce jour-là...
— Le destin, sans doute.
— Toujours est-il que j'ai accouru aussi vite que possible lorsque j'ai appris que tu étais hospitalisé, expliqua-t-elle.
Je n'osai pas poser plus de questions que nécessaire, mais l'une d'entre elle me taraudait singulièrement et je fus incapable de résister.
— Où est Omar ?

La panique me gagna. Lui était-il arrivé quelque chose, par ma faute ?

— Il est sorti de l'hôpital il y a quelque temps déjà, me prévint son « père ». Il n'a pas été sévèrement touché.

— Sévèrement touché ? m'inquiétai-je. Depuis combien de temps suis-je ici ?

— Trois jours, spécifia ma mère. Tes bilans sont bons. Nous attendions juste que tu reprennes conscience.

Cela signifiait donc qu'elle ne dormait quasiment plus depuis trois jours. Je m'en voulus de lui avoir causé autant de soucis, mais au moins j'avais survécu. Elle n'aurait pas à m'enterrer. Ne pas connaître le fin mot de l'histoire tout de suite représentait une véritable torture, mais je ne pouvais guère parler librement devant elle. Si le docteur vivait, c'était encourageant. Non ?

— Sait-on si l'explosion a fait de nombreuses victimes ?

Après tout, si j'avais survécu, peut-être que personne n'était décédé. Je ne sus pas ce qui était réellement préférable. Le Flambeau vivant, et nous courions tous un danger mortel. Le Flambeau mort et je devrais vivre avec ça sur la conscience pour le restant de mes jours.

— On fait état de quatorze victimes, dit ma mère. Ils en ont parlé au journal télévisé.

Quatorze morts. Quatorze vies brisées. La douleur ne fut pas aussi violente qu'elle aurait dû. Les produits médicamenteux qui se diffusaient dans mes veines devaient sans doute y être pour quelque chose. Pour l'instant, c'était irréel. Ces morts n'étaient que des chiffres. Je ne percevais pas toutes ces existences détruites. Pour l'heure, j'eus une pensée d'un égoïsme écœurant, qui allait au-delà de l'immoral. Je n'aspirais qu'à une chose : voir Omar. Et j'étais content d'être en vie pour ça. Juste pour ça.

*

Après un prétexte bien trouvé concernant une fringale inexistante pour me débarrasser provisoirement de ma mère, elle partit en quête du distributeur automatique. Connaissant sa nouvelle lubie à propos de la dangerosité des additifs alimentaires, cette opération nous laisserait quelques minutes de répit pour aborder des choses essentielles.

— Que s'est-il vraiment passé ? m'exclamai-je dès que la porte se fut refermée. Où est Omar ? Avez-vous eu des nouvelles du Flambeau ? Sommes-nous encore en danger ? Devons-nous fuir ?

Je ne voulais pas perdre une seconde du temps précieux qui nous était imparti.

— Du calme Lucas ! me rasséréna le docteur.

En effet, cette simple tirade m'avait coupé le souffle et je mis quelques instants à retrouver une respiration normale.

— Tout d'abord, Omar est en parfaite sécurité. Il était avec Liliane et moi suite à votre... lettre. D'ailleurs, Liliane se porte comme un charme également.

Je ne sus dire s'il s'agissait d'une pique lancée à mon encontre pour mon manque de considération envers sa femme, mais à ma décharge, j'étais inconscient depuis trois jours.

— Le Flambeau ? commençai-je de manière laconique.

Il fallait que j'économise mes forces pour obtenir tous les renseignements que je désirais.

— Puisque leur laboratoire a été détruit et qu'une bonne partie de ses adhérents sont morts, nous sommes tranquilles. Pour le moment du moins. La paix ne durera pas.

— Donc tout ceci n'a servi à rien ?

— Vous nous avez donné du temps Lucas, et ce n'est pas négligeable. Nous serons désormais préparés et nous n'aurons plus à agir dans la précipitation. Parfois, cela nous conduit vers de mauvais chemins...

Plus de doute possible, c'était bien une remontrance cette fois-ci et je la reçus en pleine figure.

— À moi de poser une question, dorénavant, poursuivit le docteur.

J'attendis patiemment qu'il se décidât à parler.

— Pourquoi avoir fait tout cela ? Je ne crois pas que la Flamme vous intéresse à ce point. Et cela ne coïncide d'ailleurs pas avec votre excursion au laboratoire du Flambeau...

J'hésitai pendant un temps à lui répondre. Il s'agissait du seul secret encore en ma possession. Mais nous allions œuvrer ensemble vers un but commun, non ? Alors je lui révélai :

— Je suis encore sous l'emprise de Omar.

Le docteur ne réagit pas dans l'immédiat. Une lueur de curiosité scintilla dans ses iris. Je n'y vis pas l'étonnement, ni même la surprise, mais une curieuse satisfaction personnelle que je ne fus pas en mesure d'expliquer.

— Est-ce normal ? demandai-je malgré tout.

Il frotta son menton, grattant la barbe naissante qui le rendait plus négligé puis déclara :

— Non. Vos sentiments auraient dû disparaître. Vous ne devriez plus avoir la capacité d'être amoureux. C'est... étrange.

Si même lui trouvait cela étrange, j'avais toutes les raisons du monde de paniquer.
— Il vous faudra détruire la Flamme. C'est le motif pour lequel le Flambeau voudra notre peau. Sans elle, nous pourrons espérer un peu de paix.
Je fis semblant de ne pas entendre cette idée saugrenue.
— Ne chercheront-ils pas à se venger ? demandai-je, plein d'espoir.
— Oh si. Sans aucun doute. En fait, tout dépend de qui est mort.
— Que voulez-vous dire ?
— Eh bien, si Sandra Bombero est décédée, le Flambeau centralisera toutes les informations qu'il possède. De même, il nous faudra savoir si ce sont des gardes ou des scientifiques qui ont été tués.
— Ou les deux, murmurai-je.
— Quoi qu'il en soit, le temps pour eux de se remettre sur pied nous permettra de mieux nous préparer.
Je pipai mot malgré l'urgence de la situation. Il me fallait procéder par étape pour ne rien oublier, mais chaque sujet nous entraînait vers des intersections à sorties multiples.
— Comment avez-vous su ce qui m'était arrivé ? le questionnai-je enfin.
— Deux choses. Tout d'abord, votre lettre. Je n'y ai pas cru. Je ne saurais établir pourquoi, mais je sentais que quelque chose m'échappait. Bien sûr, vous aimiez la Flamme parce que vous aimiez Omar. Mais sans elle, votre amour avait disparu (ou tout du moins devait avoir disparu). Par conséquent, si vous étiez épris de la Flamme, vous l'étiez encore de Omar. Je ne voyais pas d'autres explications.

À la simple mention de Omar, le bip-bip s'accentua. Je l'ignorai, et le docteur poursuivit :

— La puissance de la Flamme ne vous attire pas, d'ailleurs j'ai l'impression que c'est anecdotique pour vous, comme un bonus que vous avez récupéré au passage. Lorsque je vous ai parlé de l'extraction, vous ne m'avez même pas demandé si votre maladie allait revenir, ou si vous alliez perdre votre physique avantageux... Vous n'aimez pas seulement Omar, vous aimez l'Amour. C'est une caractéristique essentielle aux Enflammés. Vous aimez l'aimer.

Je ne trouvai rien à redire à cette assertion, criante de vérité. Mais aimer l'amour, moi ? Je n'avais jamais été amoureux. Ne désirant rentrer dans un débat philosophique, j'incitai le docteur à poursuivre:

— Et la deuxième chose qui vous a indiqué ce que je faisais ?

— Les informations, évidemment. Liliane regardait le journal télévisé à ce moment, et nous avons appris qu'une explosion avait eu lieu à Dalico. J'ai compris tout de suite, et je l'ai expliqué à Omar.

— Est-il au courant que sa famille va bien ? dis-je d'un air précipité.

— Oui, Omar est reparti chez lui après l'explosion. Nous n'avons plus de raisons de nous cacher et lorsqu'il est retourné chez sa mère, il est tombé sur elle et sa sœur. Il ne s'y attendait pas naturellement, mais quel soulagement pour lui ! Je lui ai précisé que nous étions plus ou moins hors de danger et que vous aviez été hospitalisé. Nous vous avions cru mort...

J'hésitai à poser la question qui trottait dans mon esprit car je savais que la réponse m'achèverait, mais je ne pus me résoudre à garder le silence.

— Est-il... est-il venu à l'hôpital ?
Le docteur s'agita, embarrassé, et jeta des regards furtifs sur les murs d'un blanc immaculé.
— Euh... non.
Voyant que je ne répondais rien, il entreprit de me fournir une explication :
— Il vous en veut, je ne vous le cacherai pas. Il vous reproche d'avoir fait passer la Flamme avant sa famille. Lorsque j'ai compris la vérité, j'ai tenté de lui faire entendre raison mais bon...
Oui. Il était têtu. Et s'il me détestait, ce serait long. Peut-être plus long que le temps qu'il nous restait à vivre. Cette pensée fit tomber un bloc de granit dans mon estomac.
— Donc je ne le reverrai plus ? osai-je demander à mi-voix.
Le bip atteint encore son paroxysme et je l'arrachai d'un geste.
— Si, bien sûr. Vous étudiez dans la même université, non ? Vous continuerez à vous voir.
Sauf que ce n'était pas la même chose, et le docteur le savait très bien. Nos deux mondes s'étaient de nouveau fracturés. Comment allais-je pouvoir regarder ce garçon en face à l'université, comme si tout ceci n'avait jamais existé ? Comment allais-je supporter son regard noir sur moi ? Comment allais-je parvenir à porter la culpabilité d'avoir préféré la Flamme que sa famille en plus d'avoir à endosser celle de quatorze morts ? J'avalai ma salive avec difficultés et serrai les dents de désespoir.
— Comment avez-vous réussi à détruire le laboratoire ? s'enquit le docteur pour dissiper le malaise.

Je réfléchis à ce qui s'était passé. Je me souvins d'une cuve remplie d'eau, de bacs contenant plusieurs éléments explosifs, d'un coup de feu.

— Du cérium, l'informai-je. Et de l'eau. J'ai fait en sorte qu'on me tire dessus.`

Mon compte-rendu était haché et peu clair et cette fois-ci, le docteur laissa place à l'étonnement.

— C'était ingénieux, dit-il.

Je ne fus même pas blessé par son manque de confiance envers mon intelligence.

— Je vous rappelle que je suis des cours de chimie, lançai-je, comme si c'était le seul élément ayant de l'importance.

— Je veux dire, se corrigea-t-il, que vous n'êtes pas responsable. Vous vous êtes sauvé vous-même et vos ennemis ont scié la planche sur laquelle ils étaient assis, tout simplement.

Une fois de plus, je gardai le silence. Les ténèbres semblèrent m'envelopper.

— Souvenez-vous de ce qu'ils prévoyaient si vous avez des remords.

— Sauf qu'ils n'avaient rien fait, si ce n'est nous rouler dans la farine, grommelai-je maussade.

À présent, la fatigue s'abattait sur moi d'une manière brutale. Malgré un repos de trois jours consécutifs, j'étais complètement épuisé. Je luttai contre le sommeil lorsque le docteur reprit :

— Vous n'avez pas idée de ce dont ils sont capables. Ne doutez pas de leurs mauvaises intentions. Et puis, vous avez voulu vous sacrifier pour les détruire. C'est honorable de votre part. Heureusement que la Flamme vous a protégé, autant qu'elle l'a pu en tout cas.

Cette affirmation me tira provisoirement de ma torpeur.

— La Flamme m'a sauvé ?
— J'imagine, sinon vous seriez mort dans l'explosion.
— Mais elle n'est plus en moi ! m'écriai-je plus fort que prévu.
— La Flamme vous a renforcé. Elle a transformé votre corps de la manière la plus inhumaine possible, en vous procurant des pouvoirs exceptionnels. En la retirant, ces derniers ont disparu. Néanmoins, elle vous a laissé un héritage, cette résistance stupéfiante notamment, même si c'est temporaire. C'est la raison pour laquelle votre maladie n'est pas revenue par exemple.
— Donc elle ne reviendra jamais ?
Il était difficile de savoir si je parlais de ma cardiopathie ou de la Flamme.
— Non, puisque votre maladie est —était— congénitale. La Flamme prend un certain temps à s'installer complètement en vous, c'est pourquoi je vous ai fait patienter autant, ne vous révélant que les informations au compte-goutte. L'extraction n'enlève pas ses effets de manière immédiate non plus.
Je serrai les dents. Repenser à toute cette histoire m'emmaillota dans une nappe de mélancolie.
— Comment se fait-il que le Flambeau se trouvait à Dalico, à quelques kilomètres de chez moi si le phénomène de la Flamme est si rare ? Il s'agit d'une drôle de coïncidence, d'autant plus que leur organisation opérait dans un endroit tout à fait singulier !
Ma perspicacité n'arracha pas l'ombre d'une confusion chez mon interlocuteur.
— Le Flambeau est un organisme local, j'imagine qu'il en existe d'autres. Mais ne les sous-estimez pas pour autant.

Je recommençai à sombrer lorsqu'une phrase du docteur me revint en mémoire : Vous n'avez pas idée de ce dont ils sont capables. Ne doutez pas de leurs mauvaises intentions. Automatiquement, cette mise en garde raviva le souvenir de ma conversation avec Sandra.
— Sandra m'a dit quelque chose, commençai-je à mi-voix. A propos de vous.
Le docteur se tendit et me regarda d'un air aigre qui se voulut désinvolte.
— Vraiment ? Qu'a-t-elle dit ?
— Quelque chose d'absurde, dis-je. Elle voulait visiblement me dérouter. Elle m'a informé que vous auriez communiqué au Flambeau l'identité de Omar.
À moitié ensommeillé (je soupçonnai le tube de médicaments de me droguer depuis mes hausses de tension), je lâchai un rire nerveux.
— C'est absurde n'est-ce pas ?
À présent, mes paupières étaient baissées. Je ne parvenais plus à les garder ouvertes. Le docteur ne répondit pas, et je crus qu'il était parti. Je fis alors l'effort d'ouvrir les paupières et constatai qu'il se tenait toujours là, devant moi, le regard ailleurs.
— Vous n'avez pas divulgué l'identité de Omar au Flambeau, n'est-ce pas ? insistai-je.
Si j'avais conservé mon cardiogramme, nul doute qu'il aurait généré un vacarme de tous les diables tant mon rythme cardiaque s'élevait anormalement.
— Si.
Je repensai à l'air coupable du docteur lorsque nous avions appris que la famille de Omar avait été enlevée. J'avais mis cela sur le compte d'une culpabilité due à un manque d'anticipation de sa part mais il n'en était

rien. Il se sentait fautif parce qu'il l'était. Et je l'avais rassuré.

— Sortez, lui intimai-je, sous le choc.

— J'avais une excellente raison, si vous acceptez de m'écouter, je pourrai...

— SORTEZ ! hurlai-je en me redressant vivement.

J'étais prêt à lui jeter n'importe quoi à la figure plutôt que de voir encore son visage sous mes yeux. La nausée me prit les tripes et je résistai au désir de lui vociférer des insanités. Si j'avais eu la Flamme en moi à cet instant, j'aurais été capable de le pulvériser sur place. À cause de lui, j'étais responsable de la mort de quatorze personnes, aussi malveillantes soient-elles.

Au moment où je m'apprêtais à me lever avec difficulté, il prit la porte et ne se retourna pas.

Je me rallongeai, sonné.

Quand ma mère revint, je fis mine de m'être rendormi. Je n'avais plus aucune envie de me réveiller.

*

Lorsque je fus tiré du sommeil, la douleur ne tarda pas à se manifester. Je n'eus même pas le loisir de jouir d'un interlude de paix, comme il est de coutume lorsqu'on a encore l'esprit embrumé. À la place, la culpabilité, la déception et la tristesse me traversèrent comme un éperon. Je fus néanmoins un bon patient, respectant les consignes dispensées par le médecin qui venait deux fois par jour, par les infirmières qui s'étaient prises d'affection pour ma mère qui leur apportait des paquets de biscuits faits maison et très vite, je fus autorisé à sortir sous haute surveillance. J'imaginai que l'attitude de ma mère avait joué en ma faveur, il était évident qu'elle veillerait à ce que je me rétablisse dans les meilleures conditions possibles. Je feignis une fatigue brutale dès que mon moral flanchait, c'est-à-dire plusieurs fois par jour. Le reste du temps, je luttai contre la dépression.

    Bien entendu, ne plus voir Omar me torturait. Le fait qu'il confirmât son indifférence envers moi en ne se montrant pas une seule fois à mon chevet retentit telle une déflagration dans ma poitrine. Je brûlais de le revoir, pas comme avant s'entend, mais la Flamme subsistait encore d'une certaine manière. La Flamme avait été délogée par l'Amour, avec un A majuscule. L'inhumain par l'humain. Qu'est-ce que cela changeait ? Rien au final. Dans les deux cas, la douleur s'y mêlait intrinsèquement.

    C'était déjà difficile, et la trahison du docteur rendit la situation insupportable. Étrangement, je ne me posais même pas de questions sur ses motivations réelles. Il avait dû agir dans un intérêt purement personnel, comme tout le monde l'aurait fait. L'Homme se révélait par nature traître, imparfait, menteur. Je pense que j'aurais été capable de lui pardonner les mensonges et la fourberie. Sauf qu'il avait osé infliger du mal à Omar, et cela dépassait le seuil de ma tolérance. J'avais compris qu'il ne portait pas Omar dans son cœur par rapport à son propre vécu. Il n'aimait pas les Enflammeurs parce qu'il avait souffert. Pourtant était-il prêt à faire souffrir Omar et sa famille juste pour ce principe mimétique ? Ce projet me parut inconcevable. Il devait lorgner sur la Flamme, comme le Flambeau. Ils partageaient le même but finalement. Fort heureusement, la Flamme était sauve. Je m'en étais occupé moi-même, cependant le médecin, lui, voulait que je la détruise. Un boniment de plus ?

« *Ne faites confiance à personne* » m'avait-il mis en garde. Cette norme s'appliquait à lui aussi désormais.

Un spasme désagréable tordit mon estomac. Je me débattais contre la nausée, des vomissements m'auraient valu quelques jours d'hospitalisation supplémentaires or je désirais ardemment quitter cet endroit. Oublier. Avancer. Mais cela relevait de l'impossible.

Alors sans réellement avancer, j'allais au moins faire du surplace. Retourner à l'université, agir comme si rien ne s'était passé. Avec le temps, la douleur s'éteindrait, ou je m'y habituerai tellement que je ne la percevrai plus vraiment. C'est le mieux que je pouvais encore espérer.

Chapitre 25 : L'aveu

Tu peux le faire m'encourageais-je, assis sur le siège conducteur. Je me garai devant l'université —par miracle une place de stationnement libre m'attendait pile en face de l'entrée principale— et j'avais l'impression de revivre mes premiers jours dans la vie étudiante. Après tout ce qui m'était arrivé, je tirais au moins un avantage de la situation : conduire ne me semblait plus aussi inaccessible. Lorsque mon réveil avait sonné ce matin-là, j'avais été pris d'un doute persistant : devais-je y retourner ? Mais la réponse était sortie, instinctive, évidente : *oui*. Je n'étais pas dupe cependant : ce n'était pas vers une studieuse émulation que je m'élançais. Je mourais simplement d'envie de le revoir. Pas de lui parler, ou de lui demander des justifications. Juste de le voir. Je brûlerais certainement d'une manière bien différente, mais cela panserait un peu les blessures qui balafraient mon âme.

Seule la perspective de me trouver dans un lieu aussi banal qu'un train m'avait incité à prendre ma vieille Twingo pour me rendre en cours. À présent néanmoins, la normalité me rattrapait en plein cœur de l'université. Je l'appréciais malgré tout. Après les tempêtes que j'avais traversées ces derniers temps, un peu de douceur me ferait le plus grand bien. Cet optimisme était rongé par le stress de tous les à-côté : l'absence de réponses de Fanny à mes messages ; les cours que j'avais manqués pendant un temps ; les examens auxquels je n'avais pas pu participer des suites de mon hospitalisation. Pour ces derniers, la session de rattrapage me sauverait. Pour Fanny en revanche... Je lui avais enfin répondu, sans entrer dans les détails. Ses messages, de plus en plus inquiets, s'étaient tassés et avaient fini par s'espacer de manière drastique. C'est également l'une des raisons qui me poussait à revenir ici en personne. Je lui devais des explications et je les lui donnerais de vive voix. Je me voyais mal aborder un tel sujet par SMS. Bien sûr, je ne lui confierai pas tout. Il fallait que je tourne la page, ou du moins que je me convainque que j'allais réellement essayer de la tourner. Et puis lui révéler la vérité l'aurait mise en danger elle aussi. Alors, au lieu de lui mentir, j'avais fait une concession : je lui cacherai une partie de la vérité. C'était le mieux que je puisse faire, et cela semblait un bon compromis. Elle devrait s'en contenter. Par ailleurs, je refusais en mon for intérieur de perdre encore quelqu'un. J'avais le secret espoir que tout pourrait s'arranger et redevenir comme avant. Ainsi sont les amis, non ? J'en avais eu très peu dans ma vie, mais je savais pourtant que les amitiés étaient par essence imparfaites, décevantes, complexes. La nôtre l'était aussi, mais au moins elle correspondait à cette définition. J'étais vraiment ami avec Fanny Belle et cette histoire n'avait été qu'un terrible contretemps. Ma vie humaine devait reprendre son cours. Je ferai tout pour.

    Je me décidai enfin à sortir de l'habitacle, posant les pieds au sol avec difficultés. Depuis l'explosion, déambuler n'était pas une mince affaire. Je me demandais souvent quels auraient été les dégâts si la Flamme n'avait jamais été en moi. Nul doute que je ne souffrirais plus, les morts ont peu de raison d'avoir mal. Il me fallut vérifier mon emploi du temps pour connaître la salle de cours dans laquelle je devais me rendre. Je gravis les marches avec une lenteur exaspérante et je surpris même la jeune fille derrière moi pousser un soupir d'agacement.

 Arrivé devant ma salle, je sentis de nombreux regards braqués sur moi. Mon absence avait dû alimenter les commérages. Je repérai rapidement parmi le flux d'étudiants le visage de Roxanne. Sa mâchoire se décrocha et un filet de salive s'écoula de sa lèvre inférieure. Ses deux acolytes me dévisagèrent, fronçant les sourcils d'un air mauvais. Rester debout me fatiguait, mais le seul banc disponible se trouvait à proximité de ces sorcières, alors je préférai prendre mon mal en patience. Je guettai l'arrivée de Fanny, en proie à une violente inquiétude. Le retard était monnaie courante chez elle, pourtant une question me tarauda : et si elle ne m'avait pas répondu parce qu'il lui était arrivé quelque chose ? J'étais tellement plongé dans mes problèmes personnels que je n'avais pas imaginé qu'elle aussi puisse en avoir.

 Tandis que je rongeai mon frein, une odeur vint émoustiller mes sens.

 Je n'eus pas besoin de lever la tête de mon téléphone. J'aurais reconnu son parfum parmi des centaines de fragrances différentes. Sa démarche n'avait plus aucun secret pour moi, pas plus que sa respiration, ni même la chaleur qui émanait de sa peau. Je jetai néanmoins un coup d'œil vers le nouveau venu, non pas pour vérifier mon intuition —elle était forcément exacte— mais pour l'apercevoir, me confronter à sa réalité, mettre à l'épreuve mes sentiments. Son visage, toujours aussi sublime, était fermé, impénétrable. Il me vit, détourna les yeux aussitôt, et passa sans me faire un signe. Comme si tout ceci n'avait jamais eu lieu. Je fixai mon regard sur lui, l'appelant de mes prunelles, le suppliant de m'accorder une seconde d'attention. Mais il disparut un peu plus loin, derrière la foule qui s'amassait dans le couloir. Une main sembla naître dans mon ventre pour presser mon estomac. Par chance, je n'avais rien avalé au petit-déjeuner, sans quoi j'aurais été pris de vomissements incontrôlables. L'indifférence était pire que le mépris. Désormais, il n'y avait plus aucun lien entre nous. Il l'avait détruit. Il avait voulu le détruire.

Mon souffle en fut coupé. Je m'appuyai contre le mur et me laissai descendre jusqu'au sol, où je m'assis tel quel. C'était la seule façon pour mon corps d'exprimer ce qu'il ressentait à l'intérieur : sans Omar, je ne pouvais tenir debout.

*

Fanny ne se manifesta ni au cours de cycles biologiques chez les animaux et végétaux ni à celui de travaux pratiques en chimie organique. M. Miles réagit indifféremment à mon retour en classe et ne fit aucun commentaire sur mon absence prolongée. Je disposais de toute façon de justificatifs médicaux attestant de ma bonne foi. Par ailleurs, je me fichais comme d'une guigne de ce que pensaient les enseignants quant à ma possible défection. J'avais revu l'ordre de mes priorités dernièrement. Mme Carceles, en revanche, s'extasia de ma résurgence et j'en fus particulièrement gêné. Moi qui comptais passer inaperçu, c'était râpé. J'appréciais néanmoins sa bienveillance à mon égard et elle remonta dans mon estime.

Lors de la pause du midi, je boycottai le restaurant universitaire et je me contentai d'un sandwich pris au distributeur automatique, grignoté du bout des lèvres dans l'habitacle de ma voiture. La journée se déroula de manière inégale, rythmée par des pics d'angoisse et des périodes de latences soudaines. Par moment, je me demandais ce que je faisais dans une salle de classe, esseulé et torturé intérieurement par un garçon qui refusait de me regarder. Pourtant, on ne pouvait guère dire qu'il s'était intégré. Si son ostracisme était sans aucun doute volontaire, il aurait pu changer son fusil d'épaule et tenter de s'ouvrir aux autres malgré un mauvais démarrage. Je l'imaginai en grande conversation avec cette peste de Roxanne et la jalousie me transperça. Finalement, il valait mieux qu'il soit seul.

    On me traita comme un paria tout au long de l'après-midi et je constatai que sans Fanny, c'était plus difficile que je ne voulais bien l'admettre. Au moins avant, nous étions là pour nous soutenir l'un l'autre. À présent, j'étais la cible de toute la rancœur possible. Je me rendis compte avec tristesse que Fanny avait dû ressentir la même chose que moi lors de mon départ précipité. Je me représentais cette journée répétée indéfiniment et le désespoir me gagna. Omar ne se prêtait pas à ces gamineries mais son indifférence se révélait bien pire. Comment pouvait-il faire comme si tout ceci n'était jamais arrivé ? Je projetai dans mon esprit une discussion avec lui, le mettant au pied du mur et exigeant des explications sur son attitude, mais je me savais bien trop trouillard pour mettre mon plan à exécution. J'avais certes été capable de me jeter tête baissée dans le quartier général d'une dangereuse organisation criminelle, mais dès qu'il s'agissait de mes émotions, je devenais aussi inoffensif qu'un yorkshire amputé des pattes arrières.

En fin de journée, je réalisai que je n'étais pas en capacité de rentrer chez moi l'air de rien. Je devais régler cette situation pour pouvoir supporter l'insupportable. Il fallait que je voie Fanny, en tête à tête, que je m'assure qu'elle allait bien, qu'elle n'avait pas laissé tomber ses études sur un coup de folie. Il en allait de ma propre réussite. J'aurais pu bien sûr abandonner moi aussi et recommencer l'année d'après. Il ne s'agirait que d'une petite pause dans mon existence, un échec transitoire dont on ne parlerait plus jamais. Mais cela impliquait de ne plus le voir. Et je n'étais pas prêt pour ça.

*

En sortant du bâtiment, je pris la décision de rendre visite à Fanny chez elle puisqu'elle ne répondait plus à mes SMS. J'avais conscience que débarquer chez les gens sans y être invité relevait d'un grand manque de savoir-vivre, mais j'avais des circonstances atténuantes. Après tout, j'étais réellement inquiet, et puis Fanny n'hésitait jamais à s'immiscer dans ma vie privée. L'ennui, c'est que j'ignorai où elle habitait. Je savais qu'elle résidait à Rocal, mais c'était la seule information dont je disposais. Comme je devais justifier mes absences auprès du secrétariat, j'en profitai pour élaborer une stratégie.

— Entrez, dit une voix féminine lorsque j'eus toqué à la porte.

Je pénétrai dans le bureau et la secrétaire eut une expression déroutée. Elle demeura bouche bée un instant et en oublia de me saluer. Je mis un moment à réaliser que c'était sans doute parce que j'avais traversé une vitre du deuxième étage il y a quelque mois. Cela avait dû alimenter tous les ragots, d'autant plus que l'article de Roxanne avait remis cet incident sur le tapis. En temps normal, j'aurais été agacé de cette réaction mais je devais me montrer patient pour parvenir à mes fins.

— Bonjour, dis-je d'une voix chaleureuse, ce qui ne me ressemblait guère. Je viens vous apporter mes certificats d'hospitalisation pour mes absences aux examens.

Elle ne réagit pas et me lorgna d'un air indécent. Consciente qu'elle manquait à tous ses devoirs, elle ferma enfin la bouche et me gratifia d'un sourire toutes dents dehors.

— Oui, bien sûr, minauda-t-elle. Cela vous donne droit de passer les rattrapages automatiquement.

Paradoxalement, c'était le cadet de mes soucis. Je la laissai néanmoins poursuivre :

— J'espère que vous allez mieux, déclara-t-elle.

— Oui, répondis-je sans entrer dans les détails.

Je ne voulais pas qu'un malaise s'installe, alors j'entrai dans le vif du sujet :

— Je voudrais également savoir si vous pouviez me fournir l'adresse d'une étudiante, lâchai-je.

Au moment où je formulai ma demande, je me rendis compte de mon erreur. Elle ne parut pas effrayée outre mesure, ce qui signifiait qu'elle ne me prenait pas encore pour un dangereux psychopathe s'introduisant de force au domicile de jeunes étudiantes sans défense. À la place, elle afficha une moue contrite :

— Je suis navrée mais comme vous imaginez bien, il s'agit d'une information confidentielle...

— Je le conçois parfaitement, commençai-je, mais c'est vraiment important. Mon amie était absente

aujourd'hui, et j'aimerais lui apporter les cours, vous comprenez ?
Je vis dans son regard qu'elle soupesait le pour et le contre. Visiblement, je n'avais pas été assez convaincant. Je m'essayai à une autre méthode, bien plus déloyale :
— Je voudrais lui rendre la pareille. C'est elle qui m'a permis de suivre lorsque je suis passé par la fenêtre.
Elle eut un mouvement de recul face à ce qui ressemblait à du chantage, voire à une agression verbale.
— Oh, c'était vous ? souligna-t-elle d'un air hypocrite. Bien, nous pouvons faire une petite exception.
Je n'en revins pas de m'en tirer à si bon compte. Finalement, l'article de Roxanne avait jeté un pavé dans la mare. Je ressortis du bureau, l'adresse de Fanny en tête et regagnai ma voiture. Puisque je n'avais pas eu d'explications, c'était à moi d'aller les chercher. Et d'en fournir aussi.

*

En temps normal, circuler dans les rues bondées de Rocal était source d'un stress immense. Cette fois-ci en revanche, mon apathie post-traumatique avait gommé toutes les angoisses infondées qui avaient tourmenté mon existence. J'affrontai alors sans problème la conduite imprudente des automobilistes et leurs coups de klaxons insensés, les infrastructures dangereuses ainsi que les feux tricolores postés de manière quasi aléatoire. Je crus même qu'un piéton me gratifia d'un doigt d'honneur lorsque je manquai de lui tailler un short, mais je ne m'en formalisai pas. J'étais bien trop concentré sur l'adresse de Fanny qui défilait sur mon GPS pour me soucier des badauds et de leurs gestes outranciers. J'avais déjà suffisamment de travail à gérer mes propres humeurs, inutile d'y ajouter celles de la population.

    La maison de Fanny et de ses parents ne se trouvait qu'à cinq kilomètres de l'université, mais je mis bien vingt minutes à parvenir à destination. Elle se situait dans une petite cité pavillonnaire excentrée de la grande ville, où les demeures se dressaient à intervalle régulier les unes des autres. Chacune était précédée d'un petit jardinet délimité par une haie naturelle qui scindait les différentes propriétés. Je m'arrêtai à proximité du numéro 24 et stationnai ma Twingo juste devant le portail de l'entrée. Qu'allais-je faire si Fanny me claquait la porte au nez ? Ma visite à l'improviste n'allait-elle pas paraître un peu trop intrusive ? Le brouillard qui entourait mon cerveau ne m'incita guère à la prudence et je sortis de la voiture machinalement, tel un robot réglé pour accomplir une mission quelconque. J'ouvris non sans difficultés le portillon, pénétrai dans la cour et gravis les marches du perron.

    Je toquai trois coups avant de m'apercevoir qu'une sonnette se trouvait à cinq centimètres de mon visage. Je l'actionnai et un tintamarre retentit jusque dehors. Je patientai et pendant ce laps de temps, je remarquai que la porte ne disposait pas d'un judas. Si Fanny désirait connaître l'identité de son visiteur, elle n'aurait pas d'autre choix que d'ouvrir le battant. Elle ne me mettrait pas dehors, n'est-ce pas ? Je crois bien que ce serait la dernière chose que je pourrais supporter après tout ceci.

    J'entendis du mouvement, un bruit de clés dans la serrure puis le battant s'ouvrit lentement, avec difficulté. Je compris pourquoi il avait été si ardu d'ouvrir la porte pour la personne derrière. Ce n'était pas Fanny mais une femme d'une cinquantaine d'années clouée sur un fauteuil roulant. En observant ses traits, jolis malgré une santé d'apparence fragile et un âge avancé, elle me sembla familière. Le doute n'était pas permis : il s'agissait clairement de sa mère.

*

Je mis un moment à retrouver l'usage de la parole et je restai là, coi, raide comme un piquet. Lorsqu'elle me salua, je repris contenance et répondis :
— Je suis un ami de Fanny. Est-ce que je pourrais la voir ?
J'avais subitement l'impression d'être un gamin de dix ans venant chercher un copain pour aller jouer dehors.
— Oui bien sûr, accepta-t-elle. Elle est avec Enzo et Matteo.
Sans plus de cérémonie, elle fit marche arrière et je la suivis dans un long couloir, les roues de son fauteuil chuintant sur le parquet jonché de vêtements sales et de cadavres de jouets. Une chaussette d'enfant se coinça dans les rayons et elle l'embarqua avec elle sans s'en rendre compte. Nous débouchâmes sur ce qui semblait être le séjour, accolé à une vaste cuisine ouverte. Je fis face à une grande baie vitrée qui donnait sur le jardin de derrière, baigné dans la lumière automnale. Il n'y avait personne dans le salon et le désordre s'étendait jusque-là. Les deux canapés étaient couverts de magazines, télécommandes et autres appareils électroniques dont je n'identifiai pas l'utilité. Un cendrier était posé sur la table basse et débordait de mégots abandonnés. Ma mère en aurait fait une attaque.
— Elle doit être dans le jardin, m'informa-t-elle d'un ton bourru.

Je me rappelai que Fanny avait une fois mentionné l'existence de ses deux frères, sans entrer dans les détails. J'eus le sentiment de pénétrer dans sa vie personnelle et cela me mit mal à l'aise. Il était plus difficile d'envisager une conversation avec elle dans un lieu aussi intime.
— Vous pouvez y aller, moi j'aurais du mal avec ça, me dit-elle en désignant son appareillage.
— Je ne voudrais pas déranger, m'empourprai-je.
Elle balaya mon aveu d'un revers de la main et tira de sa poche un paquet de tabac.
— Elle a bien besoin d'une pause après tout ce qu'elle a sur les épaules, lâcha-t-elle en allumant une cigarette.
J'acquiesçai, ne sachant que répondre. J'ouvris la baie vitrée et me frayai un chemin sur la terrasse qui précédait la pelouse. Au fond du jardin, Fanny semblait s'amuser avec deux jeunes garçons plutôt rapprochés en âge. Ils ne devaient pas avoir plus de dix ans chacun. J'observai la scène de loin, incapable d'avancer davantage. Fanny n'arborait pas son maquillage habituel et gardait une peau nue. Elle était affublée de vieux vêtements, de ceux que l'on porte le week-end lorsqu'on n'a pas l'intention de sortir. Sa blouse kaki s'accordait très mal avec le survêtement rouge qui faisait office de pantalon et je m'amusai à me la représenter ainsi au beau milieu de l'université. Une idée absurde, invraisemblable.

Mais ce ne fut pas ce qui me subjugua. Fanny aurait tout aussi bien pu revêtir des guenilles, cela n'aurait rien enlevé à sa beauté naturelle. Tous ses attraits routiniers ne faisaient que sublimer son physique avantageux, mais sans eux, elle restait magnifique. Ce qui m'interpela, ce fut ses éclats de rire qui résonnaient dans tout le jardin, et qui étaient multipliés par ceux de ses jeunes frères. Elle affichait une hilarité que je ne lui avais jamais connue. Un mélange de sérénité et de profonde affection. C'est cela qui la rendit encore plus belle qu'elle ne l'était au quotidien. Je ne pus m'empêcher d'esquisser un sourire à mon tour. Était-ce la joie de la revoir ou simplement le plaisir d'assister à un échange aussi euphorique ? Sans doute un peu des deux.

  Elle remarqua une présence et se tourna alors vers moi. Je lus une vive surprise dans son regard, puis une gêne brutale et enfin un soulagement indicible. Mal à l'aise de l'avoir épiée, je m'arrachai à la contemplation de ce tableau et je m'avançai à sa rencontre.

*

  Confortablement installés dans le salon, la visite avait pris des allures protocolaires. La mère de Fanny l'avait débarrassée de son rôle de chaperon, bien que cette dernière ne s'en plaignit pas outre mesure. En jetant un œil au fond, j'avais une vue prolongée sur la terrasse sur laquelle sa mère terminait sa cigarette et surveillait les enfants. Après m'avoir proposé à boire, ce que je déclinai, Fanny commença :
— Je te dois une explication.
J'en fus tellement surpris que si j'avais accepté un verre, je l'aurais lâché dans la confusion.
— À quel propos ? m'étonnai-je.
Les rôles étaient en train de s'inverser. Je ne voulais pas que ma venue sonnât comme une demande de justification quant à sa défection.
— Le fait que je ne répondais pas à tes messages... Ma longue absence à l'université...

Elle aussi avait manqué pas mal de cours. J'en fus bouleversé. Ma petite personne comptait-elle à tel point que je pensais encore être le centre du monde ?
— À vrai dire, j'ai été absent longuement aussi, avouai-je en triturant mes doigts nerveusement. Et je n'ai pas pris le temps non plus de t'écrire.
Un silence vint peser sur la conversation. Des cris me parvinrent du jardin, où les deux garçons se bagarraient dans un but purement récréatif.
— Ce sont donc tes deux frères ? lançai-je pour dissiper le malaise.
Elle s'adossa dans le canapé et je notai combien elle semblait épuisée.
— Mes demi-frères pour être plus exacte, souligna-t-elle. Je dois veiller sur eux depuis que l'état de santé de ma mère s'est détérioré.
— Oh.
Je ne sus quoi répondre. Cela expliquait bien des choses. Son absence par exemple, que je n'avais pas pu remarquer ayant moi-même perdu une bonne partie du semestre. Mais cela éclaircissait aussi le désordre qui régnait dans la demeure, ainsi que le rôle que Fanny avait sans doute dû endosser. Je voulus demander des précisions sans en trouver le courage. Percevant ma retenue, Fanny ajouta :
— Ma mère a la sclérose-en-plaque. La maladie a empiré il y a quelque temps, du coup je dois m'occuper d'elle, de mes frères et de la maison. Même si pour le ménage, j'ai encore des progrès à faire.
Elle pouffa d'un rire si triste que je me retins de la prendre dans mes bras. Ses yeux s'humectèrent mais elle ne versa pas la moindre larme et j'en fus soulagé. Je ne pouvais pas supporter de voir les gens pleurer,

mais cette fois-ci la raison aurait été très différente. Assister à la tristesse de Fanny m'était insupportable, et la manifestation de son désarroi par une crise lacrymale m'aurait semblé abominable.
— Ton beau-père ne t'aide pas ? suggérai-je en faisant référence aux géniteurs des deux garçons.
— Il a largué ma mère quand ils ont eu deux ans.
Je me rendis alors compte que la vie que j'avais imaginée à Fanny n'avait rien de semblable avec sa réalité.
— Bon, au moins, ils t'ont aussi toi, tentai-je de la consoler.
Je perçus derechef une expression chagrinée sur son visage, et soudainement un poids s'abattit dans mon estomac.
— On m'a diagnostiqué la même pathologie que ma mère, dit-elle avec force, comme si le ton de sa voix avait le don de combattre la maladie.
Aussitôt, l'air me manqua. Non. Ce n'était pas envisageable. Pas Fanny...
— Mais j'ai de la chance, rebondit-elle face à mon expression.
Je ne voyais pas en quoi elle pouvait espérer avoir de la chance dans une telle situation. Je connaissais les conséquences terribles de cette maladie et sa mère souffrait déjà des premiers symptômes. Comment pourrait-elle supporter de voir sa mère dépérir tout en sachant pertinemment que le même sort lui était réservé ? Tout en sachant que ses frères ne pourraient rien faire sans elle ?
— J'ai été diagnostiquée très tôt, continua-t-elle. J'ai de bonnes chances de repousser la maladie le plus longtemps possible.

J'avalai ma salive avec difficulté. Il était particulièrement étrange que ce soit elle qui me réconforte dans ce contexte, mais le monde s'écroulait encore une fois autour de moi. Malgré tout, elle m'insuffla une brise d'espoir avec sa déclaration.

— Depuis quand le sais-tu ? lui demandai-je.
— J'ai eu les résultats il y a peu. C'est l'infirmerie de l'université qui m'a incitée à passer des tests puisque la maladie est héréditaire. C'est une bonne chose que je les aie écoutés finalement. Cela m'a permis de gagner du temps. Et j'ai bien l'intention de venir botter le cul de Roxanne et sa petite bande encore longtemps !

Je ne pus retenir un rire devant la tournure des événements. Bien sûr que nous retournerions à l'université ensemble. Et nous nous soutiendrions.

— D'ailleurs, comment a été perçu l'article paru sur moi ? m'enquis-je auprès d'elle.

Fanny m'expliqua que Mme Mothes, la directrice, avait été furieuse que ses consignes aient été superbement ignorées, mais comme Roxanne avait bien insisté sur ma responsabilité dans l'accident, elle n'avait pas tenu rigueur de cette avanie médiatique.

J'avais l'impression que l'instant émotion était passé, ou plutôt que Fanny avait envie de le balayer d'un revers pour se consacrer à un sujet plus abordable. Elle jeta ses cheveux en arrière et se mit à sourire.

— Bon alors dis-moi tout... Où étais-tu pendant tout ce temps puisque tu as été absent toi aussi ?

Je ne désirais pas lui mentir, pas après tout ce qu'elle venait de me révéler. Mais je devais aussi la protéger. Je décidai donc de lui confesser une partie de la vérité, sans doute la plus importante pour elle.

Je pris une profonde inspiration, conscient qu'après cette annonce, les dés seraient jetés. Je fus tenté un instant de rétropédaler, mais un simple regard vers ses frères en arrière-plan m'en dissuada.
— J'étais avec Omar, lâchai-je finalement.
— Avec Omar Pols ? s'écria-t-elle violemment étonnée. Elle écarquilla les yeux, incapable de masquer sa surprise. Visiblement, elle n'avait pas fait le rapprochement entre son absence et la mienne. Jamais au grand jamais elle n'aurait pu imaginer que nous étions ensemble pendant notre disparition, mais je ne pouvais guère l'en blâmer.
— Oui, confirmai-je en baissant la tête, rouge d'humiliation.
Elle ne dit rien, ce qui eut le don de me surprendre presque autant qu'elle ne l'était. Je relevai la tête et plantai mes yeux dans les siens. Elle patienta, me pénétrant de son regard perçant, dévorée par la curiosité. Je dois le lui dire. « *Ne faites confiance à personne* » m'avait conseillé le docteur, avant de me trahir. Il avait raison, bien sûr. On ne pouvait faire confiance à personne, car personne n'en était digne indéfiniment. Il y avait forcément des moments de déception, et on devait décider de les surmonter ou non. D'accorder son pardon ou de continuer à être déçu. Elle m'avait accordé son pardon. Elle serait de nouveau déçue, car je décevrais les gens, de même qu'ils me décevraient, encore et toujours. L'essentiel, c'était l'instant présent. Comme lorsque j'avais partagé du temps avec Omar. Il fallait savourer chaque moment tant qu'on était en vie, tant qu'on le pouvait encore. Il ne fallait plus avoir peur.

Et je n'avais plus peur d'être vulnérable, plus peur de mes sentiments, plus peur d'être moi. Surtout pas avec Fanny. Tout à coup, le brouillard qui m'entourait s'estompa et tout me parut plus clair à présent. Je pris mon courage à deux mains, brisai temporairement cette carapace durement construite toutes ces années. J'abattis un à un les remparts que j'avais érigés depuis la mort de mon père, me sentant presque à vif sans cette protection invisible, terrifié mais libéré en même temps.
Je déclarai en un souffle :
— Je suis fou amoureux de Omar Pols.